Julianne MacLean
Zwei Sommer in der Toskana

AF201855

Das Buch

Seit langer Zeit bewahrt Fiona ein Geheimnis. Nur sie weiß, dass ihre Mutter vor dreißig Jahren in der Toskana eine folgenschwere Affäre hatte. Nicht einmal ihr vermeintlicher Vater ahnt etwas davon, und so soll es auch bleiben. Bis Fiona überraschend einen Anruf erhält. Ihr leiblicher Vater ist verstorben und hat ihr sein begehrtes Weingut vermacht.

Als sie in die Toskana fliegt, wird sie von ihren Halbgeschwistern feindselig empfangen: Sie wollen ihr das Millionenerbe streitig machen. Überwältigt und unsicher, ob sie die Hinterlassenschaft überhaupt annehmen soll, versucht Fiona herauszufinden, was in jenem Sommer wirklich geschah – und stößt auf die tragische Wahrheit…

Die Autorin

Julianne MacLean hat mehr als 30 Romane veröffentlicht, die sich weltweit über eine Million Mal verkauft haben. Sie hat einen Abschluss in Englischer Literatur von der University of King's College in Halifax und einen Master in Business Administration von der Acadia University in Wolfville, Nova Scotia.

Julianne liebt es zu reisen und hat bereits in Neuseeland, England und Kanada gelebt. Derzeit lebt sie mit ihrer Tochter und ihrem Mann an einem See nahe der kanadischen Ostküste.

Julianne MacLean

ZWEI SOMMER IN DER TOSKANA

ROMAN

Aus dem Englischen von Maike Claußnitzer

TINTE & FEDER

Die englischsprachige Originalausgabe erschien 2021 unter dem Titel
»These Tangled Vines« bei Lake Union Publishing, Seattle.

Deutsche Erstveröffentlichung bei
Tinte & Feder, Amazon Media EU S.à r.l.
38, avenue John F. Kennedy, L-1855 Luxembourg
Januar 2022
Copyright © der Originalausgabe 2021
By Julianne MacLean
All rights reserved.
Copyright © der deutschsprachigen Ausgabe 2022
By Maike Claußnitzer

Die Übersetzung dieses Buches wurde durch Amazon Crossing ermöglicht.

Umschlaggestaltung: zero-media.net, München
Umschlagmotiv: © Alliance / Alamy Stock Photo;
© penofoto / Shutterstock; © Palo_ok / Shutterstock
Lektorat: Rotkel Textwerkstatt
Gedruckt durch:
Amazon Distribution GmbH, Amazonstraße 1, 04347 Leipzig /
Canon Deutschland Business Services GmbH, Ferdinand-Jühlke-Str. 7,
99095 Erfurt /
CPI books GmbH, Birkstraße 10, 25917 Leck

ISBN 978-2-49670-932-2

www.tinte-feder.de

Kapitel 1

Fiona

Florida 2017

Das Telefon klingelte und riss mich aus einem Traum. Ich steckte wohl tief in der REM-Phase, denn ich nahm das Geräusch zwar wahr, hielt es aber für einen Teil des Traumes und beschloss, es zu ignorieren. Erst nach dem vierten Läuten öffnete ich endlich die Augen.

Ich drehte mich auf die Seite, streckte den Arm aus, um nach dem Telefon auf dem Nachttisch zu greifen, und nahm ab.

»Hallo?«

Eine Frau mit starkem italienischem Akzent antwortete: »*Buongiorno.* Ich möchte Fiona Bell sprechen. Ist das hier die richtige Nummer?«

Ich blinzelte ein paar Mal im schwachen Dämmerlicht, setzte mich auf, stützte mich auf einen Ellbogen und warf mit zusammengekniffenen Augen einen Blick auf den Wecker. Es war noch nicht ganz sieben Uhr morgens. »Ja. Am Apparat.«

»*Ah, bene*«, erwiderte die Frau. »Mein Name ist Serena Moretti. Ich rufe aus Florenz in Italien an. Ich habe Neuigkeiten für Sie, aber leider sind es keine guten.«

Ich rutschte ganz allmählich am Kopfteil des Bettes hoch, presste mir die Hand gegen die Stirn und kniff die Augen zu. Wenn diese Frau aus Italien anrief, konnte das nur eines bedeuten: Es ging um meinen Vater. Meinen leiblichen Vater, den ich nie kennengelernt hatte.

»Was ist los?«, fragte ich schlaftrunken und hatte Mühe, mein benebeltes Gehirn auf Touren zu bringen.

Am anderen Ende der Leitung herrschte lange Schweigen. »Es tut mir sehr leid. Mir ist gerade erst klar geworden, wie früh es bei Ihnen noch sein muss. Ich glaube, ich habe den Zeitunterschied falsch berechnet. Habe ich Sie geweckt?«

Schwere Regentropfen prasselten gegen das Fenster meines Hauses im Nordwesten Floridas. Mehrfach schlugen sogar Palmwedel gegen die Glasscheibe. »Ja, aber das macht nichts. Ich sollte jetzt ohnehin aufstehen. Worum geht es denn nun?«

Die Frau räusperte sich. »Es tut mir sehr leid, Ihnen das sagen zu müssen, aber Ihr Vater, Anton Clark, ist letzte Nacht gestorben.«

Ihre Worte blieben mir im Ohr stecken, und ich hatte das Gefühl, sie nicht verarbeiten zu können. Ich wusste auch nicht, wie ich darauf reagieren sollte.

»Es tut mir sehr leid«, wiederholte die Frau, immer noch so, als wäre es allgemein bekannt, dass ein Fremder, der in Italien gelebt hatte, mein leiblicher Vater war. In Wirklichkeit wusste das niemand. Zumindest niemand auf dieser Seite des Atlantiks. Keine einzige Menschenseele in Nordamerika kannte die Wahrheit. Nicht einmal mein Dad. Das Geheimnis meiner tatsächlichen Abstammung war das Abschiedsgeschenk meiner Mutter an mich gewesen, in den Stunden vor ihrem Tod durch ein Gehirnaneurysma. Ich glaube, das habe ich ihr nie richtig verziehen.

Ich setzte mich etwas aufrechter hin und zermarterte mir das Hirn nach der passenden Antwort. Ich wollte das Richtige sagen, aber das war nicht einfach, weil meine Gefühle wie ein Tornado in mir tobten. Natürlich war es schrecklich, wenn jemand starb – das tat mir leid –, aber dieser Mann war für mich ein völlig Fremder. Ich wusste nichts über ihn, nur, dass er meine Mutter geschwängert hatte, als sie und mein Dad vor einunddreißig Jahren einen schrecklichen, tragischen Sommer in der Toskana zusammen verbracht hatten.

Ich hatte keine Ahnung, was zwischen meiner Mutter und diesem Mann vorgefallen war, weil Mom unter starkem Medikamenteneinfluss gestanden hatte und unfähig – oder vielleicht auch nicht willens – gewesen war, ins Detail zu gehen, als sie die Bombe hatte platzen lassen. Sie war dem Tode nahe gewesen und hatte es gewusst.

»Sag es deinem Vater niemals«, hatte sie mir eingeschärft. »Er glaubt, dass du von ihm bist. Die Wahrheit würde ihn umbringen.«

Damit hatte es sich. Bis auf seinen Namen und seine Nationalität hatte Mom mir nichts über meinen leiblichen Vater verraten. Sie hatte mich mit achtzehn Jahren ein Schweigegelübde ablegen lassen und mich davon überzeugt, dass ich den Tod meines Vaters auf dem Gewissen haben würde, wenn ich je Fragen über die Umstände meiner Zeugung stellte oder mich verplapperte.

Die letzten zwölf Jahre über hatte ich ihr Geheimnis bewahrt, weil ich ihr geglaubt hatte, dass die Wahrheit meinen Vater wirklich umbringen würde. Ich glaubte es immer noch, weil angesichts von Dads Gesundheitszustand jeder Tag eine Herausforderung und ein Geschenk zugleich war. Deshalb hatte ich die Geschichte tief in den dunkelsten Winkeln meines Bewusstseins vergraben. Ich hatte mich gezwungen zu vergessen, was sie mir anvertraut hatte. Ich hatte es aus meinem aktiven Gedächtnis gestrichen. Tat so, als wäre es nicht wahr, sondern nur Teil eines Albtraums.

Aber jetzt rief mich eine Frau aus Italien an, und sie wusste Bescheid.

»Es tut mir leid, das zu hören«, sagte ich. »Was ist passiert?«

»Es war ein plötzlicher, heftiger Herzinfarkt«, erklärte die Frau. »Er war schon tot, bevor die Rettungssanitäter auch nur vor Ort waren, und sie konnten nichts mehr für ihn tun. Ich hoffe, es ist Ihnen ein gewisser Trost zu wissen, dass er schnell gestorben ist. Er war zu Hause. Er war nicht allein.«

Ich schluckte verstört. »Ich verstehe.« *Er war zu Hause.* Dadurch wurde er für mich plötzlich real. Zu einer greifbaren Person, die mein Leben lang existiert hatte, aber jetzt nicht mehr da war. Einfach so. Er lebte nicht mehr auf diesem Planeten. Man würde ihn unter die Erde bringen. Begraben. Und das nicht nur im übertragenen Sinne in meinem Kopf. Ich würde ihn nie zu Gesicht bekommen.

»Nun ja … Es ist ein Segen, dass er wenigstens … nicht leiden musste.«

Es folgte ein verlegenes Schweigen, und ich schämte mich dafür, dass ich keine Trauer empfand. Aber was konnte ich schon tun? Alles, was ich fühlte, waren Verwirrung und eine etwas makabre Neugier, da ich mich fragte, ob es wirklich zu spät war, um ihn zu sehen. Ich wusste nicht einmal, wie er aussah. Würde es eine Aufbahrung geben? Dann dämmerte mir etwas: Mein leiblicher Vater hatte von meiner Existenz gewusst und mich für wichtig genug gehalten, um mich über seinen Tod informieren zu lassen. Ich war immer davon ausgegangen, dass meine Mutter ihm nichts von mir erzählt hatte.

»Es tut mir leid«, sagte ich in dem verzweifelten Bemühen, das Schweigen zu brechen. »In welcher Beziehung stehen Sie zu …« Ich konnte das Wort kaum aussprechen. »Woher kennen Sie meinen Vater?«

»Ich muss noch einmal um Entschuldigung bitten«, sagte sie. »Das hätte ich Ihnen gleich zu Anfang erklären sollen. Ich arbeite für die Anwaltskanzlei Donatello und Costa. Wir waren der Rechtsbeistand Ihres Vaters in Italien. Deshalb rufe ich Sie jetzt an.«

Ich richtete mich in den Kissen auf. Mittlerweile fühlte ich mich wacher.

»Ihr Vater hat Sie in seinem Testament als Erbin benannt«, erläuterte sie, »und Sie müssen für uns ein paar Papiere unterschreiben.«

»Warten Sie mal … er hat *was* getan?« Mir rutschte das Herz in die Hose.

»Die Beerdigung ist am Montag. Am Dienstag findet die offizielle Testamentseröffnung im Beisein der Familie statt. Mir ist bewusst, dass es sehr kurzfristig ist, aber könnten Sie einen Flug buchen?«

Schlagartig wurde mein ganzer Körper von Hitze durchflutet, als ich mir vorstellte, allein nach Europa zu reisen, um die Familie eines Mannes kennenzulernen, den zu treffen ich mir nie gewünscht – oder auch nur erwartet – hatte. Was auch immer er mir hinterlassen hatte, ich wollte es nicht haben, denn dieser Mann hatte dafür gesorgt, dass meine Mutter an ihrem Todestag Unbehagen und Scham empfunden hatte. Das hatte ich ihr angemerkt, als sie mir die Wahrheit gesagt hatte. Selbst auf dem Sterbebett war sie kaum in der Lage gewesen, darüber zu sprechen. Ganz gleich was zwischen ihnen passiert war, eine angenehme Erinnerung war es nicht für sie gewesen.

Und außerdem: Wie sollte ich das Dad jemals erklären? Dem liebenden Vater, der mich großgezogen hatte? Ich konnte ihm doch beim besten Willen nicht gestehen, dass ich über zehn Jahre lang nicht aufrichtig zu ihm gewesen war. Es würde ihm das Herz brechen zu erfahren, dass ich nicht wirklich sein Kind war und dass ich ein Geheimnis von solcher Tragweite vor ihm gehabt hatte. Er hatte doch schon so viel durchgemacht. Mehr als genug Verluste erlitten.

Ich rutschte unbehaglich auf der Matratze hin und her. »Äh … Das ist ein bisschen viel auf einmal. Ich bin mir nicht sicher …« Ich schluckte schwer. »Ist es wirklich notwendig, dass ich persönlich anwesend bin? Ich meine ja nur, es ist eine weite Reise, und ehrlich gesagt hatte ich kein sehr enges Verhältnis zu …« Wieder blieb mir das Wort *Vater* im Hals stecken, und so vollzog ich eine rasche Kehrtwende. »Ich bin mir nicht sicher, wie viel Sie über die Situation wissen, Ms Moretti, aber ich habe Mr Clark nie auch nur kennengelernt. Ich bin immer davon ausgegangen, er wüsste nichts von mir. Jedenfalls hat er nie den Versuch unternommen, Kontakt zu mir aufzunehmen. Deshalb kommt das hier überraschend für mich. Ich kenne seine Familie überhaupt nicht, also wäre es vielleicht peinlich, wenn ich dort wäre. Und ich lasse meinen Vater nicht gern länger allein. Er braucht mich hier. Gibt es eine Möglichkeit, die Sache per E-Mail oder Fax zu regeln?«

Serena Moretti schwieg einen Moment lang. »Mir ist bewusst, dass Sie kein Teil von Mr Clarks Leben waren, aber er hat sich in seinen Anweisungen zum Testament ganz eindeutig geäußert. Ich will nicht lange um den heißen Brei herumreden: Er hat Ihnen Immobilienbesitz hinterlassen. Deshalb glaube ich, dass Sie herkommen und ihn sich ansehen, unterschreiben und dann beschließen müssen, was Sie damit anfangen wollen.«

»Immobilienbesitz?« Ich runzelte verblüfft die Stirn. »In Italien? Wie viel denn genau? Ich meine, wie viel sind die Immobilien wert?« Ich schloss die Augen und schüttelte den Kopf. »Oh Gott. Tut mir leid. Das klingt sehr geldgierig. Ich bin eigentlich kein gieriger Mensch. Ich bin nur überrascht, das ist alles. Und verwirrt. Damit hatte ich nicht gerechnet.«

»Bitte entschuldigen Sie sich nicht«, sagte Serena Moretti. »Ich habe Sie überrumpelt. Und ich wünschte, ich könnte Ihnen mehr über Ihr Erbe erzählen, aber ich weiß nur das, was ich Ihnen schon mitgeteilt habe. Es ist etwas kompliziert. Ihr Vater war britischer Staatsbürger, also hatte er ein britisches Testament. Morgen reist ein Anwalt mit den Originaldokumenten an. Ich bin nur die Botin, die versucht, alle hier vor Ort zu versammeln, um die Einzelheiten zu klären.«

Er war Brite? Ich hatte mir trotz seines englischen Namens immer einen Italiener vorgestellt.

Ich presste mir die Faust gegen die Stirn und bemühte mich, über alles nachzudenken. Ich hatte gerade erfahren, dass ich von einem so gut wie Fremden Immobilien in Italien erbte. Ich hatte keine Ahnung, wie viel diese Immobilien wert waren, aber es wäre dumm von mir, das Erbe auszuschlagen. Wir konnten das Geld weiß Gott gebrauchen. Es war nicht billig, Dad zu pflegen.

Damit war die Sache klar. Ich musste mich mit der Tatsache abfinden, dass ich sofort Urlaub nehmen, einen Flug nach Italien buchen und mir überlegen musste, wie ich das alles Dad erklären sollte.

»Okay«, sagte ich. »Dann bemühe ich mich, heute noch einen Flug zu bekommen. Wohin genau muss ich fliegen? In welche Stadt?«

Ich hörte am anderen Ende der Leitung Papiere rascheln. »Sie sollten nach Florenz fliegen. Ich arrangiere alles, damit ein Fahrer Sie abholt und nach Montepulciano bringt. Haben Sie eine E-Mail-Adresse, an die ich Ihnen einige Informationen und Kontaktdaten schicken kann? Und eine Mobiltelefonnummer, die ich in die Akte aufnehmen kann?«

»Ja.« Ich gab alles, was sie benötigte, weiter, und Serena Moretti versprach, mir in den nächsten paar Minuten eine Nachricht zu schicken.

Ich beendete das Gespräch und stellte das Telefon auf die Ladestation. Einen Moment saß ich auf dem Bett und starrte mit großen Augen eines meiner Gemälde an der Wand an – das, das mir immer das Gefühl gab, auf einer hohen Felsklippe

11

zu stehen und aufs weite, stürmische Meer hinauszuschauen. Ich hatte es vor einem Jahr gemalt, kurz bevor Jamie und ich uns getrennt hatten. Kälte kroch mir in die Knochen, und ich erschauerte.

Mein leiblicher Vater war tot, und aus irgendeinem Grund hatte er mich in seinem Testament bedacht.

Ich wandte das Gesicht von dem Gemälde ab und schlug die Bettdecke beiseite. Dann stand ich auf und kam zu dem Schluss, dass ich Kaffee brauchte, bevor ich meinen Laptop öffnete und mich auf die Suche nach Flügen machte. Als ich meinen Bademantel anzog, heulte der Wind in den Dachrinnen wie ein Tier, und eine dunkle Wolke des Kummers senkte sich auf mich herab.

Er war nicht *wirklich* mein Vater, versuchte ich mir einzureden. Denn was hatten Blutuntersuchungen und DNA-Testergebnisse schon mit Elternschaft zu tun? Ich hatte keine persönliche Beziehung zu dem Mann, empfand keine Liebe oder Loyalität, die doch das A und O einer normalen Familie waren. Serena Moretti hatte den Begriff am Telefon verwendet. »Am Dienstag findet die offizielle Testamentseröffnung im Beisein der Familie statt«, hatte sie gesagt. Das schloss *mich* mit ein.

Ich wusste nicht einmal, wer diese Leute waren. Seine anderen Kinder? Womöglich meine Geschwister? Eine Ehefrau? Seine Brüder? Schwestern? Cousins und Cousinen? Für mich war unter ihnen kein Platz, es sei denn, es würden noch andere uneheliche Kinder wie ich anwesend sein. Vielleicht hätten wir dann etwas gemeinsam. Aber ich hatte keine Ahnung. Ich wusste nichts.

* * *

»Für einen Sonntag bist du früh auf den Beinen«, bemerkte Dottie, als ich die Küche betrat.

Dottie war unsere Pflegerin für die Nachtschicht. Sie war schon seit vielen Jahren bei Dad und mir, und ich liebte sie heiß und innig, weil sie immer fröhlich war. Sie sang bei der Arbeit Musicalsongs, färbte sich die Haare pink und lila und flirtete spielerisch mit Dad, was ihn immer zum Lächeln brachte, sogar an seinen schlimmsten Tagen. All unsere Pfleger waren wunderbar gewesen, aber bis auf Dottie hatte niemand länger als ein oder höchstens zwei Jahre durchgehalten. Sie kamen und gingen, was nicht unbedingt überraschend war. Es war ein harter Job, sich um einen Querschnittsgelähmten zu kümmern.

»Ja. Hast du das Telefon klingeln hören?«, fragte ich.

»Ja, aber du hattest schon abgenommen, bevor ich drangehen konnte. Wer um alles in der Welt hat da um sieben Uhr morgens an einem Sonntag angerufen?«

Irgendwie glückte es mir, schnell eine Notlüge aus dem Ärmel zu schütteln. »Meine Chefin. Aber bevor ich dir davon erzähle … Wie geht es Dad? Hat er letzte Nacht so weit gut geschlafen?«

Die letzten paar Nächte waren schwierig gewesen, weil er eine leichte Erkältung hatte.

»Wie ein Baby.«

»Das ist gut«, antwortete ich, »denn heute ist Kinotag.«

Dad liebte Filme und Theater, und es war ihm wichtig, dann und wann aus dem Haus zu kommen. Einmal die Woche nahm Jerry, unser Wochenendpfleger, ihn zu einer Matinee mit. Dann ergriff ich immer gern die Gelegenheit, in mein behelfsmäßiges Atelier in der Garage zu verschwinden und etwas zu malen. Das war mein einziger echter Ausgleich.

Zumindest hatte Dad das Glück, seine Handgelenke und Hände noch teilweise bewegen zu können. All unsere Pfleger hatten über die Jahre gewissenhaft mit ihm trainiert, um den

13

Muskeltonus zu erhalten. Deshalb war Dad immer in der Lage gewesen, einen Computer zu benutzen und mithilfe von Spracherkennungssoftware zu schreiben. Er war einmal ein erfolgreicher Thrillerautor gewesen und hatte drei Romane veröffentlicht. Aber in letzter Zeit schrieb er nur noch Artikel für die Stiftung, bei deren Gründung er und Mom 1996 federführend gewesen waren und deren Zweck es war, Geld für die Rückenmarksforschung zu sammeln. Abgesehen von ein paar Kurzgeschichten hatte Dad seit Jahren keine Belletristik mehr geschrieben. Ich glaube, die Romane verlangten ihm zu viel ab, aber ehrlich gesagt vermute ich auch, dass seine Bücher sich nicht sehr gut verkauft haben. Das erste schon, aber das zweite und das dritte waren für seinen Verlag enttäuschend.

Ich kann mir vorstellen, wie schwierig das für Dad damals gewesen sein muss. Schreiben war das Einzige, was er gut zu können glaubte.

Abgesehen davon war er der tapferste Mensch, den ich je gekannt hatte. Der Unfall, bei dem er sich an der Wirbelsäule verletzt hatte, war vor meiner Geburt geschehen, also kannte ich ihn gar nicht als einen Mann, der gehen oder selbstständig etwas unternehmen konnte. Dafür wusste ich, schon als Kind und Jugendliche, dass er mich mehr liebte und wertschätzte als irgendetwas anderes auf der Welt. Nie hatte ich das Gefühl, dass er weniger zu bieten hatte als die Väter anderer Kinder. Ich wusste, dass unsere Situation ungewöhnlich war, aber ich hatte nie den Eindruck, dass es mir an etwas mangelte, und dafür gab es alle möglichen Gründe.

Zum Beispiel ließ er mich, als ich noch klein war, auf seinem Schoß sitzen, während er in seinem elektrischen Rollstuhl durchs Haus sauste und sich im Kreis drehte, bis ich vor Lachen kreischte. Der Rollstuhl bewegte sich auf Knopfdruck, und Dad lenkte ihn mit einem Joystick. Er erlaubte mir viel zu früh, damit zu steuern. Zusammen stellten wir allen möglichen

Unfug an: Ich fuhr gegen Tische oder riss Lampen und schwankende Bücherstapel um. *Ups* war damals sein Lieblingswort. Wir wussten beide, dass das meiner Mutter auf die Nerven ging, die das Durcheinander, das wir anrichteten, wieder beseitigen musste. Das war noch, bevor wir ganztägig Pfleger hatten. Mom tat alles für Dad, und ihre Hingabe färbte auf mich ab. Bis zum Alter von achtzehn Jahren glaubte ich, unsere Familie hätte so ein enges Verhältnis zueinander wie keine andere auf der Welt, weil wir jeden Tag vor Herausforderungen standen. Vor allem wenn Dad infolge einer der vielen Infektionen, die ihn hätten umbringen können, wieder einmal ins Krankenhaus musste. Damals war er sehr verletzlich. Das war er immer noch.

Aber dann starb Mom unerwartet an einem Gehirnaneurysma, und ich erfuhr von Geheimnissen und Lügen. Damals wurde mir klar, dass Menschen nicht immer das sind, was sie zu sein vorgeben. Bis auf meinen Dad natürlich. Er war mir gegenüber immer aufrichtig. Nach Moms Tod ging es mir nur noch darum, ihn zu beschützen und ihn glücklich und gesund zu erhalten. Ich hätte es nicht ertragen, auch noch ihn zu verlieren.

Deshalb hatte ich das Geheimnis meiner Mutter für mich behalten.

»Was den Anruf angeht …«, sagte ich zu Dottie, als sie für mich eine Brotscheibe in den Toaster schob.

»Was um alles in der Welt wollte deine Chefin?«, fragte sie. »Ich hoffe, es war wichtig.«

»Das war es«, antwortete ich. »Sie hat gefragt, ob ich sie diese Woche bei einer Verkaufskonferenz in London vertreten kann. Sie sollte eigentlich einen Vortrag dort halten, aber sie hat sich ein Magen-Darm-Virus eingefangen. Deshalb hat sie mich gefragt, ob ich an ihrer Stelle hinfliegen kann.«

Dottie sah mich an. »Ernsthaft? Nach London? England? Wo die Queen wohnt?«

Ich lachte leise. »Ja, genau. Ich muss heute oder morgen einen Nachtflug erwischen.«

»Du hast also Ja gesagt?«

»Natürlich. Wie blöd müsste ich denn sein, um eine kostenlose Reise nach London auszuschlagen?«

Ich hatte mit dem Gedanken gespielt, eine fiktive Konferenz in Italien zu erfinden, was näher an der Wahrheit gewesen wäre. Aber ich hatte Angst, Italien Dad gegenüber zu erwähnen, denn dort hatte er seinen Unfall gehabt. Das war das schlimmste Trauma seines Lebens, sodass es ihn vielleicht quälen würde, darüber zu sprechen oder sich vorzustellen, dass ich dorthin reiste. London war eine viel bessere Ausrede, um das Thema Toskana komplett zu meiden.

»Ihr kommt hier doch klar, solange ich weg bin?«, fragte ich und wandte mich dem Toaster zu, um Dottie den Rücken zuzudrehen.

»Natürlich. Was für eine unglaubliche Gelegenheit. Hast du in deinem Koffer vielleicht noch Platz für einen blinden Passagier? Ich könnte mich ganz klitzeklein zusammenrollen.«

Ich lächelte und wartete darauf, dass mein Toast hochhüpfte. »Das würde Spaß machen.«

»Dein Vater wird sich sehr für dich freuen.«

»Das hoffe ich«, sagte ich, während ich Butter auf meinen Toast strich, »denn ich habe ein furchtbar schlechtes Gewissen, ihn im Stich zu lassen.«

»Sag so etwas nicht, Fiona«, forderte Dottie mit Nachdruck. »Du hast es verdient wegzufahren und darfst deswegen keine Schuldgefühle haben. Wenn jemand welche haben sollte, dann er, weil er dir den Eindruck vermittelt, dass du die ganze Zeit auf ihn aufpassen musst. Wir sind wunderbar zurechtgekommen, als du letztes Jahr ausgezogen bist. Er hat sich für dich gefreut, schon vergessen?«

Ich fand im Kühlschrank ein Glas Erdbeermarmelade und trug es zur Küchentheke. Dort setzte ich mich neben Dottie. »Ja, er hat sich in gewisser Weise für mich gefreut. Aber wir wissen doch beide, dass er Jamie nie mochte.«

»Nein, den mochte er nicht«, bestätigte sie, »aber ich habe ihm gesagt, dass du dein eigenes Leben leben musst und dass er dich machen lassen muss. Es hat einiges an Überredungskunst gebraucht, aber schließlich hat er mir zugestimmt.«

»Danke dafür«, sagte ich und schenkte ihr ein Lächeln voller Wärme und Dankbarkeit. »Obwohl es letzten Endes nicht funktioniert hat.«

Dottie nippte an ihrem Tee. »Das tut mir leid.«

»Mir auch«, antwortete ich. »Ich wünschte, es wäre anders gekommen, aber Jamie war einfach so … ach, ich weiß auch nicht … materialistisch, schätze ich. Es ist besser, dass mir das vor der Hochzeit und nicht erst hinterher klar geworden ist. Es wäre mir alles andere als lieb, jetzt einen Scheidungsanwalt bezahlen zu müssen.«

Geld war der Hauptgrund für die Reibereien zwischen Jamie und mir gewesen. Er war nie damit einverstanden gewesen, wenn ich Dad finanziell unterstützt hatte, aber was hätte ich denn tun sollen? Das Geld war knapp. Die Zahlung aus Moms Lebensversicherung war fast aufgebraucht, und Dads Romane waren alle nicht mehr lieferbar. Er bekam schon seit Jahren keine Tantiemen mehr. Er hatte ein gewisses Einkommen aus seiner Behindertenrente und weiterer staatlicher Unterstützung, aber das allein reichte nicht für drei Vollzeitpflegekräfte und die Raten für den Van und den neuen Rollstuhl, die wir letztes Jahr gekauft hatten.

Jamie hatte gewollt, dass wir auf ein Haus sparten und uns ein schöneres Auto kauften, aber ich musste mein Einkommen mit Dad teilen, sodass ich nie etwas beiseitelegen konnte. Am Ende kam es mir vor, als würden Jamie und ich ständig darüber streiten, wofür wir unser Geld ausgaben, und schließlich stellte er mir ein Ultimatum: er oder Dad. Das gefiel mir nicht, und so traf ich meine Wahl. Ich entschied mich für Dad.

Und jetzt ... Italien.

Ich musste dorthin. Ich musste herausfinden, was ich von dem Vater geerbt hatte, von dem niemand wusste. Ich wollte mir keine zu großen Hoffnungen machen, aber was, wenn die Immobilien viel wert waren? Das würde alles in unserem Leben verändern.

»Aber Jamie sah gut aus«, fügte Dottie hinzu. »Ich kann es dir nicht verdenken, dass du dich in ihn verliebt hast. Er hatte so wunderschöne blaue Augen und einen solchen Schlafzimmerblick.«

Ich lachte noch einmal leise, während ich meinen Toast aß. »Ja, das stimmt. Aber Charme ist auch nicht alles.«

Ich beendete mein Frühstück und stand vom Hocker auf, um meinen Teller in die Spülmaschine zu stellen. »Ich sollte jetzt nach einem Flug suchen.« Dottie erhob sich ebenfalls, und wir umarmten einander. »Was würde ich nur ohne dich tun?«, fragte ich.

Sie trat einen Schritt zurück und umfasste mein Gesicht mit den Händen. »Dein Vater hat großes Glück, eine Tochter wie dich zu haben. Du bist seine ganze Welt, Fiona.«

Bei Dotties Worten schnürte sich mir plötzlich die Brust zusammen. Das war in letzter Zeit oft geschehen, seit ich mit Jamie Schluss gemacht hatte und wieder nach Hause gezogen war. Natürlich wollte ich nichts mehr, als dass Dad glücklich und gut versorgt war, aber es war nicht immer einfach. An schlechten Tagen war es unverzichtbar, dass jeder um ihn herum gut gelaunt blieb. Wir rackerten uns ab, um seine Stimmung zu heben. Damit ging eine Menge Druck einher, und ich konnte nicht leugnen, dass ich mich darauf freute, eine Weile weg zu sein und etwas Zeit für mich zu haben.

»Falls ich dich nicht mehr sehe, bevor ich zum Flughafen fahre«, sagte ich zu Dottie, »hab eine schöne Woche und kümmere dich gut um Dad, ja?«

»Das tue ich doch immer. Grüß die Queen schön von mir, wenn du nach London kommst.«

»Das mache ich.« Ich tat mein Bestes zu überspielen, wie gern ich wegwollte, ging in mein Zimmer und klappte meinen Laptop auf.

Nach einer gründlichen Suche auf Expedia entschied ich mich für einen Flug, bei dem ich in Frankfurt umsteigen musste, weil er der billigste war. Sobald ich die Bestätigung der Airline hatte, schickte ich die Informationen an Serena Moretti, die mir sofort in allen Einzelheiten mitteilte, wie meine Ankunft in der Toskana ablaufen würde.

KAPITEL 2

FIONA

Die Reise von Florida nach Florenz erwies sich unerwartet als wahre Tortur. Aber an dem Horrortrip war nur ich allein schuld, weil ich keine erfahrene Reisende war und mich für zwei lange Aufenthalte in New York und Frankfurt entschieden hatte, die zu einer Reisedauer von sechsundzwanzig Stunden führten.

Ich war so naiv gewesen zu glauben, dass ich im Flugzeug schlafen würde, während es den Atlantik überquerte. Aber ich saß in der Economyclass ganz hinten in der vorletzten Reihe neben den Toiletten. Der Lärm störte mich die ganze Nacht über. Ich beneidete die Frau neben mir, die eingenickt war, sobald die Essenstabletts abgeräumt worden waren, aber sie hatte ja auch eine Schlaftablette genommen. Kluge Frau. Ich wünschte, ich hätte daran gedacht, denn meine Mitreisende schnarchte die ganze Zeit, und es gelang mir nur, immer wieder für kurze Momente einzudösen. Als das Flugzeug in Frankfurt landete, war ich völlig übermüdet. Mit meinen geröteten Augen kam ich mir wie ein Zombie vor.

Als Nächstes musste ich anstrengende acht Stunden Aufenthalt in Frankfurt bewältigen, bevor ich nach Florenz flog. Dort kam ich nach Einbruch der Dunkelheit an und musste noch eine zähe Stunde an der Passkontrolle anstehen. Zu dem Zeitpunkt war ich wirklich eine wandelnde Leiche. Ich wollte mir nur noch die Zähne putzen und eine weiche Unterlage finden, um für die nächsten zehn bis zwölf Stunden zusammenzubrechen.

Als der italienische Zollbeamte meinen Pass stempelte und mich durchwinkte, rollte ich meinen kleinen Koffer am Gepäckband vorbei und hielt Ausschau nach einem Fahrer, der ein Schild mit meinem Namen hochreckte, aber im Ankunftsbereich sah ich keinen solchen Menschen. Das Herz sackte mir in die Hose, denn ich hatte weder die mentale noch die emotionale Kraft, mir etwas einfallen zu lassen, um im Dunkeln von Florenz nach Montepulciano zu gelangen. Ich sprach ja noch nicht einmal Italienisch.

Seufzend griff ich in meine Handtasche, um mein Handy herauszuholen und nach Serena Morettis E-Mail zu suchen. Ich hoffte, dass sie mir eine Telefonnummer genannt hatte, die ich anrufen konnte. Sie hatte mir gesagt, dass ich in Anton Clarks Betrieb übernachten sollte, einem Weingut, auf dessen Gelände auch ein Hotel lag, aber ich konnte mich beim besten Willen nicht an den Namen des Weinguts erinnern.

Ich scrollte gerade durch die Nachrichten in meinem Posteingang, als jemand mir auf die Schulter klopfte. »*Scusa. Ms Bell?*«

Ich wirbelte herum und sah mich einem wettergegerbten Italiener in den Vierzigern gegenüber, der eine weite Jeans und ein Holzfällerhemd trug.

»Ja«, antwortete ich. »Sind Sie Marco?«

»*Sì!*« Er hielt ein Blatt Papier mit meinem Namen hoch. »Ich bin Ihr Fahrer. Willkommen in Italien.«

»Danke.«

Er griff nach meinem Koffer und hob ihn hoch. »Hier sagen wir *grazie*, und darauf antworte ich *prego*. Gern geschehen.«

21

»Danke für meine erste Italienischstunde«, antwortete ich gutmütig und musste mich beeilen, mit ihm Schritt zu halten. »Oder sollte ich *grazie* sagen?«

Er lächelte breit. »Sehr gut. *Molto bene.*«

Ich folgte ihm aus dem Terminal zu einem schwarzen Mercedes, der am Bordstein parkte. Marco öffnete mir die Tür zur Rückbank der Limousine. Ich stieg ein, setzte mich auf den Ledersitz und fragte mich, ob es Marco wohl unhöflich finden würde, wenn ich mich hinlegte und einschlief, sobald er aufs Gaspedal trat.

Marco schloss rasch den Kofferraumdeckel, stieg auf der Fahrerseite ein und startete den Motor. »Wie war Ihr Flug?«, fragte er und warf mir im Rückspiegel einen Blick zu.

»Lang. Ich bin froh, wenn ich in ein warmes Bett komme.«

»Das kann ich verstehen. Die Fahrt dauert ungefähr anderthalb Stunden. Ruhen Sie sich aus, wenn Sie möchten.«

»Vielleicht tue ich das.« Ich wandte den Kopf, um aus dem Fenster zu sehen. »Schade, dass es draußen dunkel ist. Ich hatte gehofft, etwas von Florenz zu sehen zu bekommen.«

»Es ist eine schöne Stadt«, antwortete er, »aber von Touristen überlaufen.«

Wir fuhren durch hell erleuchtete Straßen neben einer ultramodernen Straßenbahn her, die auch vom Flughafen abgefahren war. Marco zeigte nach rechts. »Schauen Sie nach dort drüben, dann sehen Sie den *Duomo.*«

»Was ist der *Duomo*?«, fragte ich.

»Der Dom Santa Maria del Fiore. Die Kuppel ist beleuchtet. Sehen Sie?«

Als ich mich vorbeugte, erblickte ich in der Ferne die Altstadt. »Oh ja, da ist er. Er ist schön. Ich muss ihn googeln. Vielleicht werde ich ja Gelegenheit haben, ihn zu besichtigen, während ich hier bin.«

»Sie können auf den Turm steigen«, sagte er, »aber die Schlange … sehr lang. Buchen Sie im Voraus.«

»Danke für den Tipp. *Grazie*, meine ich«, erwiderte ich lächelnd.

Wenig später fuhren wir auf eine Autobahn auf, und Marco gab Gas. Ich lehnte den Kopf gegen das Fenster und hoffte, endlich einzuschlafen, als Marco leise sagte: »Ich sehe die Ähnlichkeit.«

Wieder trafen sich unsere Blicke in dem kleinen Rückspiegel. »Wie bitte?«

»Sie sehen aus wie er«, erklärte Marco mit einem Hauch von Melancholie. »Wie Ihr Vater.«

Ich setzte mich etwas aufrechter hin. »Sie haben ihn gekannt?« Ich hatte geglaubt, Marco sei nur ein anonymer Fahrer, der mich vom Flughafen abholen sollte.

»*Sì*. Ich war sechs Jahre lang Mr Clarks Chauffeur.«

Ich erstarrte ein oder zwei Sekunden lang. Mir klingelten noch die Ohren von all den lauten Starts und Landungen. Oder vielleicht lag es auch an etwas anderem; daran, dass der Vater, der für mich ein Fremder war – ein Mann, an den ich dachte, wie man auch an eine steinerne Statue hätte denken können –, ein erfülltes Leben gelebt hatte, mit engen Freunden, die ihn genau kannten. Menschen, die für ihn arbeiteten. Menschen, denen er wichtig war.

Natürlich war mir rein rational klar, dass er Freunde gehabt haben musste. Aus Serena Morettis E-Mail wusste ich, dass er eine Frau und zwei Kinder hinterließ. Es war überraschend, wie schnell ich die Informationen in ihrer Mail verschlungen hatte, obwohl ich doch bisher nie etwas über ihn hatte wissen wollen. Mein Leben lang hatte ich mir meinen leiblichen Vater lieber als nicht ganz menschlich vorgestellt. Sozusagen als einen eindimensionalen Schurken. Keine Person, die ich jemals kennenlernen wollte oder die mir am Herzen liegen sollte.

Vielleicht wollte ich deswegen nichts wissen, weil ich Angst davor hatte, dass sich daraus der Wunsch ergeben könnte, ihn zu treffen. Dann hätte ich eine weite Reise unternehmen müssen, um meine Neugier zu stillen, und das konnte ich Dad nicht antun. Es wäre mir fürchterlich illoyal vorgekommen.

»Haben Sie gern für ihn gearbeitet?«, fragte ich Marco und ließ meiner Neugier endlich freien Lauf. Ich war nur für eine Woche in Italien. Da konnte ich ihr genauso gut nachgeben.

Marco lachte. »Ich glaube nicht, dass irgendjemand gern für Ihren Vater gearbeitet hat. Er war ein … wie sagt man auf Englisch? *Oppressore? Tiranno?*«

»Ein Tyrann?«, schlug ich vor.

»*Sì!* Tyrann!«

Ich lehnte mich zurück und war seltsam erleichtert, das zu hören. Wenn er wirklich ein schrecklicher Mensch gewesen war, würde das meine Reue vielleicht mildern. Vielleicht würde ich noch ganz froh sein, ihn nie kennengelernt zu haben. »Tatsächlich.«

Marco lachte erneut. »Aber wir haben ihn geliebt. Wir hätten alles für ihn getan. Ich weiß nicht, warum.«

Ich neigte den Kopf. »Wer ist ›wir‹?«

Marco zuckte die Schultern. »Alle. Er hatte eine gewisse … Wie sagt man?« Marco gestikulierte mit einer Hand. »Fähigkeit. Eine Art, mit der er jeden charmant dazu bringen konnte, alles Mögliche zu tun.«

Ich sah wieder aus dem Fenster und fragte mich, was passiert wäre, wenn ich hergereist wäre, als Anton noch am Leben gewesen war. Es hätte interessant sein können, sein angebliches Charisma selbst zu erleben. Er hatte schließlich meine Mutter dazu verführt, ihren Ehemann zu betrügen, den sie zutiefst geliebt hatte. Wenn es denn das war, was geschehen war. Ich war mir nicht ganz sicher, ob *Verführung* das richtige Wort war. Ihrer gequälten Miene nach zu urteilen, als sie mir davon erzählt hatte, war es vielleicht auch etwas weit Unromantischeres gewesen, eine Situation, über die sie keine Kontrolle gehabt hatte.

Bei dem Gedanken wurde mir ein wenig übel. Ich klopfte mir mit dem Finger aufs Knie und erkannte, dass die Neugier, die ich die letzten zwölf Jahre lang hatte begraben können, erwachte wie ein schlafender Drache. Ich konnte es nicht abwarten, Montepulciano zu erreichen.

* * *

Marco war ein souveräner Fahrer, aber er raste gern.

»Sie müssen diese Straßen sehr gut kennen«, sagte ich, als ich aus einem kurzen Schlaf erwachte. Ich fuhr mir mit den Fingern durchs Haar und sah mich um. Wir schienen mitten im Nirgendwo zu sein und sausten über dunkle, kurvenreiche Landstraßen.

»*Sì*. Ich wohne schon mein Leben lang hier.«

Ich wünschte, ich könnte mehr sehen als das üppige Laub, das die schmale Straße von beiden Seiten her einschloss.

»Es ist neblig«, bemerkte ich und wurde ruckartig nach links geschleudert, als Marco in halsbrecherischem Tempo um eine Haarnadelkurve bog.

»Nebel ist in der Toskana nichts Ungewöhnliches«, antwortete er. »Viele Hügel und Täler, in die er sich gern hineinschlängelt. Wir sind bald da. Jetzt ist es nicht mehr weit.«

Ich griff in meine Handtasche, um Kaugummi zu suchen, und wischte mit der Fingerspitze unter meinen Augen entlang, um mir die verschmierte Wimperntusche von gestern abzureiben. Es war zehn Uhr abends mitteleuropäischer Zeit, und ich betete, dass ich bald ein weiches Bett erreichen würde. Oder ein hartes. Das spielte keine Rolle. Ich musste mich nur in die Horizontale begeben.

Marco trat auf die Bremse und bog in eine Schotterstraße ein, an der ein großes Schild verkündete: *Maurizio.* Die Straße schlängelte sich durch einen Wald und führte steil bergauf. Ich wurde auf dem Sitz durchgerüttelt, als Marco am letzten Anstieg zu einem hohen, schmiedeeisernen Tor zwischen gewaltigen Ziegelpfeilern noch einmal aufs Gas trat. Er hielt an, nahm einen Schlüsselanhänger aus der Mittelkonsole und drückte den Knopf. Das Tor schwang langsam auf. Die Angeln quietschten; sie mussten geölt werden. Marco fuhr auf den Kiesparkplatz vor einem großen, mittelalterlich anmutenden Steingebäude.

Hatte das alles Anton gehört?

»Wir sind da.« Marco stellte den Motor ab, schnallte sich los und eilte dann ums Auto herum, um mir die Tür zu öffnen.

Als ich ausstieg, stieg der frische Duft feuchter Erde in meine Nase, und die Kälte des dicken Nebels kroch durch den Stoff meiner Jeansjacke. Marco trug meinen Koffer. Ich folgte ihm in einen Raum, der offensichtlich die Rezeption einer Art Pension war. Eine junge Italienerin begrüßte uns am Tresen.

»Ms Bell?«, fragte sie.

»Ja, das bin ich.«

»Ich bin Anna. Es freut mich, Sie kennenzulernen.« Sie bückte sich, um eine Schlüsselkarte unter dem Tresen hervorzuholen. Als ich meine Kreditkarte zückte, hob Anna abwehrend die Hand. »Nicht nötig. Es ist alles arrangiert. Sie sind in Zimmer sieben im obersten Stockwerk. Die Treppe da hinauf, dann nach links. Im Speisesaal dort hinten gibt es von halb neun bis halb elf Frühstück. Das Wi-Fi-Passwort finden Sie auf einer Karte in einem Korb in Ihrem Zimmer.«

»Vielen Dank, Anna.« Ich nahm die Schlüsselkarte und sah überrascht, dass Marco bereits meinen Koffer die ausgetretene schwarze Marmortreppe hinauftrug.

Das Gebäude kam mir uralt vor, mit dicken, verputzten Wänden und schweren, freiliegenden Deckenbalken. Ich blieb kurz stehen, um mir an den Wänden des Treppenhauses gerahmte Fotos von prominenten Gästen anzuschauen. George Bush war hier gewesen, auch Tom Hanks und Audrey Hepburn. Ich fühlte mich ein bisschen wie Alice im Wunderland auf dem Weg durch den Kaninchenbau.

Marco führte mich zu einer dunklen Mahagonitür im dritten Stock. Ich steckte die Karte ins Lesegerät, stieß die Tür auf und knipste das Licht an. Es wurde hell in einer gewaltigen Hotelsuite mit antiken Möbeln, Samtvorhängen an den Fenstern und einem großen Doppelbett mit luxuriöser weißer Bettwäsche. Bei seinem Anblick hätte ich vor Freude weinen können.

Marco stellte meinen Koffer hinter der Tür ab und schaltete das Licht im Bad ein. »Hier sollten Sie es gemütlich haben. Es ist unser bestes Zimmer.«

»Es sieht wunderschön aus.« Ich warf einen Blick in das gigantische, schwarz-weiß gekachelte Badezimmer mit einer großen Badewanne, einer separaten Dusche mit Glastüren und einem Bidet, das ich einen Moment lang neugierig musterte.

Marco ging zur Tür und zog eine Visitenkarte aus der Hemdtasche. »Hier ist meine Handynummer, für den Fall, dass ich Sie irgendwohin fahren soll. Sie wollen bestimmt Montepulciano besuchen. In der Stadt sind Autos nicht erlaubt, aber ich kann Sie am Rand des Zentrums absetzen. Von dort aus können Sie alles zu Fuß erreichen. Es gibt viele gute Läden mit Lederwaren. Ich kann Ihnen ein paar Restaurants empfehlen. Morgen lernen Sie dann die Familie kennen.«

Als er die Familie erwähnte, durchlief mich plötzlich ein nervöser Schauer, weil ich keine Ahnung hatte, womit ich rechnen musste. Visionen aus dem Film »Der Pate« kamen mir in den Sinn.

Marco wandte sich zum Gehen, aber ich hielt ihn auf. »Warten Sie. Macht es Ihnen etwas aus, wenn ich Ihnen eine

Frage stelle …? Wird meine Anwesenheit hier peinlich werden? Ich meine ja nur … Anton hatte Frau und Kinder. Wissen sie, wer ich bin? Haben sie es immer gewusst?«

Marco musterte mich einen Moment lang unverwandt, und ich spürte einen Hauch von Mitgefühl in seiner Miene, die ich ansonsten nicht deuten konnte.

»Es war ein Schock für sie«, gestand er am Ende.

»Sie wussten es nicht?«

»Bis neulich nicht, nein.«

Ich atmete aus. »Ich verstehe. Hat es sie sehr aufgeregt? Denn ich mache mir schon die ganze Zeit Sorgen, dass ich hier vielleicht in ein Wespennest stechen könnte.«

Er rieb sich den Nacken und biss sich auf die Unterlippe. »Ich kann Ihnen nicht garantieren, dass Sie das nicht tun. Es hängt davon ab, was im Testament steht.«

»Das Testament …« Ich hielt inne. »Wissen Sie irgendetwas darüber?«

Er schüttelte den Kopf. »Das tut niemand, aber es hat hier in den letzten paar Tagen reichlich Gerüchte gegeben. Anton war ein sehr wohlhabender Mann, also bestehen hohe Erwartungen.«

Mein armes Hirn brauchte Schlaf, und mir fiel beim besten Willen keine Antwort ein. Es war noch nicht ganz achtundvierzig Stunden her, dass ich erfahren hatte, dass Anton ein Weingut und das Hotel, in dem ich wohnte, besessen hatte. Wie reich genau war er gewesen?

Marco machte wieder Anstalten zu gehen.

»Warten Sie.« Ich packte ihn am Ärmel. »Wissen Sie, wer da sein wird, wenn die Anwälte das Testament verlesen? Ich gehe davon aus, dass seine anderen Kinder anwesend sein werden. Wie heißen sie?«

»Connor und Sloane«, antwortete Marco. »Connor ist der Jüngere. Er ist allein hier. Sloane ist mit ihren beiden Kindern gekommen, aber ihr Mann ist in Amerika geblieben.«

Ich versuchte, das zu verarbeiten. Connor und Sloane würden mein Halbbruder und meine Halbschwester sein, die Kinder meine Halbnichten oder -neffen. Da ich als Einzelkind aufgewachsen war, kam mir die Vorstellung seltsam vor.

»Dann ist da noch Mr Clarks Ex-Frau«, setzte Marco hinzu. »Mrs Wilson. Sie ist auch zur Beerdigung angereist.«

»Sie sind geschieden?«, fragte ich. »Seit wann?«

Er zuckte die Schultern. »Das weiß ich nicht so genau. Sie haben sich getrennt, bevor ich angefangen habe, hier zu arbeiten. Da waren die Kinder noch sehr klein. Ich habe Mrs Wilson zum ersten Mal heute bei der Beerdigung gesehen. Maria weiß aber sicher mehr darüber.«

»Wer ist Maria?«

»Die Haushälterin in der Villa. Ihr Schwiegervater, Domenico Guardini, war der Aufseher in den Weinbergen, als Mr Clark das Weingut vor Jahren gekauft hat. Jetzt kümmert sich Marias Mann Vincenzo um die Reben.«

»Ich verstehe. Und wo liegt die Villa? Wird Maria morgen früh da sein, wenn die Anwälte kommen?«

»*Sì*, sie wird da sein. Die Villa liegt auf dem Hügel am Ende der Zypressenallee. Aber Sie sollten jetzt schlafen, Ms Bell. Sie hatten eine lange Reise. Sie müssen sich keine Sorgen machen.«

»Danke. Aber bitte nenn mich doch Fiona.«

Er nickte und ging dann schnell, als hätte er Dutzende anderer Dinge zu tun. Ich spürte, dass er ein zupackender Mensch war.

Ich schloss die Tür hinter ihm, wandte mich dem riesigen Bett zu und seufzte vor Erschöpfung. Danach muss ich einen neuen Rekord darin aufgestellt haben, meinen Koffer zu öffnen und mir meinen Schlafanzug anzuziehen.

* * *

Ich stöhnte, als mein Handywecker klingelte, griff über das weiche Kopfkissen, um die Schlummertaste zu drücken, und fragte mich, was für eine neue Hölle das hier nur war. Mein Körper fühlte sich wie ein Bleiklumpen an. Ich versuchte auszurechnen, wie spät es zu Hause in Tallahassee war. Zwei Uhr morgens?

Fast sofort fiel ich wieder in einen tiefen, traumlosen Schlaf.

Neun Minuten später weckte mich das Schrillen meines Telefons erneut. Da ich wusste, dass weiterschlafen nicht infrage kam, wälzte ich mich auf den Rücken und zwang mich aufzustehen, weil ich das Frühstück nicht verpassen wollte. Vor allem aber wollte ich rechtzeitig zur Villa gehen, um mir einen Überblick über die Lage zu verschaffen, bevor die Anwälte eintrafen.

Schlaftrunken schlurfte ich über die breiten Bodendielen zum Fenster und zog die schweren Samtvorhänge beiseite. Ich rechnete mit Sonnenschein hinter Glasscheiben und sah stattdessen Fensterläden aus Eichenholz vor mir, die das Licht vollkommen aussperrten. Ich stemmte den Riegel hoch und zog einen Flügel des Fensterladens auf. Dann keuchte ich vor Schock auf. Diese Aussicht … War sie überhaupt echt?

Vor meinen verschlafenen, zusammengekniffenen Augen lag auf einer Hügelkuppe umgeben von üppigem Grün eine mittelalterliche befestigte Stadt. Ein blauer Himmel umrahmte die steinernen Häuser und Türme. In Bodennähe strich ein dunstig-weißer Nebelschleier über Olivenhaine und Weinberge. Glocken begannen, in einer Kathedrale auf dem Hügel zu läuten, und ein Schwarm Schwalben flatterte aus der hohen Zypresse neben dem Pool unter meinem Fenster auf.

Vor lauter Ehrfurcht verschlug es mir den Atem. Kein Wunder, dass hier schon berühmte Leute übernachtet hatten.

Dieser Ausblick war eine Million Dollar wert. Es war, als würde man mitten in einer Aschenputtel-Verfilmung aufwachen.

Ich schloss die Augen wieder, atmete die frisch nach Gras und Tau duftende Septemberluft ein und redete mir selbst gut zu, diese Woche völliger Freiheit zu genießen. Ich durfte mir keine Sorgen um Dad zu Hause machen. Dottie hatte alles im Griff. Ich musste mich an das erinnern, was sie gesagt hatte – dass ich eine Woche Urlaub verdient hatte.

Die Glocken in der Stadt hörten zu läuten auf, und dann war alles, was ich noch hören konnte, das beruhigende Säuseln einer Brise im Olivenhain. Die Augen immer noch geschlossen, nahm ich einen weiteren tiefen, erfrischenden Atemzug und zwang mich schließlich, mich vom Fenster abzuwenden und unter die Dusche zu gehen.

Kurz darauf war ich auch schon auf dem Weg nach unten in den Speisesaal, wo ein Frühstücksbüfett mit Gebäck, Joghurt, Müsli, Eiern und einer Platte mit Aufschnitt und Käse aufgebaut war. Ein langer Tisch, groß genug, um dreißig Leuten bei einem Galadiner Platz zu bieten, war mit einer weißen Decke und frischen Blumensträußen gedeckt. Sobald ich die Anrichte erreichte und mir einen Teller nehmen wollte, trat eine junge Frau aus der Küche an mich heran. »*Caffè?*«

»*Sì, grazie*«, sagte ich. »Einen Americano bitte, wenn Sie einen haben?«

Sie lächelte, nickte und kehrte in die Küche zurück. Ich füllte meinen Teller und setzte mich einem jungen Paar gegenüber.

»Guten Morgen«, sagte ich, während die Kellnerin mit meinem Kaffee zurückkehrte und ihn vor mir hinstellte.

»Guten Morgen«, antwortete die junge Frau. Nach ihrem Akzent zu urteilen, stammte sie aus dem Süden der USA. »Haben Sie den Cappuccino schon probiert?«, fragte sie. »Er ist köstlich.«

31

»Noch nicht. Ich probiere ihn morgen.«

Wir unterhielten uns über Belangloses, und ich erfuhr, dass die beiden auf ihrer Hochzeitsreise waren. Sie waren von Rom aus aufgebrochen und jetzt auf dem Weg nach Venedig, um dort an Bord eines privaten Schoners zu gehen und eine Segelkreuzfahrt auf dem Mittelmeer zu unternehmen.

Nachdem die beiden gegangen waren, kam ein älteres Pärchen – ebenfalls Amerikaner – herein und bestellte Cappuccino. Sie füllten sich ihre Teller mit Eiern, Toast und Aufschnitt. Ich plauderte auch mit ihnen. Sie waren seit Kurzem im Ruhestand und erkundeten die Toskana. Jeden Nachmittag besuchten sie ein anderes Weingut, aber dieses hier war für die nächsten beiden Wochen ihre Ausgangsbasis.

»Wir lieben Montepulciano«, erklärten sie. »Und der Wein hier …« Der Mann küsste mit großer Geste seine Fingerspitzen. »Einfach der beste.«

»Ich bin keine große Weinkennerin«, gestand ich leise und hielt den Kopf gesenkt, während ich mein Joghurt umrührte. »Zu Hause kaufe ich immer die gleiche Sorte – einen Merlot aus Kalifornien, für den vor allem sein Preisschild spricht.«

Sie lachten und nickten verständnisvoll.

»Sie werden Spaß daran haben, diese Weine aus der Alten Welt zu probieren«, sagte er. »Der Geschmack ist hier ganz anders.«

»In mehr als einer Hinsicht«, setzte seine Frau lächelnd hinzu und sah ihren Mann an. »Europa hat einfach etwas.«

Sie wirkten sehr glücklich. »Wie lange sind Sie schon verheiratet?«, erkundigte ich mich.

»Seit bald vierzig Jahren«, antwortete der Mann.

»Sie haben Glück, einander gefunden zu haben.« Ich nippte an meinem Kaffee, stellte die Tasse ab und legte die Hände darum. »Das hier ist jetzt genau die richtige Medizin für mich. Ich leide immer noch etwas unter dem Jetlag.«

»Das geht vorüber«, meinte die Frau. Nach einer Pause fragte sie: »Sind Sie allein auf Reisen?«

»Ja, auch wenn man es eigentlich nicht ›auf Reisen sein‹ nennen kann. Ich bin wegen einer Beerdigung hier.«

»Oh, wie schade. Wir haben gestern gesehen, wie alle zur Kirche gegangen sind. Unser herzliches Beileid.«

»Danke.« Ich löffelte mein Joghurt aus und wechselte das Thema, bevor sie Gelegenheit hatten, mich zu fragen, in welchem Verhältnis ich zu der Familie stand. »Ich versuche vielleicht, ein paar Stunden durch Florenz zu spazieren, bevor ich die Heimreise antrete«, sagte ich. »Waren Sie schon dort?«

»Ja, und versuchen Sie es unbedingt«, riet mir die Frau. »Der Palazzo Pitti ist einen Besuch wert. Und gehen Sie über den Ponte Vecchio. Das ist eine mittelalterliche Brücke mit Läden. Betörend schön im Sonnenuntergang. Natürlich müssen Sie sich auch den *David* ansehen. Sie können nicht Florenz besuchen und auf *den* Augenschmaus verzichten.«

Ich lachte. »Das werde ich mir nicht entgehen lassen.«

Nach dem Frühstück kehrte ich in mein Zimmer zurück, um mir die Zähne zu putzen. Dann wagte ich mich nach unten an die Rezeption und fragte die Angestellte dort, wie ich zur Villa kommen könne. Es war wieder Anna, die junge Frau, bei der ich gestern Abend eingecheckt hatte.

Anna zog eine bunte Landkarte hinter der Theke hervor und kreiste mit einem roten Filzstift ein Gebäude in der Mitte ein. »Wir sind hier, im Hotel. Gehen Sie durch die Vordertür zum Parkplatz, dann rechts die Schotterstraße zwischen diesem Gebäude und den Neubauten des Weinguts hinauf. Wenn Sie oben angekommen sind, biegen Sie an der Kapelle wieder rechts ab und folgen der Zypressenallee den Hügel hinauf, am Friedhof vorbei bis zu dem großen, schmiedeeisernen Tor. Hier ist eine Fernbedienung, um es zu öffnen. Behalten Sie sie am besten, solange Sie hier sind, dann können Sie kommen und gehen, wie Sie wollen. Vom Tor aus brauchen Sie noch etwa zwei Minuten bis zur Villa. Die Familie ist jetzt dort oben, also sollte die Haustür offen sein. Wenn sie doch abgeschlossen ist, klingeln Sie einfach. Maria wird Ihnen öffnen. Sie wird sich gut um Sie kümmern.«

Ich dankte Anna, ging dann nach draußen und überquerte den Parkplatz. Von hier aus hatte ich eine gute Aussicht auf ein riesiges Tal voller Felder, Wälder und Weinberge mit akkuraten, geraden Rebenreihen auf Terrassen an den Hängen. Im Osten schimmerten Olivenbäume im Sonnenschein. Ihre Blätter wirkten neben den dunkleren Pinien des Waldes wie Silber.

Ich hätte eine Weile dort stehen bleiben können, aber die Anwälte sollten bald in der Villa eintreffen, und ich wurde nervös. Ich machte mir keine Illusionen darüber, dass die Familienmitglieder sich freuen würden, mich zu sehen. Ich war eine Außenseiterin, ein uneheliches Kind, eine Leiche im Keller, die zum schlimmstmöglichen Zeitpunkt wieder zum Vorschein gekommen war – um Anspruch auf einen Teil des Erbes zu erheben. Unverdient natürlich, weil ich nie auch nur das geringste Interesse daran gezeigt hatte, sie oder den Vater, der mich gezeugt hatte, kennenzulernen.

Ich konnte immer noch nicht fassen, dass ich hier war. Warum um alles in der Welt hatte Anton mich in seinem Testament bedacht?

Angst stieg in mir auf, als ich nach rechts abbog und langsam den steilen Kiesweg zur Villa hinaufstieg. Die ganze Zeit über wünschte ich, ich hätte eine gute Freundin dabei, um der Familie nicht allein gegenübertreten zu müssen. Aber ich hatte nie jemandem das Geheimnis meiner Mutter anvertraut. Diese Bürde musste ich allein tragen.

Ich ging weiter, an der Kapelle vorbei und an etwas auf halber Höhe des Hügels, das nach einem kleinen mittelalterlichen Weiler aussah. Dann bog ich in die Zypressenallee ein, eine schnurgerade, unbefestigte Straße, die von hoch aufragenden immergrünen Bäumen gesäumt war. An ihrem Ende kam ich an ein schmiedeeisernes Tor und betätigte den Knopf des Schlüsselanhängers. Das Tor schwang langsam auf, und ich durchquerte es. Ein paar Schritte weiter kam hinter einer sanften Anhöhe die gewaltige steinerne Villa in Sicht.

Bei dem Anblick stockte mir der Atem. Ich blieb stehen und starrte die Villa an. Es war ein Herrenhaus im Renaissancestil, buttergelb, mit einem von sechs Säulen getragenen palladianischen Vorbau am Eingang. Das gesamte Gebäude war von einer riesigen gepflasterten Terrasse umgeben. Links lagen italienische Formschnittgärten, rechts Tennisplätze.

Plötzlich eingeschüchtert spürte ich, wie ich Herzklopfen bekam. Ich hatte Serena Morettis E-Mail entnommen, dass Anton ein Weingut hatte, aber ich hatte keine Ahnung gehabt, dass es auch nur annähernd so aussehen würde. Marco hatte gesagt, Anton sei ein reicher Mann gewesen. Wie reich genau? Was um alles in der Welt hatte er mir vererbt, und warum? Was hatte er sich nur gedacht, als er mich neben seinen beiden Kindern als Erbin eingesetzt hatte? Ob irgendjemand wusste, welche Beweggründe hinter der Entscheidung standen?

Ich holte tief Luft und marschierte zielstrebig los. Meine Schritte knirschten im weißen Kies. Die Steinstufen führten mich über eine breite Terrasse zu einer gewaltigen, mittelalterlich anmutenden Tür mit einem antiken Löwenkopf als Klopfer. Ich wollte ihn schon packen und ein paar Mal klopfen, als mir auffiel, dass rechts von mir eine elektrische Türklingel an der Steinfassade befestigt war. Ich drückte auf den schwarzen Knopf und hörte eine Klingel läuten. Einen Moment später schwang die Tür auf.

Eine ältere Italienerin, die sich das graue Haar zu einem lockeren Knoten hochgesteckt hatte, begrüßte mich lächelnd. »*Buongiorno.* Du bist bestimmt Fiona?«

»*Sì*«, antwortete ich, froh, so warmherzig willkommen geheißen zu werden. Das beruhigte meine Nerven ein wenig, zumindest für den Augenblick.

»Ich bin Maria Guardini, die Haushälterin.« Sie hielt mir die Tür weit auf. »Bitte komm doch herein.«

Ich trat über die Schwelle auf einen mit Terrakottafliesen ausgelegten Boden in einem weitläufigen, hell erleuchteten Foyer. Ein großer, schmiedeeiserner Kronleuchter hing über einem runden Tisch mit einer Vase voll frischer Blumen, und die verputzten Wände waren cremefarben gestrichen. Direkt gegenüber führte das Foyer in einen großen Empfangsraum, dessen weit aufgerissene Glastüren auf die hintere Terrasse hinausgingen.

»Wie war dein Flug?«, fragte Maria.

»Lang«, antwortete ich. »Ich hatte heute Morgen Mühe aufzuwachen.«

»Das glaube ich dir gern. Kann ich dir irgendetwas anbieten? Einen Cappuccino oder einen Espresso?«

»Nein, danke. Ich habe gerade schon zum Frühstück Kaffee getrunken.«

Sie starrte mich einen Moment lang an, und ich wurde plötzlich verlegen. Wenn ich eine Schildkröte gewesen wäre, hätte ich mich jetzt in meinen Panzer zurückgezogen.

»Marco hatte recht«, sagte Maria. »Du siehst wirklich aus wie dein Vater in jungen Jahren.«

Ich schluckte mühsam. »Ja?«

»*Sì*.« Maria warf einen Blick auf ihre Armbanduhr. »Die Anwälte kommen erst in etwa zwanzig Minuten. Wir haben Zeit, einander kennenzulernen. Darf ich dich ins Empfangszimmer bitten?«

»Ja, vielen Dank.«

Sie führte mich in den weitläufigen Raum auf der Rückseite der Villa, in dem ein paar gemütliche Sitzgruppen aus Sofas und Sesseln auf Teppichen standen. Ein Flügel stand in einer Ecke am anderen Ende des Raumes, und die Wände waren mit Ölgemälden geschmückt, die aussahen, als gehörten sie eigentlich in ein Museum.

Ich folgte Maria zu einem Sofa vor dem großen Steinkamin. »Du hast bestimmt viele Fragen«, sagte sie.

»Ja, die habe ich wirklich.«

»Wir auch«, antwortete sie.

In meiner Magengrube verkrampfte sich etwas, und ich räusperte mich nervös. »Ich will ehrlich sein, Maria. Das alles hier macht mich sehr verlegen. Ich bin mir nicht sicher, wie viel du über die Situation weißt, aber Mr Clark hat in meinem Leben keine Rolle gespielt. Meine Mutter hat mir erst eine Stunde vor ihrem Tod von ihm erzählt, vor über zehn Jahren, und sie hat nur sehr wenig preisgegeben. Sogar mein Vater weiß nicht, dass ich das leibliche Kind eines anderen Mannes bin. Wie du also siehst, ist es kompliziert.«

»*Oh, mamma.*« Ein verdutzter Ausdruck trat in Marias Augen. »Du weißt nichts über die Beziehung deiner Mutter mit Anton?«

Nichts bis auf die Tatsache, dass sie das Gesicht beschämt und verzweifelt von mir abgewandt hatte, als sie ihre Beichte auf dem Sterbebett abgelegt hatte.

»Ich bin mir nicht einmal sicher, ob es wirklich eine *Beziehung* war«, erklärte ich. »Denn meine Mutter war glücklich mit meinem Vater verheiratet, als sie vor einunddreißig Jahren einen Sommer hier verbracht haben. Deshalb habe ich auch nie erfahren, dass Anton mein echter Vater war, beziehungsweise erst als sie im Sterben lag. Ich schätze, sie wollte einfach, dass ich es weiß … Vielleicht für den Fall, dass ich in Zukunft gesundheitliche Probleme bekommen würde? Das ist der einzige Grund, der mir dafür einfällt, dass sie wollte, dass ich es erfahre. Aber sie hat mich angefleht, es meinem Dad nicht zu sagen, weil es ihm das Herz gebrochen hätte, und er hat schon genug zu bewältigen. Er ist querschnittsgelähmt und braucht vierundzwanzig Stunden am Tag Pflege.«

»*Santo cielo.*«

Ich senkte den Blick zum Boden. »Entschuldige bitte. Ich komme ins Schwafeln.«

»Aber nicht doch!«

Ich holte tief Luft. »Ich habe einfach so viele Fragen.«

Maria lehnte sich zurück. »Ich wünschte, ich könnte sie dir beantworten, aber für uns ist das alles ein genauso großer Schock wie sicher auch für dich. Wir haben erst vor ein paar Tagen durch Antons Anwälte in London von deiner Existenz erfahren. Das sind auch die Anwälte, die heute Morgen mit dem Testament herkommen, das er erst vor Kurzem geändert hat.«

Ich runzelte verunsichert die Stirn. »Vor Kurzem? Wann genau?«

»Vor zwei Jahren. 2015.«

Ich dachte darüber nach. »War das vielleicht der Zeitpunkt, zu dem er herausgefunden hat, dass er ein Herzleiden hatte?«

Sie schüttelte bedauernd den Kopf. »Soweit ich weiß, war ihm das gar nicht bewusst. Er wirkte immer, als hätte er eine wahre Pferdenatur.«

Eine Tür schlug irgendwo im Haus zu, und ich schaute mich um, als ich die Absätze einer Frau flink eine Treppe herunterklappern hörte. Maria rieb sich die Schläfen. »*Porca vacca.* Ich entschuldige mich im Voraus für das, was gleich passieren wird.«

Eine hochgewachsene, schöne Italienerin mit langen schwarzen Haaren, elfenbeinhellem Teint und vollen roten Lippen kam ins Zimmer gestürmt. Sie trug einen schwarzen Armani-Hosenanzug und begann, auf Italienisch zu schimpfen. Sie schrie eine endlose Beschwerdeflut und gestikulierte dabei wild mit ihren französisch manikürten Händen. Ich verstand kein einziges Wort von dem, was sie sagte, aber ich hatte den Verdacht, dass es etwas mit dem Besuch der Anwälte zu tun hatte.

Maria streckte eine Hand aus und versuchte, die Lage zu beruhigen. Sie redete langsam auf Italienisch auf die Frau ein. Alles, was ich tun konnte, war, dabeizusitzen und zuzusehen.

Eine weitere Frau platzte herein. Diese hier war blond und älter, wahrscheinlich Anfang sechzig, aber sie sah fantastisch aus. Für mich war offensichtlich, dass sie ein paar Schönheitsoperationen hinter sich hatte.

»Sie will einfach nicht gehen!«, schrie die blonde Frau.

»Ich will nicht gehen, weil ich hier wohne!«, konterte die Italienerin.

»Nein. Du warst hier nur zu Gast, und jetzt bist du nicht länger willkommen.«

Die jüngere Frau reagierte mit einem Gefühlsausbruch und brüllte auf Italienisch, bis die andere resigniert die Hände in die Luft warf. Sie wandte sich erwartungsvoll an Maria und rechnete offensichtlich damit, dass diese eingreifen und etwas sagen würde, um die Situation zu entschärfen.

»Meine Damen!«, sagte Maria. »Das hier muss warten. Wir können keine Entscheidungen darüber treffen, wer bleibt und wer geht, solange wir nicht wissen, was die Anwälte zu sagen haben.«

»Siehst du?«, blaffte die Italienerin. »Das habe ich dir doch gesagt!«

»Über *dich* haben sie aber ganz bestimmt nichts zu sagen«, entgegnete die blonde Frau. »Anton hat sein Testament vor zwei Jahren neu aufgesetzt, und damals kannte er dich noch gar nicht.«

Die Italienerin schnippte dreimal vor ihrem Gesicht mit den Fingern. »Du glaubst, dass du alles weißt, aber das tust du nicht. Nichts weißt du. Anton hat mich geliebt. Das hat er mir gesagt. Du weißt nicht, was er gedacht hat, bevor er gestorben ist. Vielleicht hat er noch etwas hinzugefügt. Einen Brief. Ich weiß nicht, wie all das funktioniert.«

»Nein, *du* weißt gar nichts, weil du einen Lippenstift anstelle eines Gehirns hast.«

»Und du bist eine arrogante Kuh! Du bist nur wegen des Geldes hier! Er war dir gar nicht wichtig. Wenn er das gewesen wäre, wärst du ihn besuchen gekommen, bevor er gestorben ist, aber das hast du nicht getan. Und wer war hier und hat ihm seine letzten Tage verschönt?«

Maria stand auf und breitete die Arme weit aus wie eine Dirigentin. »*Tacete!* Wir reden später darüber. Ich muss euch Fiona vorstellen. Sie ist gerade erst angekommen.«

Sie verstummten beide und richteten ihre feurigen Blicke auf mich.

Die jüngere Italienerin starrte auf mich hinab, als wäre ich eine Schlange im Gras. »Das ist sie also?«

Ich stand auf und versuchte zu lächeln. »*Buongiorno.*«

»Das hier ist Kate Wilson«, sagte Maria zu mir und deutete auf die ältere Blondine. »Antons Ex-Frau. Sie ist aus Kalifornien angereist. Und das hier ist Sofia Romano ...« Maria suchte nach den richtigen Worten. »Eine Freundin von Anton.«

»Ich war mehr als nur eine Freundin«, antwortete Sofia. Zu meiner Überraschung wischte sie ihren Zorn beiseite und streckte mir lächelnd die Hand hin. »Es freut mich sehr, dich kennenzulernen, Fiona. Ich sehe die Ähnlichkeit. Du hast seine Augen.«

»Das sagen mir alle.« Ich schüttelte Sofia die Hand.

Mrs Wilson trat ebenfalls vor. »Es ist geradezu verstörend. So viel zu der Vermutung, dass Sie gar nicht wirklich seine Tochter sind.«

Maria lachte verlegen auf, denn das war eindeutig ein Schuss vor den Bug.

Mrs Wilson musterte mich mit kühlen grünen Augen von Kopf bis Fuß. Ich hatte das eindeutige Gefühl, dass die Frau mich in jeder Beziehung unterdurchschnittlich fand, vor allem hinsichtlich meiner Modeauswahl. Ich trug eng anliegende Jeans und ein leichtes Top unter einer schwarzen Strickjacke – eine Mischung aus Polyester und Spandex, die ich bei Walmart gekauft hatte, weil ich nur über ein sehr geringes Budget verfügte.

»Sie haben hierfür ja eine lange Reise auf sich genommen«, sagte Mrs Wilson in anklagendem Ton.

»Sie auch«, antwortete ich. »Maria hat erwähnt, dass Sie in Kalifornien leben?«

»Ja.« Sie zog die geschwungenen Augenbrauen zusammen. »Und Sie sind aus …?«

»Tallahassee, Florida.«

Sie ließ meine Hand los und wich zurück. »Im Panhandle war ich noch nie.«

»Es ist schön dort. Sie sollten irgendwann einmal vorbeischauen.«

Mrs Wilson lachte leise.

Inzwischen war Sofia bereits wieder aus dem Zimmer marschiert und stapfte die Treppe hinauf.

Mrs Wilson wandte sich an Maria. »Sie ist doch nicht zu dem Treffen eingeladen, oder?«

»Nein«, antwortete Maria. »Sie steht nicht auf der Liste.«

»Gut. Danach musst du dich beeilen und mir helfen, sie loszuwerden. Wenn Anton nicht in seinen letzten Tagen etwas Dummes getan hat. Gott steh uns bei, falls doch, aber es würde mich nicht überraschen.« Sie warf mir noch einen kurzen Blick zu, bevor sie den Raum verließ.

Maria ließ sich in ihren Sessel sinken. »*Mi dispiace.* Es tut mir leid.«

Ich setzte mich ebenfalls wieder. »Es ist nicht deine Schuld. War Sofia …?« Ich deutete mit dem Finger auf den leeren Durchgang.

»*Sì.* Antons Geliebte. Nicht die erste, aber sie hatte Glück, weil sie diejenige war, die am Ende bei ihm war. Ich kann mir ehrlich gesagt nicht vorstellen, dass er ihr etwas hinterlassen hätte. Er war kein Dummkopf, und er hat sie schon zu Lebzeiten reich beschenkt. Gerüchteweise gab es da eine Kette, die genug wert ist, um sich davon ein ganzes Jahr lang eine Wohnung in Rom zu leisten. Sie hat wohl auch etwas dafür verdient, dass sie es weiter bei ihm ausgehalten hat, wenn er übellaunig war. Sie war jedenfalls hingebungsvoll. Allerdings …« Maria schüttelte missbilligend den Kopf. »Ihre Motive sind verdächtig, wenn du verstehst, was ich meine. Er war kein junger Mann mehr, und du hast sie ja gesehen.«

»Du glaubst, dass sie nur auf sein Geld aus war?«

»Möglich.«

Ich wollte nicht spekulieren und auch niemanden vorverurteilen. So sah ich auf meine Hände in meinem Schoß hinab. »Seine Ex-Frau scheint mich nicht sehr zu mögen.«

Maria winkte verächtlich ab. »Mach dir keine Sorgen wegen Kate. Sie ist auf dem besten Weg in ihre dritte Ehe, und ihr zweiter Mann war sogar noch reicher als Anton, also hat sie keinen Grund zur Klage.«

»Was ist mit den Kindern?«, fragte ich unverblümt. »Werden sie mich hassen?«

»Zweifelsohne«, antwortete Maria und warf mir einen Blick zu. »Aber es spielt keine Rolle, was sie denken. Das Testament ist, was es ist, also nimm einfach, was auch immer er dir hinterlassen hat, und geh dann wieder.«

Verblüfft über die Offenheit der Frau blinzelte ich ein paar Mal. »Ich weiß den Rat zu schätzen.«

Maria seufzte resigniert. »Sonst hättest du keine Chance, denn diese Familie hat das Talent, das Leben viel komplizierter zu machen, als es sein müsste. Alles ist ein Kampf.«

»Das kann ich nicht beurteilen.«

»Nein, natürlich nicht.« Maria spielte mit ihrem Ohrring und musterte mich kurz. »Ganz gleich was heute Morgen geschieht, nimm es nicht persönlich. Sie haben noch keine Gelegenheit gehabt, sich damit abzufinden, dass ihr Vater noch ein Kind hat. Aber eigentlich verstehe ich nicht, warum es sie so überrascht. Ihre Mutter hat die beiden vor dreißig Jahren mit nach Amerika genommen. Es ist nicht so, als wäre ihr Vater ein Mönch gewesen. Es gab viele Frauen in seinem Leben.«

Irgendetwas an dieser Aussage störte mich, weil ich mir meine Mutter nicht als eine seiner vielen Eroberungen vorstellen wollte. Allerdings wollte ich am Tag nach der Beerdigung des Mannes auch keine unpassenden Vermutungen aufstellen. Aber ich hatte so meinen Verdacht.

Ich beugte mich wieder vor. »Marco hat erzählt, dass dein Schwiegervater, Domenico, im Weinberg gearbeitet hat, bevor du und dein Mann übernommen habt. Wissen die Eltern deines Mannes vielleicht etwas über das, was zwischen Anton und meiner Mutter vorgefallen ist?«

»Vielleicht haben sie etwas gewusst, aber sie sind beide nicht mehr am Leben. Vincenzo und ich sind 1988 hierhergekommen, um die Weinberge zu übernehmen. Wann war deine Mutter hier?«

»Das war im Sommer 86.« Da es sich als fruchtlos erwies, weiter in diese Richtung zu fragen, versuchte ich es anders. »Was ist mit Antons Chauffeur vor Marco?«

»Francesco Bergamaschi? Der ist schon lange im Ruhestand.«

Bevor ich Gelegenheit hatte, noch mehr Fragen zu stellen, läutete die Türklingel.

»Das müssen die Anwälte sein.« Maria stand aus ihrem Sessel auf. »Bleib hier, während ich sie begrüßen gehe und ihnen helfe, sich einzurichten.«

Während ich ihr nachsah, als sie das Zimmer verließ, wurde mir bei dem Gedanken an das, was in den nächsten paar Minuten passieren würde, flau im Magen. Ich würde zum ersten Mal meine Halbgeschwister treffen, die mich wahrscheinlich hassen würden wie die Pest, weil ich im Testament ihres Vaters als Erbin eingesetzt worden war. Trotz alledem war ich neugierig darauf, was Anton mir hinterlassen hatte und wie viel es wert war. Nach dem zu urteilen, was ich bisher von dem Anwesen gesehen hatte, konnte mein Erbe durchaus beträchtlich sein. Oder auch nicht. Jedenfalls würde ich froh sein, wenn ich dieses Treffen hinter mir hatte.

KAPITEL 3

SLOANE

Kurz bevor die Anwälte an der Tür klingelten, überkam Sloane Richardson eine Erkenntnis. Es passierte auf der Rückseite der Villa, im Gemüsegarten, wo die Sonne am Morgen am hellsten schien. Vielleicht lag es am herrlichen Läuten der Kirchenglocken auf der Hügelkuppe. Oder daran, dass die frische Landluft ihr Gehirn mit Sauerstoff überflutete statt mit den stinkenden Abgasen, von denen sie immer Kopfschmerzen bekam, wenn auf der Autobahn in Los Angeles Stau herrschte und ihr Chauffeur sie nicht daraus befreien konnte.

»Kinder, kommt und seht euch das an«, sagte sie zu ihren Kindern Chloe und Evan, die ihr in einigem Abstand folgten.

Evan war zehn, Chloe sieben. Beide schauten nicht von ihren Smartphones auf.

»Evan! Chloe!«, rief Sloane.

»Was?«, schrie Evan zurück.

»Steckt bitte eure Handys weg. Es ist ein herrlicher Tag. Kommt her und seht euch an, was ich entdeckt habe.«

Chloe rollte die Augen, als sie ihrem älteren Bruder an einer Reihe von Tomatenpflanzen entlang folgte.

Sloane zeigte auf die Erde. »Seht mal, da ist eine Eidechse.«

Sie drängten sich beide um sie. »Cool«, sagte Evan.

Die Eidechse huschte ins Blattgewirr eines Beetes und verschwand.

»Können wir eine fangen?«, fragte Evan.

»Vermutlich«, antwortete Sloane, »wenn du schnell genug bist. Vielleicht können wir später mit einem Eimer herkommen. Aber wenn wir eine fangen, müssen wir sie wieder freilassen, wenn wir sie angeschaut haben, in Ordnung?«

»Können wir sie mit ins Haus nehmen?«, fragte Evan.

»Bloß nicht, Mom!«, rief Chloe.

»Hmm«, sagte Sloane. »Vielleicht hat deine Schwester recht. Es würde Maria wohl nicht besonders gefallen, wenn in der Küche eine Eidechse los wäre.«

»Ich würde sie in meinem Zimmer unter meinem Bett halten«, versprach Evan.

»Mal sehen.« Sloane drückte ihm die Schulter und seufzte dann niedergeschlagen, als die beiden ihre Aufmerksamkeit wieder ihren Handys zuwandten.

Als sie die Kinder aus dem Tomatenbeet zum Olivenhain führte, hatte sie das Gefühl, als wäre sie allein unterwegs. Das war in letzter Zeit ja nichts Neues.

Da flog ihr eine Erinnerung zu, wie eine frische Brise, die über die Hügelkuppen wehte. Sie versetzte sie in ihre Kindheit zurück, als sie, Connor und ihre Cousine Ruth immer im kühlen, modrigen Weinkeller Verstecken gespielt hatten. Sie hatten solchen Spaß daran gehabt, die dunklen Winkel zwischen den riesigen Holzfässern, in denen der Wein lagerte, zu erkunden. Manchmal waren sie an die Arbeit geschickt worden und hatten im Juli die Reben ausschneiden oder im Gemüsegarten Unkraut jäten müssen. Maria hatte für Sloane immer etwas Interessantes in der Küche zu tun gehabt. Sie wusste noch, wie sie Brotteig geknetet oder auf einem Stuhl gestanden hatte, um etwas in einem großen Topf umzurühren oder Pflaumenmus in Gläser zu füllen. Sloane schwelgte in wohligen Erinnerungen, bis sich Bedauern mit hineinschlich. Das Gefühl überrumpelte sie und ließ sie ein wenig verstört zurück.

Die Beerdigung ihres Vaters hatte sie offensichtlich doch mehr mitgenommen, als sie erwartet hatte. Die tiefe Melancholie, die auf ihre Nostalgie folgte, überraschte sie, denn sie und ihr Vater hatten seit Jahren kaum miteinander gesprochen. Sloane hatte das Weingut zuletzt besucht, bevor ihre Kinder zur Welt gekommen waren. Wann immer sie auf Reisen ging, flog sie mit ihnen nach London, um ihre Cousine Ruth zu besuchen, die für sie eher wie eine Schwester war. Ruth hatte selbst zwei kleine Kinder, und so machten die Aufenthalte bei ihr Evan und Chloe Spaß. Darum hatte Sloane damit gerechnet, in Italien zu landen, Abschied zu nehmen, die Vergangenheit für immer zur letzten Ruhe zu betten und dann über alles hinwegzukommen. Aber diesen Ort wiederzusehen erinnerte sie an eine andere Zeit in ihrem Leben, als alles noch viel einfacher gewesen war.

Man sagt, dass man nicht in die Vergangenheit zurückkehren kann, aber warum eigentlich nicht?, fragte sie sich frustriert und schaute sich in der vertrauten Landschaft um. Hier war alles noch genau so, wie sie es aus ihrer Kindheit in Erinnerung hatte.

Natürlich waren ein paar Dinge aus der Vergangenheit für immer verschwunden. Sie und ihr Vater hatten sich im Laufe der Jahre auseinandergelebt, und sie würde ihn nie mehr wiedersehen. Selbst wenn er noch am Leben gewesen wäre, hätte sie nicht gewusst, wie alles wieder wie früher werden und sich noch einmal ihre alte Nähe zu ihm einstellen sollte. Ihre Eltern hatten sich getrennt, als sie erst fünf und Connor drei gewesen war. Eine hässliche Scheidung hatte sich angeschlossen, weil ihr Vater ihre Mutter betrogen hatte. Deshalb hatte sie ihre Kinder aus Italien mitgenommen, wo sie geboren waren, und sie zu ihrer Familie in Kalifornien mitgeschleppt. Die Sorgerechtsvereinbarung sah vor, dass Connor und Sloane jeden Sommer vier Wochen und über Weihnachten eine Woche bei ihrem Vater in Montepulciano verbringen sollten. Sie hatten es genossen, als sie noch kleine Kinder gewesen waren und es als Abenteuer betrachtet hatten, einen Monat gewissermaßen auf dem Bauernhof zu leben, wo sie sich die Hände schmutzig machen und Hühner jagen durften. Aber als sie ins Teenageralter kamen, gab es Streit und knallende Türen, wenn es um ihre Besuche in Italien ging, weil sie viel lieber in LA bei ihren Freunden bleiben wollten. Ihr autoritärer Vater hatte nie auch nur einen Zentimeter weit nachgegeben und sie gezwungen, jeden Sommer bei ihm anzutanzen, bis sie jeweils achtzehn geworden waren. Dann war er endlich eingeknickt und hatte ihnen erlaubt, ihre eigenen Entscheidungen zu treffen.

Wenig überraschend waren Sloane und Connor meist lieber in LA geblieben, und ihre Mutter stellte sich immer hinter sie und gegen ihren Vater. Wenn sie verreisten, dann in ihr Haus in London, wo sie das gesellschaftliche Leben mit Ruth genossen, die sie auf Partys mitnahm. Mit jedem Jahr, das verging, sahen sie ihren Vater seltener. Sie telefonierten nur noch an ihren Geburtstagen mit ihm, wenn er sie anrief, um zu fragen, was es Neues gab.

Eine Hummel flog vorbei. Sloane drehte sich nach ihren Kindern um. Beide klebten an ihren Smartphones. Sloane seufzte tief und wünschte, sie würden ein gewisses Interesse an ihrer Umgebung zeigen.

Eine neuerliche Welle des Bedauerns brach über sie herein. Hatte ihr Vater etwa auch so empfunden, wenn sie und Connor ihn im Sommer besucht hatten, mürrisch und eingeschnappt, und gejammert hatten, was sie zu Hause alles verpassten?

Aus dem Augenwinkel sah Sloane, dass jemand sich näherte. Sie wandte sich ihm zu und beschirmte ihre Augen gegen die Morgensonne. Es war ihr Bruder Connor, der, die Hände in den Taschen seiner blauen Chino, schnellen Schrittes auf sie zukam. Er hatte die Ärmel seines weißen Hemdes bis zu den Ellbogen hochgekrempelt. Seine verspiegelte Sonnenbrille reflektierte das gleißende Licht.

»Ich suche dich schon die ganze Zeit«, sagte er und duckte sich vor einer Libelle im Sturzflug. »Was in Gottes Namen machst du hier?«

»Ich zeige den Kindern den Garten«, erklärte sie.

Er schaute sich nach ihnen um. »Sieht ja aus, als ob sie ihn ganz toll fänden. Da hast du zwei ganz Begabte mit grünem Daumen großgezogen, Schwesterherz. Glückwunsch dazu.«

»Oh, halt bloß den Mund«, sagte Sloane.

Connor zog sein Handy aus der Tasche und sah nach, wie spät es war. »Es ist gleich zehn. Die Anwälte kommen jeden Augenblick, und du spielst hier draußen im Gemüsebeet die Bäuerin.«

»Hör schon auf.« Sie wandte sich von ihm ab, weil sie es nicht ertragen konnte, dass er den Zauber ihrer Kindheitserinnerungen ausgerechnet jetzt zerstörte – und das würde er bestimmt tun, wenn sie ihm davon erzählte. Er würde irgendeinen dummen, sarkastischen Witz reißen, wie er es immer tat.

»Das ist gut für sie«, sagte sie. »Die beiden müssen andere Kulturen kennenlernen.«

Connor lachte spöttisch. »Du meine Güte, es ist doch nicht so, als wären wir zu Besuch in einem Entwicklungsland. Ist dir aufgefallen, dass sie Dad mit einer goldenen Rolex begraben haben?«

»Nein, aber es überrascht mich nicht, dass du es bemerkt hast.«

Er checkte noch einmal sein Smartphone. »Mach dich locker. Das hier wird alles bald vorbei sein, und dann nehmen wir das Geld und machen, dass wir wegkommen.«

Sie trat mit der Schuhspitze nach dem Gras und schaute sich dann wieder nach ihren Kindern um, die jetzt auf einer

Bank unter einem Olivenbaum saßen. Sie swipten. Ständig swipten sie.

»Meinst du, dass ich ihnen zu viel Zeit am Bildschirm erlaube?«, fragte Sloane.

Connor sah auch zu den Kindern hinüber. »Also bitte! Du verwandelst dich doch jetzt nicht in eine von *den* Müttern, oder? Zurück zur Natur? Was kommt als Nächstes, Homeschooling?«

»Natürlich nicht«, antwortete sie. »Ich frage mich nur, was aus dieser Generation werden soll. Sieh sie dir nur an. Sie sprechen kaum miteinander. Was passiert, wenn Chloe groß wird und ein Baby bekommt? Wird sie dann einen Kinderwagen die Straße entlangschieben, auf ihr Smartphone starren und ihr Kind ignorieren? Was ist mit sprachlichen Fähigkeiten? Wie sollen Babys sprechen lernen, wenn ihre Mütter ständig abgelenkt sind? Chloe könnte auf einer Parkbank auf einem Spielplatz sitzen, den Blick auf ihr Handy gerichtet, gefangen in einem endlosen Strom von Katzenvideos, und währenddessen könnte jemand ihr Kleinkind entführen. Sie würde es nicht einmal bemerken, bis es zu spät ist.«

»Was ist bloß mit dir los?«, fragte Connor. »Sie ist *sieben*.«

»Ich weiß, aber sieh sie dir an. Sie ist eindeutig süchtig. Das sind sie beide. Alan wollte ihnen erst Handys kaufen, wenn sie älter sind, aber all ihre Freunde hatten schon welche, deshalb konnte ich nicht Nein sagen. Mittlerweile glaube ich, dass er wohl doch recht hatte. Es wird ihre Gehirne schmelzen lassen, und Gott steh mir bei, wenn sie erst ins Teenageralter kommen.«

»Dein Wort in Gottes Ohr«, sagte Connor voller Zuneigung, legte ihr einen Arm um die Schultern und drückte sie eng an sich. »Was für eine gute Mama du doch bist, so besorgt um ihr Wohlergehen.«

»Warte nur, bis du Kinder hast.«

Er hob beide Hände. »Oh nein. Ich nicht. Ich werde nie Kinder haben.«

»Ach ja, das habe ich ganz vergessen«, antwortete sie. »Du müsstest dich ja auf eine feste, liebevolle Beziehung einlassen, damit es dazu kommt.«

Er drohte ihr mit dem Finger. »Das stimmt nicht. Ich könnte auch in Dads Fußstapfen treten und ein paar uneheliche Hosenscheißer zeugen. Dann müsste ich nichts mit ihnen zu tun haben.«

Sloane legte die Hand auf einen Baumstamm und runzelte die Stirn. »Meinst du, dass es außer Fiona noch andere gibt?«

»Wer weiß?«, antwortete Connor. »Dad steckte voller Geheimnisse.«

Sie schwiegen einen Moment lang und blieben im Schatten des Olivenbaums stehen. Sloane streifte ihren Blazer ab. »Hast du sie schon gesehen?«

»Nein, aber das Mädchen an der Rezeption hat gesagt, dass sie gestern Abend eingecheckt hat. Sie haben ihr Zimmer sieben gegeben. Dritter Stock.«

»Ach, wirklich?« Sloane hängte sich den Blazer über einen Arm. »Was glaubst du, was er ihr überhaupt hinterlassen hat? Der Anwalt hat gesagt, es sei eine Immobilie.«

Connor ging langsam auf dem Gras auf und ab. »Das kann ich auch nicht besser einschätzen als du. Ich weiß nicht einmal, was er in letzter Zeit so alles angehäuft hat. Er hat ja ständig hier und da Weinberge gekauft, sogar in anderen Regionen, um die Marke auszubauen. Vielleicht hat er ihr einen kleinen Weinberg im Chianti-Gebiet hinterlassen. Ein süßes gelbes Häuschen mit grün gestrichenen Fensterläden. Oder vielleicht hat er ihr eine Wohnung vererbt, die er für eine seiner Geliebten gekauft hat. Oder eine der Immobilien in London.«

Sloane runzelte die Stirn. »Nein. Das hätte er doch nicht getan. Meinst du wirklich?«

Connor zuckte die Schultern. »Ich weiß es nicht. Er hat sein Testament im Vereinigten Königreich neu aufgesetzt. Vielleicht ja deshalb.«

Sloane stand der Mund leicht offen. Sie neigte den Kopf. »Connor. Du glaubst doch nicht etwa, dass er ihr das Haus in Belgravia hinterlassen hat, oder? Wo sollten wir dann wohnen, wenn wir nach London fahren? Ruth lebt weit draußen in Richmond. Wir können doch nicht bei Tante Mabel unterkommen. Eher würde ich mir die Augen ausstechen. Das hat Dad auch gewusst.«

Connor nahm seine Sonnenbrille ab und polierte die Gläser. »Weißt du, was Tante Mabels Haus vertragen könnte?«

»Was?«

Er setzte die Sonnenbrille wieder auf und sah gen Himmel. »Eine Abrissbirne.«

Sloane hatte ein etwas schlechtes Gewissen, weil sie lachen musste. »Da kann ich dir nicht widersprechen. Wenigstens würde das den peinlichen Achtzigerjahre-Charme beseitigen, den sie in der Küche kultiviert.«

Connor schaute aufs Gras hinab. »Aber das wäre grausam. Die arme Tante Mabel liebt diese schimmlige alte Müllhalde.«

»Manchen Leuten ist eben nicht mehr zu helfen.«

Chloe lachte laut und rückte näher an ihren Bruder, um ihm etwas auf ihrem Handy zu zeigen. Evan warf einen Blick darauf, zeigte keine Reaktion und richtete seine Aufmerksamkeit wieder auf seinen eigenen Bildschirm.

»Guck mal, wie süß ist das denn?«, sagte Connor. »Sie teilen etwas miteinander. Siehst du? Sie sind doch nicht völlig unsozial.«

»Du bist ein Stinktier.«

»Nein. Das würde ja implizieren, dass ich schlecht rieche, und wir wissen beide, dass ich heute wunderbar dufte.«

»Wirklich?«, konterte Sloane. »Was hast du denn aufgelegt? Eau de Millionenerbe?«

Connor schnupperte an seinem Handgelenk und hielt es Sloane hin, die auch daran roch. »Es riecht gut, das musst du zugeben.«

»Klar.« Sloane sah zur Villa zurück, die sich majestätisch vom blauen Himmel abhob, und betrachtete sie lange.

Connor musterte sie mit einer gewissen Besorgnis. Er schnippte vor ihrem Gesicht mit den Fingern. »Erde an Sloane. Du wirst mir doch wohl nicht sentimental werden?«

»Und es mir mit dem Verkauf anders überlegen?«, ergänzte sie. Da sie sich nur zu bewusst war, wie kritisch er sie beobachtete, entschied sie sich, seine Frage nicht zu beantworten.

»Sloane!«

Sie wandte sich ihm zu. »Was?«

»Mir gefällt dein Gesichtsausdruck nicht.«

»Warum nicht?«

Er schob seine Sonnenbrille hoch und kniff die Augen zusammen, wie um Sloane zu warnen, und mit einem resignierten Seufzen gab sie nach.

»Bist du dir sicher, was das betrifft?«, fragte sie. »Was, wenn es ein Fehler ist? Vielleicht sollten wir noch mal darüber nachdenken, bevor wir den Makler anrufen.«

»Nein. Das tun wir nicht. Spinnst du?«

Sie zuckte die Schultern. »Ich weiß nicht … Wir hatten hier auch gute Zeiten, oder? Als wir Kinder waren? Weißt du nicht mehr, wie Dad dich immer den Traktor in den Weinbergen hat fahren lassen? Und Maria … Sie war immer so nett zu uns. Es war schön, sie nach all den Jahren wiederzusehen. Sie sieht prima aus, findest du nicht? Sie hat ein bisschen zugenommen, aber ansonsten ist sie gut gealtert.«

Connor legte Sloane die Hand auf die Schulter und drückte sie nicht allzu sanft. »Du bist nach der Beerdigung einfach nur gefühlsduselig. Glaub mir, das geht vorbei.«

»Ja?« Sie zog eine Augenbraue hoch und berührte die zarten Blätter eines tief hängenden Olivenzweigs. »Was, wenn wir das Weingut behalten und das Unternehmen gemeinsam führen? Denk darüber nach, Connor. Es ist eine gut geölte Maschine. Auf alle Angestellten ist Verlass. Sein Chauffeur – wie heißt er doch gleich? Er hat gesagt, ohne Dad würde hier alles weiterlaufen wie gehabt. Sie haben alles im Griff. Wenn wir das Weingut behalten, können wir herkommen, wann immer wir wollen. Unsere Kinder würden auch mal etwas anderes als LA zu sehen kriegen und viel über Landwirtschaft, Weinherstellung und italienische Küche lernen. Es würde ihnen solchen Spaß machen.«

»Du vergisst schon wieder, dass ich keine Kinder habe«, sagte Connor. »Und wenn du Spaß willst, kannst du den Erlös aus dem Verkauf nutzen, um Chloe und Evan ihren eigenen Vergnügungspark zu kaufen. Das wäre verdammt viel dichter an zu Hause und du hättest nicht mit dem Jetlag zu kämpfen.«

Sloane bedachte ihren Bruder mit einem vernichtenden Blick. »Ich will ihnen keinen Vergnügungspark kaufen.«

»Nein? Dann vielleicht eine Hobbyfarm oder einen Streichelzoo. Etwas, bei dem wir uns nicht so anstrengen müssen, um es zu führen. Komm schon, Sloane. Sei nicht dumm. Du hasst es, arbeiten zu müssen.«

»Vielleicht. Ich weiß es nicht. Ich komme mir nur irgendwie schmutzig dabei vor, das Lebenswerk unseres Vaters zu Geld zu machen. Ein Teil von mir wünscht sich, dass Chloe und Evan in den Ferien herfahren können, wie wir in ihrem Alter.«

»Sloane. Wir haben es hier gehasst.«

»Nur als Teenager.«

»Ernsthaft, wann bist du das letzte Mal freiwillig hier gewesen? Stimmt. Niemals. Dad hat immer gesagt, dass wir jederzeit herzlich willkommen seien, aber wir haben ihn beide nie beim Wort genommen.«

»Das lag daran, dass *er* hier war und ich immer noch sauer auf ihn war, wegen der Scheidung und all der Dinge, die er Mom angetan hatte. Aber jetzt ist er *nicht mehr* hier.«

»Oh!« Connor lachte. »Das war eiskalt. So viel zum Thema Sentimentalität.«

»So habe ich das nicht gemeint«, beteuerte sie und schlug die Hände vors Gesicht. »Was ich sagen wollte, ist, dass … ich bereue, dass wir die Wunden haben schwären lassen. Jetzt ist er tot, und es gibt keine Möglichkeit mehr, alles in Ordnung zu bringen. Aber das ist nicht der Punkt.« Sie ließ die Hände sinken.

»Was genau ist denn der Punkt?«

»Dass ich glaube, dass wir nicht überstürzt verkaufen sollten. Und wenn du darauf bestehst« – sie machte eine Kunstpause und verschränkte die Arme – »muss ich mich vielleicht mit dir streiten, weil ich das Gefühl habe, dass dieses Weingut in der Familie bleiben sollte.«

Connors Kopf zuckte überrascht zurück. »Wow. Da bin ich beeindruckt. Kämpft meine große Schwester plötzlich mit harten Bandagen?«

»Vielleicht.«

Er neigte den Kopf. »Du gehst davon aus, dass er uns gleiche Anteile hinterlassen hat. Vielleicht hat er aber auch mir das Weingut und dir das Haus in Belgravia vererbt. Wir wissen es nicht.«

Sein verschlagenes Lächeln weckte in Sloane den unwiderstehlichen Drang, ihm eine Ohrfeige zu verpassen und sich mit ihm zu prügeln, wie sie es als Kinder getan hatten. Damals hatte er sie an den Haaren gezogen, sie hatte ihn angeschrien, und am Ende hatten sie auf dem Boden miteinander gerungen, bis jemand sie auseinandergezerrt hatte.

Sloane warf einen Blick auf ihre Armbanduhr. »Wir sollten wahrscheinlich hineingehen.«

»Ja. Es wird Zeit, unsere Jetons gegen Geld einzutauschen.«

Sloane rief ihren Kindern zu, dass sie ihnen zurück zum Haus folgen sollten. Aber sie ertappte sich dabei, staunend die sanften Hügel, die Täler und die alten Pflastersteine der hinteren Terrasse zu betrachten, als sie zur Tür gingen.

Nichts davon hatte sie bisher wirklich zu schätzen gewusst. Sie musste zugeben, dass sie in ihrer Jugend blind dafür gewesen war und es für selbstverständlich gehalten hatte. Und sie hatte nie wirklich darüber nachgedacht, wie viel Geld das Weingeschäft jedes Jahr einbrachte. Sie wusste, dass einige der Flaschen ihres Vaters sich für sechshundert Dollar in Restaurants in LA verkauften. Darauf war sie immer ziemlich stolz gewesen, und Alan erwähnte gern bei Geschäftsessen seinen Kollegen gegenüber, dass das Weingut Maurizio seinem Schwiegervater gehörte.

Vielleicht würde es finanziell sinnvoller sein, das Weingut zu behalten. Das wäre ein langfristigerer Plan.

Mit dem Alter kommt die Weisheit, dachte sie bei sich und fragte sich, welcher antike Philosoph das gesagt hatte. Sie würde es googeln müssen.

KAPITEL 4

FIONA

Als Maria ins Empfangszimmer zurückkehrte, war ich auf den Beinen und sah mir die gerahmten Schwarz-Weiß-Fotos an, die auf einem Tisch hinter einem der Sofas aufgestellt waren. Ich war mir ziemlich sicher, meine Geschwister, Sloane und Connor, als Kinder auf einem der Fotos ausgemacht zu haben. Sie posierten lächelnd im Gegenlicht vor einer Rebenreihe. Ich fragte mich, ob Anton das Bild aufgenommen hatte. Alle anderen Fotos zeigten Leute, die ich nicht kannte und bei denen ich nicht einmal erraten konnte, um wen es sich handelte. Viele waren Porträts aus den Siebzigerjahren.

»Fiona, magst du jetzt mitkommen?« Maria rang in der Tür die Hände.

Nervös folgte ich ihr durch eine andere Tür, die uns auf einen kleinen Hof hinausführte. Wir überquerten ihn und gelangten wieder ins Haus in ein großes Empfangszimmer, das auf den Formschnittgarten an der Ostseite der Villa hinausging. Am gegenüberliegenden Ende des Raumes saßen Leute an einem ovalen Esstisch. Niemand sagte ein Wort.

Ich blieb stocksteif stehen, als alle die Augen auf mich richteten und mich anstarrten.

Ohne mit der Wimper zu zucken, ging Maria auf den Tisch zu und zog die letzten beiden freien Stühle zurück. »Alle mal herhören, das hier ist Fiona Bell. Nimm hier Platz, Fiona, neben mir.«

Ich blieb noch ein paar Sekunden lang stehen, während Maria begann, mir alle vorzustellen. »Das hier ist Connor, Antons Sohn.«

Mein Halbbruder.

Er lümmelte weit unten auf dem Stuhl, hatte den Kopf in den Nacken gelehnt, starrte an die Decke und wirkte gelangweilt. Als sein Name fiel, hob er den Kopf, um mich über den Tisch hinweg zu grüßen, und starrte dann wieder an die Decke.

Maria fuhr fort und deutete auf die attraktive dunkelhaarige Frau, die neben ihm saß. »Das hier ist Sloane, Antons Tochter.«

»Guten Morgen«, sagte Sloane und hob leicht das Kinn. Sie musterte mein Erscheinungsbild mit einem scharfen Blick wie ein Adler.

»Mrs Wilson hast du ja schon kennengelernt«, sagte Maria. »Und hier haben wir Antons Schwester Mabel, die uns aus London besucht.« Mabel war eine ältere Frau im Rollstuhl. »Neben ihr sitzt Ruth, ihre Tochter.«

»Es freut mich sehr, dich kennenzulernen, Fiona«, sagte Ruth voller Wärme.

»Ich freue mich auch, dich kennenzulernen«, antwortete ich.

Ruth beugte sich näher zu ihrer Mutter und brüllte ihr ins Ohr: »Sie sieht genau wie er aus, Mummy!«

Mabel runzelte die Stirn. »Du musst nicht schreien!«

»Das hier sind die Anwälte«, fuhr Maria fort, »John Wainwright und Karen Miller.«

»Sehr erfreut«, sagte Mr Wainwright. »Bitte nehmen Sie Platz, dann fangen wir an.«

»Danke.« Ich setzte mich neben Maria an den Tisch.

Die Anwälte ordneten ihre Papiere vor sich und stellten ihre Handys stumm. Ich bekam Herzklopfen, weil ich aller Augen auf mir spürte. Sie starrten mich giftig an.

»Fangen wir an, ja?«, sagte Mr Wainwright. »Zunächst möchten wir Ihnen unser aufrichtiges Beileid zum Verlust eines großen Mannes aussprechen. Jeder, der ihn kannte, wird ihn vermissen.«

»Was für eine reizende Gefühlsbekundung«, sagte Connor. »Vielen Dank. Wir sind zutiefst gerührt.«

Sloane gab ihm einen Klaps auf die Schulter, und ich spürte, dass alle am Tisch sich unwohl fühlten. Sogar die Anwälte schienen von der Unterbrechung überrumpelt zu sein.

Mr Wainwright räusperte sich und fuhr fort: »Mr Clarks Testament ist auf den 7. Dezember 2015 datiert und wurde von mir in Mr Clarks Anwesenheit in unserer Kanzlei in der Fenchurch Street in London aufgesetzt.« Er blätterte eine Seite um. »Beginnen wir also mit den Liegenschaften in London. Das Haus in Chelsea ist Ihnen hinterlassen worden, Mabel, zusammen mit drei Millionen Pfund in bar.«

Ruth drückte ihrer Mutter die Hand. »Siehst du, Mummy. Alles wird gut.«

»Das Haus am Eaton Square in Belgravia geht an Connor und Sloane als Besitzer zu gleichen Teilen.«

»Oh, Gott sei Dank«, sagte Sloane und ließ den Kopf vornüber auf den Tisch fallen. Es gab einen hörbaren dumpfen Aufprall.

»Siehst du?«, sagte Connor. »Er hat gewusst, wie sehr du das Haus liebst.«

»Das hat er wohl«, antwortete sie und setzte sich wieder auf. »Ich kann dir gar nicht sagen, wie erleichtert ich bin.« Sie sah mich scharf an.

Mr Wainright wandte sich an Maria. »Was die Immobilien hier in der Toskana betrifft ... Maria Guardini, Ihnen ist das

Haus vermacht worden, in dem Sie derzeit wohnen, zusammen mit sechs Hektar Land und zweihunderttausend Euro.«

Maria sah ihn aus großen Augen an. »*Oh, mio Dio!*«

»Wirklich? Sie machen Witze.« Connor wirkte verblüfft, aber zugleich seltsam amüsiert. »Alle Achtung, Maria. Das ist toll für dich. Herzlichen Glückwunsch.«

Sloane schob sich eine Locke hinters Ohr. »Das ist wunderbar, Maria. Wohlverdient.«

Ruth reichte Maria ein Taschentuch, mit dem sie sich die Tränen abtupfte.

»Connor und Sloane«, fuhr Mr Wainwright fort. »Aus dem Investmentportfolio im Vereinigten Königreich hat Ihr Vater Ihnen jeweils drei Millionen Pfund hinterlassen.«

»Hervorragend«, sagte Connor und beugte sich vor, die Unterarme auf dem Tisch, die Hände gefaltet   .

»Mrs Wilson, Ihnen hat er das Caravaggio-Gemälde hinterlassen, das über dem Kamin im Hauptempfangszimmer hängt.«

Karen lachte bitter auf. »Ach wirklich? Ich habe ihn angefleht, es mir bei der Scheidung zu überlassen, aber er hat sich rundheraus geweigert.«

»Beschwer dich nicht, Mom«, sagte Connor. »Du hast es am Ende ja doch noch bekommen.«

Sie lehnte sich zurück und verschränkte die Arme. »Nun, ich bin froh, es endlich zu haben. Ich bin diejenige, die ihm vorgeschlagen hat, darauf zu bieten.«

Mr Wainwright blätterte erneut um. »Was das Unternehmen Maurizio betrifft, das dieses Weingut und all sein Inventar, die Gebäude, die Gerätschaften, neunhundert Hektar Land in der Toskana und sein gesamtes Geldvermögen umfasst … Das alles wurde Fiona Bell vermacht.«

Was hatte er gerade gesagt?

Es wurde still im Zimmer, und mein Mund wurde trocken.

»*Was?*«, schrie Connor.

Wie in Zeitlupe hob Mr Wainwright noch ein Blatt Papier von seinem Notizstapel hoch und drehte es um. Verwirrt und benommen starrte ich dieses Blatt an, als würde es wie Laub durch die Luft schweben.

Connor stand auf und presste sich die Handflächen gegen den Kopf. »Sagen Sie mir, dass Sie gerade nicht das gesagt haben, was ich glaube. Ich habe Sie doch wohl nicht richtig verstanden.«

Der Anwalt wiederholte seine Worte, und alle starrten mich weiter an.

»Das kann doch nicht stimmen.« Sloane klang nicht überzeugt. »Warum sollte er ihr alles hinterlassen?«

Ich saß reglos da, unfähig, auch nur ein einziges Wort zu sagen.

Connor starrte mich hasserfüllt an. »Was zum Teufel hast du getan?«

»Wie meinst du das?«, fragte ich und konnte immer noch nicht fassen, was hier geschah. Es musste ein Irrtum sein. Anton hätte mir doch sicher nicht *alles* hinterlassen.

»Du hast mich verstanden«, antwortete Connor. »Was hast du getan?«

»Ich habe gar nichts getan«, platzte ich trotzig heraus.

Er richtete seine Aufmerksamkeit wieder auf die Anwälte. »Das kann nicht stimmen.«

»Leider doch«, antwortete Mr Wainwright. »Ihr Vater hat seinen letzten Willen sehr deutlich zum Ausdruck gebracht.«

»Wem gegenüber?«, fragte Connor. »Ihnen? Waren Sie persönlich anwesend, als er zu seinem Entschluss gekommen ist?«

»Nein, aber er hat ihn klar geäußert, als er in meine Kanzlei gekommen ist.«

Connor schüttelte ungläubig den Kopf. »War er betrunken?«

»Nein, ich versichere Ihnen, dass er absolut nüchtern und bei klarem Verstand war.«

»Woher wissen Sie das? Sind Sie Arzt?«

Mr Wainwright ließ sich nicht aus der Ruhe bringen. »Ich würde vor Gericht bezeugen, dass er im Vollbesitz seiner geistigen Kräfte war.«

Connor wandte sich seiner Mutter zu, die ihm gegenübersaß. »Mom. Tu etwas. Das kann doch nicht wahr sein.«

Sie blinzelte ein paar Mal. »Was erwartest du denn jetzt von *mir*? Ich bin genauso schockiert wie du. Dein Vater hat mir gegenüber nie etwas davon erwähnt, sein Testament ändern zu wollen, und ich wusste ganz gewiss nichts von einem unehelichen Kind, das er hatte.« Sie starrte mich anklagend an. »Wie alt sind Sie? In welchem Jahr sind Sie geboren worden?«

»1987«, antwortete ich.

Mrs Wilson schnaufte heftig. »Damals waren wir noch verheiratet. Wir waren noch nicht geschieden.«

Ich suchte nach Worten. »Das tut mir sehr leid. Ich weiß nicht, was damals geschehen ist. Alles, was ich weiß, ist, dass meine Mutter einen Sommer hier verbracht hat – mit meinem Dad, ihrem Ehemann –, und dass ich in den Vereinigten Staaten zur Welt gekommen bin, nachdem sie heimgekehrt waren.«

Mrs Wilson schnaufte erneut. »Unglaublich. Allerdings sollte ich nicht überrascht sein.«

»Natürlich nicht«, sagte Sloane. »Du wusstest doch, dass er mit anderen Frauen geschlafen hat, als ihr noch verheiratet wart. Deshalb hast du ihn verlassen.«

Sie alle sahen mich wieder an, als wäre es meine Schuld, dass ihr Vater ein unmoralischer Frauenheld gewesen war.

»Schaut nicht mich an«, sagte ich schließlich. »Ich bin unschuldig.«

»Wirklich?«, fragte Connor. »Es fällt mir ziemlich schwer, das zu glauben.«

»Warum?«, fragte ich. »Deine Eltern haben sich vor Jahrzehnten scheiden lassen, und oben ist jetzt eine Frau, die nur eine von seinen Geliebten aus den letzten Jahren ist. Wenn mich etwas überrascht, dann nur, dass ich das einzige uneheliche Kind bin, das heute Morgen an diesem Tisch sitzt.«

Mrs Wilson sprang auf. »Wie können Sie es wagen! Er ist doch eben erst unter der Erde.«

Ich lachte laut auf. »Ernsthaft? Es tut mir leid. Das hier ist *wirklich* komisch.«

Sie setzte sich wieder hin und wandte sich in zuckersüßem Ton an den Anwalt. »John. Sie sehen doch sicher ein, dass es hier ein Problem gibt. Wenn ich gewusst hätte, dass es so ausgehen würde, hätte ich meine eigenen Anwälte mitgebracht.«

»Das hätte keinen Unterschied gemacht«, antwortete Mr Wainwright nüchtern. »Das Testament ist gültig.«

Sie warf ihm einen fast koketten Seitenblick zu, als könnte sie ihn dazu verführen, die Dinge in ihrem Sinn zu regeln. Aber er blieb stumm und ließ sich nicht beirren.

»Hat er Ihnen gesagt, warum?«, fragte sie. Ihre Wangen waren vor Frust rot angelaufen. »Hat er erklärt, weshalb er seine eigenen Kinder enterbt, und das für eine Tochter, die er nie kennengelernt hat?«

»Er hat sie nicht enterbt«, erklärte John ihr. »Er hat ihnen jeweils drei Millionen Pfund und das Haus in London hinterlassen.«

Mrs Wilson atmete hörbar aus und fasste sich an die Brust, als hätte er sie beleidigt.

»Das war Kleingeld für ihn«, erklärte Connor allen. »Dieses Weingut ist weitaus mehr wert.«

Ich war mehr als nur ein wenig neugierig darauf, wie viel genau es wert war, aber ich wagte es nicht, die Frage zu stellen. Für den Augenblick würde es das Beste sein, erst einmal still dazusitzen und den Mund zu halten.

»Wir werden das Testament anfechten«, verkündete Connor.

»Damit habe ich schon gerechnet«, sagte Mr Wainwright.

Sloane wedelte hektisch mit der Hand. »Warten Sie mal kurz. Ich bin mir sicher, dass sich das ganz einfach klären lässt. Soweit ich weiß, ist es in Italien gesetzlich geregelt, was Kinder erben müssen. Mein Mann hat sich darüber informiert, bevor ich ins Flugzeug gestiegen bin. Er hat gesagt, es nennt sich Pflichtteil oder so, und dass wir mindestens sechsundsechzig Prozent des Vermögens zu gleichen Teilen erben müssen.« Sloane zeigte auf mich. »Sie ist keine Erbin. Sie ist unehelich.«

Allmählich begann ich den Klang dieses Wortes zu hassen.

»Das ist wahr«, antwortete Mr Wainwright. »Das italienische Zivilrecht schützt nahe Familienangehörige, aber 2015 wurde ein EU-Gesetz verabschiedet, das Ihrem Vater als britischem Staatsangehörigen gestattet festzulegen, dass die Gesetze seines Heimatlands auf sein Testament anzuwenden sind. Im Vereinigten Königreich genießt ein Mensch Testierfreiheit. Das heißt, dass er mit seinen Vermögenswerten tun kann, was er will. Er hätte alles wohltätigen Zwecken vermachen können, wenn er gewollt hätte.«

Connor streckte eine Hand aus und deutete auf mich. »Da haben Sie unseren wohltätigen Zweck.«

»Wie bitte?«, fragte ich.

Maria ergriff unter dem Tisch meine Hand und drückte sie. Ich sah ihr in die Augen, und sie schüttelte den Kopf.

»Was ich nicht verstehe«, sagte Connor zu mir, »ist, was zwischen meinem Vater und deiner Mutter gelaufen ist. Hat sie ihn erpresst? Oder hast du das getan?« Sein Blick bohrte sich in meine Augen.

»Natürlich nicht!«, antwortete ich. »Ich habe in meinem ganzen Leben kein einziges Mal mit ihm gesprochen!«

»Warum sollen wir das hier dann hinnehmen?«, fragte Connor. »Wir haben nie von einer Frau gehört, die er vor dreißig Jahren geschwängert hat. Wie war ihr Name doch gleich?«

»Lillian Bell«, sagte Mr Wainwright.

Connor wandte sich Maria um Aufklärung heischend zu. »Sie hat in seinem Leben doch keine Rolle gespielt?«

Maria zuckte die Schultern. »Nein, soweit ich weiß.«

Der Anwalt meldete sich nüchtern zu Wort: »Laut Ihrem Vater gab es Briefe.«

Connor runzelte die Stirn. »Briefe? Wovon sprechen Sie? Von Liebesbriefen?«

»Ich weiß es nicht. Das wollte er nicht verraten«, erwiderte Mr Wainwright.

In einem plötzlichen Wutanfall schoss Connor von seinem Stuhl hoch, warf ihn dabei um und marschierte zum Fenster. Dort stemmte er die Hände in die Hüften und starrte hinaus. Alle saßen stumm da, bis auf Sloane.

»Hat er Ihnen die Briefe nicht anvertraut, damit Sie sie sicher aufbewahren?«, wollte sie wissen. »Als Beweise oder so?«

»Beweise für den letzten Willen sind beim Abfassen eines Testaments nicht vorgeschrieben«, erklärte Mr Wainwright. Ich hatte den Eindruck, dass er sein Bestes tat, nicht herablassend zu klingen.

»Aber er hat alles aufbewahrt«, antwortete Sloane. »Nicht wahr, Maria? Ich will ihn ja nicht gerade als Messie bezeichnen, aber es ist ihm schwergefallen, Dinge wegzuwerfen. Die Briefe waren offensichtlich wichtig für ihn. Sie müssen hier irgendwo sein.«

Connor wandte sich Mr Wainwright zu. »Was, wenn diese Frau, Lillian Bell, ihn *doch* erpresst hat? Das wäre eine Grundlage für uns, das Testament anzufechten, nicht wahr?«

Mr Wainwright drehte sich auf seinem Stuhl um. »Ja, das wäre es, wenn das der Fall wäre. Aber das müssten Sie beweisen.«

Connor marschierte auf den Tisch zu. »Wenn nicht Erpressung, welche anderen Gründe gäbe es, das Testament anzufechten? Unzulässige Beeinflussung? Nötigung? Betrug?«

»Ja, all das«, antwortete Mr Wainwright, »aber es deutet nicht das Geringste darauf hin, dass Ihr Vater manipuliert wurde.«

»Vielleicht war es ihm selbst nicht klar. Oder er wollte es, wenn es doch Erpressung war, aus welchen Gründen auch immer für sich behalten.«

Mr Wainwright sah ihn unverwandt an. »Connor, Sie können ein Testament nicht mit solchen Unterstellungen anfechten, nur weil Sie es als unfair empfinden. Es muss einen stichhaltigen juristischen Grund geben, und um zu behaupten, was Sie behaupten … Da bräuchten Sie Beweise. Eindeutige Beweise.«

»Aber Sie haben gerade gesagt, dass es Briefe gab«, entgegnete Connor und wandte sich an alle am Tisch. »Ich sage es euch allen besser gleich: Ich werde anfangen, hier knallharte Fragen zu stellen. Irgendjemand muss etwas wissen.« Er zeigte auf mich. »Du wahrscheinlich.«

»Ich weiß nichts«, antwortete ich.

Er lachte bitter. »Selbst wenn du etwas wüsstest, würdest du es uns nicht verraten, nicht, wenn du all das hier erben kannst.« Er bedachte mich mit einem vernichtenden Blick, bevor er zur Tür ging. »Ich rufe meinen Anwalt an.«

Sloane stand auch auf. »Es klingt so, als sollte ich das auch tun.« Sie folgte ihm aus dem Zimmer.

Maria atmete aus. »Da haben wir's.« Sie beugte sich vor und wandte sich an die Anwälte. »Mr Wainwright, darf ich Sie etwas fragen? Wenn dieses Testament erfolgreich angefochten wird, gibt es dann ein früheres, das an seine Stelle treten würde?«

»Ja«, antwortete er. »Es ist vor etwa zehn Jahren abgefasst worden.«

»Und haben die Kinder in dem Testament das Weingut geerbt?«

»Ja.«

»Ich verstehe.« Sie hielt inne und spielte mit einem ihrer Ohrringe. »Bitte verzeihen Sie mir. Ich weiß nicht, wie ich die Frage stellen soll, ohne egoistisch zu klingen. Aber hat er mir in der früheren Version des Testaments auch die kleine Villa hinterlassen? Und das Geld?«

Er zögerte. »Leider nein. Das war ein Zusatz, den er erst kürzlich im derzeit gültigen Testament gemacht hat.«

Ihre Schultern sackten ein wenig herab, und in dem Moment ahnte ich, dass ich eine Verbündete hatte. Denn Maria würde nicht verlieren wollen, was Anton ihr vermacht hatte. Zum ersten Mal seit meiner Ankunft in der Toskana fühlte ich mich nicht mehr ganz so allein.

KAPITEL 5

SLOANE

»Wie konnte er das nur tun?«, fragte Sloane, als Connor das Telefonat mit seinem Anwalt beendete und sein Handy aufs Sofa in seinem Schlafzimmer warf. »Wir sind seine Kinder. Sie ist bloß eine Person, die er nie kennengelernt hat. Hat er uns gehasst, Connor? Ist es das? Bestraft er uns, weil wir ihn nicht oft genug besucht haben? Oder wollte er Mom heimzahlen, dass er bei der Scheidung so viel an sie verloren hat? Denn sie hat ihn ausgenommen wie eine Weihnachtsgans. Das gibt sie ja selbst voller Stolz zu.«

Connor ging auf und ab. »Es ist ja nicht so, als ob Fiona hergekommen wäre, um sich bei ihm einzuschmeicheln. Das kann nicht sein. Hier ist irgendetwas anderes los. Sie tut viel zu unschuldig.« Er dachte einen Moment lang darüber nach, wedelte dann mit den Händen in der Luft und sprach mit Fistelstimme: »Oh, seht mich an. Ich bin ein Engel mit reinem Herzen, der nichts über das Lotterleben seiner Mutter vor seiner Geburt weiß. Ich habe keine Ahnung, warum euer Vater alles meiner Wenigkeit vererben sollte.« Connor lächelte hämisch. »Das kann sie mir nicht weismachen.«

»Sie hat auf mich gewirkt, als sei sie zu sehr in Abwehrhaltung«, antwortete Sloane. »Sie hatte einen schuldbewussten Blick.« Sie ließ sich auf einen Sessel sinken, vergrub das Gesicht in beiden Händen und atmete tief durch. »Ich hätte nie gedacht, dass dieser Tag so verläuft. Ich glaubte, ich würde weich fallen, wenn es mit Alan schiefgeht. Du weißt ja, wie es in letzter Zeit war. Ich dachte, ich könnte die Kinder nehmen und hierherziehen, vielleicht sogar zwischen hier und London hin und her pendeln. Noch einmal neu anfangen.«

Connor wirbelte herum. »Ach, hör auf. Du wirst Alan nie verlassen, und das weißt du auch.«

Sloane hatte das Gefühl, dass sie nichts mehr zu verlieren hatte. Sie hob den tränenfeuchten Blick. »Ich glaube, er hat eine Affäre.«

Connor starrte sie ein paar Sekunden lang an und lachte dann. »Ernsthaft, Sloane? Als würde dich das überraschen!«

»Sei nicht so ein Arschloch.«

»Ich bin kein Arschloch. Du hast gewusst, dass er ein Frauenheld ist, als du ihn geheiratet hast. Und du musst auch gewusst haben, dass er dich *hierfür* geheiratet hat.« Connor deutete auf die Weinberge vor dem Fenster. »Also tu nicht so, als wärst du eine unschuldige kleine unerfahrene Hausfrau, die von nichts eine Ahnung hatte.«

Er hatte recht. Schon am Tag ihrer Hochzeit war Sloane an Zweifeln und Angst fast erstickt, und sie hatte an dem Morgen im Badezimmer geweint, bevor die Friseurin gekommen war. Aber sie war bis über beide Ohren verliebt in den reichen, gut aussehenden Alan gewesen und hatte sich verzweifelt danach gesehnt, geliebt zu werden, verheiratet zu sein, Kinder und ein schönes, perfektes Leben zu haben, um das all ihre Freundinnen sie beneiden würden. Das hatte auch ihre Mutter für sie gewollt. Ihre Mutter war ins Bad gekommen, hatte Sloane die Tränen abgewischt und ihr eingeredet, dass alles gut werden würde.

Wenn sie erst verheiratet wären, würde alles anders sein, hatte ihre Mutter behauptet. Dann hatte sie Sloane überzeugt, die Hochzeit durchzuziehen.

Seitdem hatte Sloane den Eindruck, dass ihre Welt immer weiter um sie herum zusammenbrach, denn es gab ständig andere Frauen. Letzte Woche hatte sie von einem Gewitter geträumt, bei dem ein Blitz in ihr Haus einschlug und ihr Dachboden plötzlich offen lag.

»Warum musst du immer so gemein sein?«, sagte sie zu Connor. »Schon als wir noch Kinder waren, hast du mich mit Spinnen beworfen.«

»Ich bin nicht gemein«, sagte er. »Ich bin ehrlich. Und wenn du vorhast, dich von Alan scheiden zu lassen, warum kümmert es dich dann, dass Dad uns so gut wie enterbt hat? Bist du nur aus Prinzip beleidigt? Denn bei einer Scheidung kriegst du locker zwanzig Millionen. Ich weiß, wie viel Alan wert ist.«

»Nein, die bekomme ich nicht«, antwortete sie unmutig. »Ich habe einen Ehevertrag unterschrieben.«

Connor sah sie stirnrunzelnd an. »Machst du Witze? Das hast du mir nie erzählt. Du hast gesagt, er habe keinen gewollt.«

»Ich habe gelogen.«

»Sloane! Was zum Teufel …?«

»Bitte hör auf. Du bist mir keine Hilfe. Mein Leben bricht gerade zusammen, und ich dachte, das hier wäre mein Notausgang. Heute Morgen hatte ich Visionen davon, all den Klatsch und Tratsch über Alan in LA zurückzulassen und hierherzuziehen, wo Maria traditionelles toskanisches Essen für die Kinder kochen würde. Dann könnten sie jeden September bei der Weinlese helfen und Italienisch lernen, und ich müsste nicht sehen oder hören, was Alan mit anderen Frauen treibt.«

Connor kniff sich in den Nasenrücken. »Oh, bitte, Sloane. Du würdest es doch keine fünf Minuten ohne deine Therapeutin oder deinen Personal Trainer aushalten.«

»Doch«, beharrte sie. »Ich glaube, das allein ist schon das halbe Problem. Ich erwarte zu viel von mir selbst. Ich bezahle immer wieder andere Leute dafür, mich perfekt und glücklich zu machen. Aber vielleicht gibt es so etwas wie ›perfekt‹ gar nicht. Ich glaube, ich muss einfach etwas Pasta essen und mir keine Sorgen machen.«

Connor setzte sich hin und presste sich die Handballen auf die Augäpfel. »Das ist gerade zu viel für mich.«

»Na gut«, sagte Sloane und sprang auf. »Dann nehme ich jetzt die Kinder auf noch einen Spaziergang mit.«

Er sah zu, wie sie zur Tür ging. »Du sagst das, als wäre es eine Drohung. *Oh nein! Ich muss meine arme Schwester von dieser selbstauferlegten Tortur abhalten, ihre Kinder zum Spielen nach draußen mitzunehmen!*«

»Wie ich schon sagte: Arschloch.« Sloane ging.

Als sie in ihr eigenes Zimmer zurückkehrte, fand sie Evan und Chloe an entgegengesetzten Enden des Sofas sitzen. Die beiden starrten auf ihre Smartphones.

»He, ihr Süßen!«, rief sie fröhlich und lächelte. »Wie wäre es, wenn wir nach draußen gingen, um nachzusehen, ob die Trauben schon reif sind? Vielleicht könnten wir helfen, welche zu pflücken.«

Evan starrte sie voller Verachtung an. »Sie brauchen unsere Hilfe nicht, Mom. Und wir verstehen nichts von Weintrauben.«

»Aber wäre es nicht schön, etwas darüber zu lernen?«, schlug sie voller Begeisterung vor.

»Nein.« Er sah wieder auf sein Smartphone hinab.

»Chloe, was ist mit dir?«, fragte Sloane mit einem Lächeln und in einem Singsang, mit dem sie ihre Tochter in Versuchung führen wollte. »Hast du Lust, dir die Weinberge anzusehen?«

»Mom! Das haben wir doch heute Morgen schon gemacht«, antwortete Chloe in dem weinerlichen Tonfall, bei dem Sloane sich immer die Haare raufen wollte.

Was stimmte nur nicht mit ihrer Tochter? Verstand sie denn nicht, wie wichtig es war, charmant und charismatisch zu sein?

»Na gut.« Sloane drehte sich auf dem Absatz um. »Dann gehe ich mal und sehe nach, was in der Küche auf dem Herd steht.«

Sie verließ das Zimmer und hoffte immer noch, dass ihnen plötzlich klar werden würde, was ihnen entging, sodass sie es sich anders überlegen würden. Aber niemand folgte Sloane je, wenn sie *na gut* sagte und aus dem Zimmer stürmte. Vor allem Alan nicht. Er ließ sie einfach nur gehen.

KAPITEL 6

FIONA

Sobald die Anwälte ihre Sachen zusammengepackt hatten und gegangen waren, zog Ruth Mabels Rollstuhl vom Tisch weg. Sie sagte, sie müssten ihr Flugzeug erwischen, und schob ihre Mutter zur Tür hinaus, ohne noch einen Blick zurück in meine Richtung zu werfen.

»Sie sind auch nicht glücklich darüber«, sagte ich zu Maria. »Ich kann es ihnen nicht verdenken. Kein Wunder, dass sie dagegen angehen wollen.«

»Ja, aber du hast gehört, was Mr Wainwright gesagt hat. Sie können nicht dagegen angehen, solange es keine klaren Beweise für Erpressung, Betrug oder unzulässige Beeinflussung gibt.«

Ich lehnte mich auf meinem Stuhl zurück und seufzte. »Meine Mutter hätte niemals jemanden erpresst. Du hättest sehen sollen, wie sie sich jeden Tag ihres Lebens um meinen Vater gekümmert hat. Sie war eine Heilige.«

»Abgesehen von der Tatsache, dass sie ihm untreu war«, rief Maria mir sanft ins Gedächtnis. »Vielleicht kanntest du sie nicht so gut, wie du immer dachtest.«

Ich hatte keine Wahl, als mich damit abzufinden, dass Maria recht hatte. »Ich weiß überhaupt nichts mehr«, gestand ich. »Ich hatte nicht damit gerechnet, dass heute so etwas passieren würde. Ich dachte, ich würde bloß ein bescheidenes kleines Grundstück irgendwo erben, vielleicht einen halben Morgen Land mit einem Häuschen darauf. Nicht die ganze Chose hier.« Ich beugte mich wieder vor. »Wie viel ist dieses Weingut eigentlich wert? Der Anwalt hat gesagt, es wären neunhundert Hektar. Sind das alles Weinberge? Denn das klingt nach ziemlich vielen Trauben.«

»Es ist eines der größten und ältesten Weingüter in der Toskana«, erwiderte Maria. »Mein Mann sagt, dass es wahrscheinlich fast hundert Millionen Euro wert ist.«

Ich blinzelte ein paar Mal. Es verschlug mir den Atem. »Was hast du gerade gesagt?«

»Deshalb wollen Connor und Sloane die Neufassung des Testaments anfechten. Sie sind in dem Glauben aufgewachsen, dass sie den Jackpot erben würden. Drei Millionen britische Pfund sind im Vergleich zu dem, womit sie gerechnet haben, bloß Kleingeld.«

Ich hörte kaum ein Wort von dem, was Maria über Connor und Sloane sagte. Ich war zu beschäftigt damit, im Kopf alles durchzurechnen.

Einhundert Millionen Euro?

Ich hatte keine Ahnung gehabt, dass Anton Clark – mein echter, leiblicher Vater – *so* viel Geld gehabt hatte. Nicht auszudenken, was ich mit solch einem Geldsegen alles anfangen könnte! Ich würde mir nie mehr Sorgen machen müssen, dass ich nicht genug auf dem Konto hatte, wenn es an der Zeit war, Dottie oder Dads andere Pfleger zu bezahlen. Ich würde Dottie eine Gehaltserhöhung geben, damit sie für immer bei uns blieb. Ich konnte sogar ein eigenes Leben führen, vielleicht ein Haus für mich und ein neues Auto kaufen. Ich konnte auf jeden Fall den rollstuhltauglichen Van abzahlen, den wir gerade erworben hatten, und Dad einen neuen Computer mit der modernsten

Spracherkennungssoftware besorgen. Ich würde ihn mit allem Drum und Dran ausstatten. Vielleicht würde ich sogar mit ihm auf Reisen gehen. Der wichtigste Punkt auf seiner Löffelliste war, ein Billy-Joel-Konzert im Madison Square Garden zu besuchen. Ich könnte mir Sitzplätze in der ersten Reihe leisten!

Ich begann zu hyperventilieren. Ich hatte immer ein etwas schlechtes Gewissen gehabt, weil ich all die Jahre solch ein großes Geheimnis vor meinem Dad gehabt hatte, wenn auch nur zu seinem eigenen Besten, aber das hier war es eindeutig wert. Ich hatte zwar noch keine Ahnung, wie ich Dad und Dottie die plötzliche Veränderung unserer finanziellen Situation erklären sollte, wenn ich nach Hause kam, aber mir würde schon etwas einfallen.

Maria berührte meine Schulter. »Geht es dir gut?«

»Ich weiß nicht recht. Ich glaube, ich stehe unter Schock.«

»Ich auch«, antwortete sie. »Ich muss zugeben, dass es mich überrascht, dass er dir alles hinterlassen hat.«

Ich schaute auf. »Warum um alles in der Welt sollte er das auch tun?«

Das war einfach zu viel. *Einhundert Millionen Euro.* Ich musste vorsichtig sein. Ich durfte nicht in die Falle tappen zu glauben, dass ich plötzlich reich geworden war, nur um später zu erfahren, dass alles ein großes Missverständnis war – dass ich wieder arm war. Gewiss, es machte Spaß, von einem neuen Haus zu träumen und davon, Dad zu Billy Joel mitzunehmen, aber ich musste auf dem Boden der Tatsachen bleiben, falls sich alles binnen weniger Tage wieder in Luft auflöste.

Selbst wenn es das nicht tat ... Wäre es nicht sinnvoll, alles mit Connor und Sloane zu teilen?

»Diese Briefe, die der Anwalt erwähnt hat ...«, begann ich.

»Vielleicht erklären sie, was Anton sich gedacht hat«, vermutete Maria. »Womöglich hat er deine Mutter wirklich geliebt. Sie könnte ja seine große Liebe gewesen sein.«

Ich schüttelte den Kopf angesichts dieser Vorstellung, denn ich erinnerte mich an den Gesichtsausdruck meiner Mutter, als sie mir erzählt hatte, dass ich das Kind eines anderen Mannes war. Ihre Miene hatte Reue und Beschämung widergespiegelt. Bestenfalls war das, was zwischen ihnen vorgefallen war, ein One-Night-Stand gewesen.

»Mom war nur einen Sommer lang hier, während Dad für sein Buch recherchiert hat«, erklärte ich. »Hätte sie es mir nicht gesagt, wenn sie den Mann, der mein leiblicher Vater war, wirklich geliebt hätte?«

»Vielleicht nicht. Möglicherweise wollte sie nicht, dass du denkst, dass sie deinen Vater weniger geliebt hat. Den, der dich großgezogen hat.«

»Wenn du meinst.« Ich stand auf und ging zu einem großen goldgerahmten Familienporträt aus georgianischer Zeit, das an der Wand hing. »Aber wenn Anton sie wirklich geliebt hätte, hätte er dann nicht versucht, um mich zu kämpfen oder mich kennenzulernen? Es sei denn, er hat nie von mir gewusst, bis ...«

»Bis deine Mutter gestorben ist«, schlug Maria vor. »Vielleicht hat sie ihm erst dann endlich geschrieben, in ihren letzten Stunden, in denen sie auch dir davon erzählt hat. Das könnte der Brief sein, von dem der Anwalt gesprochen hat.«

»Es ging ihr nicht gut genug, einen Brief zu schreiben«, antwortete ich, »und ich war die ganze Zeit bei ihr. Außerdem hat der Anwalt von ›Briefen‹ gesprochen. Das deutet darauf hin, dass es mehr als einen gab.« Ich starrte auf meine Hände hinab. »Überhaupt: Warum sollte er seine eigenen Kinder von einem Großteil des Erbes ausschließen? Hat er die beiden nicht geliebt? Ich verstehe das einfach nicht.«

Maria stand auf und stellte sich neben mich vor das Gemälde. »In diesem Teil der Angelegenheit könnte ich wahrscheinlich etwas Licht bringen.«

»Ja?«

»*Sì.*« Sie zögerte, und ihre Wangen liefen rot an. »Ich tratsche eigentlich nicht gern, Fiona, und wer bin ich, ein Urteil über sie zu fällen? Aber um ehrlich zu sein, waren Connor und Sloane nicht gerade das, was ich als liebende Kinder bezeichnen würde. Sie waren Sonnenscheine, als sie klein waren. Damals hatte ich Freude daran, wenn sie hier zu Besuch waren, und ich konnte ihnen verzeihen, dass sie als Teenager nicht mehr herkommen wollten. Sie wollten lieber bei ihren Freunden sein. Das ist in dem Alter nur natürlich. Aber ich kann ihnen nicht vergeben, dass sie sich hier als Erwachsene kein einziges Mal haben blicken lassen.«

»Es muss doch einen Grund dafür gegeben haben, dass sie nicht zu Besuch kommen wollten.«

»Alles, was ich weiß, ist, dass Anton alle möglichen Anstrengungen unternommen hat, um mit ihnen in Kontakt zu bleiben. Er hat angerufen und sie eingeladen, aber sie hatten immer zu viel zu tun. Was genau, weiß ich nicht. Keiner von beiden ist berufstätig. Aber sie haben ihm nicht einmal den Gefallen getan, so zu tun, als würden sie versuchen, irgendwann später eine Reise in ihren Terminkalender zu quetschen. Connor hat hier nur ein einziges Mal angerufen, als er Geld wollte. Das hat Anton tief getroffen, und ich glaube, er hat sie die letzten paar Jahre über auf die Probe gestellt. Er hat ihnen jede Gelegenheit gegeben, herzukommen und etwas über das Weingut zu lernen, aber sie haben immer Nein gesagt. Ich habe den Verdacht, dass ihm das nur bestätigt hat, dass er und dieses Weingut den beiden gleichgültig waren.«

Ich wandte mich Maria zu. »Also glaubst du, dass er ihnen eine Lektion erteilen wollte, indem er mir alles hinterlassen hat? Oder dass er rachsüchtig war?«

»Er konnte wirklich manchmal nachtragend sein. Am Ende war er griesgrämig. Eigenbrötlerisch.«

»Aber warum hat er *mir* keine Lektion erteilt?«, fragte ich. »Denn ich war ganz gewiss kein liebendes Kind.«

Maria warf mir einen Blick zu. »Vielleicht hat er nicht an dich gedacht, als er das Testament umgeschrieben hat.«

Ich rieb mir den Nacken. »Du glaubst, dass er es für meine Mutter getan hat, aus welchem Grund auch immer. Ein schlechtes Gewissen vielleicht? Wiedergutmachung?«

Maria zuckte die Schultern. »Irgendjemand hier muss wissen, was zwischen den beiden vorgefallen ist.«

Ich ging zurück zu meinem Stuhl, setzte mich hin und trommelte mit den Fingern auf dem Tisch herum. »Wie haben sie sich überhaupt kennengelernt?«

Plötzlich fielen mir Connors Anschuldigungen wieder ein, und Panik stieg in mir auf. Er war jetzt, in diesem Augenblick, dabei, Anwälte und wahrscheinlich auch Privatdetektive anzurufen, die ihm dabei helfen sollten, seine Behauptung zu beweisen: dass ein Verbrechen begangen worden war, das dieses Testament ungültig machte.

Was, wenn meine Mutter Anton bedroht hatte? Wenn alles zu einer Schlammschlacht ausartete und Connor die Vergangenheit meiner Mutter ins Rampenlicht zerrte, um uns als geldgierig hinzustellen? Maurizio war eine bekannte Marke. Daraus würde in den USA eine saftige Klatschgeschichte werden.

Armer Dad. Es würde ihn umbringen, die Wahrheit auf diese Art zu erfahren.

»Mir ist ein bisschen schlecht«, sagte ich und ließ den Kopf zwischen die Knie sinken.

»Kann ich dir irgendetwas bringen?«

»Nein. Ich glaube, ich muss einfach nur die Briefe aufspüren, von denen der Anwalt gesprochen hat. Ich muss herausfinden, was wirklich geschehen ist.« Das Gefühl von Übelkeit in meinem Magen war immer noch da, aber ich zwang mich dazu, mich trotzdem wieder aufzusetzen. »Vielleicht kannst du mir dabei helfen?«

»*Sì*. Ich will der Sache auch auf den Grund gehen.« Maria begann, die Wasserkaraffe und die Gläser wegzuräumen. »Lass mich dir heute die Villa zeigen. Du solltest wissen, was du geerbt hast. Später bitte ich dann meinen Mann, dich durch die Weinberge und die Weinkeller zu führen.«

»Danke, Maria. Ich habe das Gefühl, dass du jetzt gerade meine einzige Freundin bist.«

Sie warf mir einen verständnisinnigen Blick zu. »Niemand sollte ohne Freunde sein.«

Sie stellte die Wassergläser auf ein Tablett und trug sie aus dem Zimmer.

Nachdem sie gegangen war, saß ich eine ganze Weile allein da, starrte die Wand an, dachte nach und grübelte. Was machten Connor und Sloane in diesem Moment?

Wahrscheinlich würden sie nicht klein beigeben. Nicht, wenn hundert Millionen Euro auf dem Spiel standen.

Eine schreckliche Welle von Schuldgefühlen brach über mich herein. Welches Recht hatte ich, ihnen ihr Erbe wegzunehmen? Selbst wenn sie fürchterliche, egoistische Kinder waren, ich hatte es ganz gewiss nicht mehr verdient als sie.

Ich musste unbedingt herausfinden, was hier vorging. Wo waren nur diese Briefe?

KAPITEL 7

LILLIAN

Toskana, 1986

In den Jahrzehnten, die auf den tragischen Sommer in der Toskana folgten, fragte sich Lillian Bell oft: Was, wenn sie eine Kristallkugel gehabt hätte? Hätte sie die Reise dann abgesagt? Oder sie gar nicht erst vorgeschlagen? Oder hätte sie sich in ihr Schicksal gefügt, ungeachtet der Konsequenzen?

Im Frühjahr 1986 wohnten Lillian und Freddie Bell in Tallahassee, Florida, und waren auf dem Weg in ihr fünftes Ehejahr. Zugegeben, als Lillian Freddie kennengelernt hatte, war sie nicht ganz auf der Höhe gewesen. Sie hatte eine schwierige Kindheit hinter sich, mit Eltern, die Alkoholiker waren und ohne Karrierechancen in Jobs festsaßen, die sie beide hassten. Sie blieben »wegen des Babys« zusammen, obwohl sie sich gleich zu Anfang ihrer Ehe hätten trennen sollen, denn sie taten nie etwas anderes als zu schreien, sich zu streiten, zu trinken und dann noch mehr zu schreien, sich zu streiten und zu trinken.

Lillians Vater zog schließlich aus, als sie zehn war. Sie sah ihn nie wieder, aber statt Angst zu haben und sich im Stich gelassen zu fühlen, wünschte sie sich nur, er wäre früher gegangen. Oder dass ihre Mutter gegangen wäre.

Vielleicht hatte ihre Mutter etwas in ihrer DNA, das sie zwang, Jahr um Jahr bei ihrem Mann zu bleiben und Beschimpfungen ebenso wie Ohrfeigen mit dem Handrücken zu ertragen.

Oder war es Liebe? Lillian fragte sich das oft. Denn ihre Mutter hatte Lillians Vater romantische Gefühle entgegengebracht, zumindest zu Anfang. Ihre Mutter schwelgte oft in Erinnerungen an Picknicks im Park, Pralinen, Blumen und einen Heiratsantrag bei Sonnenuntergang an einem Sandstrand, an den Wellen mit Schaumkronen brandeten.

Lillian hatte keine Ahnung, ob irgendetwas davon je wirklich passiert war, aber sie wusste diese Geschichten trotz allem zu schätzen, weil sie ihr halfen, an eine Märchenwelt zu glauben, in der Erwachsene miteinander glücklich waren. Dieser Glaube trug sie durch die dunklen Zeiten, in denen ihre Eltern nachts in der Küche Gegenstände zertrümmerten und Lillian sich unter dem Bett versteckte, um ihrer Babypuppe tröstende Worte zuzuflüstern: »Hab keine Angst. Ich bin hier. Ich werde dich beschützen.«

Später, lange nachdem ihr Vater weg war, als Lillian an der Highschool mit Jungen auszugehen begann, gab ihre Mutter ihr den Rat, sich von machohaften Schlägertypen fernzuhalten. »Heirate jemanden, der weich ist«, sagte sie. »Einen Mann, der keiner Fliege etwas zuleide täte.«

Und so lernte sie nach einer Reihe von Jahren, in denen sie sich auf Typen einließ, die in die Kategorie »hart« fielen und gern Dinge zertrümmerten (unter anderem Lillians Gesicht an einer Wand), Freddie Bell bei einem Urlaub in Florida kennen. Ausgerechnet in Disney World. Nachdem sie eine Stunde lang angestanden hatte, um mit zwei Freundinnen in der Space-Mountain-Achterbahn zu fahren, war sie allein in die Sitzreihe hinter den beiden geschickt worden. In letzter Sekunde hüpfte Freddie neben sie hinein.

»Sieht so aus, als ob wir beide das fünfte Rad am Wagen wären – da passen wir doch gut zusammen«, sagte er mit einem schüchternen Lächeln. Er war hübsch und bezaubernd jungenhaft, es fühlte sich wie Schicksal an, und sie war weiß Gott von der Idee der Vorsehung begeistert. Warum? Vielleicht genoss sie in ihrem tiefsten Innern den Gedanken, keine Verantwortung für große Entscheidungen übernehmen zu müssen. Manchmal war es einfacher, sich treiben zu lassen und mit dem Strom zu schwimmen. Dann musste man sich selbst auch keine Schuld geben, wenn der Fluss wild wurde und einen gegen einen Felsen schleuderte. So war es einem dann eben vorherbestimmt.

Sie und ihre Freundinnen verbrachten den Rest der Woche in Disney World mit Freddie und seiner Gruppe. Einen Monat später kündigte sie ihren Job als Kellnerin in Chicago und zog nach Florida, um bei ihm zu sein. Sie hatte das Gefühl, Glück zu haben, weil er sanft und zuvorkommend war. Er bestand die alles entscheidende Prüfung: Er hatte schlanke Hände, die dafür geschaffen waren, einen Bleistift zu halten, nicht dafür, ein Loch in die Wand zu boxen. Er war kreativ – ein Intellektueller, der Bücher las und Gedichte schrieb. Er war sogar auf dem College gewesen, um Englisch zu studieren.

Lillian war gelinde gesagt verblüfft über ihr Glück. Sie hatte einmal gehört, dass Frauen oft Abziehbilder ihrer eigenen Väter heirateten, aber sie hatte sich geschworen, nie in diese Falle zu tappen. Nach ein paar bedauerlichen, von Gewalt geprägten Beziehungen in ihren Teenagerjahren und mit Anfang zwanzig hatte sie begonnen, vom genauen Gegenteil ihres Vaters zu träumen. Endlich hatte sie es in Freddie gefunden.

Danach ging alles sehr schnell. Sie wurde schwanger (dabei dachten sie doch, sie hätten aufgepasst), deshalb heirateten sie, bevor irgendjemand herausfinden konnte, dass sie nicht in der Lage waren, effektiv zu verhüten. Aber leider verlor Lillian einen Monat nach der Hochzeit das Kind.

Ein schreckliches Jahr der Trauer folgte, in dem sie sich selbst die Schuld an der Fehlgeburt gab. Sie hielt es für das schlimmste Versagen ihres Lebens, ihr ungeborenes Kind nicht beschützt zu haben. Irgendwann sagte sie sogar zu Freddie, dass sie Verständnis dafür hätte, wenn er sich von ihr trennen und mit jemand anderem einen Neuanfang wagen wollte, weil sie nur wegen des Babys geheiratet hatten.

Freddie starrte sie schockiert und mit offenem Mund an. »Sag so etwas nicht, Lil. Ich könnte nie ohne dich leben.« Sein Gesicht wurde blass, und er steigerte sich fast in eine Panikattacke hinein.

Da fiel Lillian wieder ein, dass er seine eigenen Verlustängste hatte, weil seine Mutter die Familie im Stich gelassen hatte, als er fünf gewesen war. Er war nie wirklich darüber hinweggekommen, verlassen worden zu sein.

Lillian wurde klar, dass ihr Vorschlag ein Fehler gewesen war. Sie schloss Freddie in die Arme. »Es tut mir leid. Ich habe es nicht so gemeint. Ich verspreche, dass ich dich nie verlassen werde.«

Ihre Worte trösteten ihn, und im Laufe der nächsten paar Jahre schlug sie sich weiter tapfer durch, arbeitete an der Rezeption eines örtlichen Hotels und versorgte sie beide finanziell, während Freddie seinen Lebenstraum verfolgte: einen Bestseller zu schreiben.

Aber 1986 konnte Lillian der altvertrauten Sehnsucht nicht mehr entkommen. Sie hatte sich immer gewünscht, Mutter zu werden, aber sie hatte diesen Traum nach ihrer Fehlgeburt verdrängt. Vielleicht war die tiefe Wunde in ihrem Herzen jetzt endlich weit genug verheilt, um ihr den Mut zu verleihen, es noch einmal zu versuchen.

Sie sprach Freddie an ihrem vierten Hochzeitstag darauf an, als sie auf einer Decke an einem Strand nahe Tallahassee saßen und die anbrandenden Wellen betrachteten. »Was meinst du?«, fragte sie.

Freddie dachte eine Weile darüber nach, bevor er antwortete. »Ich weiß nicht, Lil. Es ist ein ziemlich großer Schritt. Eine riesige Verantwortung.«

»Das sind Kinder immer«, antwortete sie.

»Aber findest du denn nicht ... Ich weiß nicht. Ich habe das Gefühl, dass ich erst mein Buch vollenden sollte. Wir haben noch nicht einmal ein eigenes Haus.«

Ihr Herz zog sich vor Enttäuschung zusammen. »Ein Haus wäre schön – das fände ich toll –, aber von meinem Gehalt können wir uns das im Moment nicht leisten. Wenn wir warten, bis alles perfekt ist, warten wir am Ende vielleicht für immer, und dann ist es zu spät. Ich bin jetzt dreißig, und du weißt doch, wie sehr ich mir immer ein Baby gewünscht habe.«

»Natürlich weiß ich das.« Freddie sah zu Boden. »Und ich will eine Familie mit dir gründen. Ich will einfach nur verantwortungsvoll sein. Ich will, dass wir erst finanziell dazu bereit sind.«

»Geld ist nicht alles«, hielt Lillian verbissen dagegen. Ihr war es egal, ob sie verantwortungslos war. Mehr als alles andere wollte sie ein Baby, und sie hatte schon so viel Zeit damit verschwendet, Angst zu haben. »Wir lassen uns schon irgendetwas einfallen. Wir könnten auch so zurechtkommen.«

»Ich will nicht einfach nur zurechtkommen«, antwortete Freddie. »Ich will dich ernähren und uns ein gutes Leben bieten können, aber wie soll ich schreiben, wenn wir uns um ein Baby kümmern müssen? Du müsstest deinen Job aufgeben, und wenn ich arbeiten gehen muss, werde ich nie mit dem Buch fertig.« Er schüttelte den Kopf. »Wir haben schon so viel erreicht. Ich bin fast so weit. Wenn du dich nur noch eine Weile geduldest, veröffentliche ich es, und dann ergibt sich schon alles. Du kannst deinen Job aufgeben und Hausfrau und Mutter sein.

Dann leben wir vom Vorschuss und von den Tantiemen, während ich das nächste Buch schreibe.«

Lillian beobachtete, wie sich die Farben des Himmels über dem Golf von Mexiko veränderten. Freddies Traum war wunderschön, aber wie konnte sie sicher sein, dass er je wahr werden würde? Was, wenn niemand sein Buch kaufen wollte? Jemals?

»Ich habe nur Angst«, sagte sie vorsichtig, »dass es eine Weile dauern könnte, bis du einen Verlag findest. Du weißt, dass ich an dich glaube, aber du arbeitest nun schon seit fast drei Jahren an deinem Buch. Du bist erst halb fertig. Vielleicht könnten wir einfach anfangen, es zu versuchen, und abwarten, was passiert. Wenn ich schwanger werde, könntest du härter denn je arbeiten und fertig werden, bevor das Baby kommt. Vielleicht brauchst du einfach einen Termin. Das könnte dir sogar helfen.«

Er war einen Moment lang still, und sie machte sich Sorgen, dass sie gerade seinen Lebenstraum mit Füßen getreten hatte.

»Ich wünschte, ich könnte schneller schreiben«, sagte er. »Das wünsche ich mir mehr als alles andere, aber du weißt ja, wie es ist. Ich verbringe sehr viel Zeit mit der Recherche, und die kann ich nicht überspringen – sonst fließen die Worte einfach nicht, wenn ich mich an die Schreibmaschine setze. Die Kulisse muss für mich zum Leben erwachen.« Er schüttelte resigniert den Kopf. »Vielleicht sollte ich einfach aufgeben. Ich weiß nichts über Italien. Ich komme mir allmählich schon wie ein Hochstapler vor.«

Lillian rückte auf der Decke ein Stück näher an ihn heran und hakte sich bei ihm ein. »Du bist kein Hochstapler. Du bist brillant.«

»Das weißt du nicht«, antwortete er. »Vielleicht bin ich nur ein untalentierter Schreiberling.«

Sie bemühte sich, seine Laune zu heben und sein Selbstbewusstsein zu stärken. »Das kann gar nicht sein. Und ich könnte es dir mit Gewissheit sagen, wenn du mich nur dein Buch lesen lassen würdest. Wenigstens ein paar Seiten?«

Er redete oft über die Handlung, und sie half ihm beim Brainstorming, wenn er nicht weiterwusste, aber er hatte sie noch nie die Worte auf den Seiten sehen lassen.

Freddie schüttelte den Kopf. »Nein. Es ist noch nicht so weit, dass irgendjemand es sich ansehen dürfte. Es ist ein erster, grober Entwurf, aber ich muss erst ganz damit fertig werden, bevor ich an den Feinschliff gehen kann.«

Lillian zog die Knie an die Brust und dachte über eine Möglichkeit nach, ihm zu helfen, schneller fertig zu werden.

»Was, wenn wir dorthin reisen würden?«, schlug sie aus einer spontanen Eingebung heraus vor. »An die Orte, an denen deine Geschichte spielt?«

Er sah sie überrascht an. »Nach Italien?«

»Warum nicht? Ich könnte meinen Chef um Urlaub bitten, und wir könnten den Sommer in der Toskana verbringen. Ich könnte einen Saisonjob dort annehmen. Stell dir nur vor, wie wunderbar das wäre.« Sie dachte einen Moment lang darüber nach und spürte plötzlich freudige Erregung, weil sie noch nie in Europa gewesen war. Sie malte sich Burgen und Kopfsteinpflaster aus … Rotwein mit Brot und Pasta. Und war jetzt nicht der perfekte Zeitpunkt, um auf Reisen zu gehen? Bevor sie ein Haus kauften und Kinder bekamen? »Wenn mein Chef Nein sagt, spielt das auch keine Rolle. Ich könnte kündigen und mir eine andere Stelle suchen, wenn wir wiederkommen. Hier in der Gegend gibt es viele Hotels.«

»Ich weiß nicht, Lil …«

Sie drückte seine Schulter und schüttelte ihn. »Komm schon! Lass uns abenteuerlustig sein! Würde es dir nicht helfen, die Atmosphäre auf dich wirken zu lassen und durch die Straßen zu streifen, in denen dein Buch spielt? Stell dir vor, wie selbstbewusst du dann sein könntest, wenn du dich zum

Schreiben hinsetzen würdest. Du könntest das Manuskript viel schneller vollenden. Dann könnten wir das Leben beginnen, das wir immer wollten, mit Kindern, einem Haus und einer echten Schriftstellerkarriere für dich.«

Er sah sie ungläubig an. »Spinnst du? Wie sollen wir die Flüge bezahlen?«

»Mit meiner Kreditkarte«, antwortete sie. »Ich bin mit den Zahlungen nicht in Rückstand, und mein Kreditrahmen wird ständig erweitert. Außerdem bekommen wir die Kaution für unsere Wohnung zurück, wenn der Mietvertrag im Mai ausläuft. Es ist fast so, als stünden die Sterne günstig für uns – als wollte es das Schicksal.«

Er musterte sie staunend. »Das würdest du wirklich für mich tun? Deinen Job kündigen und deinen Kreditrahmen ausreizen?«

»Natürlich, weil ich an dich glaube und will, dass du das verdammte Buch fertig schreibst, damit wir ein Kind bekommen können.« Sie stupste ihn spielerisch an.

Sie saßen da und sahen zu, wie die Sonne hinter dem Horizont versank.

»Das ist doch verrückt«, sagte Freddie.

»Vielleicht ja«, antwortete Lillian. »Aber irgendetwas daran fühlt sich richtig an, findest du nicht auch? Spürst du es nicht?«

»Ich weiß nicht ...«

»Es ist der Handlungsort deines Buches, das dir alles bedeutet«, rief sie ihm ins Gedächtnis. »Du musst dorthin reisen, Freddie.«

»Vielleicht.« Er atmete aus. »Ich mache mir nur Sorgen, wie viel das kosten wird und wie viel Aufwand es bedeutet, solch eine Reise zu organisieren.«

»Mach dir keine Sorgen darum«, bat sie. »Ich arbeite in einem Hotel. Ich kenne ein paar Reiseverkehrskaufleute, die uns helfen können. Ich kümmere mich um alle Einzelheiten.«

Sie sah aufs Wasser hinaus und betrachtete die Schaumkronen in der Ferne. »Ich weiß nicht warum, aber ich habe ein wirklich gutes Gefühl dabei. Ich glaube, es wird alles für dich beschleunigen.«

Sie konnte nicht leugnen, dass sie ihre eigenen Zwecke verfolgte: Sie wollte ihm helfen, sich bereit dafür zu fühlen, eine Familie zu gründen. Wollte alle Ausreden aus dem Weg räumen.

Freddie beugte sich zu ihr und küsste sie auf die Wange. »Ich verspreche dir jetzt etwas. Wenn wir in die Toskana fahren und ich mein Buch fertigstelle, kannst du die Pille absetzen, sobald ich ›Ende‹ getippt habe.«

Lillian lachte. »Das musst du mir schriftlich geben.«

Sie drückte ihn auf die Decke und setzte sich rittlings auf ihn, um ihn zu küssen.

* * *

Zwei Monate später beugte Lillian sich über eine riesige Landkarte auf ihrem Schoß und bemühte sich, aus den schmalen, gewundenen Landstraßen der Toskana schlau zu werden, während sie von einem winzigen Apartment in Montepulciano zu ihrer neuen Arbeitsstelle auf dem Weingut Maurizio zu gelangen versuchten. Es war ihr erster Tag der Schulung zur Fremdenführerin und Rezeptionistin im Hotel. Sie hatte den Job ergattert, kaum dass sie und Freddie in Rom gelandet waren, nach einem Nachtflug völlig fertig vom Jetlag. Während er am Gepäckband auf ihre Koffer gewartet hatte, war sie schlaftrunken zu einem Schwarzen Brett neben dem Ausgang spaziert.

Da war sie – eine Stellenanzeige für den perfektesten Job der Welt. Das Weingut Maurizio suchte nach einem englischsprachigen Amerikaner oder Kanadier für die Sommersaison, um nordamerikanische Touristen zu betreuen. Lillian wusste sofort, dass sie die Idealbesetzung für den Job war, da sie die letzten vier Jahre lang an der Rezeption eines Resorts in Florida gearbeitet hatte. Sie riss die Telefonnummer ab, suchte sich eine Telefonzelle und rief an, um ein Bewerbungsgespräch zu führen.

Der Verwalter des Weinguts hatte nur ein paar Fragen und stellte sie dann ein, ohne auch nur ihre Referenzen zu überprüfen. Sie rannte zu Freddie zurück, der gerade ihre Koffer vom Gepäckband hob, und rief: »Ich habe die Stelle!«

Drei Tage später waren sie in einem gebrauchten Auto, das sie einer alten Werkstatt abgekauft hatten, auf dem Weg zum Weingut.

»Bieg die Nächste links ab«, sagte Lillian, schaute von der Karte auf und ließ den Blick über die Landschaft schweifen. Sie waren gerade im Kreis um die mittelalterliche Stadt Montepulciano auf der Hügelkuppe gefahren und sausten nun in halsbrecherischem Tempo eine andere gewundene Landstraße hinunter. »Und fahr nicht so schnell!«

»Das ist nicht meine Schuld«, antwortete Freddie und warf mehrfach Blicke in den Rückspiegel. »Es ist dieser Schwachsinnige hinter mir. Von Abstandhalten hat der wohl noch nie etwas gehört.«

Der Schwachsinnige – der einen glänzenden roten europäischen Sportwagen fuhr – donnerte auf die Gegenfahrbahn, ohne darauf zu achten, dass sie sich gerade in einer Kurve befanden. Er raste an ihnen vorbei und verschwand um die nächste Biegung.

Freddie nahm den Fuß vom Gaspedal. »Gut, dass ich dich los bin, Freundchen.«

»Der wird sich noch umbringen«, meinte Lillian.

Sie fuhren eine steile, gewundene Straße hinauf, die von Weinbergen umgeben war, bis sie etwas auf der Hügelkuppe entdeckten, das wie eine Ansammlung steinerner Gebäude aussah.

»Das muss es sein.« Freddie reckte den Hals, um aus dem Seitenfenster zu schauen, und mehr brauchte es nicht – einen Moment der Unaufmerksamkeit, als sie die nächste Haarnadelkurve erreichten.

»Freddie!«

Er reagierte zu langsam. Er nahm die Kurve nicht mehr rechtzeitig und übersteuerte, als er verzweifelt das Lenkrad herumriss. Die Reifen schlitterten über das Straßenpflaster, und dass Auto kippte zur Seite. Sie überschlugen sich wieder und wieder und stürzten den steilen, graswachsenen Hang hinunter.

Lillian war angeschnallt, aber sie fühlte sich, als würde sie im Kreis herumgeschleudert, bis ihr schwindlig war. Glas barst, und Stahl knickte ringsum ein. Bestimmt explodierte gleich die ganze Welt, und jegliches Leben nahm ein gewaltsames, tosendes Ende.

Als sie endlich gegen eine Gruppe Pappeln prallten und alles ruhig und still wurde, dauerte es ein paar Sekunden, bis Lillian sich vom Schock des Aufpralls erholte und spürte, dass das Herz ihr bis zum Hals schlug.

»Freddie?«

Sie spürte keinen Schmerz. Blutete sie? Nein. Sie war wach. Sogar mehr als wach. Adrenalinstöße sausten wie Geschosse durch ihre Adern.

»Freddie!«

Er hing vornübergebeugt über dem Lenkrad. Sein Gesicht war blutüberströmt. Lillian befürchtete das Schlimmste. Sie streckte die Hand aus und berührte seinen Arm.

Er hob den Kopf und stöhnte.

»Geht es dir gut?«, fragte sie. »Sieh mich an.«

Er schaute sie verwirrt an und umfasste seine Nase mit beiden Händen. »Ich glaube, ich habe mir die Nase gebrochen.«

Die Tatsache, dass er in ganzen Sätzen mit ihr sprach, war ein gutes Zeichen. Also schnallte sie sich los, öffnete die Autotür und blickte in einen fast senkrecht abfallenden Abgrund an der Flanke des bewaldeten Hügels. Ihr drehte sich der Magen um.

»Oh mein Gott. Wir müssen auf deiner Seite aussteigen. Beeil dich. Raus!«

Er hatte Schwierigkeiten, seinen Sicherheitsgurt zu lösen, und mühte sich vergeblich ab, die Tür auf der Fahrerseite aufzubekommen. Sie war von ihrem Sturz den Hügel hinunter verbeult und ließ sich nicht öffnen. Panisch rammte er die Schulter gegen die Tür, aber das sorgte nur dafür, dass das Auto hin- und herschwankte und dabei ächzte und knarrte.

»Hör auf!«, schrie Lillian. »Beweg dich nicht.«

Genau in dem Augenblick schwang die hintere Tür auf der Fahrerseite auf, und ein Mann spähte zu ihnen herein. »Geht es Ihnen gut?« Er sprach mit britischem Akzent.

Lillian war in ihrem ganzen Leben noch nie so froh gewesen, ein anderes menschliches Wesen zu sehen. »Ich glaube ja, aber wir bekommen die Tür nicht auf.«

Er musterte die Außenseite des Wagens und sah dann wieder zu ihnen herein. »Ja, die Tür ist hinüber. Können Sie auf den Rücksitz klettern und auf diesem Weg herauskommen?«

Der Mann sah Lillian an, als er sprach, aber Freddie krabbelte als Erster vom Fahrersitz aus nach hinten und purzelte zu Füßen des Mannes auf den steilen Hang hinaus.

Lillian kroch nach ihm ins Freie. Die fürchterliche Möglichkeit, dass die Pappeln nachgeben und brechen würden, sodass das Auto zur Seite kippen und die Steilwand hinunterstürzen würde, bevor sie in Sicherheit war, setzte ihre Gedanken in Brand.

»Geben Sie mir die Hand«, sagte der Mann. »Gut so. Sie schaffen das. Und raus mit Ihnen.«

Sie fiel auf Hände und Knie und war noch nie so glücklich gewesen, Grashalme aus der Nähe zu sehen. Sie packte große Büschel davon, schloss die Augen, presste die Wange auf den Boden und atmete den berauschenden Duft der Erde ein.

Eine Hand legte sich auf ihren Rücken. »Sind Sie verletzt?«

Sie ging in die Hocke. Als sie endlich den Blick hob, sah sie, wie Freddie neben ihr schwankend auf die Beine kam. Ihr wurde klar, dass sie unkontrolliert zitterte.

Der Mann, der ihnen zu Hilfe gekommen war, kniete neben ihr. Seine grünen Augen musterten sie besorgt. »Können Sie aufstehen?«

»Ich glaube ja. Ich bin nur ein bisschen durch den Wind.«

»Kein Wunder.« Er half ihr auf und wandte sich dann an Freddie. »Geht es Ihnen auch gut?«

»Ich glaube ja.«

Der Mann sah den steilen Hang hinauf. »Mein Auto steht da oben. Schaffen Sie es beide den Hügel hinauf?«

»Ich schaffe das«, erwiderte Lillian.

»Ich auch«, sagte Freddie.

Der Mann blieb an Lillians Seite und half ihr, im Gleichgewicht zu bleiben, während sie sich zur Straße hinaufkämpfte und schließlich ein silberfarbenes Mercedes-Cabrio erreichte, das am Straßenrand geparkt war.

Lillian humpelte auf Freddie zu, der als Erster oben angekommen war. »Alles in Ordnung bei dir?«

»Ich weiß es nicht.« Er umfasste seine blutige Nase.

»Wir sollten dich in ein Krankenhaus bringen«, sagte sie.

Der Mann blieb in ihrer Nähe. »Ich kann Sie hinfahren. Es ist nicht weit. Steigen Sie ein.«

Lillian setzte sich auf den Beifahrersitz, und Freddie rutschte hinten ins Auto. Als der Mann den Zündschlüssel drehte, beschirmte Lillian die Augen mit der Hand und deutete auf die Gebäude auf der Hügelkuppe. »Dorthin wollten wir. Ich soll dort heute zu arbeiten anfangen.«

»Auf dem Weingut?«

»Ja.«

Es war Wahnsinn, sich in solch einem Moment Sorgen um ihren Job zu machen, während Freddie das Blut aus der Nase auf die Hose tropfte, aber sie dachte offensichtlich nicht ganz klar.

Der Mann sagte verständnisvoll: »Das ist kein Problem. Es ist mein Weingut.« Er lenkte das Auto auf die Straße. »Wie heißen Sie?«

Lillians Herz setzte einen Schlag aus. Sie stammelte: »Oh … Dann sind Sie ja mein Chef. Es tut mir so leid. Ich bin Lillian Bell. Das hier ist mein Mann, Freddie.«

Der Mann warf Freddie einen Blick im Rückspiegel zu. »Es freut mich, Sie kennenzulernen. Ich bin Anton Clark.«

Lillian atmete tief durch. »Die Sache ist mir sehr peinlich, Mr Clark. Wir sind nicht zu schnell gefahren oder so, das schwöre ich Ihnen.«

»Sie müssen sich nicht entschuldigen«, antwortete er, während er das Auto wendete, um zurück nach Montepulciano zu fahren. »Sie sind nicht die Ersten, die in dieser Kurve in Schwierigkeiten geraten. Ich rufe nachher einen Abschleppwagen für Sie, aber ich fürchte, Ihr Auto hat einen Totalschaden.«

Freddie bemerkte resigniert: »Wunderbar. Wir haben gerade alles, was wir hatten, in dieses Auto gesteckt, Lil. Wir können nicht noch eines kaufen. Wie soll ich meine Recherchen betreiben, wenn ich nicht durch die Toskana fahren kann?«

Mr Clark mischte sich ein: »Wo wohnen Sie?«

Lillian wandte sich ihm zu, während er beschleunigte. Der Wind wehte ihre Haare in alle Richtungen. »Wir haben gerade ein Apartment für den Sommer gemietet. Es liegt in der Nähe des Bahnhofs auf der anderen Seite von Montepulciano.«

Ihre Verpflichtungen dem Vermieter gegenüber schienen Mr Clark nicht zu kümmern. Er winkte ab. »Das ist kein Problem. Sie können auf dem Gelände wohnen, auf dem Weingut. Der Schuppen ist normalerweise leer.«

Freddie warf Lillian einen raschen Blick zu. »Ein Schuppen?«

Mr Clark sah Freddie noch einmal im Rückspiegel an und versuchte es zu erklären: »Es ist eigentlich kein ›Schuppen‹ im Wortsinn. Wir nennen ihn nur so, weil er in einem früheren Jahrhundert zu einem Bauernhof gehört hat, aber mittlerweile haben wir ihn erweitert und für Touristen renoviert. Gewöhnlich halten wir eine Suite frei, falls wir überbucht sind oder es zu Notfällen wie diesem kommt. Sie können sie gern nutzen, wenn Sie möchten. Sie, Lillian, können zu Fuß zur Arbeit gehen, und für Sie, Freddie, haben wir vielleicht ein Auto, das Sie sich für Ihre Zwecke leihen können, bis Sie etwas anderes organisiert haben.«

Lillian drehte sich auf ihrem Sitz um und sah Freddie an, der sich Blut von der Nase wischte. »Das klingt wunderbar«, sagte sie. »Danke.«

»Das ist kein Problem. Ich rufe kurz an und arrangiere alles, damit Sie morgen statt heute anfangen können, Lillian, wenn es Ihnen recht ist.«

»Vielen herzlichen Dank. Das weiß ich wirklich zu schätzen.« Sie machte es sich auf dem lederbezogenen Schalensitz gemütlich und musterte fasziniert das Armaturenbrett. Sie hatte noch nie in einem Mercedes gesessen.

»Das tut mir alles so leid«, sagte sie. »Sie hatten heute doch bestimmt etwas Besseres zu tun.«

»Nichts, das nicht warten kann«, antwortete Mr Clark, schaltete und fuhr sie in die Stadt zurück.

KAPITEL 8

FIONA

Toskana, 2017

Alles, was ich wollte, war, die Briefe zu finden, die meine Mutter angeblich an Anton Clark geschrieben hatte, aber Maria wollte mir erst die Villa zeigen. Die Besichtigung begann in der Küche im Hauptgeschoss, wo Maria mich der Köchin, Signora Dellucci, vorstellte. Sie war eine untersetzte Frau in einem weißen Kleid, einer schwarzen Schürze und weißen Schwesternschuhen aus Leder. Gerade war sie damit beschäftigt, auf einem Arbeitstisch aus Edelstahl in der Mitte der Küche Teig zu kneten.

»Das hier ist Antons Tochter aus Amerika«, sagte Maria, »Fiona Bell – die neue Besitzerin des Weinguts Maurizio. Sie ist also unsere neue Chefin, Nora.«

Signora Dellucci hörte mit dem Teigkneten auf und meinte ungläubig: »Er hat das Weingut nicht seinen Kindern hinterlassen?«

»Sie ist eines seiner Kinder«, rief Maria ihr ins Gedächtnis. »Wir wussten nur nichts von ihr.«

Signora Dellucci wandte sich mir zu und breitete die Arme aus. »Was für ein glücklicher Tag. Ich freue mich ja so, dich kennenzulernen.« Sie zog mich in eine enge Umarmung und ließ mich nicht wieder los.

Maria berührte Signora Delluccis Arm. »Sachte, Nora, sonst schlägst du sie noch in die Flucht.«

»*Spiacente, spiacente*«, antwortete sie und lächelte, als sie von mir zurücktrat.

Später, als Maria mich eine breite Marmortreppe hinaufführte, fragte ich: »Habe ich mich getäuscht, oder war Signora Dellucci erleichtert zu hören, dass Connor und Sloane nicht alles geerbt haben?«

Maria ging weiter. »Du täuschst dich nicht. Jeder, der hier arbeitet, hat sich gefragt, was geschehen würde, wenn die Kinder das Weingut übernehmen würden. Die meisten Angestellten haben damit gerechnet, dass sie es meistbietend an irgendeinen Konzern verkaufen würden, der sofort beginnen würde, die Weinberge flächendeckend mit Pestiziden zu bombardieren. Aber wenn sie beschlossen hätten, herzuziehen und das Weingut selbst zu führen, bin ich mir nicht sicher, wer geblieben wäre, um für sie zu arbeiten.«

Ich blieb am oberen Ende der Treppe stehen. »Sie sind hier also nicht beliebt?«

Maria zuckte die Schultern. »Sie haben nie Kontakt gehalten.« Sie schritt weiter einen mit einem roten Teppich ausgelegten Flur entlang und zeigte auf eine geschlossene Tür. »Das ist der Eingang zum Südflügel«, flüsterte sie, »wo Mrs Wilson und die Kinder wohnen. Er ist immer für sie reserviert, also gehen wir dort heute Morgen nicht hin. Nicht, solange sie da sind.«

Ich widersprach nicht, wurde aber langsamer, um zu lauschen, als ich an der Tür vorbeikam. Connor und Sloane unterhielten sich gedämpft in zornigem Ton, bestimmt über den Inhalt des Testaments. Ich verspürte den Drang, bis zum Ende des Korridors auf Zehenspitzen zu schleichen.

Dort kamen wir zu einer weiteren geschlossenen Tür, und Maria legte ihr Ohr daran, als sie klopfte. Niemand reagierte, also klopfte sie noch einmal. »*C'è qualcuno lì dentro?*« Bevor sie die Tür öffnete, wandte sie sich mir zu. »Das hier war das Zimmer deines Vaters.«

Ich spürte, wie mich ein tiefes Erschauern durchlief. Ich hatte meinen leiblichen Vater nie persönlich kennengelernt, aber ich stand kurz davor, sein privates Schlafzimmer zu betreten, wo er jede Nacht geschlafen hatte.

»Nur, damit du es weißt«, flüsterte Maria respektvoll, »hier ist er gestorben. Er hat sich nicht wohlgefühlt, als er morgens aufgestanden ist, und ist dann auf dem Boden zusammengebrochen. Sofia war bei ihm.«

»Seine Freundin …«, sagte ich.

»*Sì*, aber jetzt müssen wir einen höflichen Weg finden, um sie loszuwerden, weil sie im Testament nicht erwähnt wird.« Die Vorstellung schien Maria nicht aus der Ruhe zu bringen. Sie klopfte noch einmal, als sie die Tür öffnete. »Sofia, sind Sie hier? Wir sind es, Maria und Fiona.«

Das Zimmer war leer, aber Sofias Kleidung lag überall auf dem Boden und auf dem Himmelbett verstreut, als hätte sie gerade jedes Outfit, das sie besaß, anprobiert und diejenigen, gegen die sie sich entschieden hatte, einfach beiseitegeworfen. Parfümfläschchen und Make-up-Pinsel bedeckten den kompletten Frisiertisch in der Ecke des Zimmers. Es roch nach Haarspray.

»Ich habe es aufgegeben, ihr hinterherzuräumen«, sagt Maria, während sie über hochhackige Schuhe und Seidenschals auf dem Boden hinwegstieg. »Sie ist eine erwachsene Frau, kein Kind mehr.«

»Was glaubst du, wo sie ist?«, fragte ich.

»Wahrscheinlich shoppen. Wenn wir Glück haben, sieht sie sich nach einem anderen Mann um, der sie aushalten kann.«

Ich ging zum Bett und fuhr mit den Fingern über das schwere Fußteil aus Eichenholz. Mein Blick fiel auf die Matratze unter der scharlachroten Steppdecke und dem halben Dutzend Zierkissen. Hatte meine Mutter Zeit in diesem Zimmer verbracht? War das der Ort, an dem ich gezeugt worden war?

»Es ist seltsam, hier drinnen zu sein«, sagte ich.

»Bestimmt.« Maria konnte einfach nicht anders: Sie begann, Kleidungsstücke vom Boden aufzusammeln und ordentlich in den Schrank zu hängen.

Ich ging zu einem der Nachttische und zog eine Schublade auf. Darin fand ich Duftlotionen, ein Handyladekabel, eine Nagelfeile und ein Streichholzbriefchen. Ich beugte mich vor, um weiter hinten in die Schublade zu spähen.

»Suchst du etwas?«, fragte Maria.

Ich schloss die Schublade und kam mir wie eine Kriminelle vor. »Tut mir leid, ich sollte nicht schnüffeln.«

»Entschuldige dich nicht. Es ist dein Haus«, rief Maria mir ins Gedächtnis.

»Ja, vermutlich. Zumindest für den Augenblick.«

Während Maria aufräumte, öffnete ich noch ein paar Schubladen und wühlte in einem alten Schuhkarton, der auf dem obersten Brett im Kleiderschrank stand. Der Karton war voller Kassenbons.

»Sloane hat gesagt, dass Anton ein Messie war«, bemerkte ich. »Aber dieses Zimmer kommt mir gar nicht so schlimm vor.«

Maria reagierte mit einem geringschätzigen Schnauben. »Sloane hat übertrieben. Ich muss allerdings zugeben, dass Antons Arbeitszimmer eine einzige Sammlung von Büchern und Papieren ist. Es war immer eine Herausforderung, dort Staub zu wischen, und sein Atelier ist seit Jahrzehnten nicht aufgeräumt worden, aber im Großen und Ganzen war er recht ordentlich.«

»Sein Atelier?«, fragte ich. »Was für ein Atelier?«

Ich zuckte zusammen, als mein Handy in meiner hinteren Hosentasche klingelte. Schnell zog ich es hervor. »Das ist eine Nummer von hier. Hallo?«

»Spreche ich mit Fiona Bell?«

»*Sì.*« Ich schlenderte zum Fenster und sah auf den makellosen italienischen Garten darunter und die sanften Hügel und Berge in der Ferne hinaus.

»*Ah, bene.* Ich rufe im Auftrag des Bankhauses Mancini in Montepulciano an. Wir haben gerade eine Kopie des Testaments Ihres Vaters erhalten. Mein tief empfundenes Beileid zu Ihrem Verlust. Wie wir gehört haben, sind Sie erst gestern in Italien eingetroffen?«

»Ja, das ist korrekt.«

Der Herr am anderen Ende der Leitung hielt inne. »Nur, um das klarzustellen: Wir sind nicht die Bank, die seine Konten geführt hat, darum geht es hier also nicht. Ich rufe an, weil er ein Schließfach bei uns hatte und wir Anweisung haben, Sie im Fall seines Todes wegen des Inhalts zu kontaktieren.«

Ein Adrenalinstoß durchzuckte meine Adern. »Wissen Sie, was in dem Schließfach ist?« *Etwa die Briefe?*

»Nein, über die Information verfüge ich nicht«, antwortete er. »Es war ein privates Schließfach, aber ich habe den Schlüssel und man hat mich angewiesen, ihn Ihnen auszuhändigen. Wann, meinen Sie, könnten Sie vorbeikommen?«

Ich warf einen Blick auf meine Armbanduhr. »Wie wäre es mit heute Nachmittag? Wo sind Sie, und um welche Zeit schließt die Bank?«

»Wir haben gerade über Mittag geschlossen«, erklärte er, »aber wir öffnen um drei wieder. Wir sind in Montepulciano, nicht weit von der Piazza Grande entfernt.« Der Herr nannte mir eine Anschrift, die ich Maria wiederholte.

»Das ist nicht weit«, meinte sie. »Marco kann dich hinfahren.«

»Perfekt.« Ich machte einen Termin für drei Uhr nachmittags ab. Danach bestand Maria darauf, dass ich mit nach unten in die Küche kam, um etwas zu essen, bevor ich losfuhr.

* * *

»Autos dürfen im Stadtzentrum nicht fahren«, sagte Marco, »also setze ich dich hier ab.« Er hielt vor einem Restaurant mit Terrasse am Straßenrand. »Wenn du einfach geradeaus gehst, kommst du zur Piazza. Dann biegst du rechts ab und gehst den Hügel neben dem Palazzo Contucci hinunter. Hast du deinen Stadtplan bei dir?«

»Ja, vielen Dank. Ich sollte den Weg wohl finden.« Ich öffnete die Autotür und stieg aus.

»Lass dir Zeit«, sagte Marco. »Ich warte direkt hier.«

Ich dankte Marco noch einmal und brach auf, wobei ich darauf achtete, nicht auf dem Kopfsteinpflaster zu stolpern, während ich ehrfürchtig die prunkvolle Steinarchitektur rechts und links der engen Gasse bestaunte.

Als ich die Piazza Grande erreichte, blieb ich stehen und wollte mich am liebsten selbst kneifen, denn ich stand vor dem Palazzo Comunale, einem eindrucksvollen Rathaus mit imposantem Uhrturm. Santa Maria Assunta, eine uralte Kathedrale, erhob sich zu meiner Rechten. Kinder spielten mitten auf dem Platz, und in den Cafés auf den Bürgersteigen wimmelte es von Touristen.

»Ist das hier überhaupt echt?«, fragte ich mich selbst, als ich den sonnenbeschienenen Platz überquerte.

Hinter dem Palazzo Contucci waren die kopfsteingepflasterten Gassen schmal, steil und verwinkelt. Es wäre leicht gewesen, die Orientierung zu verlieren, aber ich fand schnell den Weg zu der kleinen Bank und wagte mich hinein.

Sie war ganz anders als die Banken zu Hause. Die Bankangestellten standen hinter einem mit kunstvollen Schnitzereien verzierten Tresen aus Walnussholz, und die Böden waren aus Stein. Ich kam mir vor, als wäre ich in ein anderes Jahrhundert geraten.

»Hallo«, sagte ich zu der ersten Angestellten, die aufschaute und mich anlächelte. »Ich bin Fiona Bell. Ich bin wegen eines Schließfachs hier.«

Die junge Frau lebte auf. »Ah, *sì*. Sie sind Anton Clarks Tochter. Ich sage dem Geschäftsführer, dass Sie hier sind.«

Sie verschwand in einem Hinterzimmer und kehrte dann mit einem älteren Herrn zurück, der einen Anzug und eine Krawatte trug. »Ms Bell. Es ist mir eine Ehre. Danke, dass Sie in solch einer schwierigen Zeit hergekommen sind.« Er legte sich die Hand aufs Herz. »Ihr Vater hat mich persönlich mit der Aufgabe betraut, den Schlüssel des Schließfachs zu verwahren und ihn Ihnen zu übergeben.« Er reichte mir einen kleinen Briefumschlag. »Wenn Sie mir bitte folgen wollen? Ich führe Sie in den Tresorraum.«

Ich hatte noch nicht darüber nachgedacht, was außer den Briefen vielleicht in dem Schließfach sein könnte. Die Tatsache, dass ich den Anruf von der Bank so schnell nach meiner Ankunft in Italien erhalten hatte, ließ mich überlegen, ob Anton Connors und Sloanes kampfeslustige Reaktion vielleicht vorausgesehen und deshalb die nötigen Maßnahmen ergriffen hatte, um zu verhindern, dass ihnen die Briefe in die Hände fielen. Da solch eine gewaltige Geldsumme auf dem Spiel stand, musste er gewusst haben, dass sie jede Anstrengung unternehmen würden, um seinem letzten Willen entgegenzuwirken. Aber wer wusste schon, was sonst noch in dem Schließfach sein mochte?

Ich folgte dem Geschäftsführer der Bank eine steinerne Treppe hinab in einen Tresorraum im Untergeschoss. Er schloss ein Fach auf, zog einen Stahlbehälter daraus hervor und legte ihn auf einen Tisch. »Ich lasse Sie jetzt allein«, sagte er liebenswürdig. »Wenn Sie fertig sind, können Sie den Kasten wieder abschließen und hier auf den Tisch stellen. Ich warte draußen.«

»*Grazie*«, antwortete ich.

Er ging hinaus und schloss die Tür hinter sich.

Einen Moment lang musterte ich den Kasten. Er war rechteckig, länglich und flach. Nicht sehr geräumig, aber bestimmt groß genug, um einen Stapel Briefe zu enthalten.

Brennend vor Neugier holte ich den Schlüssel aus dem Umschlag und schloss den Kasten auf. Ich öffnete den Deckel mit den knarrenden Scharnieren, stellte aber fest, dass der Kasten leer war.

Ich sagte mit gesenkter Stimme: »Anton. Vielleicht rächst du dich jetzt auch an mir – weil ich dich all die Jahre ignoriert habe.«

Als ich den Kasten hochhob, um ihn nach draußen zum Geschäftsführer zu bringen, ihm zu sagen, dass das Fach leer war, und ihn zu fragen, ob noch jemand einen Schlüssel hatte, hörte ich ganz hinten etwas klappern. Mein Herz überschlug sich, ich griff tief in den Kasten und tastete herum. Sofort berührten meine Finger einen kalten, harten Gegenstand. Ich zog ihn heraus.

Es war noch ein Schlüssel – ein schmiedeeisernes Kunstwerk, das mittelalterlich anmutete.

Ich schüttelte den Kasten, um mich zu vergewissern, dass ich nicht noch etwas übersehen hatte, aber das hier war alles.

»Hättest du nicht wenigstens eine Notiz beilegen können?«, flüsterte ich dem Geist meines verstorbenen Vaters zu und fragte mich, in welches Schlüsselloch der Schlüssel gehörte.

* * *

Kurze Zeit später kehrte ich zu dem glänzenden schwarzen Mercedes zurück, in dem Marco auf mich wartete.

»Wie ist es gelaufen?«, fragte er, als ich auf den Beifahrersitz stieg und die Tür hinter mir zuzog.

»Gut«, antwortete ich. »Er hat mir das hier hinterlassen.« Ich zog den Schlüssel aus meiner Handtasche und reichte ihn ihm. »Hast du irgendeine Ahnung, wozu der Schlüssel gehört? Vielleicht zu einer alten Truhe? Einem Geheimzimmer?«

Marco hielt den Schlüssel in den Händen und nahm ihn genau in Augenschein. »Das hier ist ein sehr alter Schlüssel, Fiona. Zu groß für eine Truhe, glaube ich. Er kommt mir nicht bekannt vor, aber ich war ja auch nur Antons Chauffeur.« Er reichte ihn mir zurück. »Vielleicht weiß Maria etwas darüber. Oder ihr Mann. Oder Connor oder Sloane.«

Ich steckte den Schlüssel zurück in meine Handtasche. »Wenn du nichts dagegen hast, würde ich Connor und Sloane gegenüber lieber nichts davon erwähnen. Wir spielen im Augenblick nicht gerade in derselben Mannschaft, wenn du verstehst, was ich meine.«

Marco startete den Motor. »Ja. Die beiden sind nicht gerade erfreut über das Testament. Ich werde kein Wort sagen.«

»Danke, Marco. Das weiß ich zu schätzen.«

Er wendete das Auto, und wir fuhren wieder den Hügel hinab.

KAPITEL 9

LILLIAN

Toskana, 1986

»Der Schuppen« war eines von drei Steingebäuden, die alle luxuriöse Gästesuiten enthielten. Lillian und Freddie würden in Suite Nummer zwei wohnen – einem zweistöckigen Apartment mit zwei Schlafzimmern und einer Küchenzeile, zwei eleganten Badezimmern und einem Wohnbereich. Draußen gab es unter einem Vordach einen kleinen Parkplatz, auf einer Terrasse hangabwärts einen Olivenhain und, vom rückwärtigen Küchenfenster aus, eine großartige Aussicht auf die Stadt Montepulciano auf ihrer Hügelkuppe hoch oben in den Wolken. Zusätzlich machte einmal in der Woche ein Zimmermädchen in der Suite sauber.

Nach dem Unfall hatte Mr Clark Lillian und Freddie zum Krankenhaus gebracht und Lillian dann eine Visitenkarte mit einer Telefonnummer für den Shuttleservice des Weinguts überreicht, der sie abholen würde, wann auch immer sie bereit waren, das Krankenhaus zu verlassen.

Jetzt hatten sie es sich, nach einem langen, anstrengenden Tag, endlich für die Nacht im Bett bequem gemacht.

Lillian lag auf dem Rücken und schaute zum Deckenventilator empor. »Ich fühle mich, als hätten wir heute eine zweite Chance bekommen. Das dürfen wir nicht für selbstverständlich halten.«

»Wie meinst du das?«, fragte Freddie.

Sie fragte sich, warum er die Tragweite dessen, was sie gerade erlebt hatten, nicht erkannte.

»Ich meine …« Sie stützte sich auf einen Ellbogen. »… wir hätten heute Morgen sterben können. Weißt du, was für ein Glück wir hatten, dass die Bäume da waren? Wenn sie nicht gewesen wären, dann wären wir geradewegs über die Klippe gestürzt, hundertfünfzig Meter tief.«

Freddie drehte sich auf die Seite und kehrte ihr den Rücken zu. »Aber es ist nicht so gekommen. Uns ist nichts passiert. Alles ist gut gegangen, also solltest du dir deswegen keine Sorgen machen.«

Fand er etwa, dass sie jammerte?

»Ich mache mir keine Sorgen«, wehrte sie ab. »Ich bin nur dankbar.«

»Ich auch. Aber können wir das jetzt hinter uns lassen? Ich will wirklich nicht darüber nachdenken, Lil. Schaltest du bitte das Licht aus?«

Sie starrte ihn einen Moment lang an, frustriert und unbefriedigt. Dann sagte sie: »Klar.«

Lillian drehte sich um und zog an der kleinen Kette der Lampe. Sobald die Dunkelheit sich herabsenkte, lag sie mit dem Rücken zu Freddie da und lauschte dem Zirpen der Grillen im Gras vor dem offenen Fenster. Der frische Duft der Landluft erfüllte sie mit einer seltsamen, unvertrauten Euphorie, während sie zum Vollmond hinaussah.

Sie wollte auch nicht über den Unfall nachdenken. Er war eine erschreckende, grauenvolle Erfahrung gewesen. Aber sie wollte sehr wohl darüber nachdenken, was für ein Glück es war, am Leben zu sein. Was für ein Wunder es war, dass sie in einem gemütlichen Bett lag und keine Knochenbrüche, keine

Schürfwunden und keine inneren Blutungen hatte. Freddies Nase war nicht gebrochen. Er war nur ein bisschen angeschlagen. Lillian hatte es bequem und warm. Sie schaute zu einem betörenden Mond und einem sternklaren Himmel hoch.

Eine frische Brise blähte die weißen, hauchzarten Gardinen, und Lillian seufzte, denn die Welt erschien ihr schöner als je zuvor. Ob es eine Art spirituelle Erweckung war, die der Unfall in ihr ausgelöst hatte, oder einfach an den Reizen dieses Ortes lag, wusste sie nicht. Jedenfalls übte die Magie der Nacht unerklärlicherweise eine ungeheure Wirkung auf sie aus.

* * *

Lillian begann ihren ersten Ausbildungstag am Morgen, nachdem sie und Freddie in den Schuppen gezogen waren. Von dort aus konnte sie entspannt einen Kiesweg durch den Wald hinauf zu den Hauptgebäuden des Weinguts gehen, wo der Souvenirshop als Empfangsbereich für die Tourgäste diente.

Der leitende Fremdenführer war ein hübscher junger Toskaner namens Matteo. Er freute sich, jetzt eine Amerikanerin zu haben, die die englischsprachigen Touren übernahm, die bei ihm aufgrund seines starken italienischen Akzents und seiner Tendenz, zu schnell zu sprechen, nie gut gelaufen waren.

Nach einer Woche fühlte Lillian sich allenfalls ansatzweise firm in den grundlegenden Kenntnissen der Weinherstellung, aber Matteo versicherte ihr, dass das für die Mehrheit der Touristen, die sehr wenig davon verstanden, völlig ausreichen würde.

»Was passiert, wenn ich einen Profi-Winzer aus Napa abbekomme, der mehr weiß als ich?«, fragte sie.

»Du kannst nur dein Bestes tun«, antwortete Matteo. »Wenn du eine Frage nicht beantworten kannst, sei ehrlich und verweise die Person an mich. Aber wenn jemand vom Fach ist,

106

wird Mr Clark ihn wahrscheinlich ohnehin kennenlernen wollen, also leite ihn einfach nach oben weiter, und wir kümmern uns um ihn.«

»Verstanden.«

Als Lillian schließlich begann, allein tägliche Führungen zu übernehmen, gewöhnte Freddie es sich an, nach Florenz und Siena zu fahren, um Kirchen und Kunstmuseen zu besichtigen und danach in verschiedenen Cafés zu schreiben. Abends saß er oben im Schlafzimmer, tippte auf seiner tragbaren elektrischen Schreibmaschine und überarbeitete einzelne Stellen bis weit nach Mitternacht. Es war wunderbar, dass er so konzentriert und inspiriert war. Lillian kannte ihn gut genug, um ihn nicht zu stören, wenn seine Kreativität gerade sprudelte. Sie brachte ihm das Essen auf einem Tablett und stellte den Fernseher leise.

Es machte ihr nichts aus, das alles zu tun. Sie freute sich, war stolz auf Freddie und wollte ihn unterstützen, weil sie sich in den letzten paar Jahren nichts anderes gewünscht hatte, als dass er sein Buch fertigstellte, damit sie anfangen konnten, ein normales Leben zu führen. Jetzt kam er endlich voran.

Eines Nachts schlüpfte er ins Bett und rüttelte sie wach. Sie war an dem Morgen früh aufgestanden, und ihr wurde klar, dass sie eingeschlafen war, ohne das Licht auszuschalten.

»Lillian«, flüsterte er und beugte sich über sie. »Du hattest recht. Herzukommen war das Beste, was wir je getan haben. Es war genau das, was ich brauchte. Allmählich wird aus der Handlung eine runde Sache. Dieser Ort hat einfach etwas. Findest du nicht auch?«

Sie rieb sich die Augen und kämpfte sich aus dem Schlaf hoch. »Ja. Absolut. Es freut mich, dass es für dich funktioniert.«

»Tut es. Ich liebe dich.« Er küsste sie kurz auf die Wange, drehte sich dann auf die Seite und wandte sich von ihr ab. »Könntest du das Licht ausschalten? Ich will morgen früh loslegen.«

»Natürlich.« Lillian zog an der kleinen Kette an der Lampe, und es wurde dunkel im Zimmer.

* * *

Während der zwei Wochen, die sie nun schon auf dem Weingut Maurizio arbeitete, war Lillian dem Besitzer, Anton Clark, nicht wieder begegnet. Sie hatte ihn seit dem Tag, als er sie und Freddie aus dem Autowrack gerettet hatte, noch nicht einmal mehr von Weitem gesehen. Dann tauchte er eines Tages wie aus dem Nichts im Weinberg auf und schloss sich einer Touristengruppe an, als Lillian gerade mit ihrem Vortrag begann.

Bei seinem Anblick begann ihr Magen, sich vor Nervosität zu verkrampfen, weil sie sich in ihrer Rolle noch nicht völlig sicher fühlte. Es gab so vieles, was sie noch nicht über die Weinherstellung wusste. Sie fragte sich, ob sie ihn der Gruppe vorstellen sollte. Sie war drauf und dran, genau das zu tun, als er einen Finger an die Lippen hob und den Kopf schüttelte, als wollte er sagen: *Psst.*

»Dieser spezielle Weinberg hier«, sprach Lillian weiter, ohne ins Stocken zu geraten, »ist dreißig Jahre alt. Die Rebsorte ist Sangiovese und wird in vielen der beliebtesten Cuvées des Weinguts verwendet.«

Sie setzte ihren auswendig gelernten Vortrag darüber fort, wie lange es dauerte, die Trauben anzubauen und zu ernten, beantwortete dann Fragen und führte die Gruppe aus dem Weinberg den steilen Kiesweg hinauf zur Kapelle und zu den Weinkellern.

»Wenn Sie mir bitte hier entlang folgen wollen«, sagte sie. »Wir gehen jetzt in die alten Maurizio-Weinkeller, die schon seit dem Mittelalter genutzt werden, um Rot- und Weißwein in Eichenfässern reifen zu lassen. Damals ist das Gut in den Besitz der Familie Maurizio gelangt.«

Ein Raunen der Vorfreude durchlief die Gruppe. Während Lillian die Führung fortsetzte, drängelte sich ein junger Mann, der eine rote Lederjacke trug und zu viel Gel in seiner Igelfrisur hatte, nach vorn, um eine Frage zu stellen. »Wie viel Wein verkaufen Sie in die USA?«

»Das ist eine hervorragende Frage«, antwortete Lillian. »Insgesamt stellt das Weingut jedes Jahr über fünfhunderttausend Flaschen her, und die meisten werden innerhalb von Europa verkauft. Nur etwa zehntausend werden nach Amerika verschifft.«

»Cool«, antwortete er. »Ich habe noch nie von diesem Wein gehört, aber jetzt, nachdem ich hier war, werde ich nach ihm Ausschau halten. Meine Freundin mag Rotwein. Verkaufen Sie welchen in Arizona? Ich stamme von dort.«

»Da bin ich mir nicht sicher«, erwiderte sie. »Wie heißen Sie?«

»Bobby.«

»Freut mich, Sie kennenzulernen, Bobby. Ich kann es bestimmt für Sie herausfinden, wenn die Tour vorbei ist. Aber wenn Sie nach Hause kommen, schauen Sie sich doch einfach in Ihren örtlichen Weinläden um und fragen nach unserem Wein, wenn Sie ihn nicht entdecken. Er kann leicht bei jedem gut sortierten Großhändler bestellt werden. Oder Sie können eine Flasche kaufen, solange Sie hier sind, und sie im Flugzeug mit nach Hause nehmen. Ich empfehle Ihnen nachher einen sehr schönen Wein für Ihre Freundin.«

»Cool«, wiederholte er.

Lillian konzentrierte sich wieder auf die Touristengruppe, obwohl es sie nervös machte, dass ihr Chef weiter mitkam, zuhörte, genau hinsah, sich offensichtlich alles merkte und ihren Auftritt beurteilte. Sie wollte ihre Sache gut machen und betete, dass ihr niemand schwierige Fragen stellen würde, die sie nicht beantworten konnte.

Als sie die Tür zu den Weinkellern erreichten, schloss Lillian sie auf und wies allen den Weg die Wendeltreppe hinunter. Mr Clark trat als Letzter ein und nickte ihr zu, als er an ihr vorbeiging.

»Bisher eine großartige Tour«, sagte er.

Sie spürte, wie die nervöse Anspannung ihrer Schultern etwas nachließ, und atmete erleichtert auf. Dann folgte sie der Gruppe hinab ins feuchtkühle Dämmerlicht der Weinkeller mit ihren steinernen Gewölbedecken, moderigen Wänden und riesigen Eichenfässern.

»Hier unten riecht es muffig«, meinte Bobby, als Lillian zwischen den Touristen hindurchging, um den nächsten Teil ihres Vortrags zu beginnen.

»Ja, aber das ist etwas Gutes«, antwortete sie und zeigte zur schwarzen Decke. »Die Wände hier sind von Schimmel bedeckt, aber keine Sorge: Der ist nicht giftig. Er entsteht durch die Verdunstung des Weines aus den Fässern.« Sie trat an eines der Eichenfässer und legte die Hand auf seine Seite. »Hier lassen wir den Wein zwei Jahre lang reifen. In diesem Raum haben wir österreichische Eichenfässer, die den Weinen eine würzige Note verleihen, während die französischen Eichenfässer im nächsten Keller für ein Vanillearoma sorgen. Wenn wir den Wein auf Flaschen ziehen, können wir ihn verschneiden. Dann lagern wir die Flaschen in einem anderen Bereich unserer Keller, um den Wein noch weiter reifen zu lassen.«

»Wie lange?«, fragte ein älterer Mann.

»Das hängt davon ab, um welche Weinsorte es sich handelt«, erläuterte sie, »wofür wir den Wein verwenden oder wie geduldig wir sind. Manchmal ist es schwierig, auf etwas zu warten, das einem Freude macht. Finden Sie nicht auch?«

Ein paar Mitglieder der Gruppe lachten leise.

Sie beschrieb den Prozess der Abfüllung, beantwortete weitere Fragen und führte die Gruppe dann in die Weinbibliothek.

»Hier haben wir die Privatsammlung der Familie. Einige der älteren Flaschen stammen von 1943. Der Wein ist aus Trauben gekeltert, die zu Beginn des Zweiten Weltkriegs geerntet wurden. Er wird aufgrund seines historischen Wertes aufbewahrt.«

»Warum sind die Flaschen alle so staubig und schimmlig?«, fragte eine junge Frau. Sie klang entsetzt. »Können Sie sie hier unten nicht von jemandem putzen lassen?«

»Wir reinigen sie nicht«, antwortete Lillian, »weil wir sie nicht bewegen wollen, damit der Bodensatz in der Flasche nicht aufgewirbelt wird. Das würde sich auf den Geschmack auswirken. Aber wenn es Zeit wird, eine Flasche zu öffnen, wischen wir sie ab und kleben ein sauberes Etikett darauf, sodass sie ganz wie neu ist.«

Sie beendete die Führung und dirigierte die Gruppe eine andere Wendeltreppe hinauf in einen mittelalterlich anmutenden Raum, in dem die Weinproben stattfanden. Lillian präsentierte drei Flaschen mit unterschiedlichen Rotweinen aus den Sammlungen, beschrieb jeden einzelnen, goss allen Mitgliedern der Gruppe etwas ein und zeigte ihnen, wie sie den Wein im Glas schwenken, ihn ansehen und auf die Tröpfchen am Rand achten mussten. Dann sollten sie die Nase ins Glas stecken und versuchen, die Aromen und Geschmäcker zu beschreiben. Lillian selbst probierte die Weine nicht. Das hatte sie während ihrer Schulung getan. Aber Mr Clark nippte an den Weinen, während er sich die Bemerkungen und Reaktionen der Leute anhörte.

Nachdem die letzte Flasche geleert war und für die Gäste das gesellige Beisammensein begann, verließ Mr Clark den Raum diskret durch eine Seitentür. Lillian atmete tief durch und war dankbar, die Leistungskontrolle auch unvorbereitet überstanden zu haben.

Nachdem sie etwas später im Souvenirshop ein paar Kisten Wein verkauft und sich von jedem einzelnen Mitglied der

Gruppe verabschiedet hatte, rechnete sie die Kasse ab, räumte auf und ging daran, den Laden für heute zu schließen. Sie wollte gerade gehen, als Mr Clark durch eine Hintertür hereinkam.

»Gut gemacht«, sagte er und ließ sie zusammenfahren. »Tut mir leid, ich wollte Sie nicht erschrecken.«

»Sie haben mich nicht erschreckt. Ich meine … doch, aber das macht nichts.«

Er trat auf den Tresen zu, und Lillian hängte sich ihre Handtasche über die Schulter.

»Ich weiß es zu schätzen, dass Sie gekommen sind«, sagte sie, »auch wenn ich gestehen muss, dass Sie mich ein bisschen nervös gemacht haben.«

»Das hat man Ihnen nicht angemerkt. Sie haben Ihre Sache wirklich gut gemacht. Haben Sie sich von dem Unfall erholt?«

»Ja«, antwortete sie, »und Freddie geht es auch gut. Wir waren nur ein paar Tage lang etwas steif und hatten leichte Schmerzen.«

Er beobachtete sie, als sie hinter dem Tresen hervorkam. »Und gefällt es Ihnen in der Gästesuite?«, fragte er. »Haben Sie alles, was Sie brauchen?«

»Ja. Es ist mehr, als wir uns hätten wünschen können. Vielen herzlichen Dank, dass Sie uns dort wohnen lassen – und auch für das, was Sie an dem Tag für uns getan haben.«

»Ich habe Ihnen mit Freuden geholfen. Mit dem Auto läuft auch alles gut?«

»Na, und wie! Freddie ist absolut begeistert, fährt kreuz und quer durch die Toskana und schreibt wie verrückt.«

»Er schreibt?«

Sie wünschte sich plötzlich, sie hätte es nicht gesagt. Sie wollte Mr Clark nicht mit Einzelheiten aus ihrem Privatleben langweilen. »Ja, deshalb sind wir ja hier«, erklärte sie. »Damit er einen Roman fertigstellen kann, an dem er schon lange arbeitet. Er spielt in der Toskana.«

»Einen Roman. Interessant«, sagte Mr Clark. »Ich hatte keine Ahnung, dass er Schriftsteller ist. Hat er schon einen Verlag?«

»Noch nicht«, erwiderte sie, »aber er arbeitet daran. Er steht in Kontakt mit einigen Agenten, die das gesamte Manuskript angefordert haben. Er muss es nur zu Ende schreiben, damit er es ihnen schicken kann.«

»Da wünsche ich ihm viel Glück.«

»Danke.«

Sie standen ein paar Augenblicke lang auf dem Teppich in der Mitte des Souvenirladens.

»Müssen Sie jetzt los?«, fragte Mr Clark. »Wartet er auf Sie?«

Von der Frage leicht aus der Fassung gebracht, senkte Lillian den Kopf. »Äh … nein. Freddie ist heute unterwegs. Wahrscheinlich kommt er erst nach Einbruch der Dunkelheit zurück. Warum?«

Mr Clark musterte ihr Gesicht. »Weil ich Ihnen gern ein paar Dinge zeigen würde, mit denen wir Ihren Vortrag bei der Führung ergänzen könnten. Vielleicht könnten wir die Tour ganz auf die Amerikaner zuschneiden. Sie stammen aus Florida, stimmt's?«

»Ja«, antwortete sie, »aber ursprünglich aus Chicago.«

»Noch besser. Haben Sie jetzt ein bisschen Zeit, noch etwas mehr über Wein zu lernen?«

Sie schürzte die Lippen. »Muss ich ihn dabei auch trinken? Ich bin doch noch im Dienst.« Sie tippte mit einem Finger auf ihre Armbanduhr. »Ich bin mir nicht sicher, ob das meinem Chef recht wäre.«

Ein leichtes Grinsen spielte um seine Mundwinkel. »Ich kann bei ihm ein gutes Wort für Sie einlegen, wenn er sich beschwert. Vielleicht kann ich ein paar Strippen ziehen.«

Lillian lachte. »In dem Fall bin ich nur zu gern bereit, etwas zu lernen.«

»Na dann«, antwortete er voller Begeisterung und klatschte laut in die Hände. »Lassen Sie uns im Weinberg beginnen.«

Sie folgte Mr Clark nach draußen. Dort führte er sie Richtung Süden durch einen duftenden Rosengarten mit einem steinernen Springbrunnen in der Mitte. Auf der gegenüberliegenden Seite des Gartens stiegen sie eine alte Steintreppe hinauf zu einer höher gelegenen Terrasse, von der aus sie zu einem steilen Hang hinaufsahen, an dem gerade, schmale Reihen junger Reben wuchsen. Das obere Ende des Weinbergs lag fast sechzig Meter höher als die Stelle, an der sie standen.

»Der Weinberg, in dem Sie mit der Führung beginnen«, sagte Mr Clark, »ist noch von der Familie Maurizio gepflanzt worden. Er bringt Sangiovese-Trauben von guter Qualität hervor, gar keine Frage. Aber dieser hier ist von mir. Er ist neu, und es ist ein Merlot.«

Lillian ließ sich das verwirrt durch den Kopf gehen. »Merlot … Ist das nicht ein französischer Wein?«

»Ja. Und ich habe auf dem Südwesthang dort drüben einen Cabernet Sauvignon angepflanzt.« Er zeigte darauf. »Aber welche Rolle spielt das schon, wenn es anders schmeckt als alles, was man bisher getrunken hat? Und das hier ist der perfekte Ort dafür, mit gutem Boden, reichlich Mineralien und kühlen Brisen am Nachmittag. Es war ein Risiko, das gebe ich zu, aber ich wollte etwas Neues ausprobieren.«

Er kniete sich hin, hob eine Handvoll Erde auf, zerrieb sie in seiner offenen Hand und schnupperte dann daran. Als er wieder aufstand, hielt er sie Lillian hin. Sie roch ebenfalls daran.

»Hier ist es sehr lehmig«, erklärte er, »deshalb hat die Familie dieses Gelände ignoriert. Aber wir werden sehen, was wir tun können. Es wird dieses Jahr eine interessante Weinlese. Die Arbeiter schließen schon Wetten ab.«

Lillian lachte leise. »Kann ich mich daran beteiligen?«

Zur Antwort lächelte er. »Wenn Sie möchten.«

Die Sonne berührte in der Ferne den Horizont. Abendnebel begann ins Tal zu sinken.

»Sie erwähnen immer wieder die Familie Maurizio«, sagte Lillian, »und jeden Tag zeige ich den Touristen ihre Privatsammlung, aber Sie sind offensichtlich Brite. Ich weiß, dass Ihnen dieses Weingut gehört. Wenn es Sie nicht stört, dass ich frage: In welchem Verhältnis stehen Sie zu den Maurizios?«

Sie und Mr Clark machten sich auf den Rückweg in den Rosengarten. »Eigentlich in gar keinem«, sagte er, »abgesehen davon, dass ich das Weingut vor fünf Jahren von dem letzten lebenden Verwandten gekauft habe, nachdem der Besitzer verstorben war. Leider hat er all seine Kinder überlebt, sodass es niemanden gab, der das Gut übernehmen konnte, bis auf die Angestellten, die den Betrieb schon seit Jahren führen. Sie waren froh, einen Käufer zu finden, der das Gut am Laufen hält.«

»Sind Sie nicht in Versuchung, den Namen in Clark Wines zu ändern?«, fragte sie. »Oder dem Gut irgendwie Ihren eigenen Stempel aufzudrücken?«

»Genau das tue ich mit dem neuen Weinberg, den ich Ihnen gerade gezeigt habe. Also werde ich ihm meinen Stempel aufdrücken, aber den Namen ändere ich nicht. Dieses Weingut ist ein wichtiger Teil der italienischen Geschichte.«

Sie kehrten auf den Hauptparkplatz zurück und gingen dann weiter bergauf zur Kapelle.

»Was ist mit Ihrer Familie?«, fragte Lillian. »Haben Sie Kinder, die Ihnen helfen, den Betrieb zu führen?«

»Ich habe Kinder«, antwortete er, »aber sie sind zu klein, um zu helfen. Sie sind erst zwei und vier Jahre alt.«

»Oh. Wie wunderbar. Sie müssen es lieben, hier zu leben.«

Er zuckte die Schultern. »Das weiß ich noch nicht. Sie sind in Kalifornien bei meiner Frau. Sie ist Amerikanerin und mag LA lieber als die Toskana. Offenbar kann ich sie nicht überzeugen, mehr als ein paar Wochen am Stück hierzubleiben.«

Lillian ließ sich das durch den Kopf gehen und musterte sein Gesicht, während sie langsam den Hügel hinaufstiegen. »Aber Sie sind lieber hier? Obwohl Sie aus dem Vereinigten Königreich stammen?«

Er sah in den Himmel hinauf. »Das ist eine ganz andere Geschichte, und die erfordert Wein. Wir sollten uns ein paar Flaschen aus dem Keller holen gehen. Ich will, dass Sie etwas probieren, das nicht zum aktuellen Portfolio gehört, damit Sie ein tieferes Verständnis gewinnen.«

»Ein tieferes Verständnis wovon?«, fragte sie und überlegte, ob er ihr mehr von dem anvertrauen würde, was ihn nach Italien geführt hatte.

»Wein«, antwortete er, als wäre ihr etwas entgangen.

Sie folgte ihm durch das rosige Leuchten der untergehenden Sonne zu den Weinkellern gegenüber der Kapelle. Gemeinsam stiegen sie die Wendeltreppe ins Höhlendunkel unter der Erde hinab. Mr Clark schaltete das Licht an. Die Luft roch nach Eiche und Wein.

»Was meinen Sie?«, fragte er. »Wir könnten etwas probieren, das zehn Jahre alt ist, oder sogar noch weiter zurückgehen, vielleicht in die 1950er-Jahre. Das ist aber riskant. Ungefähr fünfundzwanzig Prozent der alten Flaschen sind nicht mehr gut. Wir müssen das Beste hoffen.«

Er inspizierte verschiedene Abschnitte der Weinbibliothek und wählte zwei Flaschen aus. Dann ging er tiefer in den Keller bis in einen anderen Bereich und blieb vor einer Bogentür stehen, die mittelalterlich aussah.

»Die geführten Gruppen kommen hier nicht hinein«, erzählte er Lillian mit einem verschwörerischen Lächeln, während er in seiner Tasche nach seinem Schlüsselbund suchte. Er schloss die Tür auf. Ihre uralten Angeln knarrten, als er sie öffnete. Dann führte er Lillian in einen kleinen Raum und betätigte einen Lichtschalter. Ein paar Hundert staubbedeckte Flaschen waren an jeder Wand auf Holzbrettern aufgereiht.

»Ich wusste nicht, dass dieser kleine Keller existiert«, sagte Lillian.

Mr Clark ließ ihr einen Moment Zeit, sich umzusehen, und sagte dann mit gesenkter Stimme: »Wenn Sie die Führung da draußen machen und von der Sammlung der Familie erzählen, dann ziehen Sie nur eine Schau ab. Das hier ist die *echte* Privatsammlung.«

Kleine hölzerne Schilder hingen an der Wand über jedem Stapel. Auf den Plaketten waren ein Name und ein Jahr verzeichnet.

»Das hier waren Geschenke für die Maurizio-Kinder«, erklärte Mr Clark. »Wann immer ein Kind geboren wurde, hat man hundert Flaschen aus dem entsprechenden Jahrgang beiseitegestellt. Der Gedanke dahinter war, sie reifen zu lassen, damit das jeweilige Kind den Wein in seinem späteren Leben zu besonderen Anlässen genießen konnte. Wie Sie sehen, haben einige der Kinder zu Lebzeiten ihrem Wein recht häufig zugesprochen. Aber schauen Sie sich diesen hier an.« Er zeigte auf den größten Flaschenstapel. Auf der Plakette stand *Lorenzo, 1920*. »Alle hundert Flaschen sind immer noch hier. Ich habe nachgeforscht. Dieser Mann ist siebenundfünfzig Jahre alt geworden, aber er hat nie auch nur eine einzige Flasche geöffnet. Ich frage mich, worauf er gewartet hat.«

»Vielleicht hat er keinen Alkohol getrunken«, schlug Lilly vor. »Oder er war ein missratener Sohn, der seiner Familie nicht sehr nahestand. Auf alle Fälle ist es traurig. Besonders für den Vater; all seine Kinder zu überleben und zu wissen, dass sie den Wein, den er ihnen zugedacht hatte, nicht bis auf den letzten Tropfen auskosten konnten. Oder dass sie sich entschieden hatten, das Leben nicht in vollen Zügen zu genießen, solange sie noch Gelegenheit dazu hatten.«

»Genau«, bestätigte Mr Clark.

Lillian lief plötzlich ein Schauer über den Rücken. Sie rieb sich die Arme, um sich zu wärmen. »Hier drin fühlt es sich an wie in einer Grabkammer.«

Er wandte sich ihr zu. »Da haben Sie recht. Das tut es. Vielleicht hätte ich nicht davon ausgehen sollen, dass ...«

»Nein, entschuldigen Sie sich nicht. Ich bin froh, dass Sie mich hergebracht haben. Es ist mir eine Ehre, diesen Keller zu sehen, besonders, nachdem ...«

Sie brach ab, weil sie wegen des Autounfalls weder zu weinerlich noch zu philosophisch werden wollte. Freddie hatte es bisher sehr entschieden abgelehnt, darüber zu reden. Er setzte dem Gespräch immer ein Ende, wenn sie auf das Thema zu sprechen kam.

»Sie denken an das, was Ihnen zugestoßen ist, als Sie von der Straße abgekommen sind«, vermutete Mr Clark.

Lillian senkte den Blick. »Ist das so offensichtlich?«

»Vielleicht. Für mich jedenfalls.« Er zuckte die Schultern. »Womöglich habe ich Sie deshalb hergebracht. Weil ich selbst recht viel darüber nachgedacht habe.«

»Wirklich? Warum?«

»Ich bin mir nicht sicher. Die Art, wie Sie auf die Knie gefallen sind, nachdem Sie aus dem Auto gestiegen waren, hatte einfach etwas. Sie haben so dankbar dafür gewirkt, am Leben zu sein. Es war ... Ich weiß auch nicht ... Es hat mich demütig werden lassen, das zu sehen. Wir sollten alle so dankbar sein. Jeden Tag.«

Ihre Gefühle überwältigten sie. »Ja, und ich *bin* seitdem auch unglaublich dankbar. Mehr noch: Ich fühle mich anders. Als hätte es mich irgendwie verändert. Jetzt kann ich den Blick in der Nacht nicht mehr vom Mond wenden und am frühen Morgen nicht mehr vom Nebel, der zwischen den Hügeln wallt. Ich fühle mich schon euphorisch, wenn ich einfach nur die Welt auf mich wirken lasse. Solche Freude habe ich noch nie empfunden. Das kann ich nicht einmal ansatzweise erklären.«

Er lächelte verständnisvoll. »Ich habe gelesen, dass Leute, die sich einer Krebstherapie unterziehen, manchmal das Gefühl haben, dass die Krankheit ein Geschenk ist, ganz gleich ob sie sie nun besiegen oder nicht, weil sie den Eindruck haben, dass ihre Spiritualität geweckt worden ist.« Für einen Moment wurde er still und nachdenklich. »Ich bin mir nicht sicher, ob ich das selbst als Geschenk betrachten würde, denn ich habe ohnehin schon die meiste Zeit Ehrfurcht vor der Welt und will sie nicht so schnell verlassen. Aber wer weiß, was ich noch zu lernen habe? Sokrates war der Meinung, dass wahres Wissen darin besteht zu wissen, dass man nichts weiß. Also bin ich wohl nach wie vor nur ein Schüler des Lebens und werde es immer bleiben.«

Lillian staunte darüber, wie er über spirituelle Erweckung und wahres Wissen sprach. Freddie redete nie so, obwohl er sich als Dichter betrachtete. Er war sehr gut, was Rhythmus und Reim betraf, aber sie fand nicht, dass er je mit tiefem Gefühl über das Herz oder die Seele schrieb. Plötzlich überkamen sie leichte Schuldgefühle, weil sie Freddie mit Mr Clark verglich, aber sie nahm an, dass ihr früher nur deshalb nichts davon aufgefallen war, weil sie selbst nie besonders spirituell gewesen war. Zumindest bis jetzt nicht.

»Auch ich lerne«, sagte sie.

Mr Clark ging auf Lorenzos Bereich zu – den höchsten Flaschenstapel, auf den der Mann, der jetzt nicht mehr lebte, nie Anspruch erhoben hatte. »Vielleicht sollten wir eine von diesen hier trinken.«

Lillian schaute sich um. »Sind Sie sicher?«

»Warum nicht? Sonst verderben sie ja doch nur.«

»Haben Sie je eine davon geöffnet?«

»Bisher nicht. Das Weingut gehört mir seit fünf Jahren, aber ich habe es nicht über mich gebracht, sie anzurühren. Ich hatte immer das Gefühl, als wäre das eine Entweihung dieses Raumes. Aber man soll das Leben genießen, finden Sie nicht? Solange wir niemandem damit wehtun.«

»Ja, ich glaube, das ist so«, antwortete Lillian. »Und ich glaube auch, dass Lorenzo uns, wenn er hier wäre, raten würde, seinen Wein zu trinken, statt ihn verkommen zu lassen. Nichts zu vergeuden. Man kann ja doch nichts mitnehmen, nicht wahr? Und man weiß nie, wann alles schlagartig zu Ende ist.«

Mr Clark dachte darüber nach. »Warum warten wir immer auf traditionelle feierliche Anlässe, um uns etwas Gutes zu gönnen? Vielleicht müssen wir einfach unsere eigenen besonderen Anlässe schaffen.«

Lillian verzog das Gesicht. »Wissen Sie, ich war immer gegen den Valentinstag, weil ich nicht finde, dass so ein Tag nur einmal im Jahr kommen sollte. *Jeder* Tag sollte Valentinstag sein. Die Leute sollten ständig *Ich liebe dich* sagen oder ihre Liebe zeigen, auch in kleinen Dingen.«

Er nickte. »Dann sind wir uns einig. Es ist beschlossen. Lassen Sie uns die Tatsache feiern, dass wir heute Morgen aufgewacht sind.«

Sie lachte. »Und wir werden unsere Gläser auf Lorenzo erheben, wo auch immer er jetzt ist.«

Mr Clark hielt die beiden Flaschen hoch, die er schon ausgewählt hatte. »Ich habe keine Hand mehr frei. Suchen Sie eine von den Flaschen aus?«

»Es wäre mir eine Ehre.« Sie versuchte, die Etiketten zu entziffern. »Sie sind so staubig, dass ich nicht erkennen kann, was was ist, also schließe ich jetzt einfach die Augen und vertraue mich den Händen des Schicksals an.«

Kurze Zeit später setzten sie sich auf das Ledersofa im Weinprobenraum. Mr Clark öffnete alle drei Flaschen und goss für sie beide jeweils drei kleine Gläser ein – zum Probieren, so, wie Lillian es bei den Touristengruppen tat.

»Jetzt lassen wir ihn atmen«, sagte er, lehnte sich zurück und streckte die Arme auf der Rückenlehne des Sofas aus. »Um uns die Zeit zu vertreiben, werde ich Sie nach Ihrer Familie fragen, Lillian. Haben Sie Brüder oder Schwestern?«

Sie lehnte sich ebenfalls zurück und erzählte ihm, dass sie ein Einzelkind war. Dann vertraute sie ihm an, dass die Beziehung ihrer Eltern labil gewesen war und dass sie einen Großteil ihrer Kindheit damit verbracht hatte, sich unter dem Bett zu verstecken, wenn die beiden sich wieder einmal anschrien und Gegenstände zertrümmerten.

»Im Teenageralter«, erzählte sie ihm, »war ich, was Beziehungen betraf, geradezu ein Fall aus dem Lehrbuch. Ich bin mit Jungs ausgegangen, die mich genauso behandelt haben wie mein Vater meine Mutter, weil es mir normal vorkam. Aber zum Glück sind die Vorträge, die meine Mutter mir gehalten hat, am Ende zu mir durchgedrungen.«

»Was für Vorträge?«, fragte er.

»Nachdem mein Vater gegangen war, hat sie sich dafür entschuldigt, dass sie mich nicht besser beschützt hatte. Ich glaube, die Reue deswegen wird sie mit ins Grab nehmen. Und dann hat sie mich vor jähzornigen Jungen gewarnt – das war wohl ihre Art, meine Zukunft zu schützen. Sie hat mir geraten, vor ihnen davonzulaufen, selbst wenn sie gut aussehend und charmant seien. Dann bin ich Freddie begegnet, und er war das genaue Gegenteil von allem, wovon sie gesprochen hatte.«

Mr Clark musterte Lillians Gesicht. »Er ist also gut zu Ihnen?«

»Sehr. Er würde keiner Fliege etwas zuleide tun. Das waren die Worte meiner Mutter. Sie hat mir gesagt, dass ich genau darauf bei einem Ehemann achten solle.« Lillian seufzte. »Deshalb werde ich Freddie auch nie für selbstverständlich halten. Ich werde immer zu schätzen wissen, wie gut er ist. Und eines Tages, wenn wir Kinder haben, werde ich sie beschützen.«

Mr Clark beugte sich auf dem Sofa vor. »Wo ist Ihre Mutter jetzt?« Er hob das erste Weinglas hoch und schwenkte es.

»In Chicago – zusammen mit einem neuen Mann. Sie hat endlich ihren eigenen guten Rat befolgt. Auch er würde keiner Fliege etwas zuleide tun. Er ist schon älter. Ein Mathelehrer im Ruhestand.«

Mr Clark bedeutete Lillian, ihr Glas zu heben. »Wollen wir? Wir können einen Toast auf Ihre Mutter ausbringen.«

»Ja.«

Die erste Kostprobe war ein Brunello von 1962. Lillian war keine Weinexpertin. Sie begann gerade erst, Wertschätzung für die Erfahrung zu entwickeln, verschiedene Cuvées und Jahrgänge zu probieren, und etwas von der Vielfalt dessen zu verstehen, was es auf der Welt gab.

Jeder Wein, den sie probierten, war anders, köstlich auf seine eigene Art, und Mr Clark verstand sich ganz wunderbar darauf, ihr beim Bestimmen der Geschmacksnoten und Aromen zu helfen. Sie probierten alles und redeten noch weiter über ihr Leben zu Hause in den USA, ihre Kindheit und ihre Berufserfahrung. Sie arbeitete, zumindest in Teilzeit, schon seit sie fünfzehn gewesen war.

»Diese Flaschen waren unglaublich«, sagte sie. »Ich sag es ja nicht gern, aber ich fürchte, ich bin ein wenig betrunken.«

Mr Clark lachte leise. »Aber Sie sind eindeutig fröhlich, wenn Sie betrunken sind, und das sagt viel über Sie aus, Lillian.«

Sie fragte sich, ob ihre Wangen rot angelaufen waren. Plötzlich war ihr sehr warm, und sie streifte ihren Pullover ab.

Das Gebäude war jetzt nach Feierabend dunkel und still, abgesehen von der Uhr, die auf dem Kaminsims tickte. Lillian lehnte sich auf dem Sofa zurück und sah zu dem Deckenfresko empor.

»Das ist sehr schön. Solch alte Deckengemälde haben wir zu Hause nicht. Dieses Haus wäre ein Museum, wenn es in Tallahassee stünde. Aber Sie *leben* hier. Sie bekommen diese schönen Bilder jeden Tag zu sehen.« Sie hob den Kopf wieder vom Sofa und runzelte leicht die Stirn. »Ich habe die Decke der Sixtinischen Kapelle nie gesehen. Sie?«

»Ein paar Mal.« Seine Augen funkelten amüsiert.

»Ich war noch nie in Rom«, sagte sie, »oder im Vatikan, aber ich möchte gern hinfahren.«

»Das sollten Sie auch.«

»Freddie will sich Rom im Zuge seiner Recherchen für das Buch ansehen, also fährt er wahrscheinlich ohne mich hin.«

»Warum sollte er das tun?«, fragte Mr Clark überrascht.

»Weil ich arbeiten muss, und er wird nicht warten wollen. Wenn er sich zu einer Szene inspiriert fühlt, will er sofort hinfahren und recherchieren, noch im selben Augenblick. Er hat keine Geduld. Weg ist er. Ich habe gelernt, ihn nicht zurückzuhalten, wenn die Inspiration ihn überkommt, weil sie wie der Blitz nie zweimal an derselben Stelle einzuschlagen scheint. Das sagt er jedenfalls.«

»Sie können sich doch freinehmen«, meinte Mr Clark. »Sprechen Sie es einfach mit Matteo ab.«

»Danke«, antwortete sie. »Das würde ich auch tun, aber es ist schwierig, weil ich nicht vorausplanen kann. Freddie will los, wenn er eben loswill.« Sie beugte sich vor und trank noch einen Schluck Wein. »Genug von Freddie! Ich klinge ja, als ob ich mich beklagen würde. Das tue ich nicht.« Der Raum begann sich ein bisschen zu drehen, also stellte sie ihr Glas ab. »Ich sollte jetzt aufhören.«

»Geht es Ihnen gut?«, fragte er.

»Ja. Aber ich hätte wahrscheinlich etwas essen sollen. Wie spät ist es?« Sie warf einen Blick auf ihre Armbanduhr.

»Fast acht Uhr«, antwortete er.

Sie spitzte die Ohren, um festzustellen, ob sie Geräusche hören konnte: Menschen im Gebäude. Stimmen. Aber da war nichts, bis auf die tickende Uhr und die Grillen, die vor den Fenstern zu zirpen begannen, während der Mond aufging.

»Alle sind schon nach Hause gegangen«, sagte sie.

»Ja. Wir scheinen allein zu sein.«

Sie musterten einander einen Moment lang unverwandt, und Lillian spürte die Wirkung des Alkohols in ihrem Blut – wie er all ihre Muskeln dazu brachte, sich zu entspannen, und ihre Lider schwer werden ließ. Durch die riesigen Fenster beobachtete sie einen Nachtfalter, der hin und her flatterte, von der Scheibe abprallte und das Licht im Inneren erreichen wollte.

Mr Clark hatte sich auf dem Sofa ausgestreckt und die langen, muskulösen Beine an den Knöcheln übereinandergeschlagen. Stille umwaberte sie wie die Nebelbänke die toskanischen Täler. Lillian wurde klar, dass er recht hatte – sie waren hier sehr allein –, und sie empfand einen Hauch von Unbehagen, als würde sie etwas Falsches tun. Zu viel Wein mit ihrem Arbeitgeber trinken, einem Mann, der attraktiv und interessant war. Er war ebenso berauschend wie der Wein.

War er der Typ Mann, der jähzornig war, das aber unter gutem Aussehen und Charme verbarg, wie ihr Vater es in den Anfangstagen der Beziehung ihrer Eltern getan hatte?

Lillian war jedenfalls bezaubert und begann sich mit leichter Nervosität zu fragen, ob sie vielleicht in eine Situation gestolpert war, die sie nicht ganz im Griff hatte.

Kapitel 10

Fiona

Toskana, 2017

Nach der Fahrt zur Bank brachte Marco mich zur Villa zurück. Wir betraten sie durch eine Seitentür im Untergeschoss und gingen in die Küche, wo Maria gerade damit beschäftigt war, mit Signora Dellucci den Schrank in der Speisekammer aufzuräumen.

»Wie ist es gelaufen?«, fragte Maria.

»Ich bin mir nicht sicher«, antwortete ich und stellte meine Handtasche auf einen Hocker. »Das Einzige im Schließfach war ein sehr alter Schlüssel, der aussieht wie der für Rapunzels Turm.« Ich zog ihn aus der Handtasche und reichte ihn Maria. »Erkennst du ihn?«

Maria schüttelte den Kopf. »Tut mir leid, nein, aber er könnte überallhin gehören. Auf dem Anwesen gibt es alle möglichen alten Gebäude. Mir fallen hier im Haus keine Schlösser ein, für die man einen so großen Schlüssel brauchen könnte, aber mein Mann weiß vielleicht etwas. Kommst du heute Abend zum Essen? Dann könntest du ihn fragen.«

»Das wäre sehr schön«, antwortete ich, »danke.« Ich ließ den Schlüssel wieder in meine Handtasche fallen. »Und es gibt noch etwas, das ich dich fragen muss. Als wir vorhin oben in Antons Schlafzimmer waren, kurz bevor mein Handy geklingelt hat, hast du ein Atelier erwähnt?«

»*Sì*. Anton hat gemalt, als er jünger war.«

»Wirklich?« Ich war erstaunt und für einen Augenblick freudig erregt zu erfahren, dass mein Bedürfnis, Farbe auf eine leere Leinwand zu pinseln, erblich bedingt war. Aber schon in der nächsten Sekunde spürte ich, wie sich eine Leere in mir ausbreitete – ein Gefühl, als hätte ich etwas Kostbares verloren, das ich nie zurückbekommen konnte. »Das wusste ich nicht. War er gut?«

Maria verzog das Gesicht. »Ich weiß es nicht. So etwas kann ich nicht beurteilen. Ich gehe nur sehr unregelmäßig ins Atelier, um Staub zu wischen. Wenige Male im Jahr.«

Ich schob mir eine Haarsträhne hinters Ohr. »Könnte ich es mir ansehen?«

»Natürlich. Ich bringe dich sofort hin.«

Marcos Handy klingelte. Er nahm ab, sagte ein paar Worte auf Italienisch und beendete das Telefonat dann. »Das war Sofia. Sie will, dass ich sie abhole.«

»Wohin ist sie denn heute Nachmittag gefahren?«, fragte Maria neugierig.

»Ich weiß es nicht. Irgendwohin in die Stadt. Ich bin bald zurück.« Er ließ die Autoschlüssel um seinen Finger wirbeln und ging.

Ich sah ihm nach und folgte Maria dann aus der Küche und die Haupttreppe hinauf. Wir gingen am Südflügel vorbei, in dem die Familie wohnte, und den langen Korridor hinab zu einem Zimmer am Ende des Flures, gegenüber von Antons Schlafzimmer.

Maria stieß die Tür auf, blieb dann aber abrupt auf der Schwelle stehen. Ich rannte sie beinahe um.

»Connor«, sagte Maria. »Was machst du denn hier drinnen?«

Ich spähte über Marias Schulter und verstand plötzlich, warum Sloane ihren Vater einen Messie genannt hatte. Dieser Raum war kein Atelier – er war eine Rumpelkammer. Alte Stühle waren aufeinandergestapelt, dazu Leitern, Staffeleien, schwankende Bücher- und Zeitschriftenstapel auf Tischen, Gläser voller Pinsel mit eingetrockneter Farbe, Pappkartons, die mit Gott-weiß-was vollgestopft waren, Hunderte aufgerollter Poster ... Oder waren das Leinwände?

»Was glaubst du denn, was ich tue?«, antwortete Connor und stöhnte, als er einen schweren Karton vom Boden aufhob und ihn mit einem lauten Knall auf den Tisch stellte. »Ich suche nach den skandalösen Liebesbriefen, die Fionas Mutter geschrieben hat. Ich hoffe, sie bringen mich nicht zum Erröten.«

Mir drehte sich vor Nervosität der Magen um.

Connor warf mir einen kurzen Blick zu. »Ziemlich eklig, findest du nicht auch? Wer will schon etwas über die sexuellen Eskapaden seines Vaters aus lang vergangenen Tagen lesen? Aber ich schätze, wir müssen alle Opfer bringen, wenn das Familienunternehmen auf dem Spiel steht.«

Der Karton war feucht und schimmlig. Sobald Connor an den Klappen zog, brach der Karton schlaff in sich zusammen und alle Papiere rutschten auf den Boden.

»Na toll«, sagte Connor und stemmte die Hände in die Hüften.

Ich setzte mich schnell in Bewegung, tastete mich einen schmalen, gewundenen Weg zwischen Gerümpelstapeln entlang und ließ mich zu Connors Füßen auf die Knie fallen. Ich beeilte mich, den Inhalt des Kartons durchzusehen, denn wenn es wirklich private Briefe von meiner Mutter gab, wollte ich diejenige sein, die sie fand.

Connor stand über mich gebeugt. Ich spürte die sengende Hitze seines bösen Blickes im Nacken, beschloss aber, ihn zu ignorieren, als ich einen Briefumschlag hochhob und die Absenderadresse überprüfte. Sie war mir nicht vertraut.

Schließlich kniete sich auch Connor hin und schnappte sich einen Stapel Briefumschläge, bevor ich sie mir näher ansehen konnte.

Maria kam näher. »Nun seht euch beide nur an, wie ihr da im Müll wühlt, um das Familiensilber zu finden. Euer Vater war nicht dumm, Connor. Er hätte so etwas Wichtiges nicht hier verschimmeln lassen.«

»Da bin ich anderer Meinung«, sagte Connor. »Er war dumm genug, sich von einer Frau aus Tallahassee in Florida hinters Licht führen zu lassen und sein ganzes Vermögen wegzugeben.«

»Ich habe ihn nicht hinters Licht geführt«, sagte ich mit Nachdruck.

»Ich meinte auch deine Mutter«, antwortete Connor verbittert.

Ich sagte nichts, sondern durchsuchte weiter die Papiere.

Connor ließ sich auf die Fersen sinken und stützte die Hände auf die Oberschenkel. »Du hast wirklich keine Ahnung, was zwischen den beiden passiert ist, oder?«

»Nein.«

»Ich weiß aber etwas«, sagte Connor.

Ich schaute ruckartig auf, um ihm in die Augen zu sehen. »Ja?«

»Ja. Ich habe heute ein paar Nachforschungen angestellt und herausgefunden, dass deine Mutter einen Sommer lang hier auf dem Weingut gearbeitet hat. Sie war 1986 Fremdenführerin.«

Ich hatte gewusst, dass Mom und Dad einen Sommer in der Toskana verbracht hatten, um für Dads erstes Buch zu recherchieren, aber ich hatte nicht geahnt, dass sie für Anton gearbeitet hatte. Ich ließ mich ebenfalls auf die Fersen sinken. »Wirklich?«

Er musterte mich verächtlich. »Deine Mutter muss ja eine echt feine Südstaatenlady gewesen sein, wenn sie mit ihrem Boss geschlafen hat.«

Sein Sarkasmus ging mir auf die Nerven, und ich widmete mich wieder der Aufgabe, den Papierstapel auf dem Boden durchzuwühlen. »Bitte beleidige meine Mutter nicht. Sie war eine gute Frau.«

»Oh, da bin ich mir sicher«, antwortete er, stand auf und ließ den Blick über das ganze Durcheinander schweifen. »Maria, ich brauche einen Drink. Holst du mir einen Wodka Martini? Grey Goose, wenn du welchen hast. Und zwar einen doppelten.« Er seufzte tief. »Die Medizin habe ich jetzt nötig.«

Maria warf mir einen entschuldigenden Blick zu. »Möchtest du auch etwas?«

»Nein, danke.«

Sie ging um eine Kiste mit leeren Weinflaschen herum zur Tür.

»Bring ihn mir in einem anständigen Martini-Glas!«, rief Connor ihr nach. »Drei Oliven!« Er hockte sich neben mich und verzog den Mund zu einem düsteren Grinsen. »Ich muss der Sohn meines Vaters sein, denn ich mag meine Martinis, wie ich auch meine Frauen mag. Schmutzig. *Richtig* schmutzig.«

Ich wusste, dass er nur versuchte, mich zu provozieren, aber ich hatte nicht vor, den Köder zu schlucken. »Ich muss doch sehr bitten.«

»Ich mach doch nur Spaß.«

»Und ich finde das nicht witzig.« Ich stand auf und entdeckte auf einem Regal noch einen Karton zum Durchsehen.

»Na schön, du kannst mich mal.« Er drehte sich um und wühlte einen staubigen Stapel Zeitschriften durch.

Wir arbeiteten schweigend, bis Maria mit dem Drink auf einem kleinen Tablett zurückkehrte. Sie ging vorsichtig, um nicht das Gleichgewicht zu verlieren, während sie einen Bogen um eine Trittleiter machte, um Connor seinen Martini zu servieren.

»Danke, Maria«, sagte er. »Du bist wirklich ein Schatz.« Er nahm den Drink, schnupperte daran und trank einen Schluck.

Auf dem Weg nach draußen kam Maria an mir vorbei. »Acht Uhr?«, flüsterte sie. »Komm hintenrum.«

Ich nickte.

Connor setzte sich auf eine alte Ottomane, die mit einge-trockneten Flecken in verschiedenen Farben übersät war, und nippte an seinem Drink. »Hat sie dich zum Essen eingeladen?«

»Ja.«

Er seufzte. »Ich versuche, es mir nicht zu sehr zu Herzen zu nehmen, dass sie Sloane und mich nicht eingeladen hat, gerade wenn man bedenkt, wie sie uns als Kinder immer bemuttert hat. Aber ich schätze, ihre Loyalität hat schon immer der Person gegolten, die ihr Gehalt zahlt, ganz gleich wer das ist.«

Ich entschied mich, ihn zu ignorieren.

»Aber mach dir um uns keine Sorgen«, setzte er hinzu und rührte seinen Martini mit dem Zahnstocher und den Oliven um. »Sloane und ich haben zum Abendessen einen Tisch in der Stadt reserviert. Versteh mich nicht falsch. Das Essen hier ist großartig. Die Dame in der Küche macht erstklassige Pfannkuchen.«

»Sie hat einen Namen. Signora Dellucci«, informierte ich ihn.

»Dellucci. Gut zu wissen. Eine sehr wichtige Information.« Connor lehnte sich zurück und beobachtete, wie ich einen schweren Karton von einem Stapel auf den anderen wuchtete.

»Wir sollten hier ein paar Grundregeln festlegen«, sagte er. »Wenn einer von uns etwas findet, sollten wir es miteinander teilen. Steck es ja nicht ein und mach dich davon.«

Ich sagte nichts, während ich noch einen Karton aufriss.

»So langsam kann ich deine Stimmung deuten …«, fuhr Connor fort. »Was ich höre, ist Folgendes: *Teilen? Leck mich am Arsch, Connor Clark!*«

»Das habe ich nie gesagt.«

»Nein, aber du denkst es, und das kann ich dir nicht zum Vorwurf machen. Es ist jedenfalls das, was ich denken würde.«

»Bestimmt«, antwortete ich, »aber du und ich sind uns überhaupt nicht ähnlich.«

Darüber lachte er leise. »Heute vielleicht nicht, denn all das hier muss dir ja sehr surreal vorkommen: die große italienische Villa, das Weingeschäft, haufenweise Geld auf der Bank. Aber warte nur, bis du anfängst, dieses Geld auszugeben. Glaub mir, du wirst viel mehr Spaß daran haben, als du es dir je hättest träumen lassen, und dann wirst du so gut wie alles tun, um es zu behalten.«

»Ist es also das, was hier gerade vorgeht?«, fragte ich. »Du bist zu allem bereit? Sollte ich mir Sorgen machen?«

Noch einmal lachte Connor leise, stürzte dann die letzten paar Tropfen Martini hinunter und lutschte die Oliven vom Zahnstocher. »Was nun?«

Ich zog eine alte Brieftasche aus einem Karton und durchsuchte sie, aber sie war leer.

»Du wärst überrascht«, sagte Connor, »wie Geld Menschen dazu bringen kann, schreckliche Dinge zu tun.«

»Mich nicht.«

»Nein?« Er kam ein wenig näher. »Dann sag mir doch eines, süßes Schwesterchen Fiona: Was wirst du mit diesem Erbe anfangen, wenn das Schicksal zu deinen Gunsten entscheidet? Wirst du das Weingut verkaufen und den Erlös für wohltätige Zwecke spenden? Oder das Geld verwenden, um auf Entwicklungshilfemission in Afrika zu gehen? Krebs heilen? Die Wale retten?«

Ich konnte nur den Kopf schütteln.

»Du musst dir doch *irgendetwas* überlegt haben, wofür du das Geld ausgeben willst«, beharrte er. »Komm schon. Was willst du in deinem Leben unbedingt noch tun?«

Ich warf einen Blick auf das vergilbte Programmheft eines Symphoniekonzerts, das vor Jahren in Rom stattgefunden hatte, und legte es beiseite. »Ich werde das Geld für meinen Vater ausgeben. Den, der mich großgezogen hat, meine ich.«

»Warum solltest du das tun?«

»Weil er querschnittsgelähmt ist und ständige Pflege braucht.«

Meine Antwort erntete Schweigen. Zum ersten Mal schien mein Halbbruder Connor ein wenig die Fassung zu verlieren. »Das hast du bisher gar nicht erwähnt.«

»Du hast nicht gefragt.«

Connor räusperte sich und rutschte unruhig hin und her. »Ist er schon so geboren worden?«

»Nein, es war eine Wirbelsäulenverletzung. Es ist vor meiner Geburt passiert.«

Connor kaute auf seiner Unterlippe herum. Offensichtlich fühlte er sich unwohl. Das ging Leuten bei meinem Dad oft so. Sie starrten uns an, wenn wir unterwegs waren.

»Was ist geschehen?«, fragte Connor.

»Er ist von einem Auto angefahren worden. Ausgerechnet hier, in Italien.«

Connor beugte sich vor, um etwas auf dem Boden anzusehen, und stützte die Hände auf die Oberschenkel. »Wow. Jetzt verstehe ich, warum der gute, alte Dad uns nie erlaubt hat, zu Fuß in die Stadt zu gehen. Hier in der Gegend gibt es nicht viele Bürgersteige.«

»Aber viele gewundene, kurvenreiche Straßen«, setzte ich hinzu.

Eine Weile arbeiteten wir stumm, bis die Neugier mich übermannte. »Wie war Anton eigentlich so als Vater?«

»Ach, weißt du …« Connor stolperte über einen Karton am Boden. »Im Grunde genommen ein typisches tyrannisches Feld-, Wald- und Wiesenungeheuer.«

Ich zog die Augenbrauen hoch. »Klingt, als hätte ich nicht viel verpasst.«

»Dein Glück. Du hast den Preis ohne den Fleiß bekommen.«

Ich musterte Connor mit einem besorgten Stirnrunzeln. »War er wirklich so schlimm?«

Er zuckte die Schultern. »Ach, ich weiß nicht. Ich habe nicht viel Zeit bei ihm verbracht, nachdem er und Mom sich hatten scheiden lassen. Aber deshalb bin ich anscheinend enterbt worden. Hätte ich doch nur gewusst, dass mich das noch mal am Arsch kriegen würde! Dann hätte ich meine Pflicht getan. Ich wäre hergekommen und hätte die Rolle des ergebenen Sohnes gespielt.«

»Ohne Fleiß kein Preis«, griff ich seine Formulierung auf.

»Hahaha«, antwortete Connor. Er hörte auf, einen Schuhkarton durchzusehen, und warf ihn beiseite. »Aber es war nicht allein meine Schuld. Kennst du den Song ›Cat's in the Cradle‹?«

»Ja.«

»Na ja, Dad war so in etwa Harry Chapin. Meine Mom wollte zurück in die USA ziehen, aber er ließ nicht mit sich reden. Sein Weingut war ihm wichtiger als seine Familie. Warum hätten wir angelaufen kommen sollen, als das Alter ihn ausgebremst hat und er endlich Zeit mit uns verbringen wollte?«

»Was ist mit den Frauen?«, fragte ich. »Ich dachte, deine Mutter hätte sich wegen der Affären deines Vaters scheiden lassen, einschließlich der mit meiner Mutter.«

»Das war nur der Tropfen, der das Fass zum Überlaufen gebracht hat«, sagte Connor. »Dad war anscheinend ein echter Schwerenöter. Er wusste genau, wie er einer Frau weismachen konnte, dass er ›so etwas noch nie empfunden‹ hat.«

Connor zeichnete mit den Fingern Anführungszeichen in die Luft. »Ich kann dir eines sagen ... Das hier muss die beste Junggesellenbude aller Zeiten gewesen sein. Er hat die Frauen mit seinen klassischen Jahrgangsweinen verführt, sie betrunken gemacht, ihnen vorgespielt, es wäre echte Liebe, und dann holterdiepolter ab in die Kiste.«

Ich hob eine Hand. »Bitte.«

Connor lachte. »Was? Frag einfach Sofia. Sie ist halb so alt wie er, aber sie war hin und weg von ihm. Oder vielleicht hat sie auch nur sein Geld geliebt. Wer kann es ihr verdenken?«

Ich sah den Karton durch, der vor mir stand. »Wenn die Anziehungskraft von seinem Geld ausging, hat vielleicht sie *ihn* verführt.«

»Volltreffer«, erwiderte Connor. »Wahrscheinlich lag es am Geld, vor allem am Ende, als er vermutlich keinen mehr hochgekriegt hat.«

Etwas angewidert von dem Gespräch versuchte ich, das Thema zu wechseln. »Nichts davon erklärt mir, was zwischen ihm und meiner Mutter vorgefallen ist. Alles, was ich weiß, ist, dass sie es nicht auf Antons Geld abgesehen gehabt haben kann. So war sie einfach nicht.«

»Dennoch bist du jetzt hier«, antwortete Connor, »und dank irgendeines Wunders die Haupterbin. Da ist doch etwas faul.«

Ich beendete die Durchsuchung des Kartons, stellte ihn beiseite und öffnete den nächsten.

»Sieh dich nur an ...«, fuhr Connor fort. »Was für ein fleißiges Bienchen. Ich wette, du würdest liebend gern eine Million Dollar zahlen, um einen Karton voll parfümierter Valentinskarten zu finden, damit du allseits Zustimmung zu diesem gefälschten Testament ernten kannst.«

»Es ist nicht gefälscht«, gab ich zurück. »Der Anwalt hat gesagt, es sei gültig.«

»Dieser Anwalt ist ein Winkeladvokat, der keine Ahnung von dem hat, was in den Briefen stand. Ich kann nicht fassen, dass er sie uns gegenüber überhaupt erwähnt hat. Er muss doch gewusst haben, dass ich dieses Haus auf den Kopf stellen würde, um nach ihnen zu suchen. Aber was weiß ich denn? Vielleicht nippt er gerade jetzt im Flugzeug zurück nach London an seinem Brandy und lacht sich kaputt.«

»Ich bezweifle, dass das der Fall ist«, sagte ich.

»Du setzt solch ein süßes Vertrauen in die Menschen. Kaum zu glauben, dass wir verwandt sind.«

»Dem kann ich nicht widersprechen.«

Connor setzte sich wieder hin. »Es wird spät, und ich habe Hunger. Wie wäre es mit folgender Idee? Für heute vereinbaren wir einen Waffenstillstand. Ich werde gehen, wenn du gehst. Ich habe ohnehin genug von diesem muffigen alten Atelier.«

Ich betrachtete die Überreste des Künstlerlebens meines Vaters: Pinsel in Gläsern, alte Tuben mit Ölfarben und aufgerollte Leinwände in Kartons. Ich konnte es kaum abwarten, sie mir anzusehen. Aber Maria erwartete mich zum Abendessen.

Ich warf einen Blick auf meine Armbanduhr. »Ich muss mich jetzt wirklich umziehen.«

Connor stand auf. »Hervorragend. Endlich sind wir uns über etwas einig. Es wird Zeit, für heute aufzuhören. Gehen wir.« Er klatschte in die Hände. »Hopp, hopp.«

Er beobachtete jede meiner Bewegungen, als ich den letzten Karton wieder schloss. Dann folgte er mir nach draußen.

KAPITEL 11

LILLIAN

Toskana, 1986

»Verzeihen Sie mir, Lillian«, sagte Mr Clark, beugte sich auf dem Sofa vor und lächelte charmant. »Ich habe Ihnen zu viel Wein eingeschenkt.«

»Nein«, antwortete sie, »er war wunderbar. Es waren gute Weine, das muss ich zugeben.«

Er hob sein Glas. »Danke, Lorenzo, wo auch immer du sein magst.«

Es war schwül geworden, und Mr Clark fuhr sich mit der Hand durchs Haar. Lillian war unfähig, ihn direkt anzusehen. Sie betrachtete ein Gemälde an der Wand, studierte die Komposition und die Farben, aber nur, um die Tatsache zu überspielen, dass sie sich jeder Bewegung ihres Chefs bewusst war, sogar des Hebens und Senkens seines Brustkorbs, wenn er atmete.

Sie saßen still da, ohne zu reden, und lauschten nur den Grillen, die im Gras draußen zirpten. Lillian spürte die angenehme Wirkung des Weines. Sie legte den Kopf in den Nacken und sah wieder zum Deckenfresko hoch. Sie fragte sich, wer der Künstler gewesen war. Er musste ein spiritueller Mensch gewesen sein, der Leidenschaft für seine Arbeit empfunden hatte. Wie wunderschön musste es doch sein, seine Arbeit so zu lieben …

Sie nahm an, dass Freddie auch so war. Manchmal war sein Bedürfnis zu schreiben überwältigend. Wenn er über seine Schreibmaschine gebeugt an seinem Schreibtisch saß und sie ein Tablett mit Abendessen ins Zimmer trug, kam sie sich immer wie ein unwillkommener Störenfried vor. Oder zumindest unsichtbar. Manchmal hob er eine Hand, um ihr zu verstehen zu geben, dass sie nichts sagen sollte, denn wenn sie es tat, würde sie seinen kreativen Schwung unterbrechen und ihn aus seiner Fantasie reißen.

Sie respektierte Freddies Konzentration. Es war ein angeborenes, gottgegebenes Talent, dass er sich in eine andere Welt versetzen konnte – als würde er seinen physischen Körper verlassen –, um dann eine Geschichte über diese Welt, die er erschaffen hatte, zu erzählen.

»Warum kommen Sie heute Abend nicht zum Essen?«, schlug Mr Clark vor. Die Einladung überraschte Lillian.

Sie beugte sich vor. »Zum Essen? Wohin?«

»In die Villa.« Er sah auf seine Armbanduhr. »Signora Guardini reagiert manchmal etwas ungehalten, wenn ich abends zu lange arbeite. Ich sollte jetzt hinaufgehen.«

Lillian war ein wenig enttäuscht angesichts der Vorstellung, dass er das hier als Arbeit betrachtete. Für sie war es reines Vergnügen.

»Sie wird mittlerweile schon den Tisch gedeckt haben«, fuhr er fort, »und alle werden sich bald zum Essen einfinden.«

»Alle?« Lillian verzog das Gesicht. *Gott steh mir bei.* Der Wein hatte ihr das Gehirn benebelt. Sie schien keinen vollständigen Satz mehr formulieren zu können.

Mr Clark begann, Namen aufzuzählen: »Matteo, Domenico – das ist Signora Guardinis Mann, der die

Weinberge für mich betreut –, und Francesco, mein Fahrer und meine rechte Hand. Sie können Ihren Mann einladen, sich zu uns zu gesellen, wenn Sie möchten, sofern er schon von seinem Tagesausflug zurück ist. Sie können ihn von der Villa aus anrufen.«

Lillians Magen knurrte schon seit einer Stunde. »Ich habe Hunger.«

Mr Clark stand auf und streckte ihr die Hand hin. »Na dann. Hoch mit Ihnen.«

Sie erlaubte ihm, sie auf die Beine zu ziehen.

»Aber erst sollten wir aufräumen«, setzte er hinzu. »Lassen Sie uns die Gläser in die Küche bringen und diese Flaschen wieder verkorken. Wir nehmen sie mit zum Essen und leeren sie dort. Domenico wird begeistert sein.«

Lillian half ihm dabei. Dann trugen sie die Flaschen aus dem Weinprobenraum auf die Steinterrasse hinaus und von dort aus die ausgetretenen Marmorstufen hinauf zum schmiedeeisernen Tor vor den Formschnittgärten.

Die Villa kam in Sicht. Es war dunkel, aber es war Vollmond. Er warf seinen hellen, bläulichen Schein auf den Gartenweg und leuchtete ihnen. Ihre Schritte knirschten im weißen Kies, während sie redeten und lachten. Mondschatten waren überall.

Während ihrer Schulung hatte Lillian die Villa von Weitem gesehen, aber sie hatte noch keinen Fuß in das weitläufige toskanische Herrenhaus gesetzt. Mr Clark führte sie zu einem schmalen Seiteneingang, durch den sie in eines der unteren Geschosse gelangten.

»Das muss doch früher ein Dienstboteneingang gewesen sein?«, fragte Lillian.

»Eigentlich denke ich, dass es eine sogenannte Totentür war. Im Mittelalter glaubte man, dass es Unglück brächte, die Toten durch die Haustür hinauszutragen, also hatten Wohnhäuser zu dem Zweck oft irgendwo noch eine kleinere Tür.«

»Interessant.« Die Tür sah breit genug für einen Sarg aus, aber nicht für viel mehr.

Mr Clark führte sie zu einem Telefon im Flur, von dem aus sie Freddie im Schuppen anrief. Sie ließ es lange klingeln, aber er nahm nicht ab, und so legte sie schließlich auf.

Dann begleitete Mr Clark sie durch einen breiten Steinkorridor mit eleganten Bögen, vorbei an einer großen, vor Kurzem modernisierten Küche. Die köstlichen Düfte von Basilikum, Pasta und gebratenem Fleisch stimulierten Lillians Sinne.

»Hier riecht es ja zum Anbeißen«, bemerkte sie.

Ein weiterer Korridor führte sie zu einer Hintertür, die auf eine Terrasse unter einem grünen Laubengang hinausging. Er war von dichten, ineinander verwachsenen Reben überwuchert. Es war ein gemütliches Plätzchen. Winzige weiße Lichterketten waren über ihren Köpfen angebracht. Auf einem langen Esstisch mit geblümter Tischdecke standen unzählige Servierplatten, Vasen mit frischen Blumen und Kerzen, die in alten, mit Stroh umflochtenen Chiantiflaschen brannten.

»Anton, du kommst zu spät!«, rief ein Mann gut gelaunt, als er sich auf seinem Stuhl umdrehte. »Und wer ist dieses reizende Geschöpf, das du heute Abend mitgebracht hast? Willkommen.«

Eine ältere Frau schob ihren Stuhl zurück und stand auf. »Ich hole noch einen Teller«, sagte sie, bevor sie im Haus verschwand.

Mr Clark begann, sie miteinander bekannt zu machen. »Darf ich euch Lillian Bell vorstellen, unsere neue amerikanische Fremdenführerin? Lillian, das hier ist Domenico Guardini, der Vorarbeiter im Weinberg, und das eben war seine Frau, Caterina. Sie kommt gleich wieder. Matteo kennen Sie ja schon, und dies ist Francesco. Er ist ein Universalgenie und tut alles für mich.«

Francesco legte sich die Hand aufs Herz. »Mit Vergnügen, Anton.«

Caterina kehrte mit einem Teller und Besteck zurück und deckte noch einen Platz ein, während Matteo aufsprang, um einen weiteren Stuhl zu holen.

Lillian setzte sich an den Tisch. »Es war sehr nett von Mr Clark, mich einzuladen.«

»Lillian, bitte. Du musst mich Anton nennen«, sagte er.

»Wie ich sehe, habt ihr Wein mitgebracht«, fiel Domenico ihm entzückt ins Wort und stand auf, um die Etiketten in Augenschein zu nehmen. »*Meraviglioso*, Anton. Endlich. Genießen wir ihn, ja?« Er drehte sich um und zwinkerte diskret seiner Frau zu.

Lillian hatte den Verdacht, dass sie privat schon über den Wein gesprochen hatten, der seit Jahrzehnten in dem geheimen Maurizio-Keller weggesperrt war – Flaschen, an denen sich niemand gütlich tun durfte.

»Guten Appetit, ihr alle«, sagte Caterina, setzte sich wieder hin und reichte Lillian einen großen Servierteller mit Antipasti. »Aber lass noch Platz für den Entenbraten«, fügte sie leise hinzu und beugte sich dabei dicht zu ihr. »Das ist mein Geheimrezept.«

»Ich habe ihn schon gerochen, als ich hereingekommen bin«, antwortete Lillian. Ihr lief das Wasser im Mund zusammen. »Er hat köstlich geduftet, und das hier sieht unglaublich aus. Vielen herzlichen Dank, dass ich hier zu Gast sein darf.«

»Es ist uns ein Vergnügen«, sagte Domenico und trank ihr zu.

Lillian nahm sich eine Auswahl von Crostini – winzigen Toasts mit unterschiedlichem Belag wie Speck mit karamellisierten Zwiebeln oder Ricotta mit frischem Pesto und rotem Pfeffer.

»Wie hübsch du den Tisch gedeckt hast«, sagte Lillian zu Caterina. »Gibt es einen besonderen Anlass?«

Caterina lachte. »Jeder Abend mit guten Freunden ist ein besonderer Anlass.«

Anton, der am Kopfende des Tisches saß, schenkte sich Wein ein. »Genau darüber haben Lillian und ich vorhin geredet.« Er wandte sich an sie. »Du hast mich gefragt, warum ich Italien inzwischen lieber mag als mein Heimatland. Ich bin mir nicht sicher, ob ich dir eine richtige Antwort darauf gegeben habe, aber genau das hier ist der Grund dafür. Toskaner feiern gern.« Er sah Caterina an. »Ihr veranstaltet doch zu allen möglichen Gelegenheiten ein Festmahl, oder?«

Sie lachte. »*Sì*, wir haben gern Spaß, und was macht mehr Spaß, als am Ende eines langen Tages köstliches Essen und Wein im Mondschein zu genießen?«

»Darauf trinke ich«, sagte Anton und hob sein Glas.

Auch Lillians Glas war bereits gefüllt, also hob sie es und stieß mit den anderen an. Danach nahm sie sich noch ein paar von den leckeren Crostini.

Als Nächstes kam eine riesige Schüssel Pasta auf den Tisch – Tagliatelle in einer Soße mit frischen Pilzen –, die herumgereicht wurde, bis sie leer war. Angeregte Gespräche und Gelächter erfüllten die Nacht, und niemand hatte es eilig damit, fertig zu werden. Alle am Tisch behandelten Anton wie ein Familienmitglied, als würden sie ihn schon ewig kennen, und hießen Lillian in ihrer Runde willkommen, wobei sie ihr Fragen über ihr Leben in Amerika, ihre Familie und ihren Mann stellten.

»Du musst ihn morgen zum Abendessen mitbringen«, sagte Caterina. »Es macht doch keine Mühe, ein oder zwei Teller mehr auf den Tisch zu stellen. Er wäre uns hochwillkommen.«

»Vielen Dank. Ich richte es ihm aus.«

Während Lillian an ihrem Wein nippte und die schmackhafte Pasta vertilgte, staunte sie über die Gastfreundlichkeit aller, die sie bisher auf dem Weingut kennengelernt hatte.

Die tägliche Routine machte ihr große Freude: morgens aufwachen, im Weinberg arbeiten, sich dann mittags Zeit nehmen, ein leckeres Essen mit ein bisschen Wein zu genießen, danach Espresso trinken. Alle schienen nach ihrem langen und entspannten *riposo* mit Feuereifer wieder an die Arbeit zu gehen, und Lillian war ohne Wenn und Aber bezaubert.

* * *

Es war schon fast elf, als Matteo seinen Stuhl zurückschob, um Gute Nacht zu sagen. Caterina begann, den Tisch abzuräumen, und Lillian stand auf, um zu helfen. Sie und Caterina waren in der Küche eine Weile damit beschäftigt, alles in Ordnung zu bringen, bis Caterina Lillian hinausscheuchte, weil diese frühmorgens ihre Schicht an der Rezeption des Hotels antreten musste.

Als Lillian in den von Kerzen erleuchteten Laubengang zurückkehrte, stand Anton gerade auf und wünschte Francesco eine gute Nacht. Dieser verabschiedete sich auch von Lillian, bevor er in der Villa verschwand.

»Wohnt er hier?«, fragte sie.

»Er hat ein Apartment im Erdgeschoss.«

»Und die Guardinis?«, wollte sie neugierig wissen.

»Sie leben in einer kleineren Villa auf dem Anwesen.« Er drehte sich um und zeigte Richtung Süden. »Ein Stück den Hügel hinab, ungefähr fünf Minuten Fußweg von hier. Ihr Haus ist von Wildrosen und Feigenbäumen umgeben.«

»Das klingt ganz reizend«, antwortete Lillian.

»Das ist es auch. Und sie haben drei sehr freundliche Katzen.«

Bei dieser Beschreibung wünschte sie sich, sie könnte sich das Haus selbst ansehen, aber es war höchste Zeit für sie, Gute

Nacht zu sagen, und so wandte sie den Blick ab. »Ich sollte jetzt wahrscheinlich gehen.«

Anton zog die Hände aus den Taschen. »Ich begleite dich zurück.«

»Danke, aber das ist nicht nötig. Ich finde den Weg allein.«

»Bestimmt, aber es ist eine schöne Nacht, und nach zwei Portionen von Caterinas Schokoladendessert kann ich ein bisschen Bewegung vertragen. Also gönn mir den Spaß.«

Sie lachte. »Na gut.«

Lillian wartete, während er in die Küche ging, um eine Taschenlampe zu holen, und folgte ihm dann auf dem gepflasterten Weg um die Villa herum zur Einfahrt und zum Haupttor. Er öffnete es über ein Bedienfeld, und sie gingen hindurch. Es schloss sich automatisch hinter ihnen.

»Vielen herzlichen Dank für das Abendessen«, sagte Lillian. »Alles war unglaublich lecker.«

»Das ist das Mindeste, was ich tun konnte, nachdem ich dir im Weinprobenraum so viel zugemutet hatte. Fühlst du dich jetzt besser?«

»Viel besser. Allerdings habe ich mich vorher nicht *schlecht* gefühlt. Eigentlich sogar ganz gut. Ich hatte bloß Hunger.«

Er lächelte und sah im Gehen zu Boden. »Ich hoffe, dein Mann fühlt sich nicht ausgeschlossen, wenn du nach Hause kommst. Er kann sich morgen oder an jedem anderen Abend gern zu uns gesellen.«

»Das weiß ich zu schätzen. Aber es ist ja nicht so, als ob wir nicht versucht hätten, ihn einzuladen. Ich habe das Telefon ewig klingeln lassen.«

In gemächlichem Tempo schlenderten sie den unbefestigten Weg zwischen zwei Reihen italienischer Zypressen hinunter. Kein Windhauch bewegte die feuchte Sommerluft, und Lillian staunte über die von Pinienduft geschwängerte Stille der toskanischen Landschaft.

»Vorhin«, sagte sie, »als ich dich gefragt habe, warum Italien dir lieber ist als London, hast du zu mir gesagt, es sei eine lange Geschichte, und vorgeschlagen, wir sollten ein paar Flaschen Wein aufmachen, bevor wir darüber reden. Aber beim Essen hast du abgewiegelt. Du hast gesagt, dass du gern hier bist, weil die Toskaner mehr Lebensfreude haben.« Sie schaute zu ihm hoch. »Aber ich habe das Gefühl, dass mehr dahintersteckt.«

Seine Schritte waren sicher, während sie dem Lichtkegel der Taschenlampe in seiner Hand den Weg entlang folgten.

»Ja, es steckt mehr dahinter. Du hast ein gutes Gespür. Wie viel Zeit haben wir?« In seinem Ton schwang ein Hauch von Humor mit, und das Mondlicht spiegelte sich kurz in seinen Augen.

»So viel, wie wir brauchen.«

Kaum dass ihr die Worte über die Lippen gegangen waren, wurde sie ein bisschen nervös. Was würde Freddie denken, wenn er wüsste, dass sie im Mondschein mit ihrem attraktiven, reichen Chef spazieren ging, nachdem sie stundenlang Wein mit ihm getrunken hatte, und dass sie ihm Fragen über sein Privatleben stellte? Ihm sogar sagte, dass sie die ganze Nacht hatten, um sich zu unterhalten?

Eine leichte Brise raunte in den Zypressen. Lillian schaute in den sternklaren Himmel und verdrängte den Gedanken an Freddie. So machte er es ja umgekehrt auch, wenn er arbeitete. Er verbannte sie aus dem Zimmer und aus seinen Gedanken. *Geh weg*, sagte er, ohne es laut auszusprechen.

»Es ist eine ziemlich üble Geschichte«, sagte Anton. »Um ehrlich zu sein, kehre ich nach London nur noch zurück, um meine Mutter und meine Schwester zu besuchen. Ich plane meine Reisen so, dass ich nur dort bin, wenn mein Bruder nicht da ist.«

»Oje«, sagte Lillian. »Was ist denn zwischen dir und deinem Bruder vorgefallen?«

144

»Wo soll ich da nur anfangen?« Anton atmete tief durch. »Wohl ganz zu Beginn. Mein Bruder und ich haben gemeinsam eine Firma aufgebaut. Wir waren gleichberechtigte Partner, aber als das Unternehmen mehr Gewinn abwarf, als wir je gedacht hätten, hat er eine Situation ausgenutzt, in der ich mich aus dem Tagesgeschäft zurückziehen musste. Ich war eine Weile krank.«

»Oh. Was hattest du denn?«

»Non-Hodgkin-Lymphom.«

»Das tut mir leid. Das muss schrecklich gewesen sein. Geht es dir jetzt wieder gut?«

»Ja, ich hatte das Glück, zu überleben und wieder vollständig gesund zu werden. Aber in dem Jahr hat mein Bruder so getan, als handele er in meinem Interesse. Ich konnte nicht arbeiten, also hat er angeboten, mich auszuzahlen, damit ich mich auf meine Genesung konzentrieren konnte. Es kam mir wie ein faires Angebot vor. Es war viel Geld – ich hätte mir wirklich niemals erträumt, dass die Firma so viel wert sein könnte. Ich dachte allen Ernstes, er sei übertrieben großzügig, um mich zu unterstützen, als ich ganz unten war. Also nahm ich das Geld. Sobald ich den Vertrag unterschrieben hatte und damit nichts mehr zu sagen hatte, verkaufte er sie für das Zehnfache der Summe, die er mir gezahlt hatte. Ich habe später herausgefunden, dass er den Deal über Monate hinweg ausgehandelt hatte, während ich krank war. Er wusste, was die Firma wirklich wert war, als er mir das Angebot machte, um mich auszubooten.«

Lillian schüttelte den Kopf. »Wie schrecklich. Du musst dich zutiefst verraten gefühlt haben.«

»Ja. Meine Schwester, Mabel, war diejenige, die die Wahrheit herausgefunden hat. Sie hat es von der Frau meines Bruders erfahren, die ausgeplaudert hat, dass er mich die ganze Zeit über mit voller Absicht im Dunkeln gelassen hatte.«

»Sprichst du überhaupt noch mit ihm?«

»Nein. Er hat sich von seiner Frau scheiden lassen und ist mit seinen Millionen nach New York gezogen. Jetzt tut er nichts anderes, als es sich in einem Penthouse gut gehen zu lassen und mit einem Haufen Typen von der Wall Street auf seiner Jacht zu segeln. Das entspricht nicht meiner Vorstellung von Vergnügen, aber es ist das, worauf er immer hingearbeitet hat. Ich glaube, er wusste, dass ich das Angebot abgelehnt hätte, die Firma zu verkaufen, wenn ich noch beteiligt gewesen wäre. Er war einfach aufs schnelle Geld aus.«

»Was für ein Unternehmen war es denn?«, fragte Lillian.

»Computertechnologie. Er war der Betriebswirt, ich das Mathegenie. Er hat die Software, die ich entwickelt hatte, an IBM verkauft. Es gab eine Wettbewerbsklausel, die mich aus der Branche gedrängt hat. Mir ist noch nicht einmal aufgefallen, dass die im Vertrag versteckt war, als wir die Partnerschaft aufgelöst haben. Ich war also selbst schuld. Ich hätte mir einen eigenen Anwalt nehmen sollen, um meine Interessen zu vertreten, aber ich habe meinem Bruder und dem Anwalt, der sich um unsere Geschäfte gekümmert hat, vertraut. Er hat mir eingeredet, es sei ein gutes Angebot und ich solle es annehmen, aber er wusste die ganze Zeit von dem Angebot von IBM.«

»Hättest du das nicht anfechten können?«, fragte sie. »Das klingt fast nach Betrug.«

»Wahrscheinlich hätte ich das tun können«, antwortete er, »aber zu dem Zeitpunkt wollte ich all die Geldgier nur noch hinter mir lassen und zurück …« Er hielt inne, als wäre er sich nicht ganz sicher, wie er es erklären sollte.

»Zurück zum Wesentlichen«, sagte Lillian in aller Selbstverständlichkeit.

»Genau.«

Sie erreichten das Ende der Zypressenallee. Die Kapelle kam in Sicht. Der Glockenturm zeichnete sich vor dem Mond ab.

»Sieh nur«, sagte sie. »Das ist so magisch. Ich kann dir nicht verdenken, dass du hier leben möchtest.«

Er nickte. »Ich war mit meiner Frau im Urlaub hier und habe in Montepulciano im Fenster eines Maklers eine Anzeige entdeckt. Den Tag werde ich nie vergessen. Nach dem, was mein Bruder mir angetan hatte, lagen mir zehn Millionen Pfund schwer in der Tasche, und die Familie Maurizio wollte unbedingt an jemand anderen als an ihre geschäftliche Konkurrenz verkaufen, also dachte ich mir … warum nicht?«

Zehn Millionen Pfund?

»Deine Frau wollte auch gern ein Weingut kaufen?«, fragte Lillian und kämpfte darum, die Fassung wiederzuerlangen.

Er sah sie verlegen an. »Nicht direkt. Aber sie wusste, wie sehr ich es mir wünschte, also war sie bereit, einen Kompromiss einzugehen, solange ich versprach, nicht auch noch den letzten Heller auszugeben. Ich musste auch versprechen, dass sie jederzeit nach Hause fliegen dürfte, und so steht es jetzt zwischen uns. Ich bin hier, und sie kommt und geht, wie sie will.«

»Nimmt sie die Kinder immer mit?«, fragte Lillian. »Oder bleiben die manchmal auch bei dir?«

»Bis jetzt hat sie sie immer mitgenommen«, antwortete er, »aber sie bleibt nie lange weg.«

»Das ist gut. Du vermisst sie doch bestimmt.«

»Ja.«

Lillian hätte gern noch mehr Fragen gestellt, aber sie hatten den Fuß des Hügels erreicht und kamen zu der kleinen Ansammlung steinerner Gebäude, zu der auch der Schuppen gehörte. Alle Gästesuiten waren belegt. Hinter den Fenstern brannte Licht, aber in Lillians Ferienwohnung war es dunkel.

»Sieht so aus, als wäre Freddie noch nicht zu Hause«, bemerkte sie.

Anton blieb ebenfalls stehen. »Wo war er heute?«

»Ich bin mir nicht sicher. Er ist in letzter Zeit häufig nach Florenz gefahren, um zu recherchieren, und manchmal macht er auf dem Heimweg in einem Café Halt, um zu schreiben, aber das kommt mir doch etwas spät vor.«

»Machst du dir Sorgen?«

»Ich weiß es nicht. Vielleicht hat er auch einfach nur die Zeit vergessen.«

»Willst du, dass ich mit hineinkomme? Vielleicht hat er ja einen Zettel dagelassen.«

Sie dachte kurz darüber nach und kam zu dem Schluss, dass es wohl keine gute Idee war, Anton ins Haus zu bitten. Wie würde das aussehen, wenn Freddie zurückkehrte?

»Ich bin mir sicher, dass es ihm gut geht«, sagte sie. »Und ich brauche jetzt eine Mütze voll Schlaf. Aber danke, dass du mich hergebracht hast.«

Anton zögerte einen Moment lang, richtete die Taschenlampe auf den Boden und musterte Lillians Gesicht im Mondschein. »Ich habe unser Gespräch genossen.«

»Ich auch.« In ihrem Tonfall lag ein Hauch von Intimität, und irgendwie bekam sie ein schlechtes Gewissen, als wäre sie drauf und dran, eine Grenze zu überschreiten. Jenseits dieser Grenze lag eine tiefere Freundschaft mit einem Mann, den sie faszinierend und sehr attraktiv fand. Das war eindeutig gefährliches Terrain.

»Ruf mich in der Villa an, wenn du irgendetwas brauchst«, sagte Anton. »Wenn du dir Sorgen um deinen Mann machst.«

»Ja. Aber ich bin mir sicher, dass alles in Ordnung ist. Er ist nur spät dran. Wie ich.«

»Na gut.« Anton zögerte kurz, wandte sich dann aber zum Gehen.

Lillian stand auf der Kieseinfahrt und sah ihm nach, als er den baumbestandenen Weg hinaufging und mit der Taschenlampe in die Dunkelheit leuchtete. Plötzlich wurde die

Nacht kalt. Lillian schlang die Arme um sich und beobachtete Anton weiter, bis er über die Hügelkuppe verschwand. Erst dann suchte sie in ihrer Handtasche nach ihrem Schlüssel.

Einen Moment später schaltete sie alle Lichter in dem leeren Apartment ein und fragte sich, wo Freddie steckte. Was, wenn er noch einen Autounfall gehabt hatte? Die Straßen der Toskana waren voller Windungen und Biegungen und führten bergauf, bergab. Nach Einbruch der Dunkelheit war es noch schlimmer, wenn andere Autos um eine Kurve gerast kamen und ihre Scheinwerfer einen blendeten.

Unsicher, was sie tun sollte, wenn Freddie nicht bald nach Hause kam, wusch Lillian sich das Gesicht und zog ihr Nachthemd an. Sie schlüpfte ins Bett und versuchte zu lesen, konnte sich aber nicht konzentrieren. Sie machte sich Sorgen um Freddie.

Sie wollte nicht einschlafen, bevor er nach Hause kam, und so stand sie wieder auf und setzte sich mit einem Fläschchen Nagellack an den Küchentisch. Während sie den Pinsel eintunkte und ihre Nägel hellrosa lackierte, schweiften ihre Gedanken zurück zum Esstisch unter dem weinberankten Laubengang. Sie erinnerte sich an den Klang, wie alle gelacht hatten, als Domenico eine Geschichte über seinen Hund Nacho erzählt hatte. Nacho hatte als Welpe einmal eine Pfütze Rotwein aufgeleckt, der aus einem Fass auf dem Weingut getropft war. Nacho war nach draußen gewankt und in eine Ansammlung leerer Blumentöpfe gestolpert. Man hatte den armen Hund in die Villa hinauftragen müssen, um ihn seinen Rausch ausschlafen zu lassen.

Lillian war gerade mit der zweiten Schicht Nagellack fertig, als Autoscheinwerfer durchs Fenster strahlten und die Wand erhellten. Sie stand auf, eilte zur Tür und atmete erleichtert auf, als Freddie aus dem Wagen stieg, den Anton ihnen geliehen hatte. Den Rucksack über eine Schulter gehängt, sprang er die Stufen hinauf und kam ins Haus.

»Du bist ja noch auf«, sagte er und drängte sich an ihr vorbei. »Ich hatte einen wunderbaren Tag. Ich habe sieben Seiten geschrieben, nachdem ich ein Viertel erkundet hatte, in dem meine Romanfiguren in Schwierigkeiten geraten.«

Es war nicht zu übersehen, dass er zufrieden und aufgeregt zugleich war. Lillian freute sich natürlich für ihn, aber zum ersten Mal in ihrer Beziehung hatte sie auch allein etwas Aufregendes erlebt: einen erfüllenden Tag, sowohl in beruflicher als auch in privater Hinsicht. Sie war von ihrem Arbeitgeber in den höchsten Tönen gelobt worden, hatte alle möglichen neuen Dinge über Wein gelernt, einen ganz wunderbaren Kreis von Menschen kennengelernt und Essen gekostet, das ein Geschenk des Himmels war.

»Gibt es etwas zu essen?«, fragte Freddie. »Ich bin am Verhungern.«

Er öffnete den Kühlschrank, während Lillian die Tür hinter ihm zuschob und abschloss.

»Tut mir leid, ich habe nicht gekocht. Ich bin selbst gerade erst zurückgekommen.«

»Wirklich?« Er entdeckte in einem kleinen Topf den Rest der Dosensuppe vom Vorabend. »Dann esse ich einfach die hier.« Er reichte ihr den Topf, und sie stellte ihn auf den Herd, um die Suppe noch einmal aufzuwärmen.

»Musstest du länger arbeiten?«, fragte er, zog sein zusammengerolltes Notizbuch aus dem Rucksack und schlug es auf, um sich etwas anzusehen, das er geschrieben hatte. Sofort war er abgelenkt.

»Ja. Der Chef ist gekommen, um sich meine Führung anzusehen, und ich habe meine Sache wirklich gut gemacht, obwohl ich nervös war. Ich habe mich gefühlt, als stünde ich auf einer Bühne, um einen Monolog vorzutragen.«

Freddie setzte sich an den Küchentisch und blätterte die Seite um. »Ach ja?«

Sie goss ihm ein Glas Milch ein. »Ja, und dann hatte ich eine Privatstunde im Weinverkosten bei Mr Clark persönlich. Er hat mich auch zum Abendessen in der Villa eingeladen. Eigentlich sogar uns beide. Ich habe dich angerufen, aber du warst nicht hier.«

»Ich habe geschrieben«, sagte Freddie.

»Das habe ich mir schon gedacht.« Lillian stellte den Rest Milch zurück in den Kühlschrank. »Ich wünschte, du hättest es sehen können. Ein wunderschön gedeckter Tisch stand draußen unter einem Laubengang mit Weinranken und Minilichterkette. So essen sie dort jeden Abend, mit Wein und guten Gesprächen. Es war unglaublich lecker.«

Lillian rührte die Suppe auf dem Herd um, füllte sie dann in eine Schale und stellte diese vor Freddie, aber er ignorierte sie. Seine Aufmerksamkeit war von etwas in dem Notizbuch gefesselt.

Als er ihr keine Fragen über das Essen stellte, nahm sie ihr Nagellackfläschchen und räumte es wieder in den Medizinschrank im Bad. Als sie in die Küche zurückkehrte, hatte Freddie sein Notizbuch zugeklappt und löffelte seine Suppe.

»Sie haben uns beide für morgen Abend noch einmal zum Essen eingeladen«, sagte Lillian. »Möchtest du mitkommen? Sie essen normalerweise gegen acht.«

Freddie verzog entschuldigend das Gesicht. »Ach, Lil, ich wünschte, ich könnte. Es klingt toll, aber ich bin heute auf ein Hindernis gestoßen und muss ein paar Zusatzrecherchen durchführen. Darüber wollte ich mit dir auch schon reden.« Er machte eine Kunstpause und lehnte sich zurück. »Das klingt vielleicht verrückt, aber ich möchte gern nach Paris fahren.«

Lillian blinzelte vor Erstaunen ein paar Mal. »Paris?«

»Ja. Ich weiß, das ist nicht das, was wir geplant hatten, aber ich bin in Schwung gekommen und wirklich überzeugt davon, dass der Rest der Geschichte dort spielen muss. Wir könnten gleich morgen früh aufbrechen.«

Sie zuckte zurück, als hätte er ihr ein Glas kaltes Wasser ins Gesicht geschüttet. »Morgen.«

»Ich weiß, es kommt etwas plötzlich. Aber meine Figuren werden den Mörder mit dem Zug dorthin verfolgen. Mehr will ich dir noch nicht darüber verraten, was passiert, wenn sie dorthin kommen. Ich will es einfach nur schreiben, und dann sollst du es lesen, ohne zu wissen, was kommt, damit du mir gutes Feedback geben kannst. Ich glaube, es wird dir gefallen.«

Sie setzte sich an den Tisch. »Wow. Paris.«

»So weit ist das von hier gar nicht entfernt«, sagte er. »Könntest du denn mitkommen? Mir graut davor, allein zu reisen und mir die richtigen Züge heraussuchen zu müssen. Du bist darin so viel besser als ich.«

Sie runzelte leicht die Stirn und sagte sanft: »Freddie, ich glaube, das kann ich nicht. Ich habe doch gerade erst angefangen, hier zu arbeiten. Es würde sich falsch anfühlen, so kurz nach meinem ersten Arbeitstag schon um Urlaub zu bitten. Außerdem können wir es uns eigentlich nicht leisten, dass ich nicht arbeite. Ich muss weiterhin die Minimalraten der Kreditkarte abstottern, und wenn du jetzt noch zusätzliches Geld brauchst, um zu reisen …«

Er kaute auf seiner Unterlippe herum und wandte den Blick ab. »Ja, ich verstehe schon. Ich hätte gar nicht erst fragen sollen.«

»Nein, schon gut.«

Ein paar Sekunden lang sagte keiner von ihnen beiden etwas.

»Kannst du mir wenigstens helfen, den richtigen Zug zu finden?«, fragte er und schaute wieder auf.

»Natürlich. Wie lange bleibst du weg?«

»Nur ein paar Tage«, antwortete er. »Höchstens eine Woche. Ich muss bloß die Atmosphäre auf mich wirken lassen und ein paar der Handlungsorte besuchen, die ich im Sinn habe.« Er dachte einen Moment lang darüber nach. »Ich muss eine Jugendherberge finden, in der ich übernachten kann, etwas, das nicht zu viel kostet.«

»Okay.«

Er griff nach ihrer Hand und drückte sie. »Ich hatte Angst, du würdest Nein sagen.«

»Ich würde doch nicht Nein sagen«, gab sie zurück. »Deine Träume sind meine Träume, schon vergessen? Deshalb sind wir doch hier: damit du deinen Roman vollenden kannst. Ich kann es nicht erwarten, ihn zu lesen.«

»Ich kann es auch nicht erwarten, dass du ihn liest«, erwiderte er und lehnte sich zurück. »Aber erst muss ich ihm den nötigen Feinschliff verpassen. Das schaffe ich bestimmt, wenn ich wieder hier bin.« Er aß seine Suppe auf und brachte die leere Schale und seinen Löffel zur Spüle. »Also machen wir einfach so weiter wie bisher. Es war eine brillante Idee herzukommen, Lil. Ich stehe in deiner Schuld, weil du mich dazu überredet hast. Wenn du nicht gewesen wärst, säße ich wahrscheinlich immer noch an meinem Schreibtisch in Tallahassee in Kapitel zehn fest.«

»Es freut mich, dass es dir eine Hilfe war«, antwortete sie.

Sein Blick war unverwandt auf ihr Gesicht gerichtet, und er sagte leise: »Ich habe großes Glück.«

Sie standen auf gegenüberliegenden Seiten der Küche und sahen einander einen Moment lang an, regelrecht aufgeheizt. Lillian spürte ein Kribbeln in der Magengrube. Nach dem Abend in der Villa strömte ihr der gute Wein immer noch durchs Blut.

Freddie stieß sich von der Spüle ab. »Kommst du mit ins Bett?«

Es war lange her, seit sie sich zuletzt geliebt hatten. Lillian konnte sich gar nicht mehr erinnern, wann genau. Normalerweise schlief sie schon, wenn Freddie nach einem spätabendlichen Schreibmarathon ins Bett kam. Er war eine Nachteule, sie Frühaufsteherin, aber heute Abend hatte sie beide, wenn auch aus unterschiedlichen Gründen, die Leidenschaft gepackt.

Sie folgte ihm ins Bett, schlüpfte unter die Decke und streifte ihr Nachthemd ab.

Hinterher, als Freddie sich auf den Rücken drehte und in tiefem Schlaf versank, lauschte Lillian dem Klang seines Atmens und war überrascht, eine Leere zu empfinden, die sie an der Seite ihres Mannes bisher nie überkommen hatte. Das Gefühl ließ sie sexuell wie emotional frustriert zurück und weckte in ihr eine ungute Vorahnung, die sie bis ins Morgengrauen wach hielt.

Kapitel 12

Fiona

Toskana, 2017

Maria Guardinis honiggelbe toskanische Villa lag in fußläufiger Entfernung von den Hauptgebäuden des Hotels lauschig zwischen einem Kastanienhain und einer geraden Reihe hoch aufragender grüner Zypressen. Die Sonne ging gerade unter, als ich die Kieseinfahrt entlang- und dann einige schmale Steinstufen hinaufging. Der Abend tauchte das Haus in ein goldenes Licht, und ich blieb stehen, um an den rosafarbenen Rosen vor der Haustür zu schnuppern, bevor ich klopfte.

Niemand reagierte, aber als ich den köstlichen Duft von garendem Fleisch wahrnahm, fiel mir wieder ein, dass Maria mir gesagt hatte, dass ich zur Rückseite des Hauses kommen sollte. Ich ging dorthin und fand Maria. Sie war gerade damit beschäftigt, eine weiße Leinendecke über einen Tisch zu breiten, der unter einem efeuberankten Laubengang stand.

»Da bist du ja«, sagte sie und lächelte voller Wärme. »Willkommen.« Sie küsste mich auf beide Wangen.

»Ich wollte nicht mit leeren Händen kommen«, sagte ich, »deshalb habe ich unterwegs ein paar Wildblumen gepflückt.«

»Perfekt für den Tisch«, antwortete Maria. »Komm herein.«

Sie führte mich in die Küche, wo Marco am Herd stand und in einem Topf rührte. »*Ciao*, Fiona.«

»Hallo, Marco.«

Ein älterer Italiener in einem abgetragenen Cordblazer betrat die Küche von der hinter dem Haus gelegenen Terrasse aus. Er trampelte sich die Erde von den Stiefeln und hielt einen Weidenkorb hoch. »Erfolg!«

Maria begrüßte ihn mit einem festen Kuss auf den Mund. »Fiona, das hier ist mein Mann Vincenzo. Vincenzo, das ist Fiona Bell, Antons Tochter aus Amerika.« Sie sah ihn bedeutungsvoll an und zog eine Augenbraue hoch.

Vincenzo stellte den Korb auf einen hölzernen Stuhl. Er ging auf mich zu, umfasste mein Gesicht mit großen, schwieligen Händen und küsste mich dann kräftig auf beide Wangen. »*Benvenuta*. Willkommen.«

Ich empfand überschäumende Freude und lachte. »Freut mich, dich kennenzulernen.«

Vincenzo kehrte zu dem Weidenkorb zurück und reichte ihn Maria. »Überall waren Steinpilze.«

»Ich nehme an, du hast sie nicht aus dem Supermarkt?«, fragte ich amüsiert.

Vincenzo lachte, als hätte ich gerade einen lustigen Witz erzählt. »Ich habe sie nicht weit von hier im Wald gefunden. Das ist jedes Jahr eine hervorragende Stelle. Maria wird sie für dich zubereiten, schön frisch.« Er ging an Marco am Herd vorbei und fuhr ihm spielerisch über den Kopf. »Die Suppe riecht köstlich. Was für ein Festessen auf uns wartet! Jetzt entschuldigt mich. Ich gehe mir etwas Bequemeres anziehen.«

Maria grinste ihm nach, als er eine schmale Treppe an der Rückseite der Küche hinauf verschwand.

»Er hat heute Abend sehr gute Laune«, erklärte Maria, als sie den Korb auf den Arbeitstisch hob.

»Warum?«

»Das fragst du noch? Wir haben beide bis heute Morgen nicht damit gerechnet, dass Anton so großzügig sein würde. Wir fühlen uns, als ob wir im Lotto gewonnen hätten.«

»So fühle ich mich selbst auch schon die ganze Zeit«, gestand ich. »Danke, dass ihr mich zum Essen eingeladen habt. Kann ich irgendwie helfen?«

»*Sì.* Wir müssen diese schönen Pilze putzen und dann sehr dünn schneiden, wie Papier. Hier ist ein gutes Messer. Du putzt sie, und ich schneide. Dann kochen und essen wir die leckerste Pasta, die du je probiert hast.«

Ich prustete vor Lachen. »Kneif mich, Maria. Ich glaube, ich bin gestorben und im Himmel.«

Kapitel 13

Sloane

Sloane zog sich zum Abendessen um, schraubte dann die Kappe von ihrer Wimperntusche ab und beugte sich über das Waschbecken, um dichter am Spiegel zu sein. Sie wollte gerade die Bürste an ihre Wimpern führen, als Chloe im Schlafzimmer loskreischte. Sloane zuckte zusammen und hätte sich beinahe mit der Mascarabürste ein Auge ausgestochen.

»Chloe, schrei nicht so!« Sie beugte sich wieder vor und flüsterte: »Dieses Kind bringt mich noch ins Grab.«

Chloe schluchzte und brüllte: »*Mom!*«

Beim zweiten Mal nahm Sloane das Geschrei ihrer Tochter ernster. Sie ließ die Mascarabürste ins Waschbecken fallen und rannte aus dem Badezimmer. »Was ist?«

Chloe kletterte hastig vom Bett und hielt ihrer Mutter ihr Smartphone hin. »Warum hat Daddy mir das hier geschickt?«

Evan kam herein, die Hand in einer Tüte Kartoffelchips. »Was ist denn hier los?«

»Das weiß ich noch nicht.« Sloane nahm ihrer Tochter das Handy ab. Sie sah das Bild auf dem Display an und schnappte nach Luft. »Oh Gott. Was ist das denn?«

»Ich weiß es nicht!« Chloe schluchzte und schlang die Arme um Sloanes Taille.

Sloane betrachtete das Bild genauer und erkannte den Intimbereich ihres Mannes, begleitet von einer SMS:

Hey, Süße, hast du heute Abend Lust darauf?

Sloane wurde das Herz schwer wie ein Stein. Ihr war fast übel. In diesem Moment vibrierte ihr Handy in ihrer Tasche. Sie erschrak, ahnte aber, wer anrief. Sie zog das Handy heraus und warf einen Blick auf das Display.

»Das ist dein Vater«, erklärte sie Chloe und kämpfte darum, ruhig und beherrscht zu bleiben, obwohl ihr Herz wie ein Vorschlaghammer pochte und sie keine Ahnung hatte, wie sie ihren Zorn in den nächsten paar Minuten zügeln sollte. »Ich bin mir sicher, dass es eine vernünftige Erklärung dafür gibt, mein Schatz«, sagte sie und strich Chloe über das glänzende blonde Haar. »Ich behalte dein Telefon kurz und spreche eben mit Daddy.« Sloane zeigte auf Evan und schnippte mit den Fingern. »Schalte einen Film für sie an, ja? Beeil dich.«

Während Evan zum Fernseher sauste, ging Sloane ins Bad, schloss die Tür und nahm ab.

»Alan, was zum Teufel soll das?«

In heller Panik fragte er: »Bist du bei Chloe? Ist sie gerade an ihrem Smartphone?«

»Jetzt nicht mehr«, antwortete Sloane.

»Scheiße. Ist die SMS angekommen? Hat Chloe sie gesehen?«

Sloane stützte den Kopf in die Hand und setzte sich auf den Rand der Badewanne. Wie immer bei Alan und seinen vielen Fehltritten empfand sie tiefen Kummer, Traurigkeit, Leere und vor allem Demütigung. Sie war ziemlich geschickt darin geworden, hocherhobenen Hauptes und mit einem strahlenden

Lächeln ihr Leid zu überspielen und beide Augen zuzudrücken. Aber heute empfand sie etwas ganz anderes. Etwas Neues.

»Ja, sie hat das Bild gesehen, du Idiot. Was ist nur los mit dir? Ich glaube, ich muss mich gleich übergeben.«

»Es war ein Versehen«, behauptete er. »Ich schwöre, dass ich Chloe die SMS nicht schicken wollte.«

»Nein?« Sloanes Blut begann zu brodeln. »Na, dann ist ja alles in bester Ordnung. Wem wolltest du sie denn in Wirklichkeit schicken? Egal – ich will die Antwort gar nicht hören.«

Sloane presste sich eine Hand auf den Bauch. Sie spürte, dass ihr jegliche Geduld und Toleranz ihrem Mann gegenüber abhandengekommen waren. Diese Gefühle waren dem Zorn einer Mutter darüber gewichen, dass ihre Tochter mit solch einem abscheulichen Bild konfrontiert worden war. Gleichzeitig war sie wütend auf sich selbst, weil sie ihr Herz einem Mann wie Alan geschenkt und geglaubt hatte, er könne sie glücklich machen und ein guter Vater sein.

Als sie zur Badezimmertür sah, an der Chloes rosafarbener Bademantel an einem Haken hing, spürte Sloane, dass ein Muskel an ihrem Kiefer zuckte. »Warte mal eine Sekunde. Ich will es doch wissen. Ist es die Nanny?«

»Ach, komm, Sloane. Natürlich nicht.«

Sie hasste es, wenn er in diesem Ton mit ihr sprach, als wäre sie unvernünftig und hysterisch. Wann immer er so mit ihr redete, gab sie klein bei – was, wie ihr jetzt klar wurde, ziemlich erbärmlich war –, aber heute Abend war ihr egal, was er dachte. Sie kochte vor Wut.

»Entschuldige bitte, dass ich gefragt habe«, erwiderte sie sarkastisch. »Wenn es nicht die Nanny ist, wer dann?«

»Niemand, den du kennst«, gab er ungeduldig zurück.

Seine Arroganz war maßlos.

Sloane antwortete nicht. Das Schweigen wurde immer drückender, und am Ende sprach er in besänftigenderem Ton weiter, fast so, als wollte er sie beschwören oder mit ihr flirten. »Entspann dich, ja? Es ist nichts.«

»Nichts. Du erzählst mir, dass es nichts ist.« Sie schaute wieder auf Chloes rosafarbenen Bademantel. »Wenn du die Schiene fahren willst, gut. Ich muss jetzt auflegen.«

»Warte kurz. Hör zu ...«

»Nein, *du* hörst mir zu, Alan. Ich muss mir erst einmal etwas einfallen lassen, wie ich meiner siebenjährigen Tochter erklären soll, dass ihr Vater ihr nicht absichtlich ein Bild von seinem Schwanz geschickt hat. Dass er es jemand anderem schicken wollte. Denk mal darüber nach.«

Alan war einen Moment lang still. »Warte, Sloane. Sieh mal ... Es tut mir leid. Ich war in Eile. Es war dumm von mir.«

»Da haben wir's«, sagte sie. »Jetzt weiß ich sicher, dass du ein Vollidiot bist. Ich weiß nicht einmal, was ich jetzt noch zu dir sagen soll.«

»Hör auf, Sloane.«

»Nein, Alan. *Du* hörst auf. Ich schaffe das einfach nicht mehr.«

»Du schaffst was nicht?«

Zum ersten Mal, seit sie verheiratet waren, klang er besorgt.

»Alles. Ich lege jetzt auf. Ruf mich nicht wieder an. Auf Wiedersehen.«

Sie beendete das Telefonat und blieb noch ein paar Sekunden auf dem Rand der Badewanne sitzen. Ihr Herz raste, ihr Magen brodelte vor Zorn, Kummer und Angst vor dem, was als Nächstes in ihrem Leben auf sie zukommen würde. Wie sollte sie nur damit fertigwerden? Sie fühlte sich wie gelähmt und konnte sich nicht rühren.

Dann holte sie ein paar Mal tief Luft, zählte bis zehn und verließ dann das Badezimmer, um nach Chloe zu sehen.

Irgendwie musste sie versuchen, ihren Kindern zu erklären, was gerade passiert war.

* * *

»Köstlich!« Connor warf den Kopf in den Nacken und lachte.

»Das ist nicht witzig.« Sloane schäumte immer noch vor Wut. Sie schaute sich in dem gut besuchten Restaurant um. »Sie ist sieben Jahre alt. So etwas könnte sie fürs Leben zeichnen.« Sie griff nach ihrem Wein. »Ich wünschte, Mom wäre nicht schon nach Hause geflogen.«

Connor winkte verächtlich ab. »Entspann dich. Chloe übersteht das schon.« Gelangweilt von Sloanes mütterlichen Sorgen bedeutete er dem Kellner, ihm noch einen Scotch mit Eis zu bringen.

»Das ist der Tropfen, der das Fass zum Überlaufen bringt, ich sage es dir«, verkündete Sloane. »Ich kann es nicht länger ertragen.«

Connor ahmte mit den Fingern die Bewegung eines sprechenden Mundes nach. »Das erzählst du nun schon seit zwei Jahren. Niemand glaubt dir. Am allerwenigsten Alan.«

»Diesmal meine ich es ernst«, erwiderte sie. »Morgen früh rufe ich als Erstes meinen Anwalt an.«

»Aber sicher doch.« Der Kellner kam mit Connors zweitem Scotch. Der ließ das Getränk im Glas kreisen und sah zu, wie die Eiswürfel aneinanderstießen. »Mjam.«

»Es ist mein Ernst, Connor«, sagte Sloane, die angesichts seines mitleidlosen Sarkasmus allmählich die Geduld verlor. »Nicht nur, weil es absolut demütigend ist – und das ist es. Und auch nicht, weil ich verletzt bin. Ich muss an Evan und Chloe denken. Was bringt ihnen das über das Leben bei? Chloe wird in dem Glauben aufwachsen, dass Frauen bloß Spielzeug sind und dass man Männern nicht vertrauen darf.«

162

»Wie soll eine Scheidung von Alan etwas daran ändern?«, fragte Connor ungerührt.

»Ich weiß es nicht. Aber ich habe das Gefühl, dass ich die beiden aus LA herausholen muss.«

»LA ist nicht das Problem.«

Sie starrte ihn böse an. »Was redest du da? Willst du etwa andeuten, dass *ich* das Problem bin? Verdreh ja nicht die Augen. Ich hasse es, wenn du das tust.«

Er fläzte sich auf seinen Stuhl. »Ich meine ja nur, dass ein Wechsel deines Aufenthaltsorts dich nicht plötzlich zu einem glücklichen, erfüllten Menschen oder zu einer besseren Mutter machen wird.«

Sie griff wieder nach ihrem Wein. »Vielleicht ja doch.«

»Oder auch nicht. Wohin du auch gehst, du bist immer noch da. Und dann haben deine Kinder keinen Vater mehr. Sie werden aus einer gescheiterten Ehe stammen. Willst du das? Dass sie bekommen, was wir hatten? Sieh uns doch jetzt an – von Daddy enterbt. Deine Kinder haben etwas Besseres verdient.«

Sloane trank ihr Glas leer und schenkte sich aus der Flasche, die sie bestellt hatten, noch mehr Wein ein. Es war einer der teuersten Jahrgänge ihres Vaters.

»Irgendetwas muss sich ändern«, sagte sie. »Und tu du nicht so, als wärest du das Musterexemplar eines glücklichen und erfüllten Menschen. Du bist genauso kreuzunglücklich wie ich.«

»Nur weil Dad mich in seinem Testament nicht bedacht hat«, antwortete er verdrossen.

»Mich doch auch nicht.«

Connor zeigte mit dem Finger auf sie. »Deshalb solltest du nicht einmal daran denken, dich ausgerechnet jetzt von Alan scheiden zu lassen.«

Sloane sackte auf ihrem Stuhl zusammen. »Das darf nicht der Grund dafür sein, dass ich bei ihm bleibe. Geld ist nicht alles.«

Connor stieß ein theatralisches Lachen aus. »Du bist zum Schreien.«

Sie sah sich im Restaurant um. »Ernsthaft, Connor. Sieh dir diese Leute an. Sie wirken auf mich nicht reich, aber sie lächeln alle und haben ihren Spaß.«

»Das ist dein Problem. Du glaubst immer, dass das Gras auf der anderen Seite des Zaunes grüner ist. Aber glaub mir: Diese Leute sind nicht glücklich. Sie tun bloß so, genau wie alle anderen.«

Der Kellner servierte den ersten Gang. Sloane aß die Vorspeise, schmeckte aber eigentlich nichts. Ihre Sinne versagten ihr den Dienst, während ihre ganze Welt um sie herum zusammenbrach.

»Ich glaube «, sagte sie schließlich, »ich möchte mit den Kindern nach London ziehen. Wir könnten ganz neu anfangen, und ich würde Alans Geld nicht brauchen. Selbst wenn Dads Testament nicht angefochten werden kann, könnte ich mit dem auskommen, was er mir hinterlassen hat.«

Connors Miene versteinerte sich. Er zog die Augenbrauen zusammen und musterte sie unverwandt.

»Nun mal langsam mit den jungen Pferden! Darüber müssen wir erst reden.«

»Warum?«

»Weil er das Haus in London auch mir hinterlassen hat.«

»Aber du fährst doch nie nach London«, antwortete sie. »Was sollte es dir ausmachen, wenn die Kinder und ich dort wohnen?«

»Genau darum macht es mir etwas aus – weil ich nie hinfahre. Dad hat uns um das Weingut beschissen, also muss ich das zu Geld machen, was für mich eine nutzlose Immobilie ist. Wir müssen das Haus verkaufen.«

Sloane stand der Mund offen. »Nein, das können wir nicht tun. Es ist nicht nutzlos.«

Connor schwieg und nahm langsam einen Schluck von seinem Scotch. Er starrte sie über den Tisch hinweg an. »Dann wirst du mich auszahlen müssen, Schwesterherz, denn fünfzig Prozent davon gehören mir, und ich will Geld, kein Fass ohne Boden.«

Sloane schnaufte ungläubig. »Ist das dein Ernst? Du weißt, wie sehr ich an dem Haus hänge, Connor. Und ich stehe Ruth nahe. Sie ist für mich wie eine Schwester, und sie tut Evan und Chloe gut.«

Die Erwähnung ihrer Cousine Ruth trug nichts dazu bei, den entschlossenen Ausdruck in Connors Augen weicher werden zu lassen. »Dann zahl mich aus, und das Haus gehört dir allein.«

Er trank noch einen Schluck und beobachtete sie aus zusammengekniffenen Augen über den Rand seines Glases hinweg.

»Das kann ich nicht«, antwortete Sloane. »Wenn ich das tue, habe ich keine Rücklagen mehr.«

Connor verdrehte die Augen, als könnte er nicht fassen, wie dämlich sie war. »Komm schon. Dass du dumm genug warst, einen Ehevertrag zu unterschreiben, heißt noch lange nicht, dass Alan keinen Unterhalt für die Kinder zahlen muss. Wenn wir das Haus verkaufen, hast du den Erlös daraus zusätzlich zu dem, was Dad dir hinterlassen hat. Stell dir nur vor, wie viel Geld das sein wird. Alan überlässt dir bei der Scheidung – wenn du sie denn durchziehst – vielleicht das Haus in LA. Dann hast du ausgesorgt. Bleib um Himmels willen in LA. Mach das Beste draus.«

Sloane lehnte sich zurück und dachte darüber nach. Es stimmte. Das Haus in Belgravia würde ein hübsches Sümmchen einbringen, aber Alan hatte immer klargestellt, dass er das Haus in LA nie aufgeben würde, nicht einmal für die Kinder, weil er es selbst entworfen hatte. Er würde ihnen ein anderes kaufen wollen. Vielleicht konnte sie Alan bitten, Connors Anteil an dem Haus in Belgravia zu kaufen. Aber würde Alan sich dazu bereit erklären? Wie sie ihn kannte, wahrscheinlich nicht. Er würde nicht wollen, dass sie mit seinen Kindern ins Ausland zog. Er würde versuchen zu kontrollieren, wohin sie ging, indem er ihnen ein Haus in LA kaufte.

Der Kellner servierte eine Portion Pasta. Sloane seufzte resigniert, denn alles, was sie vor sich sah, war ein Teller voller Kohlenhydrate. Es war nicht viel, aber trotzdem ... Dieses Essen würde sie zwingen, sich noch eine Stunde früher als sonst aus dem Bett zu quälen, um morgens Kardiotraining zu machen.

Niedergeschlagen sah sie zu den übrigen Leuten im Restaurant hinüber. Alle lachten, redeten und genossen ihr Essen und die Gesellschaft der anderen. Sie drehten Fettuccine auf ihre Gabeln, ohne sich die geringsten Gedanken zu machen.

Sloane richtete ihre Aufmerksamkeit wieder auf ihren Bruder auf der anderen Seite des Tisches. Er hielt sein Smartphone in der Hand und scrollte mit dem Daumen durch Nachrichten, während er sich achtlos Penne mit Hähnchen in den Mund schaufelte.

Sloane hob ihre Gabel, beugte sich vor und atmete den berauschenden Duft der weißen Trüffelcremesoße ein. Eine Erinnerung an die Wälder in der Nähe der Villa ihres Vaters blitzte in ihrem Kopf auf. Sie dachte daran zurück, wie sie lachend hinter dem Hund hergerannt war, der geschnüffelt und im Boden gescharrt hatte.

Ganz plötzlich wallte in ihr nostalgische Sehnsucht auf. Sie war sich nicht sicher, wonach genau sie sich sehnte, und wünschte sich, über eine genauere, tiefere Selbstwahrnehmung zu verfügen. Sie drehte die Pasta auf ihre Gabel, schloss die

Augen und probierte dann die üppigen, al dente gekochten Nudeln. Die Aromen von Pilzen, Butter und Thymian explodierten auf ihrer Zunge, und die Textur der Fettuccine sorgte dafür, dass Sinneslust ihren ganzen Körper durchströmte.

»Das ist lecker«, sagte sie leise.

»Mhmm«, antwortete Connor und scrollte weiter durch seinen Instagram-Feed.

Alles, was Sloane in diesem Moment tun wollte, war, direkt nach Hause zu ihren Kindern zu fahren und die beiden zu umarmen.

KAPITEL 14

FIONA

Es war ohne Wenn und Aber das beste Abendessen meines Lebens. Nachdem wir den ersten Gang genossen hatten, erhob ich mein Glas Brunello. »Bitte erlaubt mir, etwas zu sagen, und zwar aus tiefstem Herzen. Ihr Italiener könnt wirklich gut kochen.«

Maria hob ebenfalls ihr Glas.

»*Grazie*, Fiona«, sagte Vincenzo. »Auf gutes Essen und gute Freundschaft.«

»Darauf trinke ich«, antwortete ich.

Wir nippten an unserem Wein, während eine kühle Abendbrise sacht durch die Blätter des Laubengangs strich.

»Sag mal, Fiona, willst du eigentlich in die Villa ziehen?«, fragte Vincenzo.

Ich stellte mein Glas ab und dachte darüber nach, wie ich die Frage am besten beantworten sollte. Ein Teil von mir wollte Ja sagen – weil es das war, was sie hören wollten, und ich sie alle unglaublich gern mochte –, aber die Situation war kompliziert. Ich konnte sie nicht anlügen.

»Ich bin mir nicht sicher. Ich habe mir bis jetzt keine Gedanken gemacht. Ich stehe immer noch unter Schock und habe meinen Jetlag kaum überwunden.«

»Sie wohnt im Moment im Hotel«, erklärte Marco.

»Im Hotel«, wiederholte Vincenzo stirnrunzelnd. »Du solltest in der Villa sein.« Er wandte sich an Maria. »Wohnt Sofia noch in Antons Zimmer?«

Maria stöhnte. »*Mamma mia.* Im ganzen Raum sind Kleider verstreut. Schuhe überall.« Sie wandte sich an Marco. »Was ist passiert, als du sie in der Stadt abgeholt hast? Dürfen wir zu hoffen wagen, dass sie eine neue Bleibe gefunden hat?«

Marco stützte die Arme auf den Tisch. »Heute nicht. Sie hat mit Freundinnen zu Mittag gegessen und ist mit einem Haufen Einkaufstüten ins Auto gestiegen.«

Maria schüttelte den Kopf. »Jemand wird mit ihr sprechen müssen. Jetzt, wo Anton weg ist, kann sie nicht hierbleiben. Ich werde ihr ganz gewiss nicht hinterherräumen, und Nora ist es leid, jeden Morgen den gleichen Avocadotoast zuzubereiten, weil Sofia darauf besteht.«

»Ich könnte morgen mit ihr sprechen«, bot ich an und trank einen Schluck Wein. »Ich bin eigentlich sogar erpicht darauf, mich mit ihr zu unterhalten.«

Maria und Vincenzo tauschten einen Blick. »Sie war der letzte Mensch, der am Ende noch bei deinem Vater war«, sagte Maria, »also habe ich Verständnis für deinen Wunsch, Fiona, aber bleib ihr gegenüber hart. Lass dich nicht von ihren Tränen erweichen. Sie kann emotional werden.«

»Ich werde vorsichtig sein.«

Schweigen senkte sich über den Tisch herab, und die Gesprächspause half mir, mich an etwas zu erinnern.

»Vincenzo, das hätte ich fast vergessen.« Ich hob meine Handtasche hoch. »Ich war heute in Montepulciano bei der Bank, um etwas aus Antons Schließfach zu holen.« Ich zog den eisernen Schlüssel aus meiner Tasche und reichte ihn ihm. »Erkennst du den?«

Er hielt ihn ins flackernde Kerzenlicht. »Der sieht ziemlich alt aus. Lag ein Zettel dabei, um zu erklären, wohin er gehört?«

»Nein, sonst war nichts in dem Schließfach.«

Er drehte den Schlüssel um, legte ihn quer auf seine Handfläche und betrachtete ihn eine Weile aufmerksam. »Ich glaube, ich weiß es vielleicht.«

»Wirklich?«

»Sicher bin ich mir nicht, aber wahrscheinlich ist das der Schlüssel zu einem bestimmten Raum in den Weinkellern. Er ist seit Jahrzehnten abgeschlossen, und Anton wollte niemanden einen Fuß hineinsetzen lassen. Mein Vater hat mir erzählt, der Schlüssel sei vor Jahren verschwunden, aber wahrscheinlich ist es dieser hier. Natürlich hatte Anton ihn die ganze Zeit. Was für ein alter Fuchs er doch war!«

Ich beugte mich vor. »Was ist in dem Raum?«

»Vermutlich Wein«, antwortete Vincenzo, »aber genau kann ich das auch nicht sagen. Ich war nie darin.« Er reichte mir den Schlüssel zurück. »Maria hat mich gebeten, dich morgen durch die Weinberge zu führen. Wir treffen uns gleich morgen früh im Souvenirladen. Dann gehen wir gemeinsam in die Keller und stecken den Schlüssel ins Schloss. Wir werden schon sehen, ob er passt.«

Ich schob den Schlüssel wieder in meine Handtasche. »Danke, Vincenzo. Du bist ein Schatz.«

»Und jetzt zum Dessert«, sagte Maria und stand von ihrem Stuhl auf. »Ich hoffe, du magst Schokolade, Fiona.«

»Wer mag die denn nicht?«, antwortete ich und staunte darüber, dass die Freude darüber, Zeit mit so netten Menschen zu verbringen, sogar stärker als der Jetlag war, unter dem ich nach meiner langen Reise über den Atlantik immer noch litt.

170

KAPITEL 15

LILLIAN

Toskana, 1986

Lillian brachte Freddie zum Bahnhof, damit er einen frühen Zug nach Paris erwischte, und verbrachte dann den halben Tag an der Hotelrezeption, bevor sie in den Souvenirshop wechselte, um mit einer Führung zu beginnen. Danach dirigierte sie die Gruppe wieder in den Laden, damit die Touristen einkaufen konnten, und stellte überrascht fest, dass Anton dort wartete. Die Hände in die Hosentaschen gesteckt und eine Schulter gegen den Türrahmen gelehnt, stand er lässig da und lächelte.

»Wie war die Führung?«, fragte er die Gäste freundlich, als sie einer nach dem anderen den Laden betraten.

»Wunderbar!«, sagte eine Frau.

»Sehr lehrreich.«

»Faszinierend.«

Lillian bildete die Nachhut. »Alle mal herhören«, sagte sie, »das hier ist Anton Clark. Er ist der Besitzer des Weinguts Maurizio.«

»Großartig!«, rief ein älterer Mann und schüttelte Anton gleich die Hand. »Sie, Sir, leben einen Traum.«

Anton lächelte ihn entspannt an. »Dem kann ich nicht widersprechen.«

Er mischte sich unter die Touristen und blieb, bis sie ihre Einkäufe getätigt hatten und zu ihren Autos gingen. Als das letzte Fahrzeug zum Abschied hupte, während es vom Parkplatz rollte, winkte Lillian. Dann schaute sie zu Anton hoch, der an ihrer Seite stand.

»Das ist gut gelaufen, finde ich«, sagte sie.

»Es ist mehr als gut gelaufen. Du hast einen Verkaufsrekord aufgestellt, Lillian. Zwölf Kisten sollen nach Amerika verschickt werden. Was um alles in der Welt hast du ihnen bloß erzählt?«

Sie zuckte die Schultern. »Ich weiß es nicht. Ich habe nur die Dinge zum Ausdruck gebracht, die ich gestern Abend empfunden habe, als wir die älteren Jahrgänge probiert haben.«

Sie spazierten langsam zu der Steinmauer am Rand des Parkplatzes, von der aus man einen guten Blick auf die Weinberge hatte. Graue, bedrohliche Wolken zogen auf und ballten sich hinter den Bergen am Horizont zusammen.

»Ich hoffe, das war in Ordnung«, sagte sie, »aber ich habe ihnen von Signor Maurizios besonderer Privatsammlung für seine Kinder und Enkel erzählt. Wir sind vor der verschlossenen Tür stehen geblieben, und sie fanden es sehr berührend. Später, im Weinprobenraum, habe ich ihnen gezeigt, welche Jahrgänge besonders gut altern, und sie ermuntert, ein oder zwei Flaschen zu Hause beiseitezulegen, einzulagern und fünf bis zehn Jahre auf einen besonderen Anlass zu warten, wie die Hochzeit einer Tochter oder die Geburt eines Enkelkinds. Ich glaube, das haben sie alle mit den Kisten vor, die sie gekauft haben. Und ich denke, ich muss gar nicht erst erwähnen, dass sie ihren Freunden von diesen besonderen Flaschen erzählen werden. Das ist gute Mundpropaganda.«

Er wandte sich ihr zu. »Das ist brillant, Lillian. Vielleicht haben wir in Amerika doch noch gute Aussichten, wenn all die Weinkisten über den Ozean verschifft werden.«

Sie standen Seite an Seite da und ließen den Blick über die grüne Landschaft schweifen. Die hohen Zypressen wiegten sich in einem frischen, kühlen Wind, und die Blätter an den Rebstöcken flatterten und raschelten.

Lillian zeigte auf die Wolken. »Sieh dir den Regen da drüben an. Er verdeckt den Berg komplett.« Sie seufzte. »Ach, was würde ich darum geben, jetzt einen Pinsel in der Hand zu halten …«

Sein Kopf fuhr herum. Er sah sie entzückt an. »Malst du?«

Sie lachte angesichts dieser Vorstellung. »Nein, aber ich bewundere diejenigen, die es können. Ich habe Verständnis für das Bedürfnis.«

Sie wandten sich wieder dem Horizont zu und verfolgten das dramatische Naturschauspiel.

»Es zieht hierher«, sagte Anton. »Für den Boden ist das gut, aber wir müssen heute Abend drinnen essen. Kommst du? Natürlich kannst du Freddie mitbringen.«

Sie hielt den Blick weiter auf den Horizont gerichtet. »Ich würde sehr gern kommen, aber ich bin heute Abend allein. Freddie ist heute Morgen nach Paris gereist.«

»Wozu denn das?«

»Um für das Ende seines Buches zu recherchieren.«

Anton schaute zu einem Vogel auf, der voller Leichtigkeit im Wind schwebte. »Wie lange bleibt er dort?«

Sie zuckte die Schultern. »Das weiß ich genauso wenig wie du. Gestern Abend hat er gesagt, es sei nur für ein paar Tage, aber ich habe den Verdacht, dass er bleiben wird, bis das Buch fertig ist, egal wie lange das dauert.«

Sie gingen zurück zum Souvenirladen.

»Na dann«, sagte Anton. »Du musst heute Abend zum Essen kommen – und jeden weiteren Abend in dieser Woche. Ich mag mir gar nicht vorstellen, dass du allein isst.«

Die Idee, dass er überhaupt an sie dachte, löste ein seltsames Gefühl in ihr aus. »Das ist sehr großzügig. Ich nehme deine Einladung an.«

Leise grollte der Donner in der Ferne.

»Hast du einen Regenschirm?«, fragte Anton. »Du brauchst vielleicht einen, wenn du nachher zur Villa gehst.« Ohne ihre Antwort abzuwarten, bedeutete er ihr, ihm in den Souvenirladen und durch die Hintertür ins Büro zu folgen. »Nimm den hier«, sagte er und zog ein stabiles schwarzes Exemplar aus einem Terrakottaständer voller Regenschirme. »Du kannst ihn behalten. Wie du siehst, haben wir reichlich davon. Alle tragen das Maurizio-Logo. Ich habe sie extra für die Angestellten anfertigen lassen.«

»Genial«, antwortete sie und sah sich den Schirm an. »Warum verkaufen wir die nicht im Souvenirladen?«

Er drehte sich zu dem Buchhalter um, der an seinem Schreibtisch arbeitete. »Paolo, warum sind wir nicht von selbst auf die Idee gekommen?«

Der Buchhalter hob hilflos die Hände. »Sieh mich nicht so an. Ich bin bloß ein Erbsenzähler.«

Anton wandte seine Aufmerksamkeit wieder Lillian zu. »Du, meine Liebe, bist sehr geschäftstüchtig.«

Sie lächelten einander innig an, und sie spürte freudige Erregung. Sie musste den Blick abwenden.

»Ich sollte jetzt wieder an die Arbeit gehen«, sagte sie, plötzlich verlegen. »Wir sehen uns später.«

Draußen war der Wind stärker geworden, und die Wolken veränderten wild ihre Formen, während sie über den Himmel zogen. Ein frischer Duft, der Regen verhieß, lag in der Luft. Als Lillian tief einatmete, erschauerte ihr Körper vor Freude. War es nur die Toskana, die sie so erregte? Oder hatte sie selbst sich in ihrem Inneren verändert, seit sie hergekommen war? Sie hatte den Eindruck, plötzlich ganz offen zu sein, und das fühlte sich gut an, weil sie zum ersten Mal ohne Angst alle Wachsamkeit in den Wind schlagen und auskosten wollte, was das Leben zu bieten hatte. Gleichzeitig ging diese Offenheit aber mit einem erwachten Bewusstsein für ihre eigene Verletzlichkeit einher, das ihr Angst machte.

* * *

Der Regen kam, ganz wie Anton vorhergesagt hatte. Lillian ging schnell unter dem großen schwarzen Schirm den Hügel zur Villa hinauf. Ihre Füße sprangen wie von selbst über die Pfützen. Als sie ankam, war sie aufgrund des Windes völlig durchnässt, und Francesco bemühte sich rührend um sie. »Du Arme! Du hättest anrufen sollen. Ich hätte dich mit dem Auto abgeholt.«

»Nächstes Mal denke ich daran«, antwortete Lillian und lachte voller Freude, als sie ihre Jacke auszog, die Regentropfen abschüttelte und das Kleidungsstück dann an den Mantelständer hängte.

»Komm nur, komm. Folge mir.« Francesco führte sie in ein großes Empfangszimmer, wo ein heißes Feuer im Kamin loderte. Alles war vom warmen Licht der Lampen erfüllt, und uralte Familienporträts hingen an den Wänden. Domenico und Anton standen ins Gespräch vertieft am Feuer. Domenico gestikulierte beim Sprechen mit beiden Händen.

Kaum dass Lillian hereingekommen war, fing Anton ihren Blick auf und lächelte. Auf der anderen Seite des Raumes fühlte sie sich seltsam körperlos und doch mit ihm verbunden – als hätten sie ein Geheimnis miteinander, von dem niemand sonst wusste.

»Du hast es geschafft«, sagte er, als sie auf ihn zuging. »Ich hatte Angst, du würdest es dir vor lauter Angst zu ertrinken vielleicht anders überlegen.«

Sie lachte. »Ich war nahe daran. Es schüttet wie aus Kübeln. Aber das war erfrischend.«

»Komm, meine Liebe«, sagte Francesco und nahm sie beim Arm. »Stell dich näher ans Feuer. Wir bekommen dich schon trocken.«

»Danke.« Die Wärme war wie Balsam für ihre Sinne und erhitzte doch zugleich ihr Blut.

Die Männer sprachen über die Weinberge und darüber, wie der Regen sich auf ihre Pläne für den nächsten Tag auswirken würde. Denn eine Arbeitsmannschaft sollte anrücken, um Wurzelschösslinge zu entfernen und die Reben zu stutzen.

»Es wird matschig sein«, meinte Domenico, »aber die Schösslinge werden trocknen, sobald die Sonne über den Berg kommt.«

»Was sind Wurzelschösslinge?«, wollte Lillian wissen.

Anton erklärte, dass es sich um kleinere Triebe handelte, die den größeren, an denen die Weintrauben hingen, Nährstoffe wegnahmen. »Es ist eine angenehme Arbeit«, sagte er. »Die Schösslinge lassen sich leicht abbrechen, also ist es ein schöner Tag im Freien.«

Sie dachte darüber nach. »Wo werdet ihr gegen elf Uhr sein? Denn die Touristen lieben es, die Arbeit zu beobachten. Dann fühlen sie sich, als ob sie einen Blick hinter die Kulissen erhaschen würden.«

Anton wandte sich an Domenico. »Wo werden wir am späten Vormittag sein?«

»Beim Syrah«, antwortete er und beschrieb Lillian die Lage des Weinbergs.

Caterina kam herein und begrüßte Lillian mit Küssen auf beide Wangen. »Wie wunderbar, dass du gekommen bist.«

Sie plauderten kurz über das Wetter. Dann meinte Caterina, dass es Zeit werde zu essen.

Sie aßen drinnen im Schein der Wachskerzen auf dem Tisch. Als ersten Gang gab es Platten voller Antipasti. Danach trug Caterina heiße Tomatensuppe mit Basilikum auf, anschließend Kürbisravioli, die in Lillians Mund schmolzen. Ein brutzelnd heißes Pfeffersteak mit frischen grünen Bohnen folgte, und zum Nachtisch gab es Pfirsicheis mit dünnen Butterkeksen.

Jeder Gang wurde von einem perfekt darauf abgestimmten Wein begleitet.

Domenico hob sein Glas. »Auf meine liebreizende Frau, die einem erwachsenen Mann mit Kürbisravioli die Tränen in die Augen treiben kann.«

»Auf Caterina«, stimmte Anton zu, hob auch sein Glas und beugte sich dann zu ihr, um sie auf die Wange zu küssen. »Danke für ein weiteres großartiges Essen.«

Am Ende des Abends half Lillian in der Küche. Caterina verriet ihr das Geheimrezept für die Kürbisravioli, das gar nicht so geheim war, weil Caterina, wenn es um Essen ging, gern alles und jedes teilte.

Sie spülte einen Teller ab und reichte ihn Lillian zum Abtrocknen. »Erzähl mir von deinem Mann. Anton hat gesagt, er sei heute Morgen nach Paris gefahren. Warum lässt er dich hier sitzen?«

Lillian reagierte gereizt auf die Unterstellung, dass Freddie sie »sitzen gelassen« hätte. »Er muss arbeiten«, erklärte sie. »Er schreibt ein Buch, und dafür muss er recherchieren.«

»Hat er schon etwas veröffentlicht?«

»Nein, aber wir hoffen, dass das hier sein Debütroman wird. Wenn er erst einen Agenten hat, wird alles finanziell einfacher. Dann können wir auch eine Familie gründen.«

Caterina dachte eine Weile darüber nach. »Also bist du die Alleinverdienerin?«

Lillian räusperte sich. »Ja, für den Augenblick bin ich das wohl, aber es macht mir nichts aus. Ich arbeite gern. Besonders hier.« Sie lächelte.

»Aber du willst doch eine Familie haben, *sì?*«

»Ja, unbedingt.«

Caterina tauchte eine große Keramikschale in das heiße Seifenwasser. »Du musst uns verraten, wie das Buch deines Mannes heißt, damit wir es kaufen können, wenn es veröffentlicht wird.«

»Hoffen wir, dass es das wird«, antwortete Lillian.

Caterina reichte die Schale an Lillian weiter, und sie stellte sie auf den Arbeitstisch hinter sich. »Dein Mann muss sehr kreativ sein«, fuhr Caterina fort, während sie eine gusseiserne Pfanne sauberschrubbte. »Künstler haben etwas sehr Anziehendes an sich, findest du nicht auch?«

»*Sì*«, antwortete Lillian.

»Anton ist auch Künstler«, bemerkte Caterina beiläufig. »Hast du das gewusst?«

Lillian erinnerte sich, wie entzückt er gewirkt hatte, als sie sich einen Pinsel gewünscht hatte, um die Wolken einzufangen. »Nein, das wusste ich nicht. Was für ein Künstler ist er?«

»Er malt mit Ölfarben. Er ist sehr gut.«

Lillian lachte leise. »Da bin ich überrascht – und doch auch wieder nicht.«

»Warum?«

»Weil er eine künstlerische Seele zu haben scheint.« Es sprach aus der Art, wie er über den Wein und das Genießen redete und in allem einen tieferen Sinn sah.

Später kehrten Lillian und Caterina an den Esstisch zurück, um mit den Männern einen Grappa zu trinken. Als eine kurze Gesprächspause eintrat, ergriff Caterina die Gelegenheit, das Thema zu wechseln.

»Anton, ich habe Lillian von deiner Kunst erzählt.«

178

Alle verstummten. Anton lehnte sich auf seinem Stuhl zurück, neigte den Kopf und klang etwas tadelnd, als er sagte: »Cat…«

»Ich konnte nicht anders!«, antwortete sie trotzig. »Es ist mir einfach so herausgerutscht.«

»Sollte das etwa ein Geheimnis bleiben?«, fragte Lillian unschuldig.

Domenico schlug mit der Hand auf den Tisch. »Diese Frage stelle ich mir schon seit dem Tag, an dem ich diesen Mann kennengelernt habe. Warum zeigst du niemandem deine Gemälde, Anton? Sie sind sehr gut. Sie haben es verdient, gesehen und bewundert zu werden.«

»Ich male nicht für andere Leute«, antwortete er. »Ich tue es nur für mich selbst.«

»Was malst du?«, fragte Lillian und nippte an ihrem Grappa.

»Nichts, eigentlich«, antwortete Anton.

»Er malt die Toskana«, erklärte Domenico ihr ohne Umschweife. »Dieser Mann sieht alles mit einem frischen Blick. Er hat einen ganz einzigartigen Stil. Vielleicht liegt es daran, dass er nicht von hier ist … Ich weiß es nicht.«

Lillian beugte sich vor und stützte das Kinn in die Hand. Ein entzücktes Lächeln umspielte ihre Lippen. »Ich hätte es ahnen müssen.«

Anton beugte sich ebenfalls vor. »Warum sagst du das?«

»Weil mir aufgefallen ist, wie du die Wolken, Berge und Bäume studierst. Es ist, als könntest du es gar nicht erwarten, alles auf die Leinwand zu bringen. Bis eben war mir das gar nicht klar, aber jetzt weiß ich es. Und als ich heute gesagt habe, dass ich wünschte, ich hätte einen Pinsel …«

»Ja.«

Ein Luftzug strich durchs offene Fenster und ließ die Kerzenflammen auf dem Tisch tanzen. Niemand sagte etwas, und Lillian spürte, wie ihr die Wärme des Grappas wohlig ins Blut schoss.

Domenico sagte gebieterisch mit seiner tiefen Stimme: »Zeig ihr dein Atelier, Anton. Sonst wird sie die ganze Nacht wach liegen und sich fragen, ob wir dir nur schmeicheln und dein Talent über den grünen Klee loben, weil du der Chef bist.« Er wandte sich an Lillian. »Du kannst ja nicht wissen, ob er vielleicht doch nur wie ein Dreijähriger malt.«

Lillian lehnte sich zurück und lachte. »Das bezweifle ich.«

Domenico machte eine Handbewegung. »Bring sie hin, Anton.«

Francesco pflichtete ihm bei. »Ja, Anton. Nimm sie mit nach oben. Zeig ihr ein oder zwei Bilder. Was kann das schon schaden?«

Anton sah ihr die ganze Zeit über unverwandt in die Augen. »Na gut, Lillian. Gehen wir. Aber versprich mir, nett zu sein.«

Sie lächelte ihn an. »Das bin ich doch immer.«

Sie standen vom Tisch auf. Anton sagte: »Ihr könnt genauso gut alle mitkommen. Ich weiß, dass ihr unbedingt wissen wollt, wie sie die Bilder findet.«

»Das stimmt«, bestätigte Domenico, erhob sich und folgte ihnen aus dem Zimmer, während Caterina die Kerzen auspustete.

Anton ging voran durch das Haus und über einen gepflasterten Innenhof, der dem Kreuzgang eines Klosters ähnelte. Sie betraten die Villa auf der gegenüberliegenden Seite wieder und stiegen in den ersten Stock hinauf. Dort gelangten sie an eine Eichentür. Anton stieß sie auf und schaltete einen Kronleuchter ein.

»Die Beleuchtung hier drinnen ist fürchterlich«, sagte er. »Ich male nie abends und tagsüber auch kaum hier. Der Raum dient eigentlich nur als Lager.«

Lillian ging hinein. Sofort war sie fasziniert.

»Wo arbeitest du denn, wenn nicht hier?« Sie ging langsam an der Rückwand entlang und sah auf Dutzende von Ölbildern hinab, die aufrecht aneinandergelehnt waren.

»Im Freien«, antwortete er.

Sie bemerkte drei Staffeleien, die zusammengeklappt an der gegenüberliegenden Wand lehnten, und einen Stahlkasten voller fast aufgebrauchter Farbtuben, der offen auf einem kleinen Tisch stand.

Domenico, Caterina und Francesco waren ihnen ins Atelier gefolgt, blieben aber stumm und sahen sich nur um.

Anton stand, die Hände in den Taschen, neben der Tür, und Lillian spürte, dass das hier für ihn eine Qual war – als würden sie alle mit Getöse in seinen Privatbereich eindringen. Es tat ihr in der Seele weh, und sie wünschte, die anderen wären nicht mitgekommen. Sie wünschte, sie wären allein. Wenn sie nur zu zweit gewesen wären, wäre er vermutlich entspannter gewesen.

»Darf ich?«, fragte sie und zeigte auf eine Reihe von Leinwänden auf dem Boden unter dem Fenster.

Er nickte.

Lillian ging in die Hocke und schaute den Stapel mittelgroßer Gemälde durch. Die Farben waren leuchtend, aber nicht grell. Alles wirkte mild und strahlte Ruhe aus.

Sie war keine Kunstexpertin oder Akademikerin, aber sie wusste genug, um einen impressionistischen Stil zu erkennen, der dem Monets ähnelte. Anton hatte die Toskana mit sanfter Hand gemalt und dabei ihre Bewegtheit gefeiert – den Wind in den Zypressen, den Nebel, der durch die Täler wallte, die untergehende Sonne, die am hügeligen Horizont versank. Felder voll gelber Sonnenblumen, die ihre Gesichter zum Himmel reckten. Eine Wiese voller Mohnblumen, die in einer frischen Brise tanzten. Toskanische Architektur im sich wandelnden Licht der Morgendämmerung. Steile, enge, verwinkelte

Kopfsteinpflastergassen. Romanische Kirchen. *Piazze* voller Italiener.

»Die Bilder sind unglaublich«, sagte sie. »Du solltest sie anderen Leuten zeigen.«

»Manchmal verschenkt er eines«, erklärte Domenico, »wenn ein Freund seinen geizigen Klauen eines entwinden kann.«

Lillian fand, dass *geizig* nicht das richtige Wort war, aber sie ging nicht darauf ein.

»Ich staune über all das hier, Anton. Du bist sehr begabt.« Sie stand auf und wandte sich ihm zu. »Gibt es eigentlich irgendetwas, das du nicht kannst?«

Attraktive Lachfältchen bildeten sich um seine Augen. »Sehr viel. Aber geht es im Leben nicht genau darum? Neue Dinge auszuprobieren? Herauszufinden, was man am liebsten tut? Und sich dann kopfüber hineinzustürzen?«

Sie fragte sich, wie viele Gemälde in diesem Atelier lagerten. Hundert? Wie lange hatte er gebraucht, um das alles zu malen?

Sie ging langsam auf ihn zu. »Danke, dass du sie mir zeigst. Ich fühle mich geehrt.«

Peinliches Schweigen trat ein, während sie und Anton einander im grellen Licht des Kronleuchters anschauten – auch wenn es nur für die anderen unbehaglich war, die sich abwandten und so taten, als würden sie sich die Gemälde ansehen.

»Ich sollte jetzt wahrscheinlich aufbrechen«, sagte Lillian. »Danke für das Essen und dafür, dass du mir das hier gezeigt hast.«

Die Luft um sie herum war wie elektrisch aufgeladen, aber dann sah sie, wie Domenico und Caterina einen Blick tauschten. Sie erinnerte sich, dass Anton ein verheirateter Mann war und bestimmt jeder in diesem Haus seine Frau und seine Kinder kannte.

»Ich kann dich fahren«, bot Francesco an.

Domenico sah ihn stirnrunzelnd an. »Mach dich nicht lächerlich, Francesco. Du hast zu viel Grappa getrunken. Anton geht mit dir zurück, Lillian. Er kann die Bewegung weiß Gott gebrauchen.«

»Das stimmt«, pflichtete Caterina ihm bei.

»Das sagt ja genau der Richtige, Domenico«, antwortete Anton lachend, als er sich umdrehte und zur Tür ging.

Kurze Zeit später waren Anton und Lillian gemeinsam auf dem Weg die Zypressenallee hinunter, wo die Luft nach süßen Pinien und feuchter Erde roch. Glühwürmchen funkelten im Grün.

»Ich denke immer noch an deine Bilder«, sagte Lillian. »Würdest du mir erlauben, sie später noch einmal anzusehen?«

»Wenn du möchtest.«

Das Geräusch ihrer Schritte erklang leise im Gleichtakt. Wolkenfetzen zogen am Mond vorbei.

»Weißt du …«, begann sie vorsichtig. »Mir ist eine Idee gekommen, aber ich möchte nicht zu weit gehen. Wenn ich sie laut ausspreche, bereust du vielleicht, mich eingestellt zu haben.«

Er lachte leise darüber. »Niemals.«

Lillian holte langsam tief Luft. »Na gut. Dann sage ich es jetzt einfach. Anton, hast du je daran gedacht, etwas von deiner Kunst auf die Weinetiketten zu drucken?«

Anton sagte mehrere Sekunden lang nichts, und sie hatte Angst, dass sie tatsächlich zu weit gegangen war und er nach einer Möglichkeit suchte, taktvoll darauf zu reagieren. Als er endlich sprach, war seine Stimme leise. »Das ist sehr interessant.«

Sie setzte einen Fuß vor den anderen und sah im Gehen zu ihm hinauf, um herauszufinden, was er dachte.

»Aber der Name der Familie Maurizio gehört hier in Italien zum Nationalerbe«, fuhr er schließlich fort. »Dieses Weingut hat schon seit über hundert Jahren das gleiche Bild auf seinen Etiketten.«

»Ich weiß. Es ist eine Skizze der Villa, wie auf jedem anderen Weinetikett aus der Alten Welt, das da draußen in Umlauf ist. Versteh mich nicht falsch, ich würde das nicht ändern, nicht für die klassischen Weine. Aber für die neuen Weine, die du entwickelst, kann ich mir keine bessere Art vorstellen, den Flaschen deinen eigenen Stempel aufzudrücken. Der Name der Familie Maurizio ist und bleibt natürlich die Basis, aber nach allem, was ich mittlerweile über dich weiß, Anton, liebst du diesen Ort leidenschaftlich. In hundert Jahren werden deine Weine genauso einen historischen Wert haben. Vielleicht könntest du die neuen Etiketten bei den Amerikanern ausprobieren. Einen Satz zur Probe drucken, um zu sehen, wie es läuft.«

Er wandte den Blick, um ihr in die Augen zu sehen. »Auch das ist interessant.«

Sie erreichten die kleine Ansammlung von Steinhäusern, in der ihre Gästesuite lag. Alle Fenster waren hell erleuchtet, bis auf ihres.

»Da sind wir«, sagte sie und blieb auf der Einfahrt stehen. Das feuchte Gras im Garten um sie herum glitzerte im Licht der Laternen.

Anton sah ihre Tür an, die in Dunkelheit gehüllt war. »Du hast mich zum Nachdenken gebracht«, sagte er. »Das ist eine ziemlich innovative Idee. Sie kommt mir allerdings riskant vor.«

»Das finde ich gar nicht«, antwortete sie. »Möchtest du kurz mit hineinkommen? Wir könnten darüber reden. Ein Brainstorming veranstalten.«

Sobald ihr die Worte entschlüpft waren, bereute sie den Vorschlag auch schon. Sie fühlten sich unübersehbar zueinander hingezogen. Es wäre töricht von ihr gewesen, das zu leugnen. Wenn etwas riskant war, dann das hier.

»Klar«, sagte er, aber es lag ein Hauch von Unsicherheit in seinem Ton. Dennoch folgte er ihr die steinernen Stufen hinauf und richtete dann die Taschenlampe ruhig auf das Schlüsselloch, während Lillian die Tür aufschloss.

Sie betraten die Wohnküche. Alles war aufgeräumt und roch sauber, weil heute das Zimmermädchen da gewesen war. Lillian schaltete das Licht an und hängte ihre Handtasche über die Rückenlehne eines Stuhles.

»Nimm Platz.« Sie deutete auf den Sessel. »Möchtest du etwas trinken? Wir haben Rum und Cola da.«

Es war Freddies Rum. Er würde es bemerken, wenn sie etwas davon trank. Es würde ihm nichts ausmachen, aber er würde sie darauf ansprechen.

»Das klingt exotisch.«

»Gestatte mir, dich zu verwöhnen.« Sie lächelte, als sie die Flasche aus dem obersten Fach des Schrankes nahm und zwei Drinks mit Eiswürfeln mischte.

»Dann erzähl mal«, sagte Anton, lehnte sich auf seinem Sessel zurück und schlug ein langes Bein über das andere. »Wieso meinst du, dass es bei den Amerikanern funktionieren könnte? Die Etiketten zu verändern, meine ich. Kommen sie nicht her, weil sie die Alte Welt erleben wollen? Suchen sie nicht genau danach? Historische Bauwerke und all so etwas?«

»Ja, absolut«, sagte sie und setzte sich gegenüber von ihm aufs Sofa. »Das lockt sie her, aber so wie ich das sehe, möchten sie am liebsten die Weine kaufen, mit denen irgendeine emotionale Geschichte verbunden ist. Selbst wenn es junge Weine sind. Sobald ich etwas Persönliches über die Weinlese eines bestimmten Jahres erzähle – zum Beispiel über die Schwierigkeiten, die ihr letztes Jahr mit all den Regentagen hattet, die euch aufgehalten und in helle Panik versetzt haben –, sind sie begeistert. Jede Gruppe kauft eine Anzahl von Flaschen, weil eine Geschichte damit verbunden ist.«

»Aber wie könnten neue Etiketten deiner Meinungen nach dazu beitragen?«

»Dadurch, dass sie *deine* Etiketten sein werden. Sie sind ein Zeugnis deiner Leidenschaft für die Toskana. Und nur so unter uns: Ich glaube, den Touristen gefällt die Tatsache, dass du von außerhalb kommst, genau wie sie. Ich sehe es ihren Augen an, wenn ich von dir erzähle. Du hattest einen Traum und hast ihn in die Tat umgesetzt. Jetzt findest du einen Weg, die Alte Welt mit der Neuen zu verbinden. Nordamerikaner springen auf diese Vorstellung an.« Sie nippte an ihrem Drink und lehnte sich zurück. »Oder vielleicht irre ich mich auch, Anton. Ich weiß es nicht. Deshalb glaube ich, dass du es mit einem kleinen Testlauf bei der ersten Lese deines eigenen Weines, der dein Markenzeichen werden soll, versuchen solltest, um zu sehen, wie es läuft. Wenn er sich gut verkauft, kannst du die Strategie ausbauen.«

Sie nahm noch einen Schluck von ihrem Drink und führte den Gedanken weiter. »Ich glaube, etwas Neues, Modernes und Einzigartiges könnte in Amerika sehr gut ankommen. Die Leute mögen doch heutzutage Extravagantes. Verkaufe die Flaschen hochpreisig und gib den Menschen das Gefühl, dass sie ein Kunstwerk des Winzers erwerben. Sie trinken seine Leidenschaft. Wortwörtlich.«

Als ihr klar wurde, dass sie sich von ihrer eigenen Leidenschaft für die Ideen, die sie entwickelte, hatte mitreißen lassen, schüttelte Lillian den Kopf über sich selbst. »Entschuldige bitte. Ich lasse mich hinreißen, nicht wahr? Es ist zu viel. Ich schiebe es einfach auf den Rum.«

Er runzelte die Stirn über ihr plötzliches Bedürfnis zurückzurudern und beugte sich vor, um die Ellbogen auf die Knie zu stützen. »Keineswegs. Ich hänge an deinen Lippen. Ich finde das, was du da sagst, brillant. Ich bin begeistert.«

Ihr ganzes Wesen schien leicht zu werden. Sie schwebte in der Luft wie eine Feder. Aber dann klingelte das Telefon, und sie landete wieder unsanft auf dem Boden der Tatsachen. Sie sprang vom Sofa auf und nahm den Hörer ab.

»Hallo?« Es war Freddie. »Ja, ich bin hier. Ich bin gerade erst zurück. Ich war zum Abendessen in der Villa. Wie geht es dir?«

Sie stand Anton gegenüber und konnte den Blick nicht von ihm wenden, während sie mit Freddie sprach, der ihr von seiner Zugfahrt am Morgen und seinen ersten Eindrücken von Paris erzählte. Seine Stimme klang munter, und er holte kaum zwischendurch Luft, während er die Architektur der Stadt, die Schönheit der Seine und seine Aufregung, als er den Eiffelturm zum ersten Mal gesehen hatte, beschrieb.

»Das ist wunderbar.« In dem Moment hatte Lillian ein schlechtes Gewissen, weil sie Anton anschaute, während sie mit ihrem Mann sprach, und so wandte sie sich ab und richtete den Blick auf die Wand.

Freddie redete weiter. Er gestand, dass er den ganzen Tag umherspaziert war und kein einziges Wort geschrieben hatte. »Aber die Zeit war gut investiert«, erklärte er. »Ich muss das noch länger machen, bevor ich mich zum Schreiben hinsetzen kann. Ich will nichts erzwingen und auch nicht versuchen, die Geschichte zu beenden, solange ich noch nicht bereit bin. Es muss sich richtig anfühlen, verstehst du?«

Lillian sagte nicht gleich etwas, und er war ein paar Sekunden lang still.

»Lil? Bist du noch da?«

»Ja, ich bin hier. Natürlich, das klingt nur sinnvoll«, antwortete sie, weil sie seine Kreativität immer unterstützt hatte und sich nicht vorstellen konnte, etwas anderes zu tun. »Es muss sich richtig anfühlen. Was den Handlungsort angeht, musst du dir doch bei deinen Beschreibungen ganz sicher sein.«

»Es geht nicht nur um die *Beschreibungen*«, sagte er mit einem frustrierten Unterton. »Der Handlungsort wirkt sich auch auf den Plot aus. Er könnte alles ändern. Ich muss vielleicht allem eine ganz neue Richtung geben.«

Lillian hatte plötzlich ein ungutes Gefühl. Sie biss sich fest auf die Unterlippe. »Wirklich? Dauert es dann noch länger? Ich meine … Du dachtest doch, du würdest das Buch diesen Sommer fertig bekommen.«

Schweigen.

»Ich weiß, Lil«, sagte er am Ende. »Und du bist immer so geduldig. Dafür liebe ich dich, und ich werde mein Bestes tun. Ich werde wie verrückt schreiben, solange ich hier bin.«

Lillian blieb weiter mit dem Rücken zu Anton stehen und sprach leise in den Telefonhörer. »Planst du, noch eine Weile in Paris zu bleiben? Oder kommst du hierher zurück, um zu schreiben?«

Du solltest zurückkommen, Freddie. Du solltest sofort zurückkommen.

Wieder Schweigen. »Ich bin mir nicht sicher. Ich habe ein billiges Zimmer in der Nähe dieses alten Buchladens namens Shakespeare and Company gefunden. Da steht auch ein Schreibtisch drin, und ich habe das Gefühl, dass ich hier mehr schaffen werde. Wenn ich in die Toskana zurückfahre, um zu arbeiten, möchte ich sicher Zeit mit dir verbringen. Außerdem herrscht dort einfach nicht die richtige Atmosphäre. Verstehst du das?«

Lillian wurde etwas flau im Magen. »Natürlich verstehe ich das.«

Es klickte und rauschte im Telefon. »Du unterstützt mich schon die ganze Zeit so sehr«, sagte Freddie, »und ich verspreche dir, dass das Ende in Sicht ist. Sobald ich dieses Buch verkauft habe, kannst du tun, was du willst – deinen Job kündigen und den ganzen Tag Bonbons essen. Und wir werden schwanger, versprochen.«

Wenn sie jedes Mal, wenn er das sagte, fünf Cent bekommen würde, wäre sie reich.

»Du bist die beste Ehefrau der Welt«, setzte er hinzu. »Was täte ich nur ohne dich?«

Sie holte tief Luft und drehte sich um. Anton musterte sie besorgt.

»Das solltest du auf ein Schild schreiben lassen«, schlug sie vor.

Freddie lachte leise ins Telefon. »Das mache ich. Noch besser: Ich mache dich zum Star meiner Danksagung.«

Anton senkte den Blick, nippte an seinem Drink und stellte ihn dann auf den kleinen Tisch neben seinem Stuhl.

»Ich muss jetzt auflegen«, sagte Freddie. »Das hier ist ein Ferngespräch, und ich habe kein Kleingeld mehr für die Telefonzelle. Ich weiß nicht, wann ich wieder anrufen kann. Ich muss mich konzentrieren. Mach dir keine Sorgen, wenn du nichts von mir hörst, okay? Mir geht es gut hier.«

Aber was ist mit mir?, wollte sie fragen. *Willst du nicht wissen, ob es auch mir gut geht?*

Die Leitung war tot, und Lillian legte den Hörer auf. Ihr Magen verkrampfte sich. Sie bemerkte, dass ihr Herz nach dem Gespräch wie wild hämmerte. Warum? Es war nicht das erste Mal, dass Freddie geistig und gefühlsmäßig in eine andere Welt abtauchte, wenn er sich plötzlich inspiriert fühlte. Aber er hatte sie noch nie tagelang alleingelassen, um irgendwo anders zu schreiben.

Es war nicht so, dass sie ihm nicht vertraute. Sie wusste, dass er sie nicht betrog, es sei denn, sie betrachtete sein Manuskript als seine metaphorische Geliebte. Es war etwas anderes, das ihr im Moment zu schaffen machte: die Tatsache, dass sie sich einem Mann persönlich und emotional verbunden fühlte, der um Mitternacht in ihrer Küche saß und den

Rum ihres Ehemanns trank. Einem Mann, den sie respektierte und bewunderte. Einem Mann, der in ihr Leidenschaft für ihre Arbeit weckte, die sich zum ersten Mal in ihrem Leben nicht wie Arbeit anfühlte.

Jetzt hatte Freddie nicht die Absicht, bald zu ihr zurückzukehren. Sie war allein in der schönen Toskana, schloss neue Freundschaften, fand heraus, wer sie war, und bestaunte die Welt mit ganz anderen Augen.

Plötzlich fühlte es sich im Apartment heiß an, und Lillian strich sich die Haare aus dem Nacken, als sie zum Sofa zurückkehrte. Sie hob ihren Drink hoch, ließ die Eiswürfel im Glas kreisen und lauschte, wie sie aneinanderstießen.

»Das war Freddie«, sagte sie.

Anton saß sehr still da und betrachtete sie.

»Paris gefällt ihm.« Sie hob das Glas an ihre Lippen und trank einen kleinen Schluck.

Anton räusperte sich, sagte aber nichts.

»Ich bin mir nicht sicher, wann er zurückkommt. Er will dort bleiben, um zu schreiben, bis er schließlich ›Ende‹ tippt.« Sie fächelte sich mit der offenen Hand Luft zu.

»Geht es dir gut?«, fragte Anton.

»Ja, mir ist nur ein bisschen warm. Mach dir keine Sorgen. Ich bin das gewohnt«, erklärte sie. »Freddie arbeitet schon seit dem Tag, an dem wir geheiratet haben, an diesem Buch. Es ist ihm sehr wichtig. Es ist nur …« Sie brach ab. »Es dauert schrecklich lange.«

Als Anton nichts sagte, wandte sie den Blick ab, schloss die Augen und kniff sich in den Nasenrücken. »Tut mir leid. Ich entschuldige mich.«

»Wofür?«

»Ich weiß auch nicht. Vielleicht dafür, dass ich wie eine unglückliche Hausfrau klinge. Aber ich bin nicht unglücklich. Ich schwöre es.«

Er beugte sich leicht vor. »Aber irgendetwas stimmt nicht.«

Sie dachte einen Moment darüber nach. »Vielleicht. Ich schätze, ich habe immer geglaubt, ich würde etwas Besonderes aus meinem Leben machen. Ich dachte, das würde die Mutterschaft sein, aber allmählich fühlt es sich so an, als ob ich immer nur meinen Mann bei der Verwirklichung seiner Träume unterstützen würde.«

»Das ist nicht falsch«, antwortete Anton. »Wenn du mich fragst, ist das sogar etwas Gutes, aber es muss auf Gegenseitigkeit beruhen. Er muss dich auch bei der Verwirklichung deiner Träume unterstützen. Das ist, glaube ich, der Punkt, an dem die meisten Paare in Schwierigkeiten kommen. Ich spreche aus Erfahrung.«

Sie lehnte sich auf dem Sofa zurück und richtete den Blick zur Decke. »Mir ist klar, dass eine Ehe Einsatz erfordert, aber in letzter Zeit fühle ich mich sehr einsam, sogar dann, wenn wir im selben Zimmer sind. Ich weiß nicht, ob wir noch auf einer Wellenlänge sind, und ich frage mich allmählich, ob es ein Fehler war, ihn zu heiraten.«

Gott ... oh Gott. Hatte sie das gerade wirklich gesagt? So etwas hatte sie noch nie einem anderen Menschen gegenüber laut ausgesprochen. Sie hatte es sich noch nicht einmal selbst eingestanden.

»Ich war schwanger«, gestand sie. »Aber dann habe ich das Baby verloren, kurz nachdem wir geheiratet hatten.«

Anton beugte sich vor und stützte die Unterarme auf die Knie. »Es tut mir leid, das zu hören.«

Auch Lillian beugte sich vor. »Danke. Ich habe eine Weile gebraucht, um darüber hinwegzukommen und bereit zu sein, es noch einmal zu versuchen. Aber mittlerweile bezweifle ich, dass Freddie je dazu bereit sein wird. Er sagt immer, dass er erst sein Buch vollenden möchte, aber ich habe das Gefühl, was er wirklich will, ist die Freiheit zu schreiben. Er will nicht davon abgelenkt werden, dass er auf ein Kind aufpassen muss. Dabei ist das alles, was ich mir je gewünscht habe.«

»Hast du mit ihm darüber gesprochen?«

»Ja, aber es ist nicht einfach. Ich kann ihn nicht zwingen, ein Baby mit mir zu zeugen, wenn er noch nicht so weit ist oder es überhaupt nicht will.« Sie schüttelte über sich selbst den Kopf. »Ich glaube, das Baby zu verlieren, hat ihn hart getroffen. Härter, als ihm selbst klar ist. Er kann nicht gut mit Verlusten umgehen, weil seine Mutter ihn im Stich gelassen hat, als er noch klein war. Vielleicht hat ein Teil von ihm Angst davor, mich an das Kind zu verlieren … Dass meine Aufmerksamkeit nicht mehr ihm allein gilt.«

»Es ist nicht deine Aufgabe, seine Ersatzmutter zu sein«, sagte Anton.

Lillian senkte den Blick. »Ich weiß.« Dann schlug sie die Hände vors Gesicht. »Was ist bloß mit mir los? Ich kann nicht fassen, dass ich dir das alles erzähle. Du bist mein Chef.«

»Schon gut«, antwortete er verlegen. »Vielleicht kann ich irgendwie helfen.«

Sie ließ die Hände in den Schoß sinken und ertappte sich dabei zu lachen. »Anton, beim besten Willen. Wie könntest du mir helfen?«

Er lachte ebenfalls und lehnte sich zurück. »Ich weiß es nicht. Wie lächerlich von mir, das zu sagen.«

Im Ton seiner Antwort schwang etwas mit, wovon sie Schmetterlinge im Bauch bekam. »Nein, eigentlich war es gar nicht lächerlich. Es hilft schon, dass du zuhörst. Danke.« Eine Weile saßen sie entspannt schweigend da, während Lillian weiter über ihre Beziehung zu Freddie nachdachte. »Ich glaube, ein Teil des Problems ist, dass ich immer seine Bedürfnisse über meine eigenen gestellt habe. Ich habe diesen inneren Drang, alles, was in meiner Macht steht, zu tun, um dafür zu sorgen, dass er glücklich ist. Also bin ich diejenige, die uns finanziell durchbringt, sodass er seinem Traum nachjagen kann. Ich schalte abends das Licht erst aus, wenn *er* bereit ist, schlafen zu gehen. Und ich bin diejenige, die wartet, bis *er* so weit ist, ein Baby haben zu wollen. Dass ich bereit bin, spielt keine Rolle.«

»Du bist sehr großzügig«, sagte Anton. »Ist er auch großzügig? Stellt er jemals deine Bedürfnisse über seine?«

Sie sah Anton direkt in die Augen. »Ich kann mich ehrlich gesagt nicht erinnern, dass er das auch nur ein einziges Mal getan hat.«

Anton stand auf und durchquerte das Zimmer, um sich neben sie aufs Sofa zu setzen. »Ich habe schon oft gedacht, dass die Ehe wie ein Planwagen ist, vollgestopft mit den Dingen des Lebens. Der Mann und die Frau sind die beiden Pferde, die ihn ziehen. Früher oder später wird er schwer. Da sind Kinder im Wagen, ein Haushalt, der geführt werden muss, Gefühle, die gehegt und gepflegt werden müssen, wenn das Leben einem Steine in den Weg legt. Es funktioniert, wenn beide Partner gemeinsam ziehen, aber die Reise kann nicht lange weitergehen, wenn ein Partner das Geschirr ablegt und beschließt, im Wagen mitzufahren, weil es einfacher ist und weil er weiß, dass der andere ihn weiterziehen wird, komme, was da wolle. Manchmal geht es nicht anders. Wenn jemand erkrankt oder in anderer Hinsicht leidet, ob nun körperlich, seelisch oder finanziell … Wenn das passiert, muss die andere Person einen größeren Teil der Last schultern. Aber im Allgemeinen sollten Mann und Frau, wenn beide Partner dazu in der Lage sind, ein Gespann bilden und gemeinsam ziehen – oder sich zumindest damit abwechseln.«

Lillian lehnte sich auf dem Sofa zurück und schloss die Augen. »Genau so ist es gewesen. In fünf Jahren bin ich das Geschirr kein einziges Mal losgeworden.«

»Was ist mit Freddie?«

»Er fährt schon die ganze Zeit auf dem Wagen mit, und offen gesagt werde ich ein bisschen müde.« Sie schaute auf. »Er ist immer nur mit seinem Buch beschäftigt – oder behauptet das zumindest – und verspricht, seinen Teil später zu tun. Aber ›später‹ kommt nie. Es heißt immer nur morgen, morgen, morgen.«

Anton griff nach ihrer Hand und drückte sie sanft. »Hast du Angst davor, dich für das starkzumachen, was du willst?«

Sie sah auf ihre ineinander verschlungenen Hände hinab. »Angst? Vor Freddie? Meine Güte, nein. Ursprünglich habe ich mich zu ihm hingezogen gefühlt, weil er das genaue Gegenteil meines Vaters war und ich noch nie mit jemandem zusammen gewesen war, der nicht um sich schlägt, wenn er wütend wird.«

»Nicht alle Männer sind so«, versicherte Anton ihr.

»Ich weiß. Zumindest glaube ich, es zu wissen. Schlägst du je um dich?«

Er lächelte bei sich, als er antwortete: »Ich kann nicht leugnen, schon einmal einem Reifen einen Tritt versetzt zu haben, als mein Auto einen Platten hatte. Gott weiß, dass ich fluche. Aber ich habe noch nie einen anderen Menschen geschlagen. Noch nicht einmal auf dem Schulhof, als ich noch ein Kind war.«

Staunend zog sie die Augenbrauen hoch. »Das muss ein Rekord sein.«

Er lachte leise. »Vielleicht. Ich war ein Mathenerd.«

»Das finde ich immer noch überraschend«, erwiderte sie. »Mathe und Kunst … Normalerweise ist es doch entweder das eine oder das andere. Das habe ich jedenfalls immer geglaubt.«

Draußen bellte irgendwo ein Hund. Die Luft war heiß und schwül. Sie hielten immer noch Händchen und schwitzten in der Hitze.

»Ich genieße es, mit dir zu sprechen«, sagte Lillian und schaute nach unten.

Anton lehnte sich zurück und betrachtete sie staunend. »Ich genieße es auch, mit dir zu reden. Und deshalb … sollte ich jetzt wohl gehen.«

Ein Teil von ihr wollte ihn anflehen zu bleiben, aber sie wusste, was passieren würde, wenn sie es tat. Das Begehren, das sie empfand, war mit Händen zu greifen. Wenn sie noch viel länger so dasaßen, würden sie einander in die Arme fallen. Sie würden sich küssen, und das Verlangen würde eskalieren.

Er stand auf, und sie war froh darüber. Sie begleitete ihn zur Tür.

»Danke noch einmal für das Abendessen«, sagte sie.

Er streckte die Hand aus und schob ihr eine Locke hinters Ohr. Seine Berührung brachte sie aus der Fassung. »Gute Nacht.«

»Gute Nacht.«

Sobald sie die Tür hinter ihm geschlossen hatte, presste sie sich die Hände auf die geröteten Wangen. Sie schloss die Augen und ließ den Kopf gegen die Tür sinken.

»Das kann nicht wahr sein«, flüsterte sie. Euphorie und Erregung durchströmten sie bei dem Gedanken daran, was die Zukunft bringen mochte. Aber die Verzweiflung folgte auf dem Fuß.

Kapitel 16

Fiona

Toskana, 2017

Ich öffnete die Augen, stellte fest, dass es Morgen war, und staunte über die Tatsache, dass ich die ganze Nacht über tief und fest geschlafen hatte. Ich hatte oft Schlafstörungen. Häufig wachte ich vor Anbruch der Morgendämmerung auf und machte mir Sorgen um alle möglichen Dinge – die Gesundheit meines Vaters, Probleme bei der Arbeit, Schulden, die ich nicht zurückzahlen konnte. Anton war in seinem Testament für mich unerklärlich großzügig gewesen, aber ich vertraute noch nicht restlos darauf, dass meine finanziellen Schwierigkeiten der Vergangenheit angehörten. Connor würde nicht kampflos aufgeben, und selbst wenn er es tat, fühlte es sich immer noch nicht richtig an, alles selbst zu behalten. Es war zu viel. Das allein hätte dafür sorgen müssen, dass ich mich stundenlang hin und her wälzte, aber aus irgendeinem Grund hatte es in der vergangenen Nacht keinen einzigen meiner Träume gestört. Das musste am Jetlag liegen.

Nachdem ich einen Blick auf die Uhr geworfen hatte, gähnte ich, reckte mich und seufzte angesichts der erfreulichen Erkenntnis, dass es erst halb sieben war. Ich hatte Zeit, in

Ruhe zu duschen und mir beim Frühstück einen zusätzlichen Cappuccino zu gönnen, bevor ich mich um neun mit Vincenzo zu meiner Führung durch die Weinberge traf.

Als ich eine Stunde später, in schwarze Cargoshorts und ein weißes T-Shirt gekleidet, auf dem Weg in den Frühstücksraum an der Rezeption vorbeispazierte, rief Anna nach mir: »Ms Bell, gerade hat jemand für Sie angerufen!«

Ich blieb stehen, ging dann zu ihr hinüber und nahm den Zettel, den sie mir hinhielt. Darauf standen ein Name und eine Telefonnummer. »Ich kenne diese Person nicht.«

»Er ist ein *agente immobiliare*«, erklärte Anna mir. »Ein Makler aus Florenz.«

»Warum ruft er mich an?«

»Das wollte er nicht sagen, aber ich musste ihm versprechen, dass ich Sie bitte, ihn zurückzurufen. Er hat das Wort *urgente* verwendet.«

»Dringend?«

»*Sì.*«

Ich entfernte mich wieder von der Rezeption. »Danke, Anna. Ich rufe ihn an, aber erst einmal brauche ich Kaffee. Und bitte nenn mich doch Fiona.« Ich steckte den Zettel in die Tasche meiner Shorts und ging zum Frühstück.

* * *

Eine halbe Stunde später, als ich meinen zweiten Cappuccino ausgetrunken hatte und allein im Frühstücksraum saß, tippte ich die Nummer des Maklers in mein Handy. »Hallo, ist da Roberto? Hier ist Fiona Bell. Ich habe die Nachricht erhalten, dass Sie angerufen haben.«

»*Sì!* Ich freue mich sehr, dass Sie mich zurückrufen. Soweit ich weiß, sind Sie die neue Besitzerin des Weinguts Maurizio.«

»Das ist korrekt«, antwortete ich mit einer gewissen Neugier. »Das hat sich wohl schnell herumgesprochen. Wann haben Sie es erfahren?«

»Ich habe überall Spione«, sagte er verschmitzt.

Ich lehnte mich zurück und schlug ein Bein über das andere. »Das klingt ja beängstigend.«

Er lachte. »Das war nur ein Witz, Signora. Verzeihen Sie mir bitte. Herzliches Beileid. Ihr Vater war ein großartiger Mann.«

Ich würde ihm nicht verraten, dass ich den angeblich so großartigen Mann, von dem er sprach, nie kennengelernt hatte. »Vielen Dank, das weiß ich zu schätzen. Kann ich Ihnen irgendwie weiterhelfen?«

Er zögerte kurz. »Das hoffe ich. Ich rufe Sie an, um zu fragen, ob Sie Interesse daran haben, das Weingut Maurizio zu verkaufen.«

Plötzlich wurde mir flau im Magen. Ich stand auf und ging aus dem Frühstücksraum auf die gepflasterte Terrasse hinaus. Die Morgensonne schien hell. Ich schloss die Augen und hob ihr mein Gesicht entgegen, um ihre Wärme auf meinen Wangen zu spüren. »Ich weiß im Moment noch gar nicht, was ich will. Ich bin erst vor Kurzem hier eingetroffen und lerne das Anwesen gerade kennen.«

»Sie sind Amerikanerin, nicht wahr?«

»Ja, das stimmt.«

»Haben Sie Erfahrung damit, ein Weingut zu führen?«

Ich öffnete die Augen und schlenderte gemächlich über die Terrasse. »Noch nicht, aber die Angestellten hier scheinen sich sehr gut auszukennen.«

Er war ein paar Sekunden lang still. »Zweifelsohne. Maurizio ist eine außergewöhnlich gut geführte Firma. Aber ich habe einen Käufer, der bereit ist, Ihnen ein großzügiges Angebot zu unterbreiten.«

»Wirklich?« Ich konnte nicht widerstehen. Ich musste einfach fragen. »Von was für einer Summe sprechen wir?«

Roberto grummelte kurz vor sich hin. »Mein Kunde würde natürlich eigentlich verlangen, dass sein Wirtschaftsprüfer die Buchführung in Augenschein nimmt, bevor wir mit offiziellen Verhandlungen beginnen. Aber er hat mir die Erlaubnis erteilt, Ihnen heute neunzig Millionen Euro zu bieten, um den Deal ohne Betriebsprüfung abzuschließen.«

Ich blieb stocksteif stehen und zwang mich, ruhig zu bleiben. »Das ist ein attraktives Angebot.«

»*Sì*, das ist es, Signora. Sie könnten in weniger als einer Woche schon auf dem Rückflug nach Amerika sein. Als sehr reiche Frau!«

Mein Blick wanderte von Westen nach Osten über den Horizont. Schwerer, rosafarbener Dunst hing über den hügeligen Feldern in der Ferne. Ein Schmetterling flatterte über die Rosensträucher am Rande der Terrasse hinweg. »Ich muss darüber nachdenken.«

»Das Angebot gilt bis morgen um Mitternacht«, verkündete Roberto. »Darf ich meinen Kunden davon unterrichten, dass Sie es in Erwägung ziehen?«

Ich fuhr mir mit den Fingern durchs Haar. »Natürlich. Aber Sie sollten wissen, dass die Familie das Testament vielleicht anfechten wird, sodass ich nicht mit Sicherheit in der Lage sein werde, an irgendjemanden zu verkaufen. Darf ich fragen, wer das Angebot macht?«

»Mein Kunde bevorzugt es, anonym zu bleiben.«

Ich schlenderte zurück über die Terrasse, machte extralange Schritte und hüpfte dann über drei Pflastersteine auf einmal. »Ich verstehe. Aber wenn ich mich entschließe zu verkaufen, *muss* ich wissen, an wen.«

»Das werde ich weitergeben«, sagte er.

»Bitte tun Sie das. Und lassen Sie mir etwas Bedenkzeit. Ich rufe Sie morgen an, wenn ich interessiert bin.«

»Sehr gut, Signora. Noch einen schönen Tag.«

»Den werde ich haben. Ihnen auch, Roberto.«

Ich legte auf und stand einen Moment reglos da, vollkommen bewegungsunfähig. Mir war etwas schwindlig, und ich bekam weiche Knie, wenn ich an die Geldsumme dachte, mit der Roberto mir vor der Nase herumwedelte. Ich ging tief in die Hocke, faltete die Hände mit dem Handy dazwischen wie zum Gebet und kniff die Augen zu.

»Heiliger Strohsack«, flüsterte ich.

Kapitel 17

Lillian

Toskana, 1986

Weil ihr Bus in der Nähe von Siena einen Platten hatte, sagte eine Touristengruppe ihren morgendlichen Besuch auf dem Weingut ab, und so hatte Lillian nichts zu tun.

»Nimm dir den Vormittag frei«, schlug Matteo vor. »Deine nächste Gruppe kommt erst um zwei. Geh im Pool schwimmen.«

»Bist du dir sicher?«, fragte Lillian. »Ich könnte im Laden aushelfen.«

»Wozu? Es sind keine Kunden da.« Er scheuchte sie weg. »Glaub mir, hier wird es im Juli von Touristen nur so wimmeln. Du solltest die freie Zeit nutzen, solange du kannst. Das ist ein Befehl, Soldatin.«

»Aye, aye, Käpt'n.«

Eine halbe Stunde später lag Lillian in ihrem blauen Bikini ausgestreckt auf einem Liegestuhl, las einen Roman und schwitzte unter der heißen Sonne der Toskana. Alle Hotelgäste waren anderswo, bummelten durch die Läden von Montepulciano oder fuhren in ihren klimatisierten Mietwagen nach Florenz. So war es auf dem Weingut angenehm ruhig.

Als es drückend heiß wurde, stand Lillian auf und sprang am tiefen Ende in den Pool. Sie schwamm ein paar Bahnen und dachte dabei über Freddie in Paris nach. Was er wohl gerade machte? Schrieb er? Schlenderte er durch die Stadt? Vermisste er sie? Oder war sie aus den Augen, aus dem Sinn?

Sie glitt durchs kühle Wasser, erreichte das gegenüberliegende Ende des Pools, machte eine Wende und stieß sich mit den Füßen ab, um zurückzuschwimmen.

Auch ihre Gedanken wechselten die Richtung. Vor ihrem inneren Auge erschien das Bild, wie Anton gestern Abend auf ihrem Sofa gesessen, Rum getrunken und von Planwagen gesprochen hatte, die vollgestopft mit den »Dingen des Lebens« waren.

Sie hatte noch nie einen Mann gekannt, der so über Beziehungen sprach. Nachdem er gegangen war, hatte sie sich bei offenem Fenster ins Bett gelegt und zu den Wolken hinausgesehen, die am Mond vorbeizogen. Die Luft, die nach Regen duftete, erfrischte ihren Körper und ihre Seele, aber sie konnte nicht schlafen, und so verbrachte sie die nächste Stunde damit, Anton mit Freddie zu vergleichen.

Das war nicht fair. Anton war zehn Jahre älter, weltläufiger und lebenserfahrener, reicher, umwerfend gut aussehend und kultiviert. Freddie sah nicht unbedingt *schlecht* aus, aber er war dünn und schlaksig und weder reich noch kultiviert. Doch er war ihr Mann, und Anton der Mann einer *anderen* Frau, vor allem auch der Vater von zwei Kindern. An dem Punkt trug Freddie den Sieg davon – weil sie miteinander verheiratet waren –, und Lillian strengte sich sehr an, sich an ihr Ehegelöbnis zu erinnern, während sie sich abmühte einzuschlafen.

Jetzt – außer Atem, weil sie schnell und kraftvoll geschwommen war – stieg sie aus dem Pool und lief barfuß über die Terrasse zu ihrem Liegestuhl. Erst dort drehte sie ihr langes Haar zusammen, um es auszuwringen. Das Wasser tropfte schwer auf ihre Zehen und spritzte auf den aufgeheizten Zement.

Die Luft war sengend heiß, deshalb machte sie sich nicht die Mühe, sich abzutrocknen, sondern beschloss stattdessen, dass es das Beste war, nass zu bleiben. Sie machte es sich auf dem blauen Polster bequem, setzte ihre Sonnenbrille auf und griff nach ihrem Roman.

Momente der heißen, klebrigen Stille vergingen. Eine Hummel flog vorüber. Kirchenglocken läuteten irgendwo hoch auf der Hügelkuppe von Montepulciano.

Lillian versuchte, sich in der drückenden Hitze auf ihr Buch zu konzentrieren, aber der Gedanke an Anton lenkte sie immer wieder ab. Er strich durch ihren Verstand wie eine kühle Brise.

Sie ließ das Buch in ihren Schoß sinken und erlaubte sich, ihren Tagträumen nachzuhängen. Sie erinnerte sich daran, wie sie ihn wenige Augenblicke nach dem Unfall zum ersten Mal zu Gesicht bekommen hatte, als er die Autotür aufgerissen und zu ihr hereingespäht hatte. *Geht es Ihnen gut?*

In dem Moment fiel ihr eine Bewegung ins Auge. Sie beugte sich auf dem Liegestuhl vor. Ihr Herz stockte ihr in der Brust, denn *er* war es, der lässig auf sie zugeschlendert kam, den grasbewachsenen Hang hinab zum Pool. Er lächelte den ganzen Weg über. Lillian schluckte schwer und schob sich die Sonnenbrille auf den Kopf hoch. *Gott steh mir bei.* Er war der attraktivste Mann, den sie je gesehen hatte. An dem Morgen trug er ein hellblaues T-Shirt und marineblaue Shorts. Sein Kinn war unrasiert. Er war schweißbedeckt. Das T-Shirt klebte an seinem Brustkorb und an seinen Schultern. All ihre Sinne begannen zu vibrieren, und ihr Puls beschleunigte sich.

Als Anton näher kam, fiel Lillian auf, dass er Arbeitsstiefel trug.

»Hallo, du«, sagte er und öffnete das hölzerne Tor, um die sonnige Poolterrasse zu betreten. »Ich habe gar nicht damit gerechnet, dich hier zu sehen.«

»Meine morgendliche Führung ist abgesagt worden«, erklärte sie, griff schnell nach ihrem Strandkleid und schob die Arme in die kurzen Ärmel. Er war schließlich ihr Chef. Sie sollte eigentlich nicht im Bikini an ihrem Arbeitsplatz herumstolzieren. »Der Bus hatte in der Nähe von Siena einen Platten.«

»Was für ein Pech.« Er ließ die Eisenklinke des Tores wieder einrasten, um es hinter sich zu schließen, und ging auf Lillian zu. »Verdammt heiß, oder?«

»Ja. Aber im Wasser ist es angenehm.«

Er erreichte den Liegestuhl neben ihr, setzte sich mit dem Rücken zu ihr darauf und begann, seine Stiefel aufzuschnüren. Sie konnte nicht widerstehen, seine straffen Rückenmuskeln zu betrachten und ihrem Verlauf von seinen breiten Schultern bis zu seiner schlanken Taille zu folgen.

»Hast du im Weinberg gearbeitet?«, fragte sie.

»Ja. Wir waren seit Tagesanbruch dort, aber jetzt wird es Zeit für die Siesta. Es ist zu heiß, um in der Sonne zu schuften.«

Er zog Stiefel und Socken aus, stand auf und streifte sein T-Shirt ab.

Lillian riskierte einen Blick auf seinen nackten Oberkörper. Ihr stockte der Atem, denn er war fit, braun gebrannt und muskulös, mit dunklen Haaren auf der Brust.

Nachdem er das Shirt auf den Liegestuhl geworfen hatte, marschierte er zu der Freiluftdusche, spülte sich ab und sprang dann mit einem lauten Klatschen geradewegs in den Pool. Sie beobachtete, wie er wie ein Torpedo vom tiefen Ende unter Wasser bis ans flache schoss, bevor er die Oberfläche durchbrach und sich die Haare aus den Augen strich.

»Das fühlt sich toll an!«, rief er. »Du solltest auch reinkommen. Es ist zu heiß, um in der Sonne zu sitzen.«

Sie konnte nicht widerstehen. Also stand sie auf, streifte das Strandkleid wieder ab, ließ es fallen, ging dann rasch zur Kante des Pools und sprang hinein. Als sie wieder an die Oberfläche kam, trat Anton ein Stück entfernt Wasser.

»Ich kann nicht fassen, wie heiß es ist«, sagte sie, »dabei wohne ich in Florida.« Sie fuhr sich mit der Hand übers Gesicht, um das Wasser abzuwischen.

Sie schwammen eine Weile gemeinsam hin und her.

»Wie geht es mit dem Kappen der Wurzelschösslinge voran?«, fragte sie grinsend.

»Sehr gut.« Er duckte sich unter die Oberfläche und schwamm ans flache Ende. Lillian tauchte ebenfalls unter, schwamm aber in die andere Richtung.

Nach kurzer Zeit wurde es ihnen peinlich, vielleicht, weil sie beide erkannten, dass sie sich zueinander hingezogen fühlten, und wussten, dass das gefährlich war. Vermutlich war es im Wasser mit fast nackten Körpern das Beste, auf Abstand zueinander zu gehen.

Schließlich stieg Lillian aus dem Pool und kehrte zu ihrem Liegestuhl zurück. Dort trocknete sie sich ab, setzte sich hin und griff wieder nach ihrem Buch.

Anton schwamm weiter seine Bahnen.

Sie schlug die Stelle auf, an der sie das Lesezeichen ins Buch gesteckt hatte, aber sie tat nur so, als würde sie lesen. Wie sollte sie sich denn konzentrieren, wenn sie den Blick nicht von Anton abwenden konnte und ihr ganzes Wesen vibrierte, weil sie seine Nähe spürte?

Nach einer Weile entspannte er sich im Wasser. Er schloss die Augen und ließ sich auf dem Rücken treiben.

Zikaden brummten in den Olivenbäumen wie elektrischer Strom. Ein Schmetterling tanzte unbeschwert über der Wasseroberfläche.

Dann öffnete Anton die Augen und schwamm an den Rand des Pools. »Kommst du heute Abend zum Essen?«

Lillian legte ihr Buch in ihren Schoß. Sie nahm die Sonnenbrille von der Nase, um ihn anzusehen, und fragte: »Bin ich denn eingeladen?«

»Natürlich. Du bist jeden Abend eingeladen. Alle rechnen fest mit dir.«

Ihre Blicke begegneten sich und hielten einander fest. Lillian spürte, wie ihre Schultern in der heißen Sonne brannten. »Dann werde ich da sein.«

Er stieß sich ab und schwamm auf dem Rücken davon, sah sie aber die ganze Zeit weiter an. »Was liest du da?«

Sie hielt das Buch hoch. »›Ayla und der Clan des Bären‹.«

»Ist es gut?«

»Ich bin mir noch nicht sicher. Ich habe gerade erst angefangen, und es fällt mir schwer, bei der Sache zu bleiben. Ich kann mich nicht konzentrieren.«

Er schwamm zur Leiter und kletterte aus dem Pool. Wasser glänzte auf seinem Oberkörper und tropfte von seinen Shorts. Lillian beobachtete jede seiner Bewegungen, als er auf sie zukam. Die Muskeln seiner Oberarme spannten sich an und traten hervor, als er sich mit seinem T-Shirt abtrocknete.

»Das muss ansteckend sein«, sagte er. »Ich kann mich in letzter Zeit auch nicht konzentrieren.«

Sie öffnete die Lippen leicht, während das Herz ihr bis zum Hals schlug. Seine Nähe war überwältigend.

»Wir sehen uns beim Essen«, sagte er.

»Okay.«

Er schaute sie noch einmal kurz an, bevor er seine Stiefel nahm und zum Tor ging.

Lillian konnte den Blick nicht von seinem halb nackten Körper wenden, als er den grasbewachsenen Hügel hinaufschlenderte. Wenn sie vernünftig gewesen wäre, hätte sie sich irgendeine Ausrede überlegt, um an diesem Abend das Essen in der Villa ausfallen zu lassen. Aber angesichts der Gefühle, die Anton in ihr weckte, war es ein Ding der Unmöglichkeit, vernünftig zu bleiben. Sie war überwältigt. Größtenteils war es sexuelles Begehren – das konnte sie nicht leugnen –, aber das war nicht alles. Irgendetwas an Anton Clark fühlte sich an wie ein Zuhause, und alles, was sie wollte, war, zu diesem Ort zu laufen und sich dort zusammenzukuscheln.

* * *

An dem Abend aßen sie im Freien im Licht eines Dutzends dicker weißer Wachskerzen. Es war eine größere Runde als sonst. Diesmal waren auch ein paar Weinbergarbeiter und eine neue italienische Fremdenführerin dabei, eine Studentin, die in der Stadt wohnte. Sie hieß Teresa, war hochgewachsen, schlank und sehr hübsch. Vor dem Essen hatte Lillian beobachtet, wie Anton eine Weile am Rand des Rasens mit ihr gesprochen hatte. Er hatte den Rotwein in seinem Glas kreisen lassen, es ins Licht des Sonnenuntergangs gehalten und ihr gezeigt, wie sie das Herablaufen der Tropfen beobachten und die Aromen benennen musste. Lillian begann sich zu fragen, ob er zu all seinen Fremdenführerinnen so freundlich und aufmerksam war, einfach aus Gewohnheit. Vielleicht maß sie der Anziehungskraft zwischen sich und Anton zu viel Bedeutung bei. Ihr Leben wäre ganz sicher einfacher gewesen, wenn sie ihre Schwärmerei für ihn als törichtes Anhimmeln ihres gut aussehenden und charismatischen Chefs hätte abtun können.

Als sie sich zum Essen setzten, servierte Caterina einen Lammeintopf mit warmen Brötchen und salziger Butter, der allen das Wasser im Mund zusammenlaufen ließ. Domenico präsentierte unterdessen einen besonderen Jahrgang Brunello als Wein zum Eintopf. Die Mischung aus Geschmacksnoten explodierte köstlich auf Lillians Zunge. Zum Nachtisch gab es einen Bitterschokolade-Kirsch-Kuchen mit Schlagsahne und Kaffee.

Lillian fiel auf, dass Anton reservierter als sonst wirkte. Er schien nicht ganz er selbst zu sein. Sie bemerkte auch, dass Teresa und Matteo sich am anderen Ende des Tisches prächtig miteinander zu verstehen schienen. Anton gönnte Teresa kaum einen Blick, sah Lillian aber oft in die Augen. Er beobachtete sie, während die anderen redeten und sie ganz einfach ihr Essen genoss. Wann immer sie seinen Blick auf sich spürte, schaute sie auf und tauschte eine stumme Botschaft mit ihm aus. Sie erkannte darin das Bedürfnis, miteinander allein zu sein. Sie wollte es, und sie wusste, dass er das Gleiche empfand. Es war echt. Sie hatte sich nichts eingebildet.

Hinterher zuckte niemand mit der Wimper, als Anton verkündete, dass er Lillian zurück zu ihrer Gästesuite begleiten würde. Es war ein wunderschöner Sommerabend unter einem Dreiviertelmond. Teresa sagte Gute Nacht und wurde von ihrem Vater vor der Villa abgeholt. Signora und Signor Guardini spazierten Hand in Hand davon und lachten, während sie sich unterhielten. Matteo blieb mit Francesco am Tisch sitzen und unterhielt sich mit ihm über Benzinpreise und amerikanische Autos. Die beiden machten sich über eine Flasche Scotch her.

Sobald Anton und Lillian jenseits des Tores und allein auf der Zypressenallee waren, wo nur noch der Lichtkegel der Taschenlampe ihren Weg erhellte, sagte Anton: »Ich bin froh, dass du heute Abend gekommen bist.«

»Ich auch«, antwortete sie. »Aber du warst still. Ist alles in Ordnung?«

Die Luft war so feucht, dass ihr Sommerkleid an ihrer Haut klebte.

Anton sah zu Boden. »Tut mir leid. Heute Nachmittag ist etwas passiert.«

»Kannst du mir davon erzählen?«

Er zögerte und holte dann tief Luft. »Nachdem ich dich am Pool allein gelassen hatte und in die Villa zurückgegangen war, lag dort eine Nachricht, dass meine Frau angerufen hatte. Also habe ich sie zurückgerufen.« Er zögerte noch einmal, und Lillian wartete darauf, dass er fortfuhr. »Sie hat mir gesagt, dass sie nicht mehr hierherkommen will, dass es den Kindern in LA, in der Nähe ihrer Familie, besser geht. Sie will die Scheidung.«

Lillian empfand tiefes Mitgefühl mit ihm. »Oh, Anton. Das tut mir so leid.«

»Ich habe sie gebeten, es sich noch einmal zu überlegen«, fuhr er fort. »Ich habe ihr vorgeschlagen, hier ein Haus zu kaufen, damit ihre Eltern herkommen und bei ihr sein können, wann immer sie wollen. Vielleicht eine Wohnung in Montepulciano oder sogar in Florenz, wenn ihnen die Stadt lieber ist. Aber die Idee hat ihr nicht gefallen. Sie hat klargestellt, dass Amerika ihr lieber ist als Italien und dass sie will, dass ihre Kinder dort aufwachsen. Nicht hier.«

»Aber sie sind doch auch deine Kinder.«

»Daran habe ich sie ja erinnert, aber sie wird nicht einlenken.«

Lillian hob den Blick. »Wie kann man nur etwas dagegen haben, an einem Ort wie diesem seine Kinder großzuziehen?«

»Ich wünschte, sie würde so empfinden wie du. Jetzt steht mir noch ein Gerichtsstreit bevor. Vermutlich wird sie mich ausnehmen wie eine Weihnachtsgans.«

Lillian schaute in den Himmel empor. »Das tut mir so leid. Ich kann mir das kaum vorstellen. Ich wünschte, es gäbe etwas, das ich tun könnte, aber ich weiß nicht, was das sein könnte.«

»Du tust es schon.«

Sie war sich nicht sicher, was er meinte, und hatte Angst davor, danach zu fragen.

Sie erreichten den ruhigen Teil des Anwesens, in dem ihre Gästesuite lag, und blieben auf dem kiesbedeckten Parkplatz stehen. Lillian suchte in ihrer Handtasche nach ihrem Schlüssel. Sie fragte sich, ob sie Anton ins Haus bitten sollte, um das Gespräch fortzusetzen. Zutiefst verunsichert erlaubte sie ihm, die dunklen Stufen mit der Taschenlampe zu beleuchten, während sie nach oben ging und den Schlüssel ins Schloss steckte. Als sie die Tür aufschob, drehte sie sich nach ihm um.

Er sah sehr einsam aus. Und attraktiv. Sie wollte nicht Gute Nacht sagen. Sie wollte noch mit ihm reden.

»Möchtest du hereinkommen?«, fragte sie.

Er nickte und kam die Stufen herauf.

* * *

Lillian schaltete die Deckenbeleuchtung ein. Sie kniffen beide die Augen zusammen, deshalb ging sie zu der kleinen Lampe neben dem Sofa und machte sanfteres Licht im Zimmer.

Im Apartment war es drückend heiß. Während Anton in der Tür stehen blieb, ging Lillian von Zimmer zu Zimmer und riss alle Fenster auf. Sie kehrte in die Küche zurück, um die Deckenlampe auszuschalten. Nun wurde das Zimmer gemütlich von einem goldenen Lichtschein erhellt.

Anton hatte sich nicht von seinem Standort an der Tür weggerührt. »Lillian …« In seiner Stimme schwang ein entschuldigender Unterton mit.

Wollte er etwa nicht bleiben?

Er befeuchtete sich die Lippen. »Ich würde es verstehen, wenn du es lieber möchtest, dass ich gehe.«

»Warum sagst du das?«

»Weil du verheiratet bist und dein Mann nicht da ist und ich … Na ja. Ich bin auch noch verheiratet. Und du arbeitest für mich. Ich will nicht, dass es Fragen über …«

»Bitte bleib«, flehte sie ihn an. »Wir werden einfach nur reden.«

Er zögerte kurz, schloss dann aber die Tür hinter sich.

Lillian zog ihre Sandalen aus und ging auf bloßen Füßen in die Küche. »Möchtest du einen Kaffee?«

»Das wäre schön. Danke.«

Sie ging an die Arbeit und löffelte gemahlenen Kaffee in die Kaffeemaschine aus Edelstahl. Sie wusste sehr gut, dass der Kaffee sie die ganze Nacht lang wach halten würde, aber das war ihr egal. Anton war hier.

Er ging zum Sofa und setzte sich hin. »Angesichts dessen, was gerade los ist, überlege ich mir, ob meine Frau mich nur wegen meines Geldes geheiratet hat.«

Lillian goss Wasser in die Kaffeemaschine und betätigte den Schalter. »Bestimmt nicht. Du bist ein unglaublicher Mann. Eine Frau müsste verrückt sein, sich nicht in dich zu verlieben.«

Er lachte leise. »Das ist sehr freundlich. Nur, damit du es weißt: Ich war nicht auf Komplimente aus, aber ich weiß das durchaus zu schätzen. Nichts macht einen Mann so fertig wie eine Frau, die ihm sagt, dass sie ihn nie wiedersehen will.«

Lillian setzte sich neben ihn aufs Sofa. »Das hat sie doch nicht wirklich gesagt, oder?«

»Nicht wörtlich, aber im Großen und Ganzen läuft es darauf hinaus.« Er atmete hörbar aus. »Die Sache ist die: Wenn sie mich liebte, würde sie nicht von mir getrennt sein wollen, ganz gleich wo ich wohnen würde. Aber ich schätze, man könnte das Gleiche über mich sagen. Vielleicht treffe ich auch meine Wahl und ziehe dieses Weingut allem anderen vor. Aber sie hat mich nie gebeten, es zu verkaufen und nach LA zu kommen. Ich glaube nicht, dass es das ist, was sie will.«

Lillian legte den Arm auf die Rückenlehne des Sofas und stützte ihren Kopf in die Hand. »Liebst du sie?«

Er dachte einen Moment lang darüber nach und senkte dann den Blick. »Vermutlich nicht genug. Aber meine Kinder …«

Lillian nickte verständnisvoll und stand auf, um nach der gurgelnden Kaffeemaschine zu sehen. »Erzähl mir, wie ihr beiden euch kennengelernt habt.«

»Es war unmittelbar nachdem ich mich von meiner Krankheit erholt und mein Bruder mich ausgezahlt hatte. Zu dem Zeitpunkt wusste ich nicht recht, was ich mit mir anfangen sollte. Ich bin Kate auf einer Benefizveranstaltung zugunsten von Obdachlosen begegnet. Sie hat für den Caterer gearbeitet und Getränke und Schnittchen serviert. Später hat sie mir erzählt, für sie sei es Liebe auf den ersten Blick gewesen. Vielleicht war es das für mich auch. Sie war wunderschön, und ihr amerikanischer Akzent hat mir gefallen. Wir haben geflirtet. Im Handumdrehen wurde es ernst zwischen uns. Ein Jahr später haben wir geheiratet, und alles schien wunderbar zu sein. Ihr gefiel das Leben in London, und ich dachte, wir würden alles füreinander tun, zusammen überallhin gehen. Wir machten Urlaub in Italien und verliebten uns beide in die Gegend. Als ich entdeckte, dass dieses Weingut zum Verkauf stand, schien sie auch ganz bezaubert davon zu sein, aber vielleicht hat sie sich nur aus dem Moment heraus mitreißen lassen oder wollte mich bei Laune halten. Oder sie dachte vielleicht, ich würde nicht wirklich so weit gehen, ein Weingut im Ausland zu kaufen und dauerhaft dorthin zu ziehen.«

Lillian stellte die Becher aufs Tablett und schenkte Kaffee ein. »Erzähl weiter«, bat sie.

Er lehnte sich zurück und streckte die Beine aus. »Im ersten Jahr hat das Weingut einen Großteil meiner Aufmerksamkeit beansprucht. Ich war beschäftigt, und sie hat nicht viel Interesse an der geschäftlichen Seite der Dinge gezeigt, ganz zu schweigen von der Arbeit in den Weinbergen. Die Weinlese ist ein Knochenjob. Lange Arbeitstage. Um die Zeit bekam sie dann

Heimweh nach LA. Ihre Lösung war, schwanger zu werden und eine Familie zu gründen. Ich wollte von Anfang an Kinder, also war ich gern dabei. Unser erstes Kind – meine Tochter Sloane – machte meine Frau dann für eine Weile glücklich, bis wieder die Saison der Weinlese kam und sie sich ständig darüber beschwerte, dass ich die ganze Zeit weg war. Wir stritten uns deswegen, aber wir standen es durch, und sie wurde wieder schwanger. Eine Weile war alles gut, aber Kate hatte nie Interesse an dem Weingut.«

»Das deine Leidenschaft ist.« Lillian trug das Tablett mit dem Kaffee zum Sofa und reichte Anton seinen Becher.

»Ja. Wann immer ich darüber geredet habe, hat sie sich tödlich gelangweilt und daraus auch keinen Hehl gemacht. Sie hat es als etwas betrachtet, das meine Zeit und Aufmerksamkeit völlig beansprucht hat. Vielleicht war sie in gewisser Weise eifersüchtig auf das Weingut.«

»Es ist seltsam, darüber zu reden«, sagte Lillian und setzte sich, »denn manchmal geht es mir mit Freddies Manuskript genauso. Ich weiß, dass ich mit seiner Leidenschaft für sein Buch nicht mithalten kann, und das ist entmutigend.« Sie hielt inne. »Aber lass uns nicht davon reden.«

Anton löffelte Zucker in seinen Becher.

»Erzähl mir mehr von Kate«, bat Lillian.

Er lehnte sich wieder zurück und nippte an seinem Kaffee. »Na ja … Sie war immer ein Stadtmädchen. Sie hat immer gerne einen Einkaufsbummel unternommen, während ich lieber in der freien Natur war. Zu meiner Verteidigung muss ich allerdings sagen, dass sie mir zu Beginn unserer Beziehung vermutlich etwas vorgemacht hat. Sie wollte immer gern mit mir campen oder Rad fahren. Das war vorbei, sobald wir den Bund fürs Leben geschlossen hatten. Manchmal ging sie zwar noch am Samstagnachmittag mit mir an den Strand, aber lieber ins Restaurant, ins Kino oder in die Disco. Vielleicht war ihre

Bereitschaft, campen zu gehen, nur ein ausgeklügelter Plan, um mich an Land zu ziehen, und ich bin darauf hereingefallen.«

Er beugte sich vor und stellte seinen Becher ab. »Entschuldige bitte, Lillian. Ich rede und rede. Sag mir, dass ich aufhören soll, ja?«

»Nein. Ich will es hören. Ich will alles hören.«

Einen Moment lang blieb er stumm und sah beiseite. »Vielleicht sollte ich dankbar dafür sein, dass wir jetzt miteinander Schluss machen, statt die Dinge noch über Jahre in die Länge zu ziehen, obwohl keiner von uns beiden glücklich ist, weil wir nichts gemeinsam haben. Ehrlich gesagt kann ich ohne Kate leben, aber ich kann mich nicht damit abfinden, von meinen Kindern getrennt zu sein. Das bringt mich im Moment schier um. Ich weiß nicht, wie ich das überleben soll.«

Lillian griff nach seiner Hand und drückte sie. »Du wirst es überstehen, und du nimmst dir einen guten Anwalt, der dafür sorgt, dass du auch weiter Kontakt zu ihnen hast.«

Er schüttelte den Kopf. »Los Angeles liegt auf der anderen Seite der Welt.«

»Du kannst hinfliegen und sie besuchen. Und sie können herkommen. Sie müssen es hier doch lieben, Anton. Welches Kind täte das nicht?«

Er trank seinen Kaffee aus und stellte den leeren Becher aufs Tablett. »Darf ich das Bad benutzen?«

»Fühl dich wie zu Hause.«

Er stand auf und verließ das Zimmer. Während er fort war, trug Lillian das Tablett zum Waschbecken und spülte die Becher kurz aus, bevor sie sie zum Rest des Abwaschs stellte, um den sie sich morgen früh kümmern würde.

Sie hörte das Wasser im Bad laufen. Dann öffnete sich die Tür und Anton kam heraus.

Lillian trocknete sich die Hände an einem Küchenhandtuch ab und wandte sich ihm zu. Er runzelte die Stirn, lehnte die

Schulter gegen den Türrahmen zwischen dem Flur und der Küche und presste sich die Handballen auf die Augen.

»Oh, Anton …« Sie ging zu ihm. »Mach dir keine Sorgen. Es wird schon alles gut.«

Er schüttelte den Kopf. »Ich habe Angst, dass ich die beiden verliere.«

Sie umfasste sein Gesicht mit beiden Händen. »Nein, das wirst du nicht. Du bist ihr Vater und wirst immer ein Teil ihres Lebens sein. Dir gehört dieses schöne Stück vom Paradies, das du mit ihnen teilen kannst. Sie werden liebend gerne herkommen. Und eines Tages werden sie ihre eigenen Kinder mit herbringen.«

Seine Augen glänzten feucht, und Lillian zog ihn in ihre Arme, wo ihre beruhigenden Worte und sanften Berührungen ihn trösten konnten. Seine Schultern bebten, so bewegt war er, und er flüsterte in ihr Haar: »Danke.«

»Wofür?«

»Dafür, dass du da bist.«

Lillian wich zurück. »Ich bin dankbar, dass du mich eingestellt hast. Ich weiß, dass es vielleicht seltsam klingt, aber ich fühle mich von diesem Ort völlig verwandelt. Zum Besseren. Und ich denke an dich, Anton. Ziemlich oft.«

»Ich auch an dich. Seit dem Moment, in dem ich dich zum ersten Mal gesehen habe.«

Seine Worte machten sie glücklich, und sie verdrängte den Gedanken an Freddie. Er existierte für sie hier und jetzt nicht einmal. Sie konnte nur vor Hoffnung zittern, dass ihre machtvollen, unterdrückten Sehnsüchte endlich erfüllt würden werden. Anton streichelte ihr über das Haar. Im nächsten Moment presste sie schon ihre Wange gegen seine festen Brustmuskeln. Er hielt sie eng an sich gedrückt. Seine große Hand umfasste ihren Hinterkopf, und sie hatte das Gefühl, als würde sie mit ihm verschmelzen – als hätte alles in ihrem Leben auf diesen

Moment hingeführt. Zum ersten Mal in ihrem unbedeutenden Dasein schien mit der Welt alles in Ordnung zu sein.

Sie war nie die Art Frau gewesen, die irgendetwas romantisierte. Stattdessen war sie immer sehr praktisch veranlagt gewesen, manchmal in übertriebenem Maß. Aber an diesem Abend in Antons Armen fühlte sie sich, als würde sie von einem Strom inniger Gefühle mitgerissen. Ihr Verlangen nach ihm war unermesslich, und es war nicht nur körperliche Leidenschaft. Es fühlte sich unglaublicherweise wie Liebe an. Die Art von Liebe, auf die Menschen ihr Leben lang warteten und von der sie träumten. Die Art von Liebe, für die Menschen starben. Es erschien ihr kaum möglich, dass sie ihn erst seit ein paar Wochen kannte. Vielmehr war es so, als wäre er schon immer in ihrem Herzen gewesen und hätte nur darauf gewartet, daraus hervor in ihre Welt zu treten.

Im Apartment war es immer noch drückend heiß. Lillian war es fast schwindlig. Ihr Körper war schweißnass. Sie hob den Blick und sah Anton staunend an. Er lächelte. Sein Glück rührte sie zu Tränen.

»Ich bin in dich verliebt«, sagte er, »seit du aus dem zerbeulten Auto geklettert und auf die Knie gefallen bist. Du schienst den Erdboden förmlich anzubeten. Dann habe ich euch ins Krankenhaus gefahren … und dein Mann saß auf der Rückbank … aber es war, als würde er nicht existieren. Ich habe mir eingeredet, es sei der Schock, weil ich mitangesehen hatte, wie euer Auto von der Straße abgekommen war. Dass es am Adrenalin oder irgendetwas in der Art läge. Aber seitdem liebe ich dich mit jedem Tag, mit jedem Mal, das ich dich sehe, mehr.«

Lillian fühlte sich federleicht. »Mir geht es genauso. Freddie hat sich einen schlechten Zeitpunkt ausgesucht, um mich allein zu lassen.«

Sie wünschte, sie hätte Freddie nicht erwähnt. Sie wollte nicht an ihn denken. Sie wollte sich nicht der Angst vor dem unvermeidlichen Kummer stellen, der ihr bevorstand, wenn sie aus diesem schönen Traum erwachte und sich mit der Realität abfinden musste. Aber in Antons Armen zu liegen, war die einzige Realität, auf die es ihr jetzt ankam.

Seine Hände auf ihrem Rücken luden sie ein, noch näher zu kommen, zogen sie eng an ihn. »Wenn du mein wärst, würde ich dich nie verlassen und alles tun, um dich glücklich zu machen.«

Er starrte sie ein paar Sekunden lang an, in denen ihr fast das Herz stehen blieb, lotete ihren Gesichtsausdruck aus, bat stumm um Erlaubnis, einen Schritt weiter zu gehen.

Sie hielt ihn nicht davon ab.

Anton senkte seinen Mund auf ihren. Seine Lippen waren weich und tastend, hungrig vor Leidenschaft. Ihre Arme glitten nach oben, um seinen Hals, und sie erwiderte seinen Kuss, hemmungslos und tollkühn. Sie wollte ihn festhalten und nie mehr loslassen, damit dieser Moment für immer andauerte.

Diesmal dachte sie nicht an Freddie. Anton nahm jetzt allen Platz in ihrer Welt ein. Sie hatte nicht gewusst, dass solche Gefühle überhaupt möglich waren.

Am Ende löste sie sich von Anton und nahm ihn an die Hand. Sie führte ihn ins Schlafzimmer. Dort war es dunkel, bis auf das Mondlicht, das durch das offene Fenster fiel. Ihr Herz raste, als er sie in seine Arme zog und behutsam aufs Bett legte. Er schob sich über sie wie ein Schatten, erfüllte sie mit Entzücken und Freude.

Sie liebten sich die ganze Nacht und machten nur von Zeit zu Zeit eine Pause, um kurz zu schlafen, bis einer von ihnen wieder aufwachte und nach dem anderen tastete. Atemlos flüsterte Lillian Anton ins Ohr: »Passiert das jetzt wirklich?«

»Ich weiß es nicht. Es fühlt sich wie ein Traum an.«

Sie teilten Lillians Bett, bis der Himmel im Morgengrauen heller wurde. Dann standen sie auf, zogen sich an und spazierten Hand in Hand über das taubedeckte Gras, um sich auf eine Steinmauer zu setzen. Sie ging auf einen Weinberg an einem sanften Hang unter ihnen hinaus. Der Sonnenaufgang tauchte die toskanischen Hügel in einen zartrosafarbenen Nebel. Anton und Lillian staunten über die Schönheit des Anblicks, und in diesem perfekten Moment gab es für sie weder Schmerz noch Unglück irgendwo auf der Welt. Sie waren zusammen in ihrem ganz eigenen, privaten Himmel.

KAPITEL 18

FIONA

Toskana, 2017

Es fiel mir nicht leicht, ein Geheimnis für mich zu behalten, aufgrund dessen mein Herz am liebsten aus meiner Brust springen würde. Neunzig Millionen Euro. Bar auf die Hand. Zugesagt ohne Betriebsprüfung. Ich konnte in einer Woche in ein Flugzeug zurück nach Florida steigen, und mein Geheimnis und das meiner Mutter würden für immer unter den Teppich gekehrt bleiben.

Aber wie sollte ich Dad das Geld erklären? Und was würde ich damit machen? Connor und Sloane etwas davon abgeben? Wie sollte ich es aufteilen?

Während ich schnell über den Parkplatz zum Souvenirladen ging, sah ich auf meine Füße hinunter und lauschte dem Knirschen meiner Turnschuhe im sauberen weißen Kies. Die Bewegung erdete mich und erinnerte mich daran, dass nichts in Stein gemeißelt war. Connor wollte das neue Testament immer noch anfechten, also würde es das Klügste sein, meine Träume von finanzieller Unabhängigkeit nicht außer Kontrolle geraten zu lassen.

Ich betrat den Souvenirladen und traf dort eine dunkelhaarige Frau auf einer Trittleiter an. Sie füllte gerade eines der oberen Regale mit Weinflaschen. Sie trug eine marineblaue Hose und ein rotes Polohemd mit dem Maurizio-Logo auf der Brusttasche.

»*Buongiorno*«, sagte sie und stieg herunter. »Sie müssen Ms Bell sein?«

»Ja. Ich bin hier, um mich mit Vincenzo Guardini zu treffen. Aber bitte nenn mich doch Fiona.«

Sie kam auf mich zu und streckte mir die Hand hin. »Ich bin Mia, die Geschäftsführerin des Souvenirshops. Es freut mich, dich kennenzulernen.« Wir schüttelten uns die Hände. »Vin ist schon hier. Er ist im Büro. Vin! Fiona ist da!«

Er kam durch eine offene Tür an der Rückseite in den Laden und lächelte mich voller Wärme an. »Was für ein schöner Morgen für einen Spaziergang durch die Weinberge, *sì*?« Er küsste mich auf beide Wangen. »Mia hast du ja schon kennengelernt?«

»Ja.«

»Wunderbar. Dann lass uns anfangen. Erst einmal zeige ich dir das Büro. Komm, komm.« Er bedeutete mir, ihm durch die Hintertür in einen großen Raum mit einem halben Dutzend Schreibtischen und großen Fenstern zu folgen, die reichlich Tageslicht einließen. »Alle mal herhören! Das hier ist Fiona Bell, Antons Tochter aus Amerika. Die neue Besitzerin.«

Die Leute standen von ihren Schreibtischen auf, und Vincenzo stellte mich jedem Einzelnen vor. Dann führte er mich in ein separates Büro, um mich mit dem für Verkauf und Marketing zuständigen Manager bekanntzumachen.

Danach gingen wir nach draußen auf den Parkplatz. Vincenzo führte mich zu seinem Auto, einem süßen kleinen Fiat mit einer Beule in der Seite.

»Fahren wir irgendwohin?«, fragte ich.

»Wir haben viele Hektar zu besichtigen«, erklärte er. »Mit dem Auto geht es schneller.«

Ich wurde langsamer. »Vincenzo ... Ich frage mich, ob du etwas dagegen hättest, mich erst in die Weinkeller mitzunehmen. Erinnerst du dich an den Schlüssel, den ich dir gestern Abend gezeigt habe?«

»*Sì.*«

»Ich habe ihn in der Handtasche, und die Neugier bringt mich fast um.«

Er blieb stehen und sah mich verständnisvoll an. »Das dürfen wir natürlich nicht zulassen. Gehen wir. Die Keller liegen da drüben.«

Er führte mich den Kiesweg hinauf an der Kapelle vorbei zu einer kleinen Gruppe mittelalterlicher Gebäude. Wir stiegen ein paar Steinstufen zu einer Terrasse hinauf, über die wir zu einer großen Tür gelangten, die mit einem elektronischen Zahlenschloss gesichert war.

Sobald wir das Gebäude betreten hatten, ging es eine steile Treppe hinunter in einen weitläufigen unterirdischen Raum mit hoher Gewölbedecke. Der Geruch von Wein, Eiche und kühler, erdiger Feuchtigkeit stieg mir in die Nase. Vincenzo führte mich an langen Reihen riesiger, liegender Eichenfässer vorbei und erklärte, dass der Wein hier zwei Jahre lang reifte, bevor er auf Flaschen gezogen wurde und in modernen Kellern auf dem neuesten Stand der Technik überall in der Toskana weiter alterte.

»Dieser Keller ist wie ein Labyrinth«, bemerkte ich, als er mich durch weitere Räume, in denen Weinregale voll staubiger Flaschen standen, und schlecht beleuchtete, enge Gänge führte. Am Ende gelangten wir zu einer Tür, die uralt aussah. Sie hatte eiserne Beschläge und war in einen steinernen Bogen eingelassen.

»Hier ist es«, sagte Vincenzo. »Die Sackgasse, in die sich nie jemand verirrt. Hast du den Schlüssel?«

Ich wühlte in meiner Tasche, zog ihn heraus und reichte ihn Vincenzo.

»Wagen wir einen Versuch.« Er steckte den Schlüssel ins Schloss und drehte ihn. Der Mechanismus klickte, und Vincenzo stieß die schwere Tür auf. Die Angeln protestierten quietschend. »Es funktioniert. Nach dir.«

Ich holte vor Aufregung tief Luft und trat über die Türschwelle in einen kleinen, dunklen Weinkeller. Vincenzo zog an der Kette einer von der niedrigen Decke hängenden Glühbirne, aber sie war durchgebrannt. Wir mussten uns mit dem schwachen Licht, das aus dem Gang hereinfiel, und dem Leuchten unserer Handys begnügen.

»Du hattest recht«, sagte ich. »Hier drinnen ist nur Wein. Aber warum hat er ihn unter Verschluss gehalten?«

Hier gab es keine Regale, nur staubige Flaschen, die auf Paletten gestapelt waren. Ich bückte mich, um die rustikale Holzplakette über einem der Stapel genauer zu betrachten. »Auf dieser hier steht ›Lorenzo, 1920‹.«

Vincenzo ging zu einem kleineren Stapel. »Auf dieser ›Bianca, 1926‹.«

»Wer war das?«, fragte ich.

»Das weiß ich nicht genau.« Er ging weiter an der Wand entlang und beleuchtete mit dem Handy die anderen Stapel. »Aha … Hier ist etwas.«

Ich stellte mich neben ihn. »Auf dieser Plakette steht ›Connor, 1984‹.« Ich ging zur nächsten. »Und auf dieser hier ›Sloane, 1982‹. Diese Flaschen müssen aus den Jahren stammen, in denen seine Kinder geboren worden sind. Aber wer sind die anderen?«

»Nach den Jahrgängen und den italienischen Namen zu urteilen«, antwortete Vincenzo, »müssen es die Kinder der

Familie Maurizio gewesen sein. Sie sind alle schon vor Jahren gestorben.«

Ein kalter Schauer lief mir über den Rücken. Ich wich in die Mitte des Raumes zurück und rieb mir die Arme. »Es ist irgendwie gruselig, findest du nicht? Abgesehen von Connor und Sloane sind all diese Leute tot. Diese Plaketten sind wie Grabsteine.«

»Es sind noch nicht alle verstorben«, bemerkte Vincenzo und richtete das Licht aus seinem Handy auf einen Stapel Wein in der hintersten Ecke. »Komm her und sieh dir das an.« Er nahm die Plakette von einem Haken an der Wand und reichte sie mir.

Fiona, 1987

»Meine Güte. Das ist das Jahr, in dem ich geboren bin.«

Vincenzo hob eine der Flaschen hoch und wischte das Etikett mit der Handfläche sauber. »Auf dem Etikett steht 87, aber ich erkenne es nicht. Anton muss in deinem Namen eine besondere Cuvée hergestellt haben. Es ist auf alle Fälle eines seiner Gemälde.«

Mein Herz setzte einen Schlag aus. »Wirklich? Zeig her.« Überrascht von der Erkenntnis, dass Anton seine eigenen Kunstwerke auf die Etiketten hatte drucken lassen, sah ich mir das Bild an. Es war ein Sonnenblumenfeld im impressionistischen Stil, und eine blonde Frau stand am Rand des Feldes. Ich fragte mich, ob das meine Mutter sein sollte.

»Es ist sehr schön«, sagte ich. Dann wandte ich mich dem nächsten Stapel zu und blinzelte vor Verblüffung ein paar Mal. »Hier steht ›Lillian‹. Das ist meine Mutter. 1986. Das ist der Sommer, den sie in der Toskana verbracht hat.« Ich überprüfte das Etikett auf einer der Flaschen, und natürlich zeigte auch dieses hier eins von Antons Gemälden – einen Sonnenaufgang über den Hügeln der Toskana.

Ich sah mir Connors und Sloanes Flaschen an. Auch ihre Etiketten zeigten Antons Gemälde, anders als alle übrigen, auf denen das traditionelle Maurizio-Logo zu sehen war: eine Skizze der Villa. »Das ist wirklich eine Überraschung«, sagte ich und sah mich im Raum um.

Zum ersten Mal zog ich ernsthaft die Möglichkeit in Erwägung, dass Anton meine Mutter aufrichtig geliebt haben könnte.

»Wissen Connor und Sloane von diesem Keller?«, fragte ich.

»Das weiß ich auch nicht«, antwortete Vincenzo.

Ich dachte an die aufgerollten Leinwände in Antons Atelier und konnte es kaum abwarten, hinzugehen und sie mir anzusehen. Erst dann fiel mir wieder ein, was ich in diesem Geheimkeller eigentlich zu finden gehofft hatte. »Die Briefe sind nicht hier.«

»Offensichtlich nicht. Du wirst weitersuchen müssen.« Er ging zur Tür, und ich folgte ihm hinaus. »Wir sollten diese Tür abgeschlossen halten«, sagte er, »und den Schlüssel gut bewachen, Fiona. Das hier sind kostbare Jahrgänge. Da drinnen lagert ein kleines Vermögen.«

»Ich verstehe.«

Er schloss die Tür ab, reichte mir den Schlüssel und brachte mich ins Freie.

* * *

Nach meiner morgendlichen Führung durch die Weinberge beschloss ich, im Pool schwimmen zu gehen, bevor ich wieder hinauf zur Villa stieg. Ich war den grasbewachsenen Hang schon halb hinab, als ich Sloane entdeckte, die ausgestreckt auf einem Liegestuhl ruhte. Sie trug einen roten Badeanzug und einen Strohhut mit breiter Krempe. Zwei Kinder planschten im Pool.

Ich war fast in Versuchung, mich umzudrehen und woandershin zu gehen, aber es war sengend heiß, und ich hatte mich schon den ganzen Vormittag über aufs Schwimmen gefreut. Also ging ich weiter und öffnete das hölzerne Tor.

Als sie das Tor zufallen hörte, schob Sloane ihre Sonnenbrille auf die Nasenspitze, um darüber hinwegzusehen, wer näher kam.

»Hallo«, sagte ich ohne Schüchternheit, ging zu dem Liegestuhl neben ihrem und ließ mein Handtuch darauf fallen. Ich schüttelte meine Flipflops ab und zog mir das T-Shirt über den Kopf. »Was für eine Bullenhitze.«

Die Sonnenbrille immer noch tief auf der Spitze ihrer winzigen Nase musterte Sloane meinen roten Bikini mit den Pünktchen und meine Plastiklatschen. »Ja, heute ist es sehr heiß.«

»Sind das deine Kinder?«, fragte ich und beugte mich vor, um mir die Shorts auszuziehen.

Sloane zeigte mit einem perfekt manikürten Finger auf sie. »Ja, das ist Evan, und die Jüngere ist Chloe.«

Ich stemmte die Hände in die Hüften und sah ihnen beim Toben zu. »Sie sind süß. Ich schätze, ich bin jetzt ihre Tante. Oder Halbtante. Ist das der richtige Ausdruck?«

»Ich habe keine Ahnung«, antwortete Sloane und wandte das Gesicht ab.

Ich beschloss, Sloanes eisigen Tonfall zu ignorieren. »Ich gehe jetzt schwimmen. Hast du ihnen die Situation erklärt? Wissen sie, wer ich bin?«

Mit einem Anflug von Panik richtete Sloane sich ein Stück weit auf dem Liegestuhl auf. »Nein. Ich habe ihnen noch nichts erzählt. Ich glaube, ich muss den Schock erst selbst noch verdauen.«

»Das geht mir auch so.« Ich beschirmte meine Augen gegen das grelle Sonnenlicht. »Na ja, ich gehe dann mal kurz baden. Mach dir keine Sorgen – ich sage ihnen nichts. Es stünde mir nicht zu, das zu tun.«

Ich stellte mich kurz unter die Außendusche auf der Poolterrasse. Dann beobachtete Sloane, wie ich zum tiefen Ende des Pools ging. Dort blieb ich kurz stehen, um abzuschätzen, wie tief das Wasser war, bevor ich hineinsprang. Es war herrlich erfrischend. Ich schwamm ein paar Minuten lang Bahnen. Dann hielt ich am flachen Ende an, um Pause zu machen, und ließ mich auf dem Rücken treiben.

Die Kinder schlugen einen kleinen Wasserball hin und her.

Ich schloss die Augen und lauschte dem Klang ihres Lachens.

Nach einiger Zeit stieg ich aus dem Pool und kehrte zu meinem Liegestuhl zurück, um mein Handtuch zu holen. Sloane setzte sich auf und nahm ihre Sonnenbrille ab. »Danke, dass du nichts gesagt hast.«

Ich beugte mich vor, um mir die Beine abzutrocknen. »Kein Problem. Die Situation ist kompliziert, und wir wissen nicht, was am Ende dabei herauskommt. Vielleicht entwickeln sich die Dinge ja zu euren Gunsten, und ich fahre am Ende einfach nach Hause und ihr seht mich nie wieder.«

Sloane musterte mich neugierig. »Du scheinst ja eine sehr entspannte Sicht auf die ganze Sache zu haben.«

Ich wrang mir die Haare aus und zuckte die Schultern. »Ich würde nicht unbedingt sagen, dass ich entspannt bin, aber ich bin mit nichts hergekommen. Wenn ich mit nichts wieder abfahre, hatte ich wenigstens eine ziemlich coole Reise nach Italien und habe ein paar nette Leute kennengelernt.«

»Aber das *Geld* ...«, wandte Sloane ungläubig ein.

Ich hatte mich fertig abgetrocknet und streckte mich neben Sloane auf meinem Liegestuhl aus. »Ehrlich? Ich versuche, nicht zu viel darüber nachzudenken. Wenn ich mich zu sehr in die Vorstellung hineinsteigere, reich zu sein, hätte ich ganz schön daran zu knabbern, wenn nichts daraus wird.«

»Dann weißt du ja, wie Connor und ich uns fühlen«, antwortete sie.

Ich setzte mich auf und wandte mich ihr zu.

»Wir haben unser Leben lang mit diesem Erbe gerechnet«, fuhr sie fort. »Es bestand kein Grund, daran zu zweifeln.«

Ich musterte Sloane aufmerksam. »Das tut mir leid. Ich verstehe es wirklich, und ich schwöre, dass ich nichts getan habe, um die Waagschale zu meinen Gunsten zu neigen.«

Die Kinder spritzten einander voller Begeisterung nass, bis Chloe zu weinen begann und sich beschwerte: »Mom! Sag ihm, dass er aufhören soll!«

»Sie hat angefangen!«, antwortete Evan.

Sloane beugte sich vor. »*Evan, hör auf, deine Schwester nass zu spritzen!*«

Das setzte dem Gezänk sofort ein Ende. Die Kinder schwammen hinter dem Wasserball her, der von ihnen wegtrieb.

»Ich habe gestern mit Connor zu Abend gegessen«, bemerkte Sloane. Es überraschte mich, dass sie jetzt doch ein Gespräch mit mir führen wollte. »Er hat mir erzählt, dass dein Vater im Rollstuhl sitzt.«

»Das ist sehr vereinfacht ausgedrückt«, sagte ich. »Aber es stimmt. Er ist querschnittsgelähmt. Wenn ich nicht bei ihm bin, braucht er praktisch rund um die Uhr Pflege.«

Sloane schob ihren Hut zurecht. »Das muss schwierig sein. Du könntest den Geldsegen sicher gebrauchen.«

»Gegen ein bisschen zusätzliches Geld hätte ich wirklich nichts«, bestätigte ich. »Wir haben gerade einen neuen Van mit

Hebebühne für den Rollstuhl gekauft, und die Kreditraten lassen unsere Ersparnisse ganz schön zusammenschrumpfen.«

Sloane hielt den Blick unverwandt auf ihre Kinder im Pool gerichtet. »Puh. Jetzt komme ich mir sehr egozentrisch vor.«

»Warum?«

»Weil alles, woran ich denken kann, die Tatsache ist, dass auch ich Geld brauche und nicht möchte, dass du es bekommst, weil ich es haben will, und das im Moment unbedingt.«

»Wieso denn?«

Sie schnaufte. »Weil ich darüber nachdenke, mich von meinem Mann scheiden zu lassen. Aber wenn ich das tue, bekomme ich nichts, allenfalls ein bisschen Unterhalt für die Kinder.«

»Aber du hast doch sehr wohl Geld geerbt«, rief ich ihr ins Gedächtnis und beugte mich leicht auf dem Liegestuhl vor. »Ein paar Millionen britische Pfund, wenn ich mich nicht irre.«

Sloane verscheuchte einen Schmetterling. »Das weiß ich, und ich komme mir wie ein verwöhntes Gör vor, weil ich das sage, aber das ist nicht besonders viel Geld, wenn man einen bestimmten Lebensstandard gewohnt ist. Ich muss zwei Kinder großziehen, und …« Sie brach ab. »Oh, nun sieh mich nicht so an. Es klingt für dich ja vielleicht lächerlich, aber ich habe keinerlei Zweifel, dass du bald verstehen wirst, was ich meine.«

Ich lachte leise. »Das bezweifle ich wiederum. Tut mir leid – ich will nicht abwertend klingen, aber es fällt mir schwer, dich zu bemitleiden. Du bist schon dein Leben lang reich.« Ich machte eine ausladende Armbewegung. »Sieh dir dieses Anwesen doch nur an! Das war dein Sommercamp.«

Sloane schüttelte den Kopf. »Im Moment komme ich mir nicht sehr reich vor. Ich fühle mich nur allein und in einer gescheiterten Ehe gefangen, weil ich einen Ehevertrag unterzeichnet habe, laut dem ich nichts bekomme, wenn ich meinen Mann verlasse. Und ich habe große Angst davor, meine Kinder ohne Vater großzuziehen. Außerdem bin ich überzeugt, dass mein eigener Vater mich gehasst hat, weil ich ihn nie besuchen gekommen bin, und dass er mich deshalb enterbt hat. Also hängt wohl alles von deiner Definition des Wortes *reich* ab. Und, Fiona ...« Sloane wandte sich mir zu. »Was das Geld betrifft, ist alles relativ. Ich weiß nicht, wie deine finanzielle Situation aussieht, aber wenn du ein Dach über dem Kopf und einen brandneuen Van hast, hält ein Obdachloser dich vielleicht für reich wie Krösus.«

Ich zuckte leicht zurück. »Wow. Die Runde geht an dich.«

Wir saßen schweigend da und beobachteten beide die Kinder.

»Ich wollte nicht andeuten, dass du kein Recht darauf hast, unglücklich zu sein, nur weil du Geld hast«, sagte ich nach einiger Zeit. »Das Leben ist manchmal beschissen, ob man nun reich oder arm ist. Und das mit deiner Ehe tut mir leid. Es ist immer traurig, wenn eine Beziehung scheitert. Ich war nie verheiratet, aber ...«

»Mein Mann hat unserer Tochter gestern Abend ein Bild von seinem Schwanz geschickt«, verkündete Sloane unverblümt.

Ich sah sie entgeistert an. »Er hat *was* getan?«

»Nicht absichtlich«, erklärte Sloane. »Anscheinend wollte er es einer Frau schicken, die er hinter meinem Rücken vögelt. Keine Ahnung, wer sie ist.«

Ich versuchte, mir mein Erstaunen nicht anmerken zu lassen. »Das tut mir leid. Wirklich.«

»Danke.« Sie schluckte schwer, und ich hatte das Gefühl, dass sie mit den Tränen kämpfte. »Ich bin natürlich wütend auf ihn, aber auch auf mich selbst. Es ist nicht so, als hätte ich das nicht kommen sehen. Mein Mann war schon immer ein Schwerenöter. Schon bei unserer Hochzeit wusste ich in meinem tiefsten Innern, dass er gar nicht in der Lage ist, mir für den Rest unseres Lebens treu zu sein. Aber er war so attraktiv und erfolgreich, und ich war völlig hin und weg von ihm, also habe ich es trotzdem durchgezogen. Ich habe einfach den Kopf in den Sand gesteckt und mir eingeredet, dass alles anders werden würde, sobald wir verheiratet wären. Dass er sich ändern und gesetzter werden würde. Dass er sich zum Familienmenschen entwickeln würde.«

»Das muss ganz schön hart sein.«

»Ist es auch. Besonders, wenn ich diese wundervollen Kinder ansehe, die es nicht verdient haben, mit einer Mutter aufzuwachsen, die ein emotionales Wrack ist und andauernd zu überspielen versucht, dass sie zutiefst verunsichert ist und ein gebrochenes Herz hat. Wie soll ich ihnen gegenüber aufrichtig sein, wenn ich alles nur vortäusche? Ich versuche, so zu tun, als wäre unser Leben perfekt und schön, damit all meine Freundinnen mich beneiden. Aber ehrlich gesagt … Wen kümmert es, was sie denken? Würde es nicht mehr Spaß machen, meine Naturhaarfarbe wieder herauswachsen zu lassen und Pasta zu essen, ohne mir Sorgen zu machen, ob ich am nächsten Tag ganz aufgedunsen wirke?«

»Ich liebe Pasta«, sagte ich. »Welche Farbe hat dein Haar denn?«

Sie nahm ihren Sonnenhut ab und zeigte mir ihren Haaransatz. »Es ist braun, nicht schwarz.«

Ich beugte mich vor, um genau hinzusehen, und nickte, ohne ein Urteil abzugeben.

Sloane setzte ihren Hut wieder auf und seufzte tief. »Du weißt ja, was man sagt: Frauen heiraten oft einen Abklatsch ihrer Väter, und laut Mom war unser Vater ein notorischer Frauenheld.« Sie schüttelte den Kopf. »Manchmal frage ich mich, ob attraktive, reiche Männer überhaupt in der Lage sind, einer einzigen Frau für den Rest ihres Lebens treu zu sein, wenn sich ihnen doch ständig jüngere Frauen an den Hals werfen.«

Ich kämpfte darum, die richtigen Worte zu finden. »Das kann ich nicht beurteilen. Ich habe noch nie besonders attraktive, reiche Männer kennengelernt. Mein Ex war ein Durchschnittstyp. Er hatte seine Fehler, aber er war mir wenigstens treu. Und unseren Vater habe ich nie kennengelernt, also habe ich keine Ahnung, wie er war.«

Sloane beugte sich vor und nahm ihren Hut ab. »Evan! Drück den Kopf deiner Schwester nicht unter Wasser! Willst du etwa, dass sie ertrinkt?« Sie lehnte sich wieder zurück und schnaufte frustriert. »Wie soll ich das nur allein schaffen? Das wird ein böses Ende nehmen.«

»Das stimmt nicht«, versicherte ich ihr. »Ich glaube, du wirst prima klarkommen. Offensichtlich bist du gut darin, alles aufmerksam im Auge zu behalten. Ich meine ja nur … Chloe ertrinkt jedenfalls nicht.«

»Vielleicht nicht, aber ihre Eltern trennen sich vermutlich, und sie wird in zwei verschiedenen Haushalten aufwachsen müssen und sich wahrscheinlich immer die Schuld an dem geben, was aus ihrer Familie geworden ist, weil sie wie am Spieß geschrien hat, als das Penisbild angekommen ist.« Sloane ließ den Kopf an die Lehne des Liegestuhls sinken und sah einer Wolke nach, die über den Himmel zog. »Nenn mich eine Pessimistin, aber ich habe das Gefühl, dass die traditionelle Ehe ein überholter Wunschtraum ist.«

»Lass uns die Hoffnung nicht aufgeben«, hielt ich dagegen. »Viele Paare verbringen ihr ganzes Leben miteinander und sind sehr glücklich. Meine Eltern zum Beispiel. Obwohl mein Dad sie vor viele Herausforderungen gestellt hat, hat meine Mutter sich hingebungsvoll um ihn gekümmert. Sie hätte alles für ihn getan. Ich bin mir sicher, dass sie heute immer noch zusammen wären, wenn sie nicht gestorben wäre.«

Sloane sah mich an. »Ich will ja nicht taktlos sein, aber vergisst du dabei nicht die Tatsache, dass du nur auf der Welt bist, weil deine Mutter deinen Dad betrogen hat?«

Ich dachte kurz darüber nach und musste mir eingestehen, dass Sloane nicht unrecht hatte. Vielleicht sah ich die Ehe meiner Eltern wirklich durch die rosarote Brille.

Aber wie hätte es auch anders sein können? Ich erinnerte mich nur daran, wie meine Mutter meinen Vater Tag für Tag liebevoll umsorgt hatte, bis sie den Staffelstab an mich weitergereicht hatte.

»Ja«, sagte ich, »aber ich glaube nicht, dass es ganz so war. Ich meine, es war keine richtige *Affäre*. Ich weiß zwar nicht, was genau es war, aber …« Ich dachte an die besondere Weinsammlung, die Anton für meine Mutter und mich angelegt hatte. Er hatte sie verborgen und dreißig Jahre lang weggeschlossen. Ich schüttelte den Kopf. »Was rede ich da? Ich weiß überhaupt nichts mehr. Ich habe keine Ahnung, was zwischen ihnen vorgefallen ist.«

Ich hatte immer geglaubt, ich könnte mir alles denken – die Beziehung meiner Mutter zu meinem leiblichen Vater wäre bestenfalls ein One-Night-Stand gewesen, womöglich sogar eine Vergewaltigung. Aber nachdem ich den geheimen Weinkeller gesehen hatte, musste ich die Möglichkeit in Betracht ziehen, dass ich mich getäuscht hatte, was ihr Verhältnis zueinander anging. Vielleicht hatte ich mich auch insgesamt in Anton Clark getäuscht.

Mein Bedauern wurde immer größer und drohte mir über den Kopf zu wachsen.

Mit mehr Fragen denn je im Sinn setzte ich mich auf, stellte die Füße schwungvoll auf den Boden und streifte mein T-Shirt über. »Ich muss jetzt los. Dein Bruder ist bestimmt schon wieder in der Villa und durchsucht Kartons und Aktenordner nach den geheimnisvollen Briefen meiner Mutter.«

Ich zog meine Shorts an, schlüpfte in meine Flipflops und brach auf. Allerdings drehte ich mich noch einmal um, denn eines wollte ich noch sagen.

»Sloane, egal was nun aus dem Testament wird, du solltest dir keine Sorgen machen. Zumindest wirst du ein eigenes Haus in London, Verwandtschaft in der Nähe und ein hübsches Sümmchen auf dem Konto haben. Du kannst noch einmal ganz von vorn anfangen und deine Kinder großziehen.«

»Connor will das Haus verkaufen«, erklärte sie mir. »Er will schnell an Geld kommen.«

Ich trat ein wenig näher. Ich wollte ihr aufrichtig helfen. »Ich verstehe. Na ja, du könntest immer noch deine Hälfte vom Verkaufserlös nehmen und irgendwo anders neu anfangen.«

»Aber ich liebe dieses Haus«, wandte sie ein, »und die Kinder auch. Es ist der einzige Ort, an dem wir uns wirklich zu Hause fühlen.« Sie schaute sich um und sah zu der Stadt Montepulciano auf ihrer fernen Hügelkuppe hinüber. »Ich bin nie mit ihnen hergefahren. Ich wünschte jetzt, ich hätte es getan, denn es ist etwas ganz Besonderes. Du hast großes Glück, Fiona. Halte das hier nicht für selbstverständlich.«

»Ich werde mich bemühen, das nicht zu tun«, antwortete ich und dachte an den Makler namens Roberto, der mir neunzig Millionen Euro für das Weingut geboten hatte. Er wartete immer noch auf meinen Rückruf. »Und was das Haus in London betrifft, das du so liebst ... Wenn es sich wie dein Zuhause anfühlt, solltest du Connor auszahlen, damit du die alleinige Besitzerin bist, und das Leben führen, das du führen möchtest. Gib dich nicht einfach geschlagen. Vergiss nicht, dein Mann hat eurer Tochter ein Bild von seinem Schwanz geschickt. Das ist nicht in Ordnung. Hast du einen Screenshot davon gemacht?«

»Ja.«

»Dann vertrau mir. Er wird dich nicht hängen lassen. Er wird Connor wahrscheinlich für dich auszahlen und vielleicht sogar noch einmal darüber nachdenken, von dem abzuweichen, was im Ehevertrag steht, solange du dich bereit erklärst, den Mund über das zu halten, was er getan hat. Also nimm dir einen guten Anwalt. Okay ... Jetzt muss ich los.« Ich drehte mich um und wollte von der Poolterrasse joggen. Im selben Moment schlug Evan den Ball aus dem Wasser, und er kullerte auf den Zaun zu.

»Ich hole ihn!«, rief ich und rannte darauf zu. Ich hob den Ball hoch und schlug ihn wie einen Volleyball zurück.

»*Grazie!*«, rief Evan und sprang hoch, um ihn zu fangen.

»*Prego!*«, antwortete ich gutmütig und eilte dann zum Tor.

»Mom, wer war das?«, hörte ich Chloe fragen.

Sloane sah zu, wie ich das Tor schloss, und holte ihre Kinder dann aus dem Pool. »Kommt her und setzt euch zu mir, damit ich euch erklären kann, wer sie ist.«

Ich warf noch einen Blick zurück, als ich den grasbewachsenen Hang hinaufging, und sah, dass Sloane Chloe auf dem Schoß hielt. Plötzlich drehten beide Kinder sich um und sahen mich an. Sie winkten.

Ich lächelte und winkte zurück.

Als ich weiter den Hügel hinaufstieg, war ich entschlossener denn je, die Briefe zu finden.

KAPITEL 19

LILLIAN

Toskana, 1986

Eine weitere Woche verging, und Freddie machte sich nicht die Mühe, anzurufen. Wenigstens redete Lillian sich das ein. Es gab keinen Anrufbeantworter in der Gästesuite, und sie war nicht oft zu Hause. Entweder arbeitete sie an der Rezeption und machte Führungen, oder sie half in ihren freien Stunden in den Weinbergen – aus reinem Spaß an der Freude. Es machte geradezu süchtig, Reben zu beschneiden und Wurzelschösslinge abzubrechen. Es war unglaublich befriedigend. Und natürlich war es ein Vorwand, um jeden Tag an Antons Seite zu arbeiten, obwohl auch andere dabei waren.

Er und Domenico brachten ihr alles Mögliche über den Weinanbau bei. Sie war eine eifrige Schülerin und saugte die Informationen auf wie ein Schwamm.

»Ich liebe es, hier zu sein«, sagte sie eines Abends zu Anton, als sie nach dem Essen in der Villa zurück zu ihrer Suite gingen. »Ich liebe alles: das Essen, den Wein, die Olivenhaine, die Reben und den modrigen Geruch der Keller. Ich kann es dir nicht verdenken, dass du dieses Gut kaufen wolltest. Es berührt einen im tiefsten Inneren.«

Er streckte den Arm aus, nahm ihre Hand und küsste sie auf den Handrücken.

»Und ich habe mir gedacht«, fuhr sie fort, »wenn du dieses Gut wirklich zu deinem machen und hier deine eigene Geschichte schreiben willst, dann könntest du besondere Weinsammlungen für deine beiden Kinder anlegen und sie dem Privatkeller hinzufügen, wie Signor Maurizio es getan hat. Du könntest deine eigenen Etiketten auf die Flaschen kleben, damit sie sich von den anderen abheben.«

Anton blieb mitten auf dem Weg stehen und sah Lillian beeindruckt an. »Du erstaunst mich immer wieder. Das ist eine wunderbare Idee. Wir wollen jetzt bald den Wein aus dem Jahr, in dem Connor geboren worden ist, auf Flaschen ziehen, und aus Sloanes Geburtsjahr reifen schon Flaschen im Keller. Ich weiß, welche Cuvée aus dem Jahrgang die beste ist. Die werde ich für sie auswählen. Danke.«

»Ich kann dir mit den Etiketten helfen, wenn du möchtest«, bot Lillian an.

Er nickte, und sie sah im bläulichen Mondschein, dass ein Ausdruck von Bewunderung auf seinem Gesicht lag. »Auch du drückst diesem Gut deinen Stempel auf«, sagte er. »Du schreibst deine eigene Geschichte hier, und ich freue mich darüber.«

Sie gingen eine Weile schweigend weiter, bis er fragte: »Hast du etwas von Freddie gehört?«

Bei der bloßen Erwähnung ihres Mannes versteifte Lillian sich. Wie einfach war es doch geworden, sich selbst vergessen zu lassen, dass sie verheiratet war. Sie hatte durchaus Schuldgefühle bei dem, was sie taten. Ziemlich oft überkamen sie Scham und Reue. Aber in ihrem Fall gehörten zwei dazu. Freddie hatte im Laufe der Jahre immer wieder deutlich gemacht, dass ihr Glück ihm unwichtig war. Ihr Wert für ihn bestand darin, dass sie ihn in vielerlei Hinsicht unterstützte: finanziell, kreativ und emotional.

»Nein«, sagte sie. »Ich vermute, er hat sich tief in seine Schreibhöhle verkrochen. Wenn ihn die Inspiration überkommt, neigt er dazu, die Welt zu vergessen. Die reale Welt, meine ich. Mich eingeschlossen.«

Ihre Schritte trafen leicht auf die ungepflasterte Straße, während sie dem Lichtkegel der Taschenlampe folgten.

»Was wirst du ihm sagen, wenn er doch noch anruft?«, fragte Anton. »Oder wenn er einfach ohne Vorwarnung hier auftaucht?«

»Das wird er nicht tun«, antwortete sie. »Er wird wollen, dass ich ihn vom Bahnhof abhole, und der letzte Zug aus Paris kommt jeden Abend um zwanzig vor neun an.«

»Was, wenn er ein Taxi nimmt, um dich zu überraschen?«

»Auch das würde er nicht tun«, erwiderte sie. »So romantisch ist er nicht. Allerdings … Man weiß ja nie. Vielleicht sitzt er auf dem Sofa und hält einen Blumenstrauß für mich in der Hand, wenn wir gleich durch die Tür spazieren. Das wäre peinlich.« Sie schüttelte den Kopf über sich selbst. »Tut mir leid. Das war nicht witzig. Ich weiß nicht, warum ich das gesagt habe. Ich bin eigentlich nicht so sorglos, was das betrifft, und ich weiß nicht, was ich tun würde, wenn er unerwartet auftauchte.«

Die Fenster waren dunkel, als sie ihr Apartment erreichten, also gingen sie hinein und verließen sich darauf, dass Freddie nicht zurückgekehrt war.

Später lagen sie gemeinsam unter einem leichten Baumwolllaken in ihrem Bett und sahen einander an.

»Er wird nicht für immer fortbleiben«, bemerkte Anton sanft.

Lillian schloss die Augen. »Ich weiß. Aber ich will darüber nicht ausgerechnet jetzt nachdenken.«

»Früher oder später müssen wir das aber. Was wirst du tun, Lillian?«

Sie drehte sich auf den Rücken und sah zu, wie der Deckenventilator sich langsam drehte. »Ich weiß es nicht. Ich bin hier glücklich – so glücklich wie noch nie. Das liegt natürlich an dir. Ich bin wahnsinnig verliebt in dich, und jeden Tag wache ich in einem Zustand vollkommener Glückseligkeit auf. Aber ich liebe auch meine Arbeit hier. Ich liebe es, die Führungen zu machen, den Trauben beim Wachsen zuzusehen, die Reben zu beschneiden und zu lernen, wie man Wein herstellt. Ich kann die Weinlese kaum abwarten.« Sie drehte den Kopf auf dem Kissen, um ihm in die Augen zu sehen. »Es klingt sicher kitschig, wenn ich das sage, aber ich glaube, das hier ist meine Berufung.«

Anton verschränkte seine Finger mit ihren und küsste ihre Hand. »Ich empfinde es genauso.«

Sie drehte sich wieder auf die Seite und sah ihn an. »Aber ich bin verheiratet. Und du auch.«

»Nicht mehr lange«, antwortete er. »Bald werde ich frei sein.«

Ihr Herz bebte vor Ungewissheit. Sie hatte Angst davor zu hoffen. Angst davor zu träumen.

Anton rückte ein Stück näher an sie heran. »Ich glaube, das ist der Grund dafür, dass wir beide hier sind, in der Toskana, jetzt, in diesem Augenblick. Es ist kein Zufall. Es ist der Grund dafür, dass du Freddie damals kennengelernt hast, denn er schreibt ein Buch, das in Italien spielt. Deshalb hat dein Timing für ihn nicht gepasst, und er wollte keine Familie gründen, als du es wolltest. Deshalb hast du ihn überzeugt herzufahren, um sein Buch zu beenden. Und deshalb war ich hinter euch, als euer Auto von der Straße abgekommen ist. All das ist passiert, damit wir einander unter außergewöhnlichen Umständen finden konnten … sodass wir die Bedeutung erkennen würden.«

Lillian drückte ihm die Hände. »Meinst du, dass es Schicksal ist?«

Er stützte sich auf einen Ellbogen und küsste sie sanft auf die Stirn, die Augenlider und die Wangen. »Nenn es, wie du willst. Ich weiß nur, dass es uns bestimmt war, einander zu finden, und jetzt, da du hier bist, kann ich dich nicht gehen lassen. Bleib bei mir, Lillian. Wir werden so viele Kinder haben, wie du willst.«

»Bleiben …?«

»Ja.« Seine Augen glänzten hell im Mondschein, der durch das Fenster fiel. »Wenn Freddie zurückkommt, dann sag ihm, dass wir einander lieben und dass du die Scheidung willst. Du kannst zu mir in die Villa ziehen.«

Die Tragweite dieser Worte traf Lillian bis ins Mark. »Bei dir einziehen? Anton, wir kennen uns kaum einen halben Sommer lang.«

»Das spielt keine Rolle. Ich bin mir sicher. Ich wurde geboren, um dich zu lieben, dich und keine andere Frau.« Er küsste sie inbrünstig, leidenschaftlich, und weckte brennendes Begehren in ihr.

Lillian begann leise zu weinen. Ihre Tränen hinterließen Flecken auf dem Kopfkissen.

»Du bist die einzige Frau, die ich will«, sagte er, »für den Rest meines Lebens.«

Ihr Herz öffnete sich weit, und sie weinte in einer seltsamen Mischung aus Freude und Kummer.

»So einfach ist das nicht«, sagte sie. »Freddie hat keine Ahnung, was hier passiert ist, seit er abgereist ist. Ich kann ihn nicht einfach aus heiterem Himmel um die Scheidung bitten. Er wäre komplett überrumpelt und am Boden zerstört. Das hat er trotz all seiner Fehler nicht verdient.«

Anton wischte ihr die Tränen ab und ließ ihr einen Moment Zeit, sich zu sammeln.

»Ich liebe dich«, sagte sie, »aber ich mag ihn, und ich kann nicht herzlos sein.«

Sie lagen still im Dunkeln und hielten einander fest, während Lillian die Last der ganzen Welt auf ihren Schultern spürte. Sie vergrub das Gesicht in den Händen. »Ich weiß nicht, was ich tun soll.«

* * *

Im August wurden die Weintrauben rund und süß. Allmählich wechselten sie die Farbe von leuchtendem Grün zu dunklem Lila. Eines Nachmittags begleitete Lillian Anton und Domenico in einen Weinberg, um zu überprüfen, wie es um den Mehltau bestellt war.

»Sieh her«, sagte Domenico. »Die Blätter sind üppig und schön, aber sie werfen zu viel Schatten, sodass Feuchtigkeit auf den Weintrauben bleibt. Daraus kann sich Fäulnis entwickeln, also müssen wir hier mehr zurückschneiden. Und es wird Zeit, diese Reben mit Vogelnetzen abzudecken.« Er zeigte zum Himmel. »Wir müssen verhindern, dass die hungrigen Schwärme sich am Syrah vergreifen.«

Danach sprach er darüber, dass sie die Weintrauben genau im Auge behalten mussten, um den besten Zeitpunkt für den Beginn der Lese zu bestimmen.

Als sie mit ihrer Inspektion des Weinbergs fertig waren, stand die Sonne hoch am Himmel, und es wurde Zeit für eine Ruhepause. Domenico kehrte in seine kleine Villa zurück, um sich über das Mittagessen herzumachen und dann mit Caterina ein Nickerchen zu halten.

»Hast du Lust, schwimmen zu gehen?«, schlug Anton vor, kaum dass sie allein hinter einem Traktor am Rande des Weinbergs standen. Er schob Lillian rückwärts gegen den großen Gummireifen und legte ihr die Arme um die Taille.

»Das hört sich wunderbar an. Ich habe bis zur Drei-Uhr-Führung Zeit. Treffen wir uns doch in fünf Minuten am Pool. Ich muss mir nur schnell meinen Badeanzug anziehen.«

Sein Kuss war voll verträumter Innigkeit, und sie wollte nicht, dass er endete.

Schließlich lösten sie sich doch voneinander und wagten sich diskret hinter dem großen Traktor hervor, um in unterschiedliche Richtungen davonzugehen.

Während sie den schattigen, baumbestandenen Weg zu ihrer Gästesuite entlangspazierte, berührte Lillian mit den Fingerspitzen ihre Lippen und spürte, wie ihr bei der Erinnerung an Antons Kuss die Röte in die Wangen stieg. Sie konnte nicht fassen, was sie erlebte. Sie hatte sich noch nie so glücklich und lebendig, aber zugleich auch so hin- und hergerissen gefühlt. Sie wollte Freddie nicht wehtun, aber sie sehnte sich danach, sich kopfüber in eine ungewisse Zukunft zu stürzen und für immer bei Anton in der Toskana zu bleiben. Es kam ihr so plötzlich vor, dass es ihr Angst machte. Was, wenn es nur eine verrückte, impulsive Schwärmerei oder eine kurzfristige geistige Verwirrtheit war, ausgelöst von nichts weiter als intensivem sexuellen Begehren?

Sie erreichte das Apartment, eilte die steinernen Stufen hinauf und schob den Schlüssel ins Schloss. Sonnenlicht fiel auf die Terrakottafliesen des Bodens, als sie die Tür aufstieß. Sie lächelte und fragte sich, wo sie ihren Bikini hingelegt hatte, nachdem sie das letzte Mal schwimmen gegangen war. Hing er in der Dusche, oder hatte sie ihn in die Schublade im Schlafzimmer geräumt?

Doch dann blieb sie stocksteif auf der Türschwelle stehen, denn als sie aufschaute, sah sie Freddie, der am Küchentisch saß und ein Sandwich aß.

Wie betäubt stand sie ausdruckslos und erschüttert da. »Freddie … Du bist wieder hier.«

Er schluckte einen Mundvoll hinunter. »Hey!« Er wischte sich das Gesicht mit einer Serviette ab und stand auf. »Ich habe eigentlich erst später mit dir gerechnet. Ich wollte dich überraschen. Freust du dich, mich zu sehen?«, erkundigte er sich und kam auf sie zu.

Lillian stolperte leicht nach vorn, als er sie in seine Arme zog und an sich drückte. »Natürlich.«

Freddie hielt sie auf Armeslänge von sich weg und ging kurz in die Knie. Er lachte nervös. »Du siehst aber nicht so aus, als ob du dich freuen würdest. Eher wie das Kaninchen vor der Schlange.«

Hastig setzte Lillian ein Lächeln auf. »Tut mir leid. Ich bin nur überrumpelt, das ist alles. Vielleicht habe ich auch einen kleinen Sonnenstich. Du hast nicht angerufen. Ich hätte dich am Bahnhof abgeholt. Aber das ist wunderbar. Ich freue mich ja so, dich zu sehen.«

Er trat ein paar Schritte zurück und breitete die Hände aus. »Nun schau dich nur an! Du bist so braun geworden! Lassen sie dich mittlerweile in den Weinbergen mitarbeiten?« Sein Tonfall klang scherzhaft.

»Also, eigentlich ja …« Sie wollte ihm von den sorgfältigen Rückschnitten erzählen, die sie in letzter Zeit vorgenommen hatte, und ihm schildern, dass sie etwas über Bodenzusammensetzung, Bewässerung und Fermentierung gelernt hatte. Aber Freddie wandte sich ab und griff nach seinem Rucksack, der auf dem Boden stand.

»Rate mal, was hier drin ist.« Er hob den Rucksack an und hielt ihn hoch.

Lillian fragte sich, ob es ein Geschenk für sie aus Paris war, aber er beantwortete seine eigene Frage schon, bevor sie raten konnte.

»Mein Manuskript.« Seine Augen funkelten vor Stolz. »Ich habe es vollendet, Lil.«

Seine Worte trafen sie wie ein Schlag und ließen sie einen Schritt zurückstolpern. »Ist das dein Ernst?«

»Ja«, antwortete er. »Gestern habe ich ›Ende‹ getippt. Dann habe ich eine Kopie gemacht und sie heute Morgen an den Agenten geschickt, unmittelbar bevor ich in den Zug gestiegen bin.«

Er sprühte förmlich vor freudiger Erregung, während er auf ihre Antwort wartete, aber Lillian fehlten die Worte.

»Lil … Hast du gehört, was ich eben gesagt habe?«

Sie schüttelte den Kopf, um ihn freizubekommen. »Ja. Ich glaube, die Sonne hat mein Gehirn schmelzen lassen.« Sie machte einen Schritt vorwärts und legte ihm die Hände auf die Schultern. »Das ist wunderbar. Ich bin sehr stolz auf dich.«

»Stolz auf *uns*«, antwortete er. »Wir haben es zusammen geschafft. Wir beide, denn ohne all deine Hilfe wäre ich nie fertig geworden. Herzukommen war das Beste, was wir je getan haben. Ich weiß, dass ich erst gar nicht so scharf darauf war, aber ich bin froh, dass du mich dazu gedrängt hast: Das war genau der Funke, der in mir das Feuer entzündet hat, sodass ich die Sache wirklich anpacken konnte. Also vielen Dank.«

Sie hatte Freddie noch nie so stolz gesehen. Eine Flut von Schuldgefühlen brach über sie herein, denn sie würde sein Glück mit dem Geständnis zerstören, dass sie ihm untreu gewesen war. Schlimmer noch … Dass sie einen anderen Mann liebte. Zutiefst und von ganzem Herzen liebte.

»Gern geschehen«, murmelte sie stockend.

Freddie öffnete den Reißverschluss des Rucksacks, zog einen dicken, von Gummibändern zusammengehaltenen Papierstapel daraus hervor und ließ ihn auf den Tisch fallen. »Da ist es. Alle vierhundertsechsunddreißig Seiten. Wahrscheinlich kann man noch ein bisschen kürzen, aber das überlasse ich einem Lektor.« Er sah sie flehend an. »Magst du es lesen, Lil?«

Verblüfft konnte sie nichts tun, als ihn ausdruckslos anzustarren. *Jetzt* bat er sie auf einmal, es zu lesen? Sie waren seit fünf Jahren verheiratet, und nie hatte er ihr erlaubt, auch nur ein einziges Wort zu lesen, nicht einmal, wenn sie ihn angefleht hatte.

»Natürlich«, antwortete sie mechanisch. »Du weißt doch, wie neugierig ich die ganze Zeit schon war.«

»Ja, und es tut mir leid, dass ich so viel davon vor dir geheim gehalten habe. Ich glaube … ich hatte bloß Angst, dass du es hassen würdest, und wenn es dir nicht gefallen hätte, hätte mich das aus dem Konzept gebracht, weil deine Meinung mir so viel bedeutet.«

Eine weitere Welle von Schuldgefühlen brandete über sie hinweg.

Er setzte sich an den Tisch, schob seinen Teller zurück und lächelte zu ihr herauf. »Jetzt können wir nach Hause fliegen«, sagte er. »Mir ist danach zu feiern. Wir sollten heute Abend in Montepulciano essen gehen und eine Flasche Wein kaufen.«

Sie runzelte die Stirn. »Wie meinst du das? Nach Hause fliegen?«

»Ich meine, dass ich es *geschafft* habe. Ich habe das Buch vollendet, und jetzt will ich nach Hause, denn diese Adresse steht auf meinem Brief an den Agenten. Ich muss jeden Tag in den Briefkasten sehen.«

Sie deutete auf das Telefon. »Hättest du ihm nicht die Telefonnummer hier geben können?«

»Na ja … Nein. Das wäre ein Ferngespräch. Ich wollte es ihm nicht zu schwer machen.«

Sie versteifte sich vor Ärger. »Aber Freddie, ich habe mich hier für den gesamten Sommer verpflichtet. Sie haben Zeit darauf verwendet, mich auszubilden, und erwarten, dass ich bis nach der Weinlese im September bleibe. Ich kann sie nicht einfach im Stich lassen.«

»Oh.« Er lehnte sich zurück und wirkte wie vor den Kopf geschlagen. »Machst du dir Sorgen wegen der Referenzen? Denn die spielen keine Rolle mehr, wenn ich erst dieses Buch verkauft habe. Du wirst aufhören können zu arbeiten.«

Sie rang darum, nicht die Geduld mit ihm zu verlieren. »Ist dir klar, dass du mich, seit ich hereingekommen bin, kein einziges Mal gefragt hast, was *ich* will? Das tust du nie.«

»Ich dachte, du willst, dass ich mein Buch fertigstelle.«

Frustriert platzte sie heraus: »Vielleicht arbeite ich ja gern. Und du weißt nicht einmal, ob ein Verlag dir ein Angebot für dein Buch macht. Selbst wenn der Agent es annimmt, könnte es Jahre dauern, bis er es irgendwo unterbringt und du anfängst, Tantiemen zu verdienen. Außerdem werden überhaupt nicht alle Bücher veröffentlicht. Die meisten werden abgelehnt. Das weiß ich, weil ich immer deine »Writer's Digest«-Zeitschrift lese.«

Schweigen. Alle Farbe wich aus Freddies Gesicht. Es war das erste Mal, dass Lillian der Seifenblase seines Traumes einen Nadelstich versetzte.

»Sag das nicht. Doch nicht heute, wenn ich überglücklich bin.«

Sie schlug die Hände vors Gesicht. »Ich will dich nicht runterziehen. Ich bin mir sicher, dass dein Buch toll ist und der Agent es lieben wird.« Sie ließ ihre Hand sinken und sah ihn direkt an. »Aber deine Träume von einer Veröffentlichung bringen kein Essen auf den Tisch, solange du darauf wartest, von ihm zu hören. Das könnte Monate dauern, vielleicht sogar ein Jahr. Außerdem liebe ich es, hier zu arbeiten. Ich habe noch nie in meinem Leben einen Job so sehr genossen. All das hier ist meine Leidenschaft, und ich möchte mehr über die Weinherstellung lernen. Ich spiele sogar mit dem Gedanken, einen Sommelierkurs zu belegen.«

»Was?« Freddie runzelte die Stirn und kratzte sich am Kinn. »Einen Sommelierkurs? Du weißt doch, dass du keinen Alkohol trinken kannst, wenn du schwanger bist, oder? Heißt das, dass du nicht versuchen willst, es zu probieren?«

Seine Miene machte sie fix und fertig. Sie war sich nicht sicher, ob sie Enttäuschung oder Erleichterung sah. Sie hatte wirklich keine Ahnung.

Sein Gesicht nahm einen finsteren Ausdruck an, und sie wartete auf seine Erklärung – dass er ihr sagen würde, dass eine Karriere in der Weinindustrie ein Wunschtraum war, dass ein Sommelierkurs zu viel kosten würde oder dass er glücklich war, dass sie Karrierepläne hatte, weil er doch keine Kinder wollte – ja, nie welche gewollt hatte – und ihr die ganze Zeit etwas vorgemacht hatte. Sie *wollte* beinahe, dass er all das sagte, damit sie sich streiten und einander anschreien konnten. Einer von ihnen würde vielleicht sogar mit Gegenständen werfen. Das wäre das erste Mal, aber es würde sich vielleicht gut anfühlen, endlich ihren Frust über ihre Ehe abzulassen. Nach fünf Jahren kam sie sich wie ein Dampfkochtopf vor.

Freddie stand auf und ging auf sie zu. Er zog sie in seine Arme.

»Es tut mir leid«, sagte er und streichelte ihr den Rücken. »Du unterstützt meine Träume seit dem Tag, an dem wir uns kennengelernt haben. Wenn du also bis zum Ende der Saison hierbleiben willst, können wir das tun. Ich bin einfach nur so glücklich, dass mein Buch fertig ist. Jetzt, da das geschafft ist, können wir anfangen zu leben. Wir werden tun, was auch immer du willst.«

Sie hätte erleichtert sein sollen. Endlich dachte ihr Mann an ihr gemeinsames Leben, nicht nur an seine persönlichen Träume und Ziele. Wichtiger noch: Er hatte ihr wieder einmal bewiesen, dass er kein Mann war, der einen anschrie oder Gegenstände zerschlug. Genau deshalb hatte sie sich ja ursprünglich für ihn entschieden. In dieser Hinsicht hatte er sie nie enttäuscht.

Warum war ihr dann vor Frust fast übel?

Gerade als sie es müde geworden war, darauf zu warten, dass ihr Glück für Freddie einmal Vorrang hatte, und die Entscheidung für eine Zukunft ohne ihn gefällt hatte, beschloss er, mit einem vollendeten Manuskript zurückzukehren und all seine Versprechen wahr zu machen.

War es falsch von ihr gewesen, das Vertrauen zu ihm zu verlieren? Hatte sie zu früh aufgegeben?

Gott, oh Gott ... Anton wartete am Swimmingpool auf sie. Lillian wollte unbedingt zu ihm gehen, um ihm von Freddies Rückkehr zu erzählen und alles zu besprechen. Er würde verstehen, was sie empfand, weil er sie besser als irgendjemand sonst verstand, einschließlich Freddie. Er würde ihr helfen, aus allem schlau zu werden.

Gleichzeitig konnte sie nicht leugnen, dass ihr körperliches Verlangen nach Anton immer noch überwältigend war. Ihr Begehren kämpfte gegen die Loyalität, die sie Freddie gegenüber empfand. Ging es ihr bei Anton nur darum? Körperliches Verlangen? Hatte sie aus dem Blick verloren, worauf es wirklich ankam?

Lillian wich zurück. Ohne Freddie direkt in die Augen zu sehen, sagte sie: »Ein Abendessen in Montepulciano klingt perfekt.« Sie konnte ihn unter keinen Umständen in die Villa mitnehmen. »Aber jetzt muss ich zurück zur Arbeit. Ich bin nur zurückgekommen, um mir ein anderes Paar Schuhe anzuziehen.«

Wie entsetzlich einfach es war, ihn anzulügen. Der arme Freddie glaubte ihr fraglos.

»In Ordnung«, sagte er, »ich reserviere uns irgendwo einen Tisch. Du hast doch gestern deinen Lohn bekommen, oder? Wir können es uns leisten?«

»Ja.« Sie ging ins Schlafzimmer, um sich andere Schuhe anzuziehen, blieb aber in der Tür stehen, als ihr Blick auf das Bett fiel. Zum Glück war am Morgen das Zimmermädchen da gewesen. Die Bettbezüge waren frisch gewaschen, und im ganzen Apartment war Staub gesaugt und gewischt worden.

Lillian betrat das Zimmer, öffnete den Schrank und zog ihre Bootsschuhe an.

»Wir sehen uns später«, sagte sie und eilte zur Tür.

Freddie stellte seinen Teller klappernd in der Spüle ab. »Okay. Ich liebe dich.«

Seine Worte trafen sie wie ein Schlag in die Magengrube. Sie blieb ein paar Sekunden lang stehen und versank in einem Meer aus Zweifeln. Schnell riss sie sich zusammen und flüchtete die Stufen hinunter.

* * *

Anton tauchte durch den Pool. Er schoss über den türkisfarbenen Boden dahin. Als er am flachen Ende an die Wasseroberfläche kam, ging Lillian auf der Zementterrasse auf und ab. Sie rang nach Luft.

Er warf nur einen einzigen Blick auf sie, bevor er fragte: »Ist alles in Ordnung?«

Zwei Gäste sonnten sich auf Liegestühlen am anderen Ende des Pools.

»Er ist wieder da«, flüsterte sie aufgeregt und lief weiter hin und her wie ein Tiger im Käfig.

»Wer ist wieder da? Freddie?«

»Ja. Es war genau, wie du gesagt hattest. Er wollte mich überraschen. Eben saß er am Küchentisch, als ich ins Apartment kam.«

Anton stieg unverzüglich aus dem Pool. Er lief barfuß zu einem Liegestuhl, trocknete sich ab und zog sein Shirt über.

»Komm mit«, sagte er und führte sie zum Tor.

Sie folgte ihm, und sie liefen über einen Kiesweg den Hang zu einem Gebäude in der Nähe hinauf, in dem das Spielezimmer lag. Sie gingen hinein. Drinnen waren keine Gäste.

Anton zog die Tür zu und schloss sie hinter ihnen ab. Während er die Deckenbeleuchtung einschaltete, ging Lillian zur Tischtennisplatte in der Mitte des Raumes.

»Ich weiß nicht, was ich tun soll«, gestand sie. »Das ändert alles.«

»Nein, tut es nicht. Du wusstest, dass Freddie früher oder später zurückkommen würde. Nichts hat sich verändert. Es ist immer noch so wie gestern Nacht.«

Sie hatte das Gefühl zu hyperventilieren. Unfähig, Anton in die Augen zu sehen, lief sie auf und ab und kaute auf ihrem Daumennagel herum. Anton beobachtete sie besorgt.

»Er hat sein Buch fertig geschrieben«, erzählte sie ihm. »Er hat es heute Morgen an einen Agenten in New York geschickt. Dann hat er vorgeschlagen, dass wir nach Hause fliegen.«

»Zurück nach Amerika?« Anton kam auf sie zu. »Was hast du gesagt?«

»Ich habe ihm gesagt, dass es mir hier gefällt, dass ich mich verpflichtet habe, bis zum Ende des Sommers hier zu arbeiten, und nicht abreisen will. Damit schien er sich abzufinden. Er hat gesagt, wir könnten bleiben.«

In Antons Stimme lag ein stahlharter Unterton. »Darüber hat er nicht zu bestimmen. Es ist deine Entscheidung.«

Sie sah ihn an. »Ich weiß. Wenn er verlangt hätte, dass ich kündige, dann hätte ich mich mit ihm darüber gestritten, ich schwöre es. Aber das hat er nicht getan. Er war unglaublich entgegenkommend.«

Anton musterte ihr Gesicht und ging dann langsam um die Tischtennisplatte herum. Er näherte sich Lillian, als wäre sie ein

Rehkitz im Wald, das sich vielleicht erschrecken und davonlaufen könnte. »Lillian ...«

Sie streckte eine Hand aus. »Bitte komm nicht näher. Lass mir nur eine Minute Zeit, das zu verdauen. Ich muss schlau aus allem werden.«

»Ich dachte, wir wären schon gestern Nacht daraus schlau geworden.«

»Ja«, antwortete sie, »aber jetzt bin ich mir nicht mehr so sicher.« Sie legte sich eine Hand auf den Bauch. »Er ist mein Ehemann, Anton.«

Anton versuchte, die Hand nach ihr auszustrecken, aber sie wich vor ihm zurück.

»Mach dir keine Sorgen«, sagte er, »alles wird gut.«

»Wirklich? Ich bin drauf und dran, meinem Ehemann zu sagen, dass ich eine Affäre hatte – dass ich in unserem Bett mit einem anderen Mann geschlafen habe. Der arme Freddie. Er hat keine Ahnung.«

Anton deutete auf ein Sofa. »Lass uns darüber reden. Komm und setz dich hin.«

»Nein.« Sie begann, wieder auf und ab zu gehen. »Wenn ich mich zu dir setze, berührst du mich oder küsst mich, und dann vergesse ich alles – mein Leben zu Hause in Tallahassee, mein Ehegelübde ...«

»Dann sag mir, was ich tun soll«, bat er. »Willst du, dass *ich* mit Freddie rede?«

Sie sah ihm blitzschnell in die Augen und schnaufte verstimmt. »Machst du Witze? Nein, Anton! Du hast schon genug getan.«

Ihre Stimme war kalt und klar, und sie spürte die schneidende Grausamkeit ihrer Worte wie einen Dolch, der ihm ins Herz drang.

Ein Teil von ihr bedauerte es. Sie wollte Anton nicht wehtun, weil er recht hatte. Nichts hatte sich verändert. Sie war noch immer leidenschaftlich, wahnsinnig verliebt in ihn. Sie spürte die Energie seines Körpers nur ein paar Meter entfernt und wollte nichts anderes tun, als sich umgehend in seine Arme zu werfen.

Quälende Sehnsucht loderte in ihr auf wie heißes Feuer und vernebelte ihre Urteilskraft. Sie wagte es nicht, Anton anzusehen. Wenn sie das tat, würde sie weich werden. Sie würde ihm um den Hals fallen, sich entschuldigen, ihm sagen, dass sie es nicht so gemeint hatte.

Stattdessen rief sie sich ins Gedächtnis, dass sie eine verheiratete Frau war, die für einen attraktiven älteren Mann zu schwärmen begonnen hatte, der zugleich ihr reicher Chef war. Es war nur geschehen, weil ihr Ehemann sie vernachlässigt hatte und weil dieses Weingut ein Ort wie aus einem Märchen war.

Sie hatte wirklich den Bezug zur Realität verloren. Sie hatte sich von Schönheit verführen lassen. Aber das war nicht echt. Es war nicht ihr Leben. Freddie war ihr Mann, sie liebte ihn, und er liebte sie.

Lillian blieb stehen und fing Antons panischen Blick auf. »Das hier war ein Fehler.«

Der Raum zwischen ihnen knisterte vor Spannung. Lillian war entsetzt über den Klang dieser Worte auf ihren Lippen, aber sie konnte sie nicht zurücknehmen. Sie redete sich ein, dass sie das Richtige getan hatte, als sie sie ausgesprochen hatte.

»Wir müssen Schluss machen«, setzte sie hinzu, falls er sie nicht verstanden hatte.

»Nein.«

»Doch. Wir hätten es nie dazu kommen lassen dürfen. Wir sind zu weit gegangen, Anton. Das muss dir doch klar sein. Ich weiß auch nicht, was wir uns gedacht haben. Du bist mein Chef, ich bin verheiratet, und du hast eine Frau und Kinder. Das hier war falsch.«

»Bitte sag das nicht.«

»Es ist aber wahr.« All ihre Nervenenden kribbelten vor Panik. »Ich muss jetzt weg.«

Sie rannte zur Tür, aber er verstellte ihr den Weg. Sie sahen sich mit fiebriger Intensität in die Augen. Er ergriff sie am Arm, und sie schmolz sofort dahin. All ihr Widerstand brach in sich zusammen.

»Verlass ihn, Lillian.« Anton zog sie dicht an sich und lehnte die Stirn an ihre. Sein Kinn war unrasiert und rau. Sie spürte die Hitze seines Atems auf ihren Lippen.

»So einfach ist das nicht.«

»Ich weiß, dass es das nicht ist, aber du musst es tun.«

Sie konnte sich nicht von ihm lösen. Tränen strömten ihr über die Wangen. *Ein letztes Mal*, sagte sie sich. *Ein letzter Kuss ...*

Ihre Hände glitten zu seinen Schultern empor, und sie konnte sich nicht zurückhalten. Begehren löschte alles andere aus. Anton schob sie rückwärts gegen die Wand und küsste sie wild, bis sie aufschluchzte.

»Bitte, Anton. Ich muss jetzt gehen.«

Widerstrebend löste er seinen Mund von ihrem und trat einen Schritt zurück. Sein Brustkorb hob und senkte sich heftig.

Irgendwie fand sie die Kraft, sich abzuwenden und zur Tür zu gehen.

Draußen blendete sie das grelle Sonnenlicht. Es wurde ihr schwindlig vor Hitze. Vielleicht waren es aber auch nur die Nachwirkungen von Antons Kuss und ihrem Gefühlschaos.

Sie versuchte, sich einzureden, dass sie das Richtige getan hatte – dass sie eine verheiratete Frau war. Was sie für Anton empfand, war nur kurzfristige sexuelle Anziehung.

Freddie war seit fünf Jahren ihr Ehemann. Er war ein guter, freundlicher Mann und hatte es nicht verdient, betrogen zu werden. Sie durfte ihn nicht verlassen.

Kapitel 20

Sloane

Toskana, 2017

Während Connor seine Suche nach Lillian Bells mysteriösen Liebesbriefen in der Garage hinter der Villa fortsetzte, nahm Sloane ihre Kinder mit in den Souvenirladen des Weinguts. Die Sonne stand hoch am Himmel, als sie die Villa verließen. Hinter dem schmiedeeisernen Tor wiegten sich hohe Zypressen im Wind. Den Weg die Zypressenallee hinunter kannte Sloane wie ihre Westentasche. Sie erinnerte sich, dass sie als Kind auf einem pinkfarbenen Fahrrad zwischen der Villa und den Weinkellern hin- und hergefahren war. Es hatte eine silbrig glänzende Klingel gehabt und blaue Troddeln aus Plastikfolie, wie die Pompons einer Cheerleaderin, die von der Griffstange baumelten. Wie sie es geliebt hatte, schnell den Hügel hinunterzustrampeln und mit ihrer Cousine Ruth Wettrennen zu veranstalten, während Connor ihnen auf seinem Dreirad gefolgt war.

Sie freute sich zu sehen, dass Evan vorausrannte. »Kommt, wir laufen um die Wette!«, rief er und feuerte Chloe an, mit ihm Schritt zu halten. Sloane joggte auch los, und bald bogen sie um die Kurve und erreichten atemlos und lachend den

Hauptparkplatz. Sloane verschnaufte kurz und führte die Kinder dann in das große Steingebäude, in dem das Hotel, der Speisesaal und der Souvenirshop lagen.

»Lasst uns nachsehen, ob wir ein paar Andenken entdecken, die ihr euren Freunden nach Hause mitbringen könnt«, schlug sie vor, war sich aber nicht ganz sicher, ob sie altersgemäße Geschenke im Laden eines Weinguts finden würden. Aber es lohnte sich zumindest, es herauszufinden.

Drinnen stand eine junge Frau im Studentenalter hinter dem Tresen. Sloane ließ Evan und Chloe die Ständer mit Kochbüchern, Schlüsselanhängern, Magneten und Kaffeebechern durchsehen. In den meisten der hohen Regale standen Wein- und Grappaflaschen in besonderen Geschenkkartons.

Eine Touristenfamilie kam herein und sagte, sie sei wegen der Führung hier. Das Mädchen am Tresen überprüfte die Liste und sagte ihnen, dass die Führung draußen auf der gepflasterten Terrasse beginne.

Sloane dachte an Fiona Bells Mutter, die vor einunddreißig Jahren einen Sommer lang hier Fremdenführerin gewesen war und es irgendwie geschafft hatte, ihrer aller Leben auf den Kopf zu stellen. Unwillkürlich ging Sloane zum Tresen. »Was genau umfasst die Führung?«, erkundigte sie sich.

Der jungen Frau schien nicht klar zu sein, dass Sloane die Tochter des verstorbenen Besitzers war und dass es sich bei Evan und Chloe um seine Enkelkinder handelte. Wie sollte sie auch, wenn Sloane selbst nicht die geringste Ahnung von dem Betrieb ihres Vaters hatte?

»Sie beginnt mit einem geführten Spaziergang durch die Weinberge«, erklärte die junge Frau. »Dann besuchen Sie die Keller, und am Ende gibt es eine Weinprobe. Sind Sie an der englischen oder an der italienischen Führung interessiert?«

»Englisch«, antwortete Sloane.

»Dann kommen Sie gerade rechtzeitig. Sie fängt in fünf Minuten an.«

Sloane wäre gern mitgegangen, aber sie glaubte nicht, dass eine Weintour ein angemessener Zeitvertreib für ihre kleinen Kinder war. »Vielleicht ein andermal«, sagte sie, »wenn ich allein noch einmal herkommen kann.«

Ein paar Minuten später, nachdem sie einige Stifte und zwei Regenschirme mit dem Maurizio-Logo darauf gekauft hatten, verließ Sloane mit Evan und Chloe den Souvenirladen.

Draußen auf der Terrasse, von der aus man eine gute Aussicht auf die steilen Weinberge hatte, begann eine junge amerikanische Fremdenführerin in einem roten T-Shirt und einem schwarzen Golfrock gerade mit der Tour. Sie war eine attraktive, dynamische Rednerin mit honigblondem Haar und von Natur aus schön. Höchstwahrscheinlich war sie eine Studentin, die den Sommer über hier arbeitete. Sie erklärte, welche Rebsorten auf dem Weingut angebaut wurden.

Sloane ertappte sich dabei, wie sie sich neugierig nach dem Aussehen und den Reizen von Fiona Bells Mutter vor einunddreißig Jahren fragte. Wenn die Frau ihrer Tochter auch nur ein wenig geähnelt hatte, die einen liebenswürdigen und unkomplizierten Charakter zu haben schien, dann hatte Anton sich vielleicht wirklich in sie verliebt. Es war zumindest denkbar.

* * *

Als Connor nach einer fruchtlosen Suche nach den geheimnisvollen Briefen in die Villa zurückkehrte, überzeugte Sloane ihn, einen Gang zurückzuschalten und Eis essen zu gehen. Am Ende erklärte er sich bereit, mit Evan und Chloe in die Stadt zu fahren.

Kaum dass sie weg waren, nutzte Sloane die seltene Zeit für sich aus und ließ sich in einen Polstersessel in ihrem

Schlafzimmer fallen. Eine Weile saß sie einfach nur allein da und spürte die Stille, während sie die vertrauten Möbel, die Vorhänge und die Lampen betrachtete. Nichts davon war seit ihrer Kindheit verändert worden. Plötzlich überkam sie eine Erinnerung daran, wie Maria mit ihr auf dem Bett Karten gespielt hatte, während es vor den offenen Fenstern wie aus Kübeln geschüttet hatte. Connor hatte in der Nähe auf dem Boden mit seiner Hot-Wheels-Rennbahn gespielt und großen Spaß daran gehabt, Spielzeugautos zusammenstoßen zu lassen.

Wieder ertappte Sloane sich dabei, sich nach dem Glück zu sehnen, das sie als Kind erlebt hatte. Damals war das Leben noch einfach gewesen, und sie hatte nie den Druck empfunden, perfekt zu sein. Ein Kartenspiel mit der Haushälterin. Der Geruch von Regen vor dem Fenster. Und ein Vater, der sie immer hochgehoben und eng an sich gedrückt hatte, um ihr zu sagen, wie sehr er sie vermisst hatte, sobald sie aus dem Flugzeug aus Amerika gestiegen war.

Die Erinnerungen begannen zu verschwimmen und sich in Reue aufzulösen, weil sie so viele Jahre mit ihrem Vater verpasst hatte, der sie am Ende schließlich aufgegeben hatte. Da stand Sloane aus dem Sessel auf und wagte sich nach unten in die Küche, wo Signora Dellucci damit beschäftigt war, Teig auf dem Arbeitstisch zu kneten.

»Ist Maria hier?«, fragte Sloane und wünschte, sie wäre in den letzten paar Tagen freundlicher und aufmerksamer Maria gegenüber gewesen, vor allem während der Beerdigung ihres Vaters. Zu dem Zeitpunkt hatte Sloane sich wie eine Fremde gefühlt, umgeben von Menschen, die nichts von ihr hielten. Sie und Connor hatten die Sache nicht besser gemacht, indem sie unter sich geblieben waren, weil sie nicht über ihre Pläne für das Weingut hatten sprechen wollen – die sich darauf beschränkt hatten, es meistbietend zu verkaufen. Sloane war Maria aus dem Weg gegangen, weil sie es nicht hätte ertragen können, dieses

Gespräch mit ihr zu führen. Sie wollte sie nicht enttäuschen. Deshalb hatte Sloane sich zurückgehalten und so getan, als müsste sie sich privat ihrer Trauer hingeben. Aber jetzt, nach der Verlesung des Testaments ihres Vaters, spielte es keine Rolle mehr, was Connor und sie mit dem Weingut vorgehabt hatten. Leider konnte sie nicht an den Tag der Beerdigung zurückkehren und noch einmal von vorn anfangen.

»Sie ist zum Mittagessen nach Hause gegangen«, antwortete Signora Dellucci und knetete weiter.

Sloane erkannte, dass die Frau ihr mit voller Absicht die kalte Schulter zeigte, und wusste, dass sie es verdient hatte. Darum beschloss sie, spazieren zu gehen, ein paar Wildblumen zu pflücken und Maria in der gemütlichen kleinen Villa zu besuchen, in der sie wohnte. Wie lange war es her, dass Sloane zuletzt dort gewesen war? Sie hoffte, dass es nicht zu spät war und dass Maria bereit sein würde, sich ein letztes Mal mit ihr zu treffen, bevor Sloane abreiste.

Zwanzig Minuten später stieg ihr Rosenduft in die Nase, unmittelbar bevor die Villa in Sicht kam. Zikaden zirpten im Wald, und die Sonne schien warm auf Sloanes Wangen, als sie vom Weg auf die kiesbedeckte Einfahrt wechselte, um dann durch den Garten und die Stufen hinauf zur Haustür zu gehen.

Plötzlich war sie nervös und fragte sich, ob sie vergeblich hergekommen war. Sie zögerte, bevor sie den Messingtürklopfer benutzte. Vielleicht würde auch Maria sie zurückweisen. Dann würde Sloane gezwungen sein, beschämt und verlegen davonzuschleichen, weiter in ein Leben, in dem sie immer mehr bereuen würde.

Die Tür schwang auf, und Sloane schüttelte ihren Trübsinn ab. Sie setzte ein strahlendes Lächeln für Maria auf, die sie überrascht anstarrte. »Hallo, Maria. Ich hoffe, ich komme nicht gerade ungelegen. Ich hatte heute Nachmittag ein paar Minuten für mich und dachte, ich könnte vorbeischauen und dir ein paar frische Blumen mitbringen.«

Maria musterte sie ein paar Sekunden lang misstrauisch, streckte aber dann die Hand aus, um den Strauß entgegenzunehmen. »Was für eine Überraschung. Die sind sehr hübsch, Sloane. Wie aufmerksam von dir. Möchtest du hereinkommen?«

Sloane lächelte dankbar und betrat die Eingangshalle. Dort brach wieder die Nostalgie wie ein sprudelnder Wasserfall über sie herein. Wie oft war Sloane diese Stufen herauf- und hinuntergelaufen, wenn ihr Vater etwas im Büro zu tun gehabt hatte? Ihre Mutter hatte oft gesagt, dass Maria eine pflichtbewusste Babysitterin sei, die sich keine Gelegenheit entgehen lasse, auf sie aufzupassen. Bemerkungen wie diese gingen allerdings immer mit Kritik an ihrem Vater einher.

Sloane folgte Maria in die Küche, wo diese eine Vase für die Blumen heraussuchte, sie mit Wasser füllte und auf den antiken Geschirrschrank setzte, in dem sie ihre Teller zur Schau stellte.

»Wie kommen deine Kinder zurecht?«, fragte Maria, während sie die Blumen sorgsam arrangierte. »Ich nehme an, sie vermissen ihre Freunde.«

»Nicht so sehr, wie man vermuten könnte«, antwortete Sloane, während sie durch die Küche spazierte und sich alles ansah. »Ich glaube, sie genießen heimlich diese Verschnaufpause von all dem Trubel, der einfach kein Ende nimmt, noch nicht einmal für einen Zehnjährigen. Du wärst überrascht über all die täglichen Dramen.«

»Die Zeiten haben sich geändert«, antwortete Maria verständnisvoll. »Ich beneide die heutigen Eltern nicht. Möchtest du einen Espresso?«

»Das wäre schön. Vielen Dank.«

Maria machte sich daran, den Espresso zuzubereiten, und Sloane setzte sich an den Tisch.

»Ich schätze, du fragst dich, warum ich hier bin«, sagte sie.

»Du bist hergekommen, um mir Blumen zu bringen«, antwortete Maria fröhlich.

»Ja, aber ich bin noch aus einem anderen Grund hier.« Sloane holte tief Luft und versuchte, alles richtig zu machen und die Dinge zu sagen, die sie aussprechen musste, um für die Zukunft Seelenfrieden zu finden. »Die Kinder und ich reisen in den nächsten paar Tagen ab, und ich habe ein schlechtes Gewissen, weil du und ich bisher noch keine Gelegenheit hatten, Neuigkeiten auszutauschen.«

Maria sagte nichts, während sie den Espresso kochte. Sloane redete tapfer weiter.

»Maria, ich wollte dir sagen, dass ich mich sehr gerne an dich erinnere. Du hast in meinem Leben damals viel bewirkt, als meine Eltern nicht gerade das waren, was ich als glücklich miteinander beschreiben würde. Aber du hast Connor und mich mit lustigen Dingen abgelenkt, und ich habe die Zeit genossen, die wir miteinander verbracht haben. Ich wollte nur, dass du das weißt.«

Maria trug zwei kleine Espressotassen auf Untertassen zum Tisch. »Ich hatte auch immer viel Freude an eurer Gesellschaft. Ich habe euch vermisst, als ihr nicht mehr hergekommen seid. Euer Vater auch.«

Sloane löffelte ein bisschen Zucker in ihre Tasse. »Ja, das ist für mich jetzt offensichtlich, und auch deswegen habe ich ein schlechtes Gewissen. Ich glaube, wenn man jung ist, geht man davon aus, dass die eigenen Eltern immer da sein werden, und dann …« Sie hielt inne. »Ich glaube, Connor und ich waren egoistischer als die meisten Kinder, und Mom hat nicht versucht, uns in eine andere Richtung zu lenken. Ihr war es wohl lieber, dass wir kein enges Verhältnis zu Dad hatten. Sie war verbittert seinetwegen und hat uns ermuntert zu tun, was wir wollten, also in LA zu bleiben, weil sie wusste, dass es ihm wehtun würde.« Sloane erkannte die Motive ihrer Mutter plötzlich, weil sie sich jetzt in der gleichen Situation befand. Sie war wütend auf Alan, wollte ihn gern komplett aus ihrem Leben verbannen und ihre Kinder mitnehmen.

»Das hat beeinflusst, wie wir Dad gesehen haben«, fuhr Sloane fort, »und ich glaube, unser Eindruck von ihm ist ihm nicht gerecht geworden.«

»Es tut mir leid, das zu hören«, antwortete Maria, »aber ich kann nicht behaupten, dass es mich überrascht. Eurer Mutter hat es hier nie gefallen. Vielleicht hat sie sich Sorgen gemacht, dass ihr euch durch längere Aufenthalte hier am Ende für Anton und diesen Ort und damit gegen sie entscheiden würdet.«

»Das stimmt vermutlich.« Sloane war einen Augenblick lang still und schaute dann auf. »Wusste Dad, dass er herzkrank war? Wusste es irgendjemand?«

Maria schüttelte den Kopf. »Er hat immer gewirkt, als hätte er eine wahre Pferdenatur. Wir waren alle fassungslos. Aber so ist wohl das Leben. Es ist wichtig, jeden einzelnen Tag auszukosten und nichts für selbstverständlich zu halten.« Sie nippte an ihrem Espresso. »Wie kommst du zurecht? Auf der Beerdigung warst du sehr still.«

Sloane seufzte. »Ja. Dads Tod war ein Schock für uns. Und ich muss ehrlich sein, obwohl ich es äußerst ungern zugebe: Connor und ich waren abgelenkt. Alles, woran wir denken konnten, war, was wir wohl laut Testament erben würden. Ich erinnere mich nicht einmal besonders gut an die Trauerfeier. Es ist, als hätte ich die ganze Zeit geschlafen. Ich habe kaum einen Blick auf Dad in seinem Sarg geworfen. Ich schätze, ich wollte mich nicht der Tatsache stellen, dass er wirklich gestorben ist. So richtig klar geworden ist mir das erst am nächsten Tag, als wir auf die Ankunft der Anwälte gewartet haben, die uns mitteilen sollten, was er uns hinterlassen hatte. Da habe ich plötzlich erkannt, dass er nicht mehr da war, dass ich ihn nie wiedersehen würde und dass dieser Teil meines Lebens wirklich vorbei war, weil Connor das Weingut verkaufen wollte.«

Sloane bemerkte, dass sie beim Reden die ganze Zeit in ihrer winzigen Espressotasse herumgerührt hatte. Sie ließ den Löffel auf die Untertasse fallen und stützte den Kopf in eine Hand. »Es tut mir so leid, Maria. Ich war vollkommen egozentrisch. Jahrelang. Alles, was ich wollte, war ein perfektes Leben, ein Leben, um das alle mich beneiden würden. Das war es, was Mom immer für mich wollte, und sie hat mich darin bestärkt, Alan zu heiraten, der, wie mir jetzt klar ist, schon damals ein absoluter Dreckskerl war. Aber er war reich, und das mochte sie an ihm.« Sloane senkte den Kopf und schüttelte ihn. »Du musst mich für eine schrecklich oberflächliche Person halten.«

Maria sagte einen Moment lang nichts. Dann griff sie über den Tisch und umfasste Sloanes Hand. »Das tue ich nicht.«

Sloane versuchte, sich zusammenzureißen. Sie holte ein paar Mal tief Luft, um sich zu fassen.

»Hat Dad je von uns gesprochen?«, fragte sie. »Hat er gesagt, dass er enttäuscht war? Oder dass er uns gehasst hat?«

»Er hat euch nicht gehasst«, antwortete Maria. »Er hatte euch sehr lieb, und er hat euch vermisst. Das weiß ich, weil er manchmal euretwegen geweint hat, wenn er zu viel getrunken hatte.«

Sloane ließ den Kopf hängen. »Oh Gott. Es tut weh, das zu hören.« Einen Moment lang saß sie still da und dachte nach. »Ich hätte Kontakt zu ihm halten sollen. Zu euch allen. Das werde ich für den Rest meines Lebens bereuen.«

Maria schüttelte den Kopf. »Nein, tu dir das nicht an«, bat sie. »Hab einfach deine Kinder lieb und versuch, glücklich zu sein. Sei dankbar für die Zeit, die du mit deinem Vater hattest. Ganz gleich wo er jetzt ist, ich bin mir sicher, dass er sieht, was heute in deinem Herzen ist.«

Sloane drückte Maria die Hand. »Du bist immer noch ein Engel.« Dann lehnte sie sich zurück und trank ihren Espresso aus. »Ich weiß nicht, was zwischen ihm und Fionas Mutter vorgefallen ist. Wir werden es vielleicht nie erfahren, aber ganz gleich was es war, ich glaube, ich muss lernen, es zu akzeptieren.«

Sie dachte an Connors Reaktion auf das Testament und bezweifelte, dass er je seinen Frieden damit machen würde. Er würde weiterkämpfen oder zumindest für immer verbittert darüber sein. Sloane fragte sich, ob Connor mehr von den Genen ihrer Mutter geerbt hatte als sie. Ihre Mutter schien jedenfalls nie über die Scheidung hinweggekommen zu sein.

»Ich will nicht so werden wie meine Mom«, setzte Sloane leise hinzu, »und glauben, dass jeder mein Feind ist, dass das ganze Leben ein Schlachtfeld ist und dass derjenige gewinnt, der am Ende am meisten Geld hat.«

»Dann tu es nicht«, sagte Maria schlicht.

Sloane nickte und wünschte sich wieder einmal, sie hätte ihren Vater besser kennengelernt.

* * *

Auf dem Rückweg von ihrem Besuch bei Maria rief Sloane ihre Cousine Ruth an. »Bist du heil wieder nach Hause gekommen? Wie ist es deiner Mom auf dem Flug ergangen?«

»Alles in allem geht es ihr gut«, antwortete Ruth. »Aber sie trauert sehr um deinen Dad.«

»Ich weiß. Das tut mir leid.« Sloane schlenderte den Pfad entlang, der im Kreis um einen der Weinberge verlief, sah auf die sonnengewärmte Erde zu ihren Füßen hinab und war froh, ihre Cousine zum Reden zu haben. »Ich bin gerade nach einem Besuch bei Maria auf dem Rückweg zur Villa.«

»Wie geht es ihr?«

»Gut. Sie hat sich wie eine zweite Mutter um mich gekümmert. Das lässt mich wünschen, ich hätte sie öfter besucht, als ich noch Gelegenheit dazu hatte.«

»Das Leben ist noch nicht vorbei. Du kannst sie immer noch jederzeit besuchen.«

»Aber das Weingut gehört jetzt Fiona. Es wäre mir peinlich.«

»Ich verstehe. Das wird seltsam werden.« Ruth hielt inne. »Aber ich muss sagen, dass es ein Schock war zu erkennen, wie sehr Fiona wie eine jüngere, weibliche Version deines Dads aussieht. Und ich habe auch die Ähnlichkeit mit dir gesehen. Ihr könntet Schwestern sein. Warte mal. Das seid ihr ja.«

Sloane lachte leise.

»Wie ist sie denn so?«, fragte Ruth. »Wir mussten gleich nach dem Termin mit den Anwälten wieder los, also hatte ich keine Gelegenheit, mit ihr zu reden. Und Mom stand unter Schock wegen dem, was dein Dad getan hatte. Es wäre ihr lieber gewesen, dass er das Unternehmen ihr und mir, wenn schon nicht dir und Connor hinterlassen hätte. Dann wäre es wenigstens in der Familie geblieben.«

»Aber Fiona gehört zur Familie«, rief Sloane ihr ins Gedächtnis. »Ich würde sie als sehr bodenständig beschreiben. Nicht materialistisch. Ich habe vorhin mit ihr gesprochen, und sie sieht die Situation mit Connor erstaunlich entspannt. Sie hat mehr oder minder *Es kommt, wie es kommt* gesagt.«

»Wow.«

Sloane seufzte. »Ich wünschte, ich könnte mehr wie sie sein, wenn ich bedenke, was gerade mit Alan los ist. Ich habe dir noch nicht von dem Foto erzählt, das er Chloe gestern Abend geschickt hat.«

Sloane erzählte ihr die Geschichte, und natürlich war Ruth schockiert. »Mein Gott. Und du hast einen Ehevertrag unterschrieben. Was hast du jetzt vor?«

Sloane erreichte das Ende des Pfades und ging auf die Rückseite der Villa ihres Vaters zu. Der Anblick weckte in ihr ein intensives Verlustgefühl, als würde alles Vertraute und Beständige ihrer Welt wegbrechen und ein großes Loch unter ihren Füßen aufklaffen.

»Das weiß ich noch nicht genau«, antwortete sie. »Aber eines weiß ich sehr wohl. Ich will nichts mehr bereuen, also schätze ich, dass ich einmal tief in mich gehen muss.«

KAPITEL 21

FIONA

Auf dem Weg zu Antons Atelier kam ich an der Tür seines Schlafzimmers vorbei und hörte drinnen eine Frau weinen. Die Tür stand einen Spaltbreit offen, und so lauschte ich ein paar Sekunden lang, bevor ich sacht anklopfte. »Hallo? Sofia, bist du das? Ist alles in Ordnung?«

Sie schniefte und sagte: »Geh weg.«

Ich blieb im Korridor stehen. »Bist du dir sicher? Vielleicht möchtest du ja gern reden?«

Sie gab keine Antwort, also drückte ich die Tür etwas weiter auf und spähte ins Zimmer.

Sofia trug ein eng anliegendes weißes Kleid und hielt ein zusammengeknülltes Taschentuch in der Hand. Sie saß auf der Bettkante. Um ihre Augen war schwarze Wimperntusche verschmiert, und das Zimmer sah aus wie ein Schlachtfeld. Es wirkte, als wäre gerade eine Haute-Couture-Bombe explodiert.

»Na?«, fragte ich sanft. »Was ist los?«

Sofia erschauerte, als sie Luft holte und mit einer Hand vor ihrem Gesicht herumwedelte. »Ich will nicht darüber reden. Du würdest es nicht verstehen.«

Ich ging langsam zu einem Sessel hinüber und setzte mich hin, die Ellbogen auf die Knie gestützt. »Vielleicht doch.«

Sie tupfte an der tintenschwarzen Feuchtigkeit unter ihren Augen herum und bedachte mich mit einem eisigen Blick. »Ich weiß, warum du hier bist. Um mir zu sagen, dass ich gehen soll.«

Ich schluckte peinlich berührt, denn das war tatsächlich der oberste Punkt auf meiner heutigen To-do-Liste.

Sofia schnäuzte sich in ihr Taschentuch. »Du musst es nicht aussprechen. Die Mühe erspare ich dir. Ich habe schon angefangen, meine Sachen zu packen.«

Ich ließ den Blick über die Kleider, Schuhe und Schals schweifen, die im Zimmer verstreut lagen, und hatte den Eindruck, dass *Packen* nicht das richtige Wort für das war, was hier vorging. »Brauchst du Hilfe? Ich würde liebend gern …«

»Nein. Du solltest gehen, Fiona, denn ich weiß, dass du mich hasst.«

»Ich hasse dich nicht.«

»*Sì*, das tust du. Alle in dieser Familie hassen mich. Kate … Connor und Sloane …«

Ich neigte den Kopf. »Ich will nicht lügen, Sofia. Sie hassen dich wahrscheinlich wirklich, aber ich bin mir ziemlich sicher, dass sie mich noch mehr hassen.«

Das brachte sie dazu, den tränenfeuchten Blick zu heben. »Vielleicht stimmt das.«

Eine heiße Nachmittagsbrise wehte durchs offene Fenster herein, und ich fächelte mir mit der Hand Luft zu. »Hast du irgendeine Bleibe, in der du vorerst unterkommen kannst?«, fragte ich.

Sofia stand auf und hob einen Koffer aufs Bett. »Ich habe eine Freundin in Florenz. Sie hat mir angeboten, dass ich bei ihr leben kann, bis ich eine eigene Wohnung finde. Ich komme schon zurecht. Anton war sehr großzügig. Er hat mir Geschenke gemacht und mir so viel Geld gegeben, dass ich eine Weile auskommen kann.« Sie ging zum Schrank, raffte ein Bündel Kleider zusammen und legte sie in den Koffer, ohne sie von den Bügeln zu nehmen.

»Stört es dich, wenn ich dir eine Frage stelle?«, erkundigte ich mich.

»Nein.« Sie kehrte zum Schrank zurück, um noch einen Armvoll Kleidung zu holen.

»Hat Anton mit dir je über meine Mutter gesprochen? Denn ich habe keine Ahnung, was vor all den Jahren zwischen ihnen passiert ist, und niemand hier scheint etwas zu wissen.«

Sofia legte die Kleidung in den Koffer. »Er hat mit mir nie über andere Frauen gesprochen. Er hat mir immer das Gefühl gegeben, ich wäre die einzige Frau auf der Welt.«

Ich dachte daran, was Connor über seinen Vater gesagt hatte – dass Anton gewusst hatte, wie er einer Frau weismachen konnte, dass er »so etwas noch nie empfunden« hätte.

»Hast du ihn geliebt, Sofia?«, fragte ich. »Wirklich?«

Sie stopfte ein paar Schuhe in die Ecken des Koffers und quetschte alles zusammen. »*Sì*. Warum sollte ich sonst weinen?«

Ich lehnte mich auf dem Sessel zurück. »Ich habe Anton selbst nie kennengelernt, aber ich höre andauernd, dass er gemein, übellaunig und ein Tyrann war. Noch dazu ein Frauenheld.«

Sie schüttelte den Kopf. »So war er mir gegenüber nie. Er hat mich wie eine Prinzessin behandelt. Er war sehr gut zu mir.«

Verwirrter denn je beugte ich mich wieder vor. »Okay … Ich habe noch eine Frage an dich. Hat er je irgendwelche Briefe erwähnt, die in Bezug auf sein Testament wichtig sein könnten? Oder hatte er ein Geheimversteck, in dem er private Papiere aufbewahrt hat?«

Sofia mühte sich ab, den Reißverschluss des überquellenden Koffers zuzuziehen. »Du bist nicht der erste Mensch, der mir heute diese Frage stellt.«

»Nein? Wer hat denn noch mit dir gesprochen?« Ich war mir ziemlich sicher, um wen es sich gehandelt hatte.

»Connor«, erwiderte Sofia. »Antons entsetzlicher Sohn. Und ich werde dir dasselbe sagen, was ich ihm gesagt habe. Ich weiß nichts von irgendwelchen Briefen, und ich weiß nicht, wo Anton seine privaten Papiere aufbewahrt hat, abgesehen vom Büro des Weinguts und von seinem Atelier. Dort hat er Dinge untergebracht, die er nicht wegwerfen wollte.«

Sofia schien damit beschäftigt zu sein, ihre Sachen zu packen, und so hatte ich den Eindruck, dass es das Beste war, sie jetzt allein zu lassen. »Danke«, sagte ich und stand auf. »Ich werde weitersuchen.«

Ich beschloss, meine Suche nach den Briefen schnell fortzusetzen, bevor Connor mir wieder einen Schritt voraus war. Ich wandte mich zum Gehen, blieb aber noch einmal kurz an der Tür stehen. Als ich beobachtete, wie Sofia ihren schweren Koffer vom Bett hob, sagte ich: »Hör mal, Sofia … Wie wäre es, wenn ich dir meine Handynummer gebe, nur für den Fall, dass du irgendetwas brauchst? Ich weiß, dass das jetzt eine schwere Zeit für dich ist, aber vielleicht könnten wir uns irgendwann einmal verabreden und uns unterhalten. Ich würde gern mehr über die letzten Tage meines Vaters erfahren, und wenn du je über etwas anderes reden möchtest oder eine Freundin brauchst …«

Sie musterte mich ein paar Sekunden lang argwöhnisch und zog dann ihr Handy aus der Tasche. Ich kehrte ins Zimmer zurück, und wir tauschten unsere Nummern aus.

»Du bist nicht wie Antons andere Kinder«, bemerkte Sofia, als sie ihr Handy wieder in ihre Handtasche steckte. »Du bist viel freundlicher. Du bist wie er. Wie der beste Teil von ihm. Ich kann es in deinen Augen sehen. Es freut mich, dass er dir alles hinterlassen hat.«

Ich fühlte mich seltsam orientierungslos, als würde ich kopfüber über den Meeresgrund treiben. Was sie da sagte … Die Art, wie sie meinen leiblichen Vater sah … Das passte nicht zu dem, wie andere ihn beschrieben und wie ich ihn mir immer vorgestellt hatte.

»Danke«, brachte ich hervor und ging zur Tür.

»Du könntest versuchen, Francesco zu fragen«, sagte Sofia im letzten Augenblick. »Vielleicht weiß er etwas.«

Ich blieb stehen und drehte mich um. »Wer ist Francesco?« Irgendwo hatte ich den Namen schon einmal gehört.

»Der Großonkel meiner Freundin in Florenz. Er war Antons Chauffeur, als er damals das Weingut gekauft hat, und ein enger Freund von ihm. Er ist schon vor Jahren in den Ruhestand gegangen, aber sie sind in Verbindung geblieben. So habe ich Anton kennengelernt. Ich habe meine Freundin zu einem Besuch bei ihrer Großtante begleitet. Anton war zum Abendessen dort. Er hat den besten Wein mitgebracht, den ich in meinem Leben je gekostet hatte.« Sofia starrte die leere Luft vor sich an. Ihre Gedanken schweiften offensichtlich zu dem Tag zurück, an dem sie Anton kennengelernt hatte, während ich dastand und sie erstaunt musterte. »Es geht ihm in letzter Zeit nicht gut. Er konnte nicht zur Beerdigung kommen.«

»Hast du Francescos Telefonnummer?«, fragte ich.

Ins Hier und Jetzt zurückgeholt, zückte Sofia wieder ihr Handy. »Nein, aber ich frage meine Freundin.« Sie schickte schnell eine SMS ab. Fast sofort ging eine Antwort ein. »Hier: seine Adresse und Telefonnummer. Ich leite die Nachricht an dich weiter.«

Sobald ich die Kontaktdaten hatte, verspürte ich einen ersten Anflug von Hoffnung, dass ich endlich etwas darüber herausfinden würde, was vor einunddreißig Jahren wirklich zwischen Anton und meiner Mutter vorgefallen war.

Gleichzeitig durchlief mich vor Unruhe ein Schauer, als ich an meinen eigenen Vater zu Hause in Tallahassee dachte, der keine Ahnung hatte, wo ich mich gerade aufhielt. Egal welche Wahrheit ich zutage fördern würde, ich fürchtete, dass er davon am Boden zerstört sein würde.

* * *

Francesco Bergamaschi wohnte mit seiner Frau in einer Villa aus Stein im Küstenort Piombino. Als ich mit seiner Frau telefonierte, erfuhr ich, dass er gerade erst nach einer schweren Lungenentzündung aus dem Krankenhaus entlassen worden war. Marco war so nett, mich am folgenden Morgen hinzufahren.

»Danke, dass Sie sich bereit erklärt haben, sich mit mir zu treffen«, sagte ich zu Francescos Frau, Elena, die mir mit einem freundlichen Lächeln die Tür öffnete und mich in eine große Eingangshalle bat, in der ein rustikaler, schmiedeeiserner Kronleuchter hing. »Was für ein schönes Haus Sie haben.«

»*Grazie. Benvenuta.* Francesco ist gerade draußen und ruht sich auf der Terrasse hinter dem Haus aus. Darf ich Ihnen etwas anbieten? Espresso? Wein?«

»Ein Espresso wäre sehr schön. Vielen Dank.«

Elena führte mich in die Küche und von dort aus durch eine Hintertür auf eine weiße Steinterrasse, die aufs Tyrrhenische Meer hinausging. Das Sonnenlicht funkelte gleißend hell auf dem türkisfarbenen Wasser.

An einem kleinen Bistrotisch saß ein alter Mann mit dichtem, welligem weißen Haar und swipte über den Bildschirm eines Tablets auf seinem Schoß.

Elena berührte seine Schulter. »Francesco.«

Er zuckte zusammen und zog sich die Kopfhörer aus den Ohren. »*Cosa c'è?*«

»Sie ist hier.«

Mit einer knochigen, von blauen Adern überzogenen Hand, die zitterte, legte Francesco das Tablet auf den Tisch und schaffte es, langsam auf die Beine zu kommen.

»Bitte, Sie müssen doch nicht aufstehen«, sagte ich, aber er tat es trotzdem.

Er war groß und schlank und stand leicht gebeugt. Auf den ersten Blick wirkte er grimmig. Seine dichten Augenbrauen waren zu einem intensiven Stirnrunzeln zusammengezogen. Aber dann betrachtete er mich staunend, und seine Augen füllten sich mit Wärme.

»*Miracolo.*« Er streckte die Hände nach mir aus, küsste mich auf beide Wangen und deutete auf den zweiten Stuhl am Tisch. »Setzen Sie sich, *per favore.*«

»*Grazie.*«

Er betrachtete mich geradezu ehrfürchtig, und ich kam mir wie ein Fisch in einem Goldfischglas vor.

»Sie sehen ihm so ähnlich«, sagte Francesco. »Wie er in jüngeren Jahren war. Ihre Augen … Ganz wie seine. Es ist außergewöhnlich.«

Mein Herz begann zu rasen, und ich schaute auf meinen Schoß hinab. »Sie sind nicht der Erste, der das zu mir sagt.«

Er lehnte sich leicht zurück und rang nach Luft, weil es ihn so angestrengt hatte aufzustehen. »Ich hätte nie gedacht, dass ich Sie je kennenlernen würde. Wenn Anton uns doch nur jetzt sehen könnte. Gott habe ihn selig.«

Verblüfft darüber, wie vertraulich Francesco mit mir redete – und immer noch komplett im Dunkeln über die Umstände meiner Zeugung und den Grund dafür, dass ich überhaupt auf der Welt war –, stellte ich meine Handtasche auf den Terrassenboden und zwang mich, Francesco direkt anzusehen. »Es hat mir leidgetan zu hören, dass Sie krank waren.«

Er winkte verächtlich ab. »Das war nichts. Jetzt geht es mir gut, wie Sie sehen. Aber ich bedaure, dass ich die Beerdigung verpasst habe.«

»Ich auch«, antwortete ich. »Ich bin nicht rechtzeitig dafür hier eingetroffen.« Eine Weile saßen wir schweigend da. Dann erschien Elena mit zwei kleinen Espressotassen. »Vielen Dank«, sagte ich zu ihr und nippte vorsichtig an der Tasse, bevor ich sie auf die winzige Untertasse stellte. »Also wussten Sie von mir?«, fragte ich dann Francesco. »Wie lange schon?«

»Seit vielen Jahren. Ich wusste schon von Ihnen, bevor Sie auf die Welt gekommen sind.«

Ich starrte ihn an, verblüfft, schockiert und erschüttert angesichts dieser neu entdeckten Verbindung zur Vergangenheit. »Ich bin froh, dass ich Sie gefunden habe«, sagte ich, »denn niemand aus Antons Familie oder auf dem Weingut schien zu wissen, dass ich existiere – jedenfalls nicht bis zu dieser Woche. Und niemand konnte Fragen darüber beantworten, was zwischen ihm und meiner Mutter vorgefallen ist. Sie konnte mir nichts mehr erzählen, bevor sie gestorben ist. Also muss ich wohl nicht erst betonen, dass ich neugierig bin.« Ich sah zum fernen blauen Horizont. »Und danke, dass Sie mich heute Morgen so freundlich willkommen heißen. Bei einigen Familienmitgliedern auf dem Weingut bin ich nicht besonders beliebt, also weiß ich es doppelt zu schätzen.«

»Wegen der Bestimmungen in Antons Testament«, folgerte Francesco scharfsinnig und sah ebenfalls aufs Wasser hinaus. Ein Möwenschwarm zog kreischend seine Kreise über einem Fischerboot unmittelbar vor der Küste. »Ich gestehe«, fuhr Francesco mit einem herzlichen Lachen fort, »dass ich gern Mäuschen gespielt hätte, als Connor und Sloane erfahren haben, was Anton getan hat.«

Ich sah ihn überrascht an. »Mochten Sie seine Kinder nicht?«

»Das ist es nicht. Ich habe sie geliebt, weil sie Antons Kinder waren, aber sie sind zu sehr faulen und undankbaren Menschen herangewachsen. Sie haben damit gerechnet, die ganze Welt als Erbe zu bekommen, ohne je auch nur einen Finger krumm zu machen oder ihrem Vater etwas zurückgeben zu müssen. Er hat sich weiß Gott bemüht, ein Teil ihres Lebens zu bleiben. Sie müssen aus allen Wolken gefallen sein.«

»Das sind sie auch«, bestätigte ich, »aber sie geben nicht kampflos auf.«

Er sah mich neugierig an. »Nicht kampflos? Was für ein Kampf?«

»Sie wollen beweisen, dass Anton unzulässig beeinflusst worden ist«, erklärte ich, »oder dass man ihn unter Druck gesetzt hat, sein Testament zu ändern. Sie können nicht verstehen, warum er nach einunddreißig Jahren einen Großteil seines Vermögens ausgerechnet mir hinterlässt – einem unehelichen Kind, das er nie kennengelernt hat. Ich bin ja selbst überrascht. Solange ich zurückdenken kann, hat Anton nie eine Rolle im Leben meiner Mutter gespielt, und sie hat mir nur die Wahrheit gesagt, weil sie im Sterben lag. Sie wollte nicht ins Detail gehen. Zu dem Zeitpunkt hing ihr Leben bereits am seidenen Faden, und deshalb bin ich immer davon ausgegangen, dass es … Ich bin mir nicht sicher, wie ich das ausdrücken soll, Francesco. Ich bin davon ausgegangen, dass es etwas … Unangenehmes war.«

Francescos Kopf zuckte zurück, als hätte ich ihm einen Fausthieb verpasst. »Sie haben geglaubt, Anton hätte sie vergewaltigt?«

Ich biss mir auf die Unterlippe. »Ich weiß es nicht. Vielleicht ja. Ich war erst achtzehn, als sie mir gesagt hat, dass mein Dad, den ich heiß und innig liebte, nicht mein echter Vater war. Es war ein Schock, und ich wusste nicht, wie ich das verarbeiten sollte. Sie ist kurz darauf gestorben, also hatte ich keine Gelegenheit, mit ihr ein richtiges Gespräch über das zu führen, was passiert war.« Ich dachte über meine Gedanken und Gefühle der letzten zwölf Jahre nach. »Ich war zu jung für all das. Ich war traurig und wütend. Wie gesagt, das zu hören war ein Schock, und ich fühlte mich betrogen – um meinetwillen und im Namen meines Vaters. Vielleicht fühle ich mich immer noch betrogen.«

Francesco musterte mich mitfühlend. »Es hat mir leidgetan, vom Tod Ihrer Mutter zu erfahren.«

Ich schaute auf. »Kannten Sie sie damals?«

»*Sì.* Sie war ein sehr wichtiger Mensch auf dem Weingut und auch wichtig für Anton.«

»In welcher Hinsicht?«

Er zog ungläubig die Stirn kraus. »Wissen Sie wirklich nichts über das, was zwischen den beiden vorgefallen ist?«

Ich schüttelte den Kopf. »Alles, was ich weiß, ist, dass sie einen Sommer in der Toskana verbracht hat, damit mein Dad für sein erstes Buch recherchieren konnte, und dass sie als Fremdenführerin auf dem Weingut gearbeitet hat.«

Francesco tippte sich mit dem Finger gegen die Schläfe. »Sie war viel mehr als eine Fremdenführerin. Sie war wirklich geschäftstüchtig und hatte ein Näschen für Wein.«

»Wirklich?«, antwortete ich überrascht. »Ich habe meine Mutter immer nur als Pflegerin meines Vaters erlebt. Sie war hin und wieder berufstätig, aber immer nur in Teilzeit. Wenn sie persönliche Ziele oder Karrierepläne hatte, hat sie es sich nie anmerken lassen.«

»Wenn Ihre Mutter nicht gewesen wäre«, sagte Francesco, »hätte Anton mit seinen Weinen auf dem amerikanischen Markt wohl nie einen Fuß in die Tür bekommen. Er war einer der ersten europäischen Winzer, der wirklich verstanden hat, wie man effektiv Wein in Nordamerika verkauft.«

Ich beugte mich vor. »Wollen Sie mir damit sagen, dass er das Gefühl hatte, meiner Mutter etwas für den Erfolg seines Weinguts zu schulden? Dass dieser Erfolg ihr zu verdanken war? Hat er es mir deshalb hinterlassen?«

Francesco schloss die Augen, lachte leise und schüttelte den Kopf. »Nein, ich will alles andere als das sagen.«

»Was denn dann?«

Er kratzte sich am Hinterkopf. »Ich kann nicht fassen, dass Sie es nicht wissen. Aber das ist Antons Schuld, weil er sein Versprechen so ernst genommen hat, sogar über den Tod hinaus.«

»Wie bitte?«

Francesco streckte den Arm über den Tisch und ergriff meine Hand. »Ihre Mutter war Antons große Liebe. Die einzige Frau, die er je wirklich geliebt hat, einschließlich seiner Ehefrau. Er wollte Ihre Mutter nicht gehen lassen – es hat ihn fast umgebracht, das zu tun –, aber er hat es getan, weil er sie so sehr geliebt hat.«

»Das verstehe ich nicht.«

Francesco lehnte sich zurück. »Ist Ihr Vater noch am Leben? Derjenige, der Sie großgezogen hat, meine ich.«

»Ja, und er bedeutet mir mehr als alles andere. Deshalb regt mich all das hier auch so sehr auf. Er hat nie erfahren, dass meine Mutter ihm untreu war. Sie hat mich angefleht, ihn vor der Wahrheit zu beschützen, und ich habe dieses Versprechen all die Jahre gehalten. Er hat in seinem täglichen Leben schon genug zu bewältigen. Ich will nicht, dass er davon erfährt und darunter leidet. Er hat genug durchgemacht. Das hat er nicht verdient.«

Francescos Wangen liefen rot an, und mein Herz setzte einen Schlag aus.

»Warum sehen Sie mich so an?«, fragte ich. »Haben Sie meinen Vater gekannt?«

275

Er schüttelte langsam den Kopf. »Nein, man hat mich ihm nie vorgestellt. Ich habe nie mit ihm gesprochen, aber ich weiß, was ihm zugestoßen ist.«

Ein seltsam taubes Gefühl machte sich in meinen Finger- und Zehenspitzen breit. »Sie meinen seinen Unfall?«

»*Sì.* Ich war an dem Tag da. Ich weiß alles.«

Ich musterte Francesco unverwandt. »Ich hoffe, Sie werden es mir erzählen.«

Er nickte langsam. »Oh ja, Fiona. Ich werde es Ihnen erzählen. Ich werde Ihnen alles erzählen, so wie Anton es mir erzählt hat.«

KAPITEL 22

LILLIAN

Toskana, 1986

»Warum hast du mich nicht öfter aus Paris angerufen?«, fragte Lillian Freddie, nachdem der Kellner an ihrem Tisch eine Flasche Wein geöffnet und zwei Gläser eingeschenkt hatte. Sie überlegte, ob alles anders gewesen wäre, wenn er jeden Abend angerufen hätte, statt sich höchstens einmal die Woche zu melden.

»Es waren Ferngespräche«, erklärte Freddie. »Und du weißt doch, wie mein Tagesablauf ist, wenn ich schreibe. Ich komme offenbar immer erst so richtig in Schwung, wenn du Feierabend hast.« Er drohte ihr mit dem Finger. »Aber ich habe ein paar Mal angerufen und du bist nicht rangegangen. Wahrscheinlich warst du oben in der Villa.«

Er musterte sie aufmerksam über den Rand seines Glases hinweg, während er einen Schluck trank, und sie fragte sich nervös, ob er einen Verdacht hatte.

Freddie kniff die Augen zusammen. »Du glaubst doch nicht etwa, dass ich dich in Paris betrogen habe, oder? Weil ich allein in der Stadt der Liebe war? Oder sollte ich sagen: in der Stadt von *amore*?«

Er zog sie nur auf, aber Lillian konnte ihm nicht in die Augen sehen. Einerseits hatte sie ein furchtbar schlechtes Gewissen, weil sie ihn betrogen hatte, aber andererseits war sie am Boden zerstört, dass sie Anton verloren hatte. An diesem Nachmittag war ihr Herz in tausend Stücke zerbrochen.

Sie schaute auf das Gedeck vor sich hinab. »Natürlich nicht.«

Nach ein oder zwei Augenblicken wurde Freddie nachdenklich und ernst. Er griff nach seinem Glas und hob es. »Wir haben noch keinen Toast ausgebracht. Auf unseren Sommer in der Toskana. Und darauf, dass ich mein Buch fertiggestellt habe. Auf das nächste.«

Lillian hob ebenfalls ihr Glas. »Das nächste?«

»Ja.« Er trank einen großen Schluck von seinem Wein und stellte sein Glas ab. »Darüber möchte ich mit dir reden, Lil. Ich habe schon eine Idee. Es ist keine direkte Fortsetzung, aber es wird von einer der Nebenfiguren handeln. Ich habe noch nichts aufgeschrieben, aber es ist alles schon hier oben.« Er klopfte sich mit dem Zeigefinger gegen die Schläfe. »Und ich verspreche dir, dass ich dieses Mal nicht so lange brauchen werde. Jetzt weiß ich ja, was ich tue.«

Sie starrte ihn an. Eine ungute Vorahnung regte sich in ihr, das verstörende Gefühl, dass ihr die Zeit davonlief und dass sie endlos auf die Dinge warten würde, die sie in ihrem Leben wollte. Ihre Lippen öffneten sich leicht.

Freddie griff nach ihrer Hand und drückte sie. »Und ich will dich nach dem fragen, was du heute gesagt hast – dass du diesen Sommelierkurs machen möchtest. Es tut mir leid, wenn ich geklungen habe, als wollte ich dich nicht unterstützen. Du hast mich einfach kalt erwischt, das ist alles. Aber wenn du das wirklich willst, solltest du es machen. Ich will, dass du tust, was dich glücklich macht, und wir müssen ja nicht *unbedingt* Kinder haben, wenn du nicht möchtest. Ich weiß, wie schwer es für dich beim letzten Mal war, als es schiefgegangen ist. Wenn du also einfach nur willst, dass wir unseren Leidenschaften nachgehen, statt Eltern zu werden, wäre das für mich absolut in Ordnung. Vielleicht ist es uns vorherbestimmt, unser gemeinsames Leben so zu führen. Auf alle Fälle will ich uns mit meinen Büchern ernähren, und darum muss ich noch eines und danach dann das nächste schreiben. Das ist das, was ich mit meinem Leben anfangen will. Jetzt bin ich mir sicher. Herzukommen war das Beste, was wir je getan haben.«

Lillian schluckte beunruhigt. Auf einer gewissen Ebene hatte sie immer gewusst, dass Freddie nicht nur ein einziges Buch schreiben würde. Er wollte Karriere als Romanautor machen, und das hieß, dass er weiterhin jeden Tag schreiben würde, für immer. Er würde in der alles verschlingenden Höhle verschwinden, in der sich sein Schaffensprozess abspielte, und sie in der realen Welt zurücklassen, sodass sie quasi ein Singledasein führen würde.

Vielleicht war das der Grund dafür, dass sie sich so verzweifelt nach einem Baby sehnte. Sie hatte damit schon immer ihre Welt ausfüllen wollen.

»Natürlich brauchst du einen Folgeroman«, antwortete sie so, wie sie es immer tat, unterstützte ihn in seinen Träumen und behielt ihre eigenen wahren Sehnsüchte für sich.

Aber warum? Lag es daran, dass sie in ihrem tiefsten Innern wusste, dass ihm ihre Sehnsüchte von vornherein egal waren? Dass ihm nur seine eigenen Träume am Herzen lagen?

Liebte er sie überhaupt? Oder hatte er nur Angst davor, allein zu sein? Verlassen zu werden, wie vor Jahren von seiner Mutter?

Der erste Gang wurde serviert. Er sah verlockend aus, aber Lillian hatte keinen Appetit. Sie war den ganzen Nachmittag über den Tränen nah gewesen und musste sich zwingen, ihre Gabel zu heben.

Sie aßen schweigend, bis Freddie sich zurücklehnte und den Kopf in ihre Richtung neigte. »Na ... willst du sie hören?«

»Was hören?«, fragte sie und fühlte sich auf unbegreiflich viele Arten am Boden zerstört.

»Meine Romanidee.«

Freddie benutzte Lillian oft, um seine Einfälle zu testen. Früher hatte ihr das nie etwas ausgemacht, und die Stunden, die sie mit dem Brainstorming für sein Buch verbracht hatten, waren wahrscheinlich die stabilste Säule ihrer Beziehung gewesen.

»Schieß los«, sagte sie, aber sie fühlte sich losgelöst und wie betäubt.

Er setzte zu einer Beschreibung der Handlung an, doch es fiel ihr schwer, ihm zu folgen. Nicht weil die Geschichte verworren gewesen wäre. Der Plot war wahrscheinlich geschickter aufgebaut als bei seinem ersten Buch. Aber ihre Emotionen spielten verrückt. Ihr ging einfach nicht aus dem Kopf, wie es ihr das Herz gebrochen hatte, Anton zu verlieren, und sie konnte auch die Tatsache nicht ausblenden, dass Freddie nicht das geringste Verständnis dafür hatte, was sie sich im Leben wirklich wünschte.

Sie wollte Mutter werden. Das hatte sie immer gewollt, schon als sie ein kleines Mädchen gewesen war. Sie wollte sich ein glückliches Zuhause aufbauen, das anders als das war, in dem sie aufgewachsen war. Um das zu tun, musste sie ihren Mann lieben, respektieren und zutiefst verstehen. Aber im Gegenzug musste auch er sie lieben, respektieren und verstehen.

Ihr war jetzt klar, dass Freddie nicht der richtige Mann dafür war. Er wollte nicht Vater werden. Er wollte nur, dass Lillian sich um ihn kümmerte – und ihn nie verließ.

* * *

In dieser Nacht konnte Lillian nicht schlafen. Freddie dagegen war – dank eines zusätzlichen Glases Madeira, das er sich zum Dessert bestellt hatte – in einen tiefen Schlummer gesunken und hatte zu schnarchen begonnen, sobald sein Kopf das Kissen berührt hatte.

Davor hatte er mit Lillian schlafen wollen, aber sie hatte ihm gesagt, sie fühle sich nicht wohl. Das war nicht ganz gelogen. Der Tag war emotional belastend gewesen, und sie hatte ihre Speisen im Restaurant nicht aufessen können. Sie hatten die Teller getauscht. Freddie hatte den Rest ihres Essens verputzt.

Sie drehte sich auf die Seite, stützte den Kopf in die Hand und sah aus dem offenen Fenster. Die Nacht war dunkel, der Mond nur ein schmaler Streifen Licht am tintenschwarzen Himmel. Eine dünne Schicht Schleierwolken verdeckte die Sterne.

In Lillians Kopf überschlugen sich die unangenehmen Gedanken. Nach ihrem Essen mit Freddie konnte sie sich nicht vorstellen, die Toskana zu verlassen, nach Amerika zurückzukehren und Anton nie wiederzusehen, nur um weiter in einem Job zu arbeiten, der ihr nicht wirklich wichtig war, während sie bis in alle Ewigkeit darauf wartete, dass Freddie endlich ein Kind mit ihr bekommen wollte.

Während sie dalag, in den mitternächtlichen Himmel aufsah und Freddies Schnarchen auf dem Kissen neben sich lauschte, schweiften ihre Gedanken zu Anton. Ihre Fantasie erwachte voll freudiger Erregung zum Leben, als sie sich an all die Momente erinnerte, die sie miteinander geteilt hatten, an die Gespräche, die sie geführt hatten. Es stand außer Frage, dass Anton ihre Leidenschaft stärker weckte, als Freddie es je getan hatte oder auch nur konnte, und das in jeder Beziehung. Sie liebte Freddie, aber ihr Verhältnis war nie leidenschaftlich gewesen, noch nicht einmal zu Anfang.

Ihr Herz klopfte heftig, und ihre Gefühle wirbelten durcheinander, als ihr klar wurde, dass sie nicht weiter neben einem Menschen im Bett liegen konnte, der nicht Anton war. Also stand sie auf, zog leise ein Kleid aus dem Schrank und ging ins Bad. Sie zog sich um und starrte sich selbst im Spiegel an.

Was um alles in der Welt tust du da?

Sie versuchte, sich zu überwinden, wieder zu ihrem schlafenden Mann ins Bett zu gehen, aber sie konnte nicht gegen das ankämpfen, was sie empfand.

Fünf Minuten später lief sie ohne Taschenlampe durch die Dunkelheit die Zypressenallee hinauf. Aber das war kein Problem, weil sie jeden Zentimeter des Weges auswendig kannte. Sie erreichte das Haupttor der Villa, gab den Sicherheitscode ein und eilte dann die breiten Steinstufen zur Haustür hinauf.

Sie war abgeschlossen. Alle Fenster waren dunkel. Anton schlief in einem der oberen Stockwerke, aber Francescos Apartment war im Erdgeschoss. Also lief Lillian zur Seite des Hauses und klopfte an sein Fenster.

Die Vorhänge flogen fast sofort zur Seite, und er öffnete das Fenster. »Lillian. Was machst du hier?«

»Entschuldige bitte, dass ich dich wecke«, antwortete sie, »aber ich muss mit Anton sprechen. Es kann nicht bis morgen früh warten.«

»*Sì*«, antwortete er. »Geh vorn herum. Ich lasse dich rein.«

Einen Moment später öffnete er ihr die Tür und führte sie ins Hauptempfangszimmer, wo er eine Lampe einschaltete. »Warte hier. Ich wecke ihn.«

Sie hatte keine Ahnung, ob Francesco wusste, was zwischen ihr und Anton vorging. Sie hatten immer versucht, diskret zu sein, aber die Leute waren nicht dumm. Sie hatten beobachtet, dass er sie jeden Abend nach Hause gebracht hatte, während ihr Mann nicht da gewesen war. Und dass er dann stundenlang nicht zurückgekehrt war, manchmal nicht vor der Morgendämmerung.

Immer noch außer Atem von ihrem schnellen Lauf den Hügel hinauf, setzte Lillian sich auf das Sofa vor dem Kamin und betete, dass Anton ihr verzeihen würde, auf welche Weise sie vorhin mit ihm Schluss gemacht hatte.

Endlich erschien er in der Tür. Er trug eine Pyjamahose mit Schottenkaros. Aber kein Oberteil. Erregung loderte in ihr auf – eine wunderschöne Leidenschaft, die es ihr unmöglich machte, sich ihre Zukunft ohne ihn vorzustellen. Er hatte etwas mit ihr gemacht. Sie war nicht mehr die Frau, die vor fünf Jahren Freddie Bell geheiratet hatte. Das wusste sie jetzt. Schon als sie auf die Welt gekommen war, war sie zu etwas anderem bestimmt gewesen. Für jemand anderen.

»Sag mir, dass du es dir anders überlegt hast«, bat Anton mit seiner tiefen, rauchigen Stimme, die sich auf die angenehmste Art überhaupt in ihre Seele bohrte.

»Ja«, antwortete sie. »Es tut mir so leid. Ich war dermaßen dumm. Kannst du mir verzeihen?«

Er zog die Tür zu, schloss sie hinter sich ab und ging dann mit schnellen, sicheren Schritten quer durchs Zimmer. Ihre Frage war beantwortet, als er sie in seine Arme zog und das Gesicht an ihren Hals schmiegte.

Schiere, ungetrübte Euphorie explodierte in ihrem Herzen, und sie flüsterte: »Gott sei Dank.«

Ehe sie es sich versah, legte Anton sie schon mit dem Rücken aufs Sofa. Seine Haut berührte heiß die ihre, und sie ließ sich genießerisch in die tiefe, gefühlvolle Verbindung sinken. Sie ging Lillian bis ins Mark und tiefer, als sie in einer Mischung aus Freude und Schmerz leidenschaftlich miteinander schliefen.

Danach schloss Lillian die Augen und atmete den berauschenden Duft von Antons Körper ein. Sein Haar und sein Hals waren schweißnass.

»Hast du es ihm schon gesagt?«, fragte er.

»Nein«, antwortete sie, »ich habe die Entscheidung gerade erst gefällt. Er hat geschlafen, als ich gegangen bin.«

»Wann wirst du es ihm sagen?«

»Sobald ich zurück bin. Es wird nicht einfach.« Sie schüttelte den Kopf und hielt sich mit einer Hand die Augen zu. »Er wird es nicht verstehen.«

»Ich wünschte, ich könnte dir helfen«, sagte Anton. »Ich habe Mitgefühl mit ihm. Ganz ehrlich. Denn nachdem du heute gegangen warst, hatte ich den Eindruck, ein Teil von mir sei gestorben. Ich musste mich ins Bett legen und habe allen, die gefragt haben, erzählt, ich hätte mir wohl eine Krankheit eingefangen.«

Eine Träne kullerte aus Lillians Auge. »Das tut mir leid.« Sie berührte mit dem Daumen seine Lippen. »Aber weißt du … Ich bin mir nicht sicher, ob Freddie mich so liebt wie du. Ich glaube, das hat er nie getan.«

Anton lehnte die Stirn an ihre. »Ich bin froh, dass du zurückgekommen bist, denn ich glaube, ich würde mich nie davon erholen, dich zu verlieren.«

* * *

Lillian blieb bis zum Morgengrauen bei Anton. Dann küsste sie ihn zum Abschied an der Vordertür der Villa und eilte davon, über die steinerne Veranda und die breiten Stufen hinunter. Vom Tor aus lief sie durch die Zypressenallee bis zur Kapelle und zu den Weinkellern, dann um die Kurve in Richtung des tiefer gelegenen Waldes.

Dichter Nebel wallte durch die Täler. Die Luft roch süß nach reifenden Früchten. Krähen krächzten auf den höchsten Zweigen der hohen Schirmpinien. Die Majestät der Welt brachte Lillian auf ganz neue Art zum Staunen. Sie hatte sich noch nie lebendiger gefühlt, obwohl ihr etwas Fürchterliches direkt bevorstand.

Statt direkt in die Gästesuite zurückzukehren, wo sie gezwungen sein würde, Freddie alles zu erklären und ihm schreckliches Leid zuzufügen, beschloss sie, ein paar Minuten länger in einem Daseinszustand zu verharren, in dem er die Wahrheit nicht kannte, sondern tief und fest schlief. Glücklich war. Die Welt würde bald genug für ihn zusammenbrechen. Sie konnte genauso gut die Gelegenheit nutzen, den Status quo noch etwas beizubehalten und sich die richtigen Worte zurechtzulegen.

Sie bog auf der unbefestigten Straße im Wald nach links zum Swimmingpool ab. Bis dorthin waren es zu Fuß fünf Minuten.

Das Wasser lag im frühmorgendlichen Licht der Dämmerung ruhig da. Lillian sah sich um und vergewisserte sich, dass sie allein war. Dann streifte sie ihr Kleid ab, ließ es neben dem Pool liegen und tauchte nackt in die kühlen Tiefen.

Lillian schwamm Bahnen, und die schwungvolle sportliche Betätigung bestärkte sie in ihrer Entschlossenheit. Sie bereute ihre Entscheidung nicht. Im Gegenteil: Sie empfand ein belebendes Gefühl von Freiheit, als wäre sie gerade neu geboren worden. Sie glaubte, dass Freddie eines Tages, wenn er über alles hinweggekommen war und sein Buch veröffentlicht hatte, das Gleiche empfinden würde. Schreiben war das, was ihm am meisten bedeutete. Lillians Gegenwart in seinem Leben war nebensächlich. Sie war ihm in allen praktischen Dingen nützlich, etwa wenn es darum ging, ein festes Gehalt zu verdienen und ihm geduldig zuzuhören, wenn er von seinem Buch sprach. Aber sie verzauberte seine Welt nicht. Magie fand er nur in seinen Geschichten, wenn er auf der Schreibmaschine tippte. Vor allem jedoch wollte er keine Kinder mit ihr. Er tat nur so, damit sie bei ihm blieb.

Nach dem Schwimmen schlüpfte sie in ihr Kleid und spazierte zum Rand der Terrasse, um auf die sanften Hügel der Toskana und den feurigen, rosaroten Sonnenaufgang hinauszusehen. Das hier war ihre magische Welt, die sie mit Glückseligkeit erfüllte. So war es auch für Anton.

Lillian drehte sich um und ging über den Waldweg zurück zur Gästesuite, wo Freddie schlafend in ihrem Bett lag. Sie starrte das alte Steingebäude an und holte tief Luft, um sich zu wappnen. Dann zog sie ihre Schuhe aus und schlich barfuß auf Zehenspitzen die Treppe hinauf. Leise öffnete sie die Tür, trat ein und zog sie vorsichtig hinter sich zu, um ihn nicht zu wecken.

Ihre Schlafzimmertür war geschlossen. Deshalb ging sie in die Küche, um eine Kanne Kaffee zu kochen. Als die Maschine nicht mehr gurgelte, goss Lillian sich eine Tasse ein und setzte sich an den Tisch. Dort nippte sie in der Stille des frühen Morgens an ihrem Kaffee und durchforstete ihren Verstand nach den richtigen Worten – Worten, die Freddie die Wahrheit übermitteln, ihm aber so wenig Schmerz wie möglich bereiten würden.

Schließlich hatte Lillian ihren Kaffee ausgetrunken und nahm allen Mut zusammen. Sie stand vom Tisch auf und ging zum Schlafzimmer. Dort hielt sie einen Moment lang inne, schloss die Augen, holte Luft und öffnete dann die Tür.

Wie vom Donner gerührt blieb sie stehen.

Das Bett war leer. Freddie war nicht da.

KAPITEL 23

LILLIAN

Das Bettzeug war zerwühlt, aber Freddie war weg. Mehrere Sekunden lang stand Lillian wie gelähmt in der Tür, die Hand auf dem Griff. Ihr Herz raste. Wo war er?

Sie rannte die Treppe hinauf ins zweite Schlafzimmer und sah dort nach, genauso im Bad.

Guter Gott. Wusste er etwa, was sie in der Nacht getan hatte?

Lillian sauste zur Tür hinaus und die Stufen hinunter, um nach dem Auto zu suchen. Es parkte unter dem Vordach. Das hieß, dass Freddie nirgendwohin gefahren war.

Sie eilte auf die Terrasse, sah sich in alle Richtungen um, zu den Weinbergen und Olivenhainen, und fragte sich, ob er spazieren gegangen war. Aber das war lächerlich. Freddie würde nie im Morgengrauen aufstehen, um spazieren zu gehen.

»Freddie!«, rief sie, obwohl sie wusste, dass sie die Gäste in den anderen Suiten weckte. Aber ihre Panik hatte die Oberhand über ihr gutes Benehmen gewonnen.

Der Himmel steh mir bei.

Was, wenn Freddie Bescheid wusste?

Lillian rief Anton in der Villa an, aber laut Caterina war er früh zur Arbeit ins Büro gegangen. Lillian versuchte, ihn dort anzurufen, aber niemand hatte ihn gesehen, also legte sie den Hörer wieder auf und behielt die Straße im Blick. Wenn sie Glück hatte, würde Freddie gleich mit einem Lächeln im Gesicht und einer Tüte Brötchen aus dem Frühstücksraum des Hotels die Einfahrt entlangspaziert kommen.

Zehn Minuten vergingen, aber er tauchte nicht auf. Irgendetwas stimmte nicht. Sie spürte es.

In diesem Moment brach die Hölle los. Ein Martinshorn heulte in der Ferne auf und jagte eine eiskalte Welle des Schreckens durch ihre Adern. Dann kam ein Auto den Weg heruntergerast und hielt schlitternd an. Es war Francesco.

Er riss die Tür auf und stieg aus. »Lillian! Du musst kommen! Es hat einen Unfall gegeben! Dein Mann ist verletzt!«

»Was ist passiert?«, rief sie ihm von der Terrasse am oberen Ende der Stufen zu.

»Er war …« Francesco schien die Frage nicht beantworten zu können. »Bitte komm einfach.«

Lillian rannte ins Apartment, schnappte sich ihre Handtasche und eilte dann nach draußen zu Francescos Auto. »Ich verstehe das nicht«, sagte sie, als sie sich auf den Beifahrersitz setzte. »Bitte erzähl mir, was passiert ist.«

Francesco zögerte, aber am Ende gelang es ihm, einige Worte herauszubringen. »Er ist von einem Auto angefahren worden.«

»Was?«, rief Lillian. »Wo?«

Francesco zeigte mit dem Finger. »Oben am Hügel, an der Straße zu den Weinkellern.«

»Geht es ihm gut?«

Francesco sah sie gequält an. »Ich weiß es nicht. Er war nicht bei Bewusstsein. Sie haben einen Krankenwagen gerufen.«

»Aber er ist doch am Leben, oder?«

»*Sì.*«

Als sie am Unfallort eintrafen, war der Krankenwagen schon Richtung Krankenhaus abgefahren. Francesco wendete das Auto und folgte ihm.

* * *

Als sie im Krankenhaus ankamen, war Freddie in der Notaufnahme. Lillian flehte die Krankenschwester an, ihn sehen zu dürfen.

»Sie müssen die Ärzte ihre Arbeit tun lassen«, sagte die Krankenschwester und führte Lillian von den Türen weg in einen privaten Sitzbereich, wo Francesco und Anton schon warteten.

Anton stand auf, und sie ging sofort auf ihn zu. »Gott sei Dank bist du hier. Ich verstehe nicht, wie das passieren konnte. Was hat er im Morgengrauen auf der Straße verloren?«

Anton gab keine Antwort, drehte sich aber um und sagte leise: »Francesco, entschuldigst du uns bitte?«

»*Sì.* Ich warte im Auto.«

Mit jeder Sekunde, die verging, hämmerte Lillians Herz vor Angst schneller. Anton führte sie zu den Stühlen und nötigte sie, sich hinzusetzen.

»Es gibt da etwas, das ich dir sagen muss«, erklärte er. »Freddie war auf der Straße, weil er dich gestern Nacht hat gehen sehen.«

Sie sah ihn stirnrunzelnd an. »Wie meinst du das?«

Anton hielt inne und kniff die Augen zu. »Es tut mir leid, Lillian. Er ist dir gefolgt, hat dich in die Villa gehen sehen und ... uns dann durch die Fenster beobachtet.«

Sie starrte Anton einen Moment lang wie betäubt an, während ihr Gehirn seine Worte verarbeitete. Sie stellte sich alles bildlich vor – Freddie, der ihr im Dunkeln folgte, sich an ein Fenster der Villa heranschlich und mit ansah, wie sie und Anton miteinander schliefen. Ganz allmählich türmte sich ihr Entsetzen zu einem enormen Berg auf. »Nein ...« Sie vergrub das Gesicht in den Händen. »Der arme Freddie. Davor hatte ich am meisten Angst.« Sie weinte eine Weile leise. Dann wandte sie sich Anton zu. »Was ist danach passiert? Francesco hat gesagt, Freddie sei auf der Straße zu den Weinkellern gewesen. Warum hätte er dorthin gehen sollen?«

Anton sprach stockend: »Weil er mir gefolgt ist.«

Tränen brannten in Lillians Augen, doch sie wartete darauf, dass er fortfahren würde.

»Nachdem du gegangen warst, wollte ich in den Weinkellern etwas überprüfen«, sagte Anton. »Ich wusste nicht, dass Freddie da war, bis ich wieder herausgekommen bin. Er ging auf der Terrasse auf und ab und wartete auf mich.«

Sie rang mühsam darum nachzuvollziehen, was genau geschehen war. »Hast du mit ihm gesprochen?«

»Ja. Er hat mir gesagt, was er gesehen hatte, und war offensichtlich wütend. Ich konnte es ihm kaum verdenken. Dann ist er mit den Fäusten auf mich losgegangen.«

»Das klingt überhaupt nicht nach Freddie«, antwortete Lillian kopfschüttelnd. »Er ist nicht der kämpferische Typ.«

»Nun, heute Morgen war er jedenfalls in kampfeslustiger Laune.«

Lillian sah Anton schockiert und entsetzt an. »Was ist danach passiert?«

»Er hat mich ein paar Mal kräftig gegen die Wand gestoßen.« Anton senkte den Blick. »Ich habe es über mich ergehen lassen, weil ich dachte, ich hätte es verdient. Ich habe mich nicht gewehrt, aber dann hat er mir einen Fausthieb verpasst und ...«

»Was hast du getan?«

»Ich habe ihn geschlagen.«

Ihr kam die Galle hoch. »Und dann?«

»Wir haben uns gestritten. Er hat mir gesagt, ich solle die Finger von dir lassen, aber ich habe ihm erklärt, dass ich dich liebe und dass du hierbleiben wirst.«

»Du hast ihm gesagt, dass ich ihn verlassen werde?«, fragte Lillian alarmiert.

Anton nickte. Lillian presste sich die Handballen an die Stirn und vergrub die Finger in ihren Haaren.

So hatte das alles nicht ablaufen sollen. Sie hatte Freddie die Neuigkeit selbst beibringen wollen – und das schonend, indem sie ihm half, es zu verstehen. Sie konnte die Vorstellung nicht ertragen, wie er gelitten haben musste, als er sie durchs Fenster beim Liebesspiel mit einem anderen Mann beobachtet hatte. Was für ein vernichtender Anblick musste das für ihn gewesen sein! Kummer und Verzweiflung zerrissen sie innerlich.

Sie wandte sich wieder Anton zu. »Ich verstehe immer noch nicht, was ihm zugestoßen ist. Wie ist er von dem Auto angefahren worden?«

Anton senkte den Kopf. »Nachdem wir gestritten hatten, hat er sich umgedreht und ist davongegangen. Ich habe mich zurückgezogen, um mich zu beruhigen und wieder einen klaren Kopf zu bekommen. Aber dann habe ich mir Sorgen gemacht, er könnte in euer Apartment zurückkehren und etwas Verrücktes tun, dich vielleicht sogar verletzen. Also bin ich ins Auto gestiegen, um mich zu vergewissern, dass es dir gut geht.«

Mit einem Schlag begriff Lillian, was Anton ihr da sagte. Ihr Magen verkrampfte sich vor Angst. »Warte mal. Willst du mir etwa sagen, dass du derjenige bist, der ihn angefahren hat?«

Anton sagte einen Moment lang nichts, aber am Ende nickte er.

Wenn Lillian nicht schon gesessen hätte, hätten ihre Beine wohl unter ihr nachgegeben. »Oh mein Gott, Anton. Du hast es doch nicht absichtlich getan, oder? Es war ein Unfall, nicht wahr?«

»Natürlich war es einer«, antwortete er rasch. »Es war noch früh. Die Sonne war gerade erst aufgegangen, und es herrschte dichter Nebel. Es war, als wäre er aus dem Nichts aufgetaucht.«

»Er hat dich nicht kommen hören?«, fragte sie und hatte Mühe, es zu verstehen.

»Ich weiß es nicht, aber die Straße hat keinen Randstreifen, und ich bin um eine Kurve gebogen. Vielleicht war ich zu schnell.«

Lillian war so übel, dass sie das Gefühl hatte, sich übergeben zu müssen. Sie stand auf und ging zum Fenster des Wartezimmers. Dort starrte sie auf die Glasscheibe, doch sie konnte die Welt dahinter nicht sehen. Die Morgensonne enthüllte einen nebelähnlichen Film aus Staub und Fingerabdrücken. Das Fenster musste dringend geputzt werden. Sie streckte die Hand aus, malte ein X in den Schmutz und inspizierte dann ihren Zeigefinger. Die Welt kam ihr plötzlich besudelt und dreckig vor, und sie wischte ihren Finger an ihrem Kleid ab.

Antons Stimme zitterte vor Verzweiflung. »Glaubst du mir, Lillian? Dass es ein Unfall war?«

»Natürlich«, antwortete sie dumpf und teilnahmslos. »Ich weiß, dass du nie absichtlich jemanden so verletzen würdest.«

Oder doch? Wie gut kannte sie ihn wirklich? Liebe macht blind, hieß es …

Eine Krankenschwester kam ins Wartezimmer. Beide wandten sich ihr zu.

»Sind Sie Mrs Bell?«, fragte sie.

»Ja«, antwortete Lillian.

»Kommen Sie bitte mit? Dr. Santarossa möchte gern mit Ihnen sprechen.«

Ohne sich noch einmal nach Anton umzusehen, eilte Lillian der Schwester nach.

* * *

Der Arzt beendete gerade ein Telefongespräch im Schwesternzimmer, als Lillian näher kam.

»Das hier ist Freddie Bells Frau«, sagte die Krankenschwester zu ihm.

Er legte auf und wandte sich Lillian zu. »Sie kommen aus Amerika?«

»Ja. Wie geht es ihm?«

»Wir arbeiten immer noch daran, ihn zu stabilisieren«, antwortete der Arzt. »Die gute Nachricht ist, dass er das Bewusstsein zurückerlangt hat.«

Sie legte sich die Hand aufs Herz. »Gott sei Dank.«

»Aber er hat eine sehr schwere Verletzung davongetragen«, fuhr der Arzt fort. »Er kann weder Finger noch Zehen bewegen, und das Röntgenbild hat bestätigt, dass er eine C6-Fraktur der Wirbelsäule erlitten hat.«

Lillian runzelte die Stirn und schüttelte den Kopf. »Das müssen Sie mir erklären. Was heißt das?«

»Eine Fraktur des sechsten Halswirbels. Das heißt …« Er schwieg ein paar Sekunden lang. »Es läuft darauf hinaus, dass er in einem sehr kritischen Zustand ist. Die Behandlung übersteigt unsere Möglichkeiten hier. Wir sind nur ein Gemeindekrankenhaus. Er muss in ein Traumazentrum nach Turin verlegt werden. Wir haben einen Hubschrauber angefordert.«

Alles Blut strömte in Lillians Kopf, und ihr wurde schlecht und schwindlig. »Entschuldigen Sie bitte … Was meinen Sie damit … genau? Wollen Sie mir etwa erzählen, dass mein Mann gelähmt ist? Dass er nicht mehr gehen kann?«

Der Gesichtsausdruck des Arztes war grimmig und ernst. »Alles, was ich im Augenblick sagen kann, ist, dass er kein Gefühl in den Armen und Beinen hat. Das ist kein gutes Zeichen. Aber er muss erst einmal die nächsten paar Tage überstehen, bevor wir auch nur ansatzweise eine langfristige Prognose abgeben können.«

Ihr Kopf zuckte zurück. »Wie meinen Sie das? ›Die nächsten paar Tage überstehen‹?«

Der Arzt griff nach einem Klemmbrett auf der Theke des Schwesternzimmers. »Es tut mir leid, Mrs Bell, aber Ihr Mann ist sehr schwer verletzt. Sie müssen sich auf das einstellen, was vielleicht kommen könnte. Und Sie müssen uns ein paar Fragen beantworten. Haben Sie eine Krankenversicherung?«

Sie war kaum in der Lage zu verstehen, was er sie fragte. »Ja, ich habe eine Reisekrankenversicherung für uns beide.«

»Gut. Die Krankenschwester wird die entsprechenden Informationen aufnehmen. Und als nächste Angehörige Ihres Mannes müssen Sie vielleicht ein paar Entscheidungen fällen und Ihre Zustimmung zu Behandlungen oder Operationen erteilen. Also müssen Sie gleich ein paar Papiere unterschreiben.«

Ihr Puls schoss in ungeahnte Höhen. »Ich dachte, Sie haben gesagt, er ist bei Bewusstsein.«

»Das ist er, aber er ist von den Medikamenten benommen und noch nicht über den Berg.«

»Meinen Sie damit, dass er sterben könnte?«

Der Arzt zögerte. »Ich will Ihnen keine Angst machen, aber wenn Sie nahe Angehörige haben, sollten Sie sie anrufen.« Er wandte sich an die Krankenschwester. »Sie darf ihn jetzt besuchen, aber nur kurz.«

Alle Geräusche und Bewegungen schienen zu einem einzigen Wirrwarr zu verschwimmen, als die Krankenschwester Anstalten machte, Lillian wegzuführen. »Kommen Sie mit«, sagte sie, und Lillian hatte das Gefühl, aus einem Traum in einen Albtraum zu geraten.

* * *

Die Krankenschwester zog einen Vorhang beiseite und zeigte ihr Freddie, der in einem Krankenhausbett lag und eine Halskrause trug. Er schien zu schlafen, aber als Lillian näher kam und sich über ihn beugte, flatterten seine Augenlider auf. »Lil?«

Sie nahm seine Hand. »Ja, ich bin hier, Schatz.«

Er begann zu weinen.

»Nein ...« Sie schmiegte ihre Wange an seine. »Es wird alles gut. Sie kümmern sich gut um dich, und ich bin jetzt hier.« Sie richtete sich auf und legte ihm die Hand an die Wange.

Er runzelte vor Schmerz die Stirn. »Ich habe dich mit ihm gesehen.«

Seine Worte trafen sie wie ein Messer. Sie blieben in ihrer Brust stecken, und einen verzweifelten Moment lang bekam sie keine Luft.

Freddie wimmerte leise.

»Freddie, nein, bitte nicht, Schatz ...« Sie beugte sich über ihn und versuchte, ihn mit sanften Küssen und beruhigenden Worten zu trösten.

»Liebst du ihn?«, fragte er mit kaum hörbarer Stimme.

Ungeachtet der Wahrheit konnte sie die Frage beim besten Willen nicht bejahen. Nicht jetzt, in diesem Moment.

»Ich liebe *dich*, Freddie. Das Einzige, was eine Rolle spielt, ist, dass ich jetzt hier bei dir bin und dass du wieder gesund werden musst. Denk an nichts anderes.«

Er sprach langsam und undeutlich. »Mir geht nicht aus dem Kopf ... was ich gesehen habe.«

Sie küsste seine Hand. »Es tut mir so leid. Das Letzte, was ich wollte, war, dir wehzutun. Aber bitte denk nicht an das, was du gesehen hast. Ich liebe dich. Du bist mein Ein und Alles.«

Er lag still und reglos mit geschlossenen Augen da. Eine ganze Weile saß sie neben ihm, ohne den Blick von ihm zu wenden.

»Es tut mir leid«, sagte er.

»Was, Liebling? Dir muss nichts leidtun.«

»Ich habe dich allein gelassen.«

Sie schluckte verlegen. »Du musstest doch dein Buch schreiben. Das hat dir viel bedeutet. Es war uns beiden wichtig.«

Er schlief ein, aber nach einem Moment öffnete er die Augen und blinzelte zur Decke hoch. »Es war dumm von mir. Ich wollte nicht, dass das passiert.«

Sie stand auf und beugte sich über ihn. »Was war dumm, Freddie?« Er antwortete nicht, und so flüsterte sie: »Freddie? Kannst du mich hören?«

Panik durchzuckte sie, und sie schaute auf und fragte sich, ob sie die Krankenschwester rufen sollte.

Genau in dem Moment riss die Schwester auch schon den Vorhang auf. »Er muss sich jetzt ausruhen«, sagte sie. »Kommen Sie bitte mit.«

»Darf ich nicht bleiben?«, fragte Lillian.

»Nein, er ist nicht stabil, und der Arzt muss sich jetzt um ihn kümmern. Sie können draußen warten. Wir sagen Ihnen Bescheid, wenn der Hubschrauber eintrifft.«

Lillian stand auf. »Darf ich im Hubschrauber mitfliegen?«

»Nein, das ist nicht möglich. Sie müssen selbst nach Turin fahren. Haben Sie jemanden, der Sie dorthin bringen kann? Wenn nicht, gibt es eine regelmäßige Zugverbindung.«

Bestimmt würde Anton Francesco erlauben, sie zu fahren. Oder er würde sie selbst hinbegleiten.

»Kommen Sie bitte mit«, wiederholte die Krankenschwester, die allmählich ungeduldig wurde.

Lillian hatte keine Wahl, als in den Wartebereich zurückzukehren.

Anton stand auf, als sie hereinkam. »Wie geht es ihm?«

Sie setzte sich hin und erklärte ihm Freddies Zustand.
»Ein Hubschrauber ist auf dem Weg hierher, um ihn in ein
Traumazentrum in Turin zu bringen. Weißt du, wo das liegt?
Ich muss irgendwie dorthin kommen. Kann Francesco mich
hinfahren?«

»Natürlich«, antwortete Anton.

Sie wischte sich eine Träne von der Wange und rang um
Fassung. »Das ist alles meine Schuld.«

»Nein«, sagte er, »es war ein Unfall. Wenn irgendwer schuld
daran ist, dann ich.«

»Bitte sag das nicht, Anton. Ich darf jetzt nur an Freddie
denken.« Um etwas Abstand zwischen sie beide zu bringen,
stand sie auf und schaute sich um. »Ich könnte einen Kaffee
gebrauchen.«

»Ich hole dir welchen.« Er ging, und sie setzte sich wieder
hin.

Während er fort war, saß sie völlig benommen da. Eine
Sirene heulte irgendwo draußen. Ein Hausmeister tauchte
einen Wischmopp in einen Eimer auf Rädern und ging dann
den Gang entlang, wobei er den Mopp in einer Reihe von
Achten hin- und herwirbeln ließ, um den Boden zu wischen.

Kurze Zeit später kehrte Anton zurück und reichte
Lillian einen Becher Kaffee. Sie nippte langsam daran,
bis die Krankenschwester hereinkam und nach ihren
Versicherungsdaten fragte. Lillian wühlte in ihrer Handtasche,
zog ihre Brieftasche heraus und reichte der Schwester eine Karte
mit einer Telefonnummer in den USA. Dann folgte sie ihr zu
einem Telefon, von dem aus sie Freddies Vater und ihre Mutter
anrufen konnte.

Alles im Krankenhaus wirkte verschwommen und wie im
Traum auf sie. Nichts schien ganz echt zu sein. Sie fühlte sich

verloren und fehl am Platz, als sie der Familie die Nachricht überbrachte.

Später, als sie in den Wartebereich zurückkehrte, schien die Zeit langsam wie eine Schnecke dahinzukriechen.

Nach einer Weile riss das ferne Dröhnen eines Helikoptermotors sie aus ihrer Trance. Sie stand auf, als der Hubschrauber mit wirbelndem Rotor landete.

Lillian drehte sich um und begegnete Antons verstörtem Blick. »Ich muss dem Hubschrauber nach Turin folgen.«

»Ja«, antwortete er. »Ich sage Francesco Bescheid. Wir fahren dich, wohin auch immer du musst.«

»Danke.«

Er ging hinaus, und sie hatte das Gefühl, als wäre sämtliche Luft aus dem Zimmer entwichen.

* * *

Lillian wartete, bis Freddie mit dem Rettungshubschrauber ausgeflogen worden war, und verließ das Krankenhaus dann durch den Haupteingang, vor dem der schwarze Mercedes am Bordstein wartete. Francesco saß am Steuer. Anton stieg auf der Beifahrerseite aus und hielt ihr die Tür auf.

»Ich sitze lieber hinten, wenn es dir recht ist«, sagte sie. »Ich glaube, ich stehe unter Schock. Ich muss mich hinlegen und ausruhen.«

Er half ihr auf die Rückbank, und sie fuhren die fünf Stunden nach Turin in düsterem Schweigen.

Als sie endlich dort waren, stieg Anton aus dem Auto und hielt Lillian die hintere Tür auf. »Lass mich mit dir hineingehen«, sagte er.

Lillian kniff die Augen zusammen und schaute ins gleißende Sonnenlicht hinter dem Schatten des Vordachs. Sie schüttelte den Kopf. »Nein, fahr lieber mit Francesco nach Hause.«

Antons Blick wirkte fast panisch. »Du solltest jetzt nicht allein sein.«

»Ich werde nicht allein sein, sondern bei Freddie. Er braucht mich, und sein Vater kommt her. Er versucht, bis morgen hier zu sein.«

»Lillian ...« Antons Stimme war rau und gebrochen. »Das hier ist das Letzte, was ich wollte. Du musst mir glauben, dass es ein Unfall war. Ich habe mir Sorgen um dich gemacht. Deshalb bin ich so schnell gefahren.«

Ihre Nerven waren bis zum Zerreißen gespannt. »Ich weiß, und ich glaube dir, Anton. Wirklich.«

Die Liebe hatte sie nicht blind gemacht. Sie half ihr, weiter und klarer als je zuvor zu sehen.

»Aber das spielt keine Rolle«, fuhr sie fort. »So oder so kann ich jetzt nicht mit dir zusammen sein. Ich muss bei Freddie bleiben.«

Mit gequälter Miene neigte Anton den Kopf. »Ich buche dir ein Hotelzimmer. Bleib so lange wie nötig dort. Ich sorge dafür, dass es in fußläufiger Entfernung vom Krankenhaus ist.«

»Das musst du nicht tun«, sagte sie.

»Doch. Ich muss *irgendetwas* tun, weil ich mir Vorwürfe mache. Ich hätte nicht sagen sollen, was ich gesagt habe. Es stand mir nicht zu, ihm zu erzählen, dass du ihn verlassen wirst. Wahrscheinlich war er auf dem Rückweg abgelenkt und ...« Anton senkte wieder den Kopf.

Leider fielen Lillian keine tröstenden Worte ein, die sie zu Anton sagen konnte – oder zu irgendjemandem außer Freddie, denn er brauchte all ihre Unterstützung, und sie fühlte sich völlig leer. »Ich muss reingehen.« Sie beugte sich leicht vor, um ins Auto zu schauen, und sagte zu Francesco: »Danke, dass du mich hergefahren hast. Du bist ein guter Mensch, Francesco.«

»Ich werde für dich und deinen Mann beten.«

»*Grazie.*«

Anton hielt das obere Ende der Autotür fest. Sein Gesicht verdüsterte sich vor Kummer. »Ich rufe das Krankenhaus an und hinterlasse eine Nachricht für dich an der Hotelrezeption«, sagte er.

Sie spürte seinen Schmerz und konnte ihm nicht in die Augen sehen. Es war mehr, als sie ertragen konnte. »Danke. Das weiß ich zu schätzen. Ich muss jetzt los.«

Ohne jede weitere Geste des Abschieds wandte Lillian sich ab und ließ ihn stehen. Sie erlaubte sich nicht, einen Blick zurückzuwerfen.

* * *

Sechs Stunden später setzte sich Lillian an Freddies Bett auf der Intensivstation, kurz bevor er in den OP gebracht wurde.

Seine Prognose war nach wie vor dieselbe. Er hatte kein Gefühl in Händen und Füßen, was hieß, dass die Wahrscheinlichkeit, dass er je wieder würde gehen können, äußerst gering war.

Eine Weile war alles ruhig, während Freddie schlief und Lillian bei ihm saß. Sie wurde von Schuldgefühlen übermannt. Wäre sie doch nur in der letzten Nacht im Bett geblieben, um bis zum Morgen zu warten, bevor sie Anton besuchte. Wenn sie sich nicht mitten in der Nacht hinausgeschlichen hätte, wäre Freddie jetzt noch auf dem Weingut, würde vielleicht voller Stolz auf sein Manuskript am Pool sitzen und am Plot seines nächsten Romans feilen.

Sie würde das schlechte Gewissen wegen ihrer Entscheidung niemals loswerden – ihr ganzes Leben lang nicht.

Freddie stöhnte im Bett, und Lillian sprang von ihrem Stuhl auf. »Ich bin hier, Schatz. Geht es dir gut? Kann ich dir irgendetwas holen?«

Er runzelte gequält die Stirn und murmelte undeutlich: »Ich könnte es nicht ertragen.« Er dämmerte zwischen Wachen und Schlaf dahin. »Bitte verlass mich nicht. Ich sterbe, wenn du mich verlässt.«

Lillian beugte sich über ihn. »Freddie, Schatz, ich verlasse dich nicht. Ich bin doch hier.«

Er verzog das Gesicht vor heftigem Schmerz. »Ich habe Angst. Was wird jetzt aus mir?«

»Hab keine Angst. Ich bin hier. Ich werde immer da sein und mich um dich kümmern. Alles wird gut.«

Ihr Herz krampfte sich furchtbar zusammen, als sie begriff, was für eine schreckliche Angst er vor dem hatte, was die Zukunft für ihn bereithielt – und davor, Lillian zu verlieren. Der Kummer überwältigte sie. Kaum in der Lage, das Gleichgewicht zu halten, sah sie ihm in die Augen und sagte inbrünstig: »Und erzähl mir ja nie wieder, dass du sterben wirst. Du wirst das hier durchstehen. Wir werden es gemeinsam durchstehen, und wenn du aufgibst, dann, das schwöre ich dir bei Gott, Freddie, verzeihe ich dir nie.« Sie kniff die Augen zusammen, verdrängte ihre Traurigkeit und wappnete sich für die Belastungen und Prüfungen, die vor ihr lagen. »Egal was Anton zu dir gesagt hat, es ist nicht wahr. Ich verlasse dich nicht. Du bist mein Mann, und ich liebe dich. Ich werde dich nie verlassen, Freddie, das verspreche ich dir. In guten wie in schlechten Tagen, bis dass der Tod uns scheidet. Schon vergessen? Willst du dein Versprechen an mich brechen?«

Er blinzelte schlaftrunken und dämmerte dann weg. Wie betäubt vor Schock, benommen und orientierungslos starrte Lillian ihn einen quälenden Moment lang an. Ein Pflegeteam erschien, um ihn in den OP zu bringen. Nachdem man ihn weggerollt hatte, ließ Lillian sich auf den Stuhl fallen und weinte untröstlich.

* * *

Sie ging den kurzen Weg ins Hotel zu Fuß, nachdem Freddie in den OP gebracht worden war. Man hatte Lillian gesagt, dass die Operation fünf bis sechs Stunden oder sogar noch länger dauern konnte. Fürchterlich benommen nahm Lillian den Zimmerschlüssel von dem Mann an der Rezeption entgegen, der ihr fröhlich mitteilte, ihr Zimmer sei schon bezahlt.

Sie schob den Schlüssel ins Schloss und gab der Erschöpfung nach, sehnte sich nach dem weichen Bett, das auf sie wartete. Das Schloss klickte, und sie stieß die Tür auf, blieb aber auf der Schwelle stehen, als ihr Blick auf das Bett fiel, das nicht leer war.

»Anton ...«, stieß sie leise hervor.

Er lag ausgestreckt auf den Decken und schlief. Beim Klang ihrer Stimme setzte er sich auf und erhob sich dann schnell, näherte sich ihr aber nicht.

»Da bist du ja«, sagte er. »Wie geht es ihm?«

Antons Anwesenheit hatte sie überrumpelt. Lillian schloss die Tür hinter sich, ging ins Zimmer und stellte ihre Handtasche auf den Fernsehschrank.

»Noch genauso wie vorhin. Keine Veränderung. Er ist jetzt im OP.« Sie schauten einander ein paar Sekunden lang verunsichert an. »Ich hatte nicht damit gerechnet, dass du hier sein würdest.«

Sie wollte ihn nicht hier haben. Sie wollte allein sein.

Anton trat einen Schritt auf sie zu, aber sie hob eine Hand. »Bitte versuch nicht, mich zu trösten. Das will ich nicht. Ich könnte es nicht ertragen.«

Wenn sie jetzt zusammenbrach, würde sie sich davon nie wieder erholen.

»Ich verstehe«, antwortete er und sah zu, wie sie sich ins Badezimmer zurückzog.

Sie schloss die Tür hinter sich und starrte sich selbst im Spiegel an. Dann drehte sie den Wasserhahn auf und wusch sich die Hände. Sie musste nicht auf die Toilette – sie hatte auf dem Weg nach draußen die Waschräume im Krankenhaus aufgesucht –, aber sie wollte auch nicht die Tür öffnen. Sie brauchte Zeit, um über den Schock hinwegzukommen, Anton in ihrem Bett gesehen zu haben.

Gott steh mir bei. Trotz allem berührte seine bloße Gegenwart etwas tief in ihrem Herzen, ohne dass er auch nur ein Wort zu sagen brauchte. Und ihr Körper sehnte sich immer noch nach ihm. Ein Blick in seine Augen erschütterte sie bis ins Mark und ließ sie wünschen, in seinen Armen dahinzuschmelzen und sich von ihm Trost spenden zu lassen. Aber das konnte sie nicht tun. Jetzt war alles beschmutzt. Aufgrund dessen, was Anton und sie getan hatten, war Freddie in einem kritischen Zustand und würde vielleicht nie mehr gehen können.

Lillian nahm alle Kraft zusammen, um das hier durchzustehen, streckte die Hand nach dem Türgriff aus und wagte sich aus dem Badezimmer. Anton stand noch immer genau da, wo sie ihn verlassen hatte.

Er deutete auf eine Einkaufstüte in der Ecke des Zimmers. »Ich habe dir eine Zahnbürste und saubere Kleidung für morgen besorgt.«

Seine Freundlichkeit erwärmte sie, aber sie hatte Mühe, auf den Beinen zu bleiben, ohne zu wanken. In der Tüte fand sie Socken, Unterwäsche, ein paar Kosmetika, eine Jeans, eine Jogginghose, einen Pyjama und mehrere T-Shirts.

»Das ist mir eine große Hilfe. Vielen Dank.« Sie wandte sich ihm zu, und sie sahen einander schweigend an, bis sie es nicht mehr aushielt. Sie konnte einfach nicht anders, als ihre Gefühle zum Ausdruck zu bringen. »Ich werde mir nie verzeihen«, sagte sie.

»Nein«, antwortete Anton fest. »Es ist meine Schuld, nicht deine. Ich hätte ihm nicht sagen sollen, dass du ihn verlässt. Das hätte ich dir überlassen müssen. Du hättest es besser gelöst. Jetzt habe ich Angst, dass du mich für immer hassen wirst.« Er schüttelte voller Reue den Kopf.

Sie ging zum Bett und setzte sich hin. »Ich hasse dich nicht.« Anton setzte sich neben sie und nahm ihre Hand.

»Du wusstest nicht, dass Freddie dort auf der Straße sein würde«, fuhr Lillian fort. »Und er war auf dich losgegangen. Ich verstehe, dass du dir Sorgen um mich gemacht hast. Zuerst war ich mir nicht sicher und wusste nicht, was ich denken sollte, aber jetzt verstehe ich, warum du so schnell gefahren bist. Ich weiß, dass du nie jemandem etwas Böses wünschen würdest. So bist du einfach nicht.«

»Was passiert jetzt?«, fragte Anton düster.

Lillian beobachtete, wie sein Daumen sanft ihre Finger-knöchel streichelte. Es fühlte sich an, als hätte sie ihr Herz in ein tiefes Loch geworfen und würde nun Erde darauf schaufeln, als sie nüchtern antwortete: »Er wird die nächsten Stunden ope-riert, aber die Ärzte sagen, dass es Wochen dauern könnte, bis er stabil genug ist, um nach Hause zu reisen. Dann muss er in eine Rehaklinik und lernen, wie er weiterleben soll, wahrschein-lich als Querschnittsgelähmter. Aber es ist nicht nur die gebro-chene Wirbelsäule, die Schwierigkeiten macht. Er wird anfällig für Infektionen aller Art sein, und in seinem geschwächten Zustand …«

Plötzlich konnte Lillian nicht weitersprechen. Sie schluchzte vor Kummer auf, lehnte sich an Antons Schulter, und er zog sie eng an sich.

Als sie sich schließlich wieder fing und die Tränen abwischte, sagte sie: »Heute Abend hat der Arzt mir gesagt, dass die meis-ten Leute, die solch eine Verletzung erleiden, statistisch gesehen eine Lebenserwartung von nur zwei Jahren haben. Es ist nicht die Wirbelsäulenverletzung, die sie tötet, sondern irgendeine Infektion.«

Wieder stiegen ihr Tränen in die Augen – heiße, brennende Tränen, die ihr über die Wangen liefen. Anton hielt sie weiter fest. Er küsste sie auf den Kopf.

»Ich muss für ihn da sein«, sagte sie. »Ich kann ihn jetzt nicht im Stich lassen.«

Anton nickte.

Eine ganze Weile saßen sie zusammen auf der Bettkante, benommen und traumatisiert, und sagten nichts. Als Lillian zum dritten Mal gähnte, küsste Anton sie auf den Handrücken. »Du bist müde. Du musst dich etwas ausruhen.«

»Ja.«

Er stand auf, und sie begleitete ihn zur Tür. Bevor er ging, ließ sie die ganze Intensität seines Blickes auf sich wirken.

»Wie geht es jetzt mit uns weiter, Lillian?«, fragte er.

»Gar nicht«, erwiderte sie fast sofort. »Ich darf dich nicht wiedersehen. Nicht solange Freddie ums Überleben kämpft. Es würde ihm das Herz brechen. Ich bin mir ziemlich sicher, dass es seinen Lebenswillen vernichten würde.«

Anton verstand. Er ließ den Kopf hängen und weinte leise. Sie senkte ebenfalls den Kopf, und sie standen getrennt da und hatten Angst, einander zu berühren.

Nach einem Moment kam Anton auf sie zu und zog sie in eine letzte liebevolle Umarmung. »Es tut mir leid. Alles.«

»Mir auch. Ich wollte nicht, dass es für uns so endet.« Sie wich zurück. »Bitte schreib mir nicht und ruf mich auch nicht an. Versuch nicht, Kontakt zu mir aufzunehmen. Ich glaube, das könnte ich nicht ertragen.«

»Ich werde tun, was auch immer du willst«, sagte er, »aber ich werde nicht aufhören, dich zu lieben, und ich werde auf dich warten. Ganz gleich wie lange es dauert. Ich werde für immer warten.«

Sie runzelte die Stirn und schüttelte den Kopf. Ihre Stimme klang bekümmert: »Bitte sag das nicht. Es klingt, als ob du darauf warten würdest, dass Freddie stirbt. Damit kann ich nicht leben.«

Er nickte und lehnte seine Stirn an ihre. Sie fühlte sich in die Weinberge und Weinkeller der Toskana zurückversetzt, an den Esstisch unter dem Laubengang bei der Villa, wo Kerzenflammen in der warmen Abendbrise flackerten und Gelächter die Dunkelheit erfüllte. Zu den Gesprächen, die sie mit Touristen geführt hatte, die von den Sehenswürdigkeiten, Düften und Geschmacksnoten Italiens bezaubert waren. Es fühlte sich alles wie Fantasie an, ohne Verbindung zu ihrer jetzigen oder zukünftigen Realität. Von diesem Moment an würden die Erinnerungen ein Teil ihrer Träume werden.

Sie schloss die Augen und prägte sich die Bilder mit aller Kraft ein. Um sie niemals zu vergessen.

»Ich werde für dich da sein«, versprach Anton. »Wenn du jemals etwas brauchst, bekommst du es.«

Ihr tat das Herz weh, als würde es langsam und schmerzhaft eingehen.

Sie wollte es nicht in die Länge ziehen. Es war ihr lieber, wenn Anton jetzt ging, um dieser unerträglichen Tortur ein schnelles Ende zu setzen.

Lillian hob das Gesicht und küsste Anton sacht auf die Lippen, aber damit ließ er sie nicht davonkommen. Er zog sie eng an sich und vertiefte den Kuss für einen letzten Augenblick der Leidenschaft.

Als er sich von ihr löste, schloss sich eine Tür zu ihrem Herzen, und sie wusste, dass es von nun an für immer eingesperrt sein würde, bis sie und Anton sich wiedersahen. In diesem Leben oder im nächsten.

KAPITEL 24

FIONA

Toskana, 2017

»Ich weiß gar nicht, was ich jetzt empfinden soll«, sagte ich, wischte mir die Tränen von den Wangen und kniff die Augen gegen den Sonnenschein zusammen. Ein kleines Boot segelte vorbei. »Wenn das stimmt, was Sie mir erzählen, dann heißt das, dass mein Vater die ganze Zeit von der Affäre meiner Mutter wusste und dass sie überhaupt kein Geheimnis war. Aber ich habe diese Last mit mir herumgeschleppt und vor ihm verheimlicht, seit ich achtzehn war.«

Francescos Blick war von einer besonderen Intensität, als er mich aufmerksam musterte, und ich war mir nicht sicher, was ich davon halten sollte. Er schien das hier fast zu genießen. Vermutlich war er erleichtert, dass die Wahrheit endlich ans Tageslicht gekommen war.

»Aber wenn mein Dad es schon wusste«, fuhr ich fort, »warum hat Mom mir dann das Versprechen abgenommen, es vor ihm geheim zu halten?«

»Ist das nicht offensichtlich?«, antwortete Francesco. »Weil sie Freddie glauben machen wollte, dass Sie *sein* Kind sind. Sie hat Anton darum gebeten, das Geheimnis ebenfalls zu bewahren, und das hat er getan. Bis an sein Lebensende hat er sein Versprechen nie gebrochen.«

»Wegen seiner Schuldgefühle?«

»Zum Teil, ja, aber nicht ausschließlich. Der eigentliche Grund dafür, dass Anton die Wahrheit nie enthüllt hat, war der, dass er schlicht kein Versprechen brechen konnte, das er Ihrer Mutter gegeben hatte. So sehr hat er sie geliebt.«

Ich dachte über alles nach, während ich meinen Ring um meinen Finger drehte. »Aber mein Dad wollte überhaupt keine Kinder. Warum dachte Mom, dass sie ihn deswegen belügen müsste?«

»Weil sich nach dem Unfall alles verändert hat. Sie wusste, wie viel Angst er hatte, dass sie ihn eines Tages für Anton verlassen würde. Wenn er gewusst hätte, dass Sie Antons Tochter sind, hätte er vielleicht einfach seinen Lebenswillen verloren. Sie hat ihn sehr beschützt. Das musste sie, und ich glaube, ein Teil von ihr war überzeugt, dass das letzten Endes ihr Daseinszweck war.«

»Ihre Bestimmung«, sagte ich. »Für jemanden zu sorgen, der sich nicht um sich selbst kümmern konnte.« Ich sah Francesco an. »Sie war immer sehr gut darin, Mutter zu sein – für uns beide, schätze ich. Aber wann hat Anton von mir erfahren? Hat Mom es ihm erzählt, als sie festgestellt hat, dass sie schwanger war, oder hat sie es ihm erst Jahre später gestanden?«

Francesco verlagerte seine Sitzhaltung und schlug ein langes Bein über das andere. »Sie und Freddie haben vier Wochen in dem Traumazentrum in Turin verbracht. Als Freddie so weit war, dass er das Krankenhaus verlassen und in eine Rehaklinik verlegt werden konnte, bestand ihre Versicherung darauf, ihn zurück nach Amerika zu transportieren. Da wusste sie schon, dass sie schwanger war.«

»Wusste sie, dass ich von Anton war?«, fragte ich. »Mit Gewissheit?«

»Soweit ich weiß, ja. Sie hat Anton gesagt, dass kein Zweifel bestünde. Frauen wissen solche Sachen einfach, schätze ich.«

»Solange wir in der Lage sind, einen Kalender zu benutzen«, antwortete ich seufzend.

Möwen flogen hoch über uns am blauen Himmel und riefen einander etwas zu.

»Bevor Ihre Mutter das Land verlassen hat«, fuhr Francesco fort, »hat sie sich ein letztes Mal mit Anton in Turin getroffen. Sie hat ihn gebeten zu kommen, und ich habe ihn hingefahren. Er hat eine Stunde mit ihr verbracht, auf einer Parkbank vor dem Krankenhaus, und das war alles.« Francesco senkte den Kopf. »Nach diesem Tag war er am Boden zerstört. Es war eine schmerzliche Heimfahrt nach Montepulciano, das kann ich Ihnen sagen.«

»Was hat sie zu ihm gesagt?«, fragte ich.

»Das, was ich Ihnen vorhin erzählt habe – dass sie vorhatte, ihr Kind als das Freddies auszugeben, weil sie dachte, wenn er je die Wahrheit herausfände, würde ihm das seinen Lebenswillen rauben. Dabei hing sein Leben ohnehin schon am seidenen Faden. Anton erklärte sich bereit, sie tun zu lassen, was sie tun zu müssen glaubte.«

Es brach mir das Herz. Ich stand auf und ging zu dem eisernen Geländer, um aufs Meer hinauszusehen. »Dachten die beiden, es wäre nur auf Zeit? Dass mein Dad höchstens ein paar Jahre überleben würde? War Anton deshalb einverstanden, den Mund zu halten? Haben sie damit gerechnet, früher oder später wieder zusammen zu sein?«

»Ich glaube, Anton hat damit gerechnet«, sagte Francesco. »Bitte glauben Sie nicht, dass er ein schlechter Mensch war, der sich gewünscht hat, dass Ihr Vater sterben würde. Das hat er nie herbeigesehnt. Er hatte ohnehin schon ein schlechtes Gewissen und hat alles getan, was in seiner Macht stand, um Ihrem Vater zu helfen.«

Ich wirbelte zu ihm herum. »Wie meinen Sie das?«

»Mit Geld«, erklärte Francesco und zuckte die Schulter, als sollte ich das wissen.

»Wollen Sie damit sagen, dass er uns finanziell unterstützt hat?«

»Ja, er hat Ihrer Mutter jeden Monat Geld geschickt.«

»Und ich dachte, wir hätten vom Geld der Krankenversicherung und aus der Lebensversicherung meiner Mutter gelebt.«

Er nickte. »Das war auch so. Aber Anton hat die Versicherung Ihrer Mutter bezahlt, nur für alle Fälle. Das war seine Idee, lange nachdem sie Italien verlassen hatte. Er wollte sicherstellen, dass Sie versorgt sein würden, falls Ihre Mutter starb. Er war immer ein Planer und konnte gut mit Geld umgehen.«

Ich beugte mich über das Geländer und ließ den Kopf hängen. »Ich kann es nicht fassen«, stieß ich atemlos hervor. »Die ganze Zeit habe ich ihn gehasst. Ich habe gedacht, er hätte sich an meiner Mutter vergriffen. Wenn ich doch nur Bescheid gewusst hätte.«

Mit einem Schlag brach schreckliche Reue über mich herein und warf mich fast um. Anton, mein echter Vater, war tot, und ich würde nie Gelegenheit haben, ihn kennenzulernen. Jetzt war es zu spät.

Mein Herz zog sich schmerzhaft zusammen. Wie dumm ich doch gewesen war. Ich hätte früher versuchen sollen, die Wahrheit herauszufinden. Ich hätte den Kopf nicht in den Sand stecken sollen. So aber hatte ich all meine Fragen verdrängt, um das emotionale Gleichgewicht meines Vaters nicht zu gefährden.

Ich rang um Beherrschung und sah Francesco wieder an. »Warum hat Anton mich nicht kontaktiert und mir erzählt, was Sie mir eben gesagt haben? Ich wusste nicht, dass meine Mutter ihm wichtig war. Warum hat er mich in dem Glauben gelassen?«

»Weil er nicht wusste, dass Sie die Wahrheit kannten. Der Tod Ihrer Mutter hat ihn erschüttert, aber nichts an dem Versprechen geändert, das er ihr gegeben hatte – dass er bis nach Freddies Ableben damit warten würde, auf Sie zuzukommen. Sein Leben lang hat er auf den Tag gewartet.«

»Niemand hat damit gerechnet, dass mein Dad so lange weiterleben würde«, antwortete ich und verstand plötzlich alles.

»Einunddreißig Jahre«, bestätigte Francesco. »Er hat der Statistik ein Schnippchen geschlagen.«

»Er hat sie beide überlebt.« Ich kehrte zu meinem Stuhl am Tisch zurück und setzte mich hin. »Was mache ich denn jetzt? Wie soll ich damit leben?«

Francesco faltete die Hände im Schoß und kniff die Augen gegen das helle Sonnenlicht zusammen. »Mir scheint, Ihr unmittelbares Problem ist eher, wie Sie dafür sorgen wollen, dass Antons letzter Wille respektiert wird. Er hat seine Kinder geliebt, und es ist wichtig, dass allen klar wird, dass er sie nicht enterbt hat – auch wenn das aus ihrer Sicht vielleicht so wirkt. Aber ich kann Ihnen eines in aller Deutlichkeit versichern: Niemand hat ihn unter Druck gesetzt, sein Testament zu ändern. Er wollte, dass seine Kinder etwas lernen, und zwar dankbar zu sein, nichts für selbstverständlich zu halten, selbstständig zu werden und verdammt noch mal mit ihrem Geld hauszuhalten, statt weiter in dem Glauben durchs Leben zu gehen, dass es auf Bäumen wächst. Anton war sehr fleißig, und ich glaube, das hier war seine Art, Connor und Sloane zum Aufwachen zu zwingen. Er hat weiß Gott versucht, ihnen all das beizubringen, als er noch am Leben war, aber ihre Mutter hat das verhindert. Kate hat sie wirklich über alle Maßen verwöhnt.«

Ich schnaufte. »Ich bin trotzdem immer noch schockiert darüber.«

»Das müssen Sie nicht sein. Er wusste, dass es Sie herlocken würde, und ich vermute, er wollte, dass seine Kinder Ihnen begegnen und vielleicht ein paar Dinge von Ihnen lernen.«

»Aber er hat mich doch gar nicht gekannt«, wandte ich ein. »Was, wenn ich so verwöhnt wäre wie die beiden?«

Francesco schüttelte den Kopf. »Er hat Ihre Mutter gekannt. Er wusste, wie Lillian Sie erziehen würde.«

Wir saßen zusammen, lauschten dem gedämpften Donnern der Brandung an der rauen Küste unter uns und atmeten den Salzgeruch des Tyrrhenischen Meeres ein.

»Danke für alles«, sagte ich. »Ich weiß nicht, was ich getan hätte, wenn ich die Wahrheit nicht erfahren hätte. Aber eine Frage habe ich noch.«

»Ich werde mich bemühen, sie zu beantworten, wenn ich kann.«

»Ich hatte nie Gelegenheit, Anton kennenzulernen. Marco hat ihn als Tyrannen beschrieben, und Connor hat gesagt, er sei übellaunig gewesen. Das, was Sie mir erzählt haben, passt aber gar nicht dazu. Wie war er wirklich?«

Francesco sah aufs türkisfarbene Wasser hinaus. »Als ich ihn kennengelernt habe, und als Ihre Mutter ihn kannte, war er ein fröhlicher, leidenschaftlicher Mensch, der das Leben geliebt hat. Was die Frage betrifft, ob er ein Tyrann war … Ich war ihm bis zu seinem Ende treu ergeben, aber ich kann nicht bestreiten, dass er zeitweise schwierig und mürrisch war. Es gab einen ganz bestimmten Moment, in dem er seine Lebensfreude verloren hat. Danach war er nie mehr derselbe.«

»Wann war das?«

»Als Ihre Mutter gestorben ist. Ich glaube, all seine Hoffnungen auf Glück sind mit ihr gestorben. Gewitterwolken sind aufgezogen und haben sich nie wieder aufgelöst. Und hören Sie nicht auf die Leute, die behaupten, er wäre ein Frauenheld gewesen. Er war Ihrer Mutter bis zu dem Tag treu, an dem sie gestorben ist. Aber dann hat er einfach aufgegeben. Er war einsam. Er wollte die Leere füllen. Deshalb die Frauen. Aber er hat sie gut behandelt.« Francesco schaute zu den Baumwipfeln auf. »Ich frage mich, ob Anton und Ihre Mutter nun endlich vereint sind. Ich möchte es gern glauben. Ich stelle mir vor, wie die beiden zusammen dasitzen und den Sonnenuntergang beobachten. Einen sehr guten Wein genießen.«

Ich konnte nicht anders: Ich brach in Tränen aus, als ich daran dachte, wie sehr sie beide gelitten hatten, als sie sich getrennt hatten, welche Schuldgefühle sie wegen ihres Ehebruchs gehabt hatten und was für ein großes Opfer sie gebracht hatten, um dafür zu bezahlen – für die Sicherheit und das Wohlergehen meines Vaters in Tallahassee.

Eine kräftige Brise wehte durch die hohen Zypressen an der Seite des Hügels. Durch meine Tränen betrachtete ich die Wellen, die sich am schroffen Ufer unter uns brachen.

Als ich mich endlich wieder gefangen hatte, griff ich über den Tisch nach Francescos Hand und drückte sie. »Danke noch einmal für alles. Ich werde nie vergessen, was Sie mir anvertraut haben.« Ich stand auf. »Aber jetzt sollte ich wahrscheinlich aufbrechen.«

»*Sì, sì.* Aber bevor Sie gehen …« Er bückte sich seitlich von seinem Stuhl. »Ich habe etwas für Sie. Es ist vielleicht ganz nützlich, um den Feind zurückzuschlagen.«

»Was meinen Sie damit?«

Er zog einen Schuhkarton unter seinem Stuhl hervor. »Das ist der Beweis für das, was Ihre Mutter Anton bedeutet hat – und umgekehrt er ihr.«

Ich nahm den Karton entgegen und öffnete den Deckel. Zu meiner Überraschung und unendlichen Erleichterung war der Schuhkarton mit Briefen aus Amerika gefüllt, in der Handschrift meiner Mutter und an Anton adressiert. »Oh, du meine Güte.«

»Sie hat ihm einmal im Jahr geschrieben«, erläuterte Francesco, »immer an Ihrem Geburtstag, bis sie dann gestorben ist.«

Ich atmete aus. »Nach denen habe ich gesucht. Alle haben danach gesucht. Wie sind Sie in ihren Besitz gekommen, Francesco?«

Er zuckte noch einmal die Schultern und sagte bescheiden: »Ich war Antons bester Freund. Nachdem Ihre Mutter gestorben war, hat er sie mir gegeben, um sie sicher aufzubewahren, falls ihm etwas zustoßen sollte. Ich sollte bis nach dem Tod Ihres Vaters warten, um sie Ihnen zukommen zu lassen.«

»Aber er ist doch gar nicht tot«, antwortete ich. »Er ist immer noch quicklebendig.«

Francesco sah aufs Meer hinaus. »Stimmt. Aber ich bin nicht so gut wie Anton darin, Versprechen zu halten. Aus meiner Sicht war es bloß eine Anregung, dass ich warten sollte. Also bitte schön, Fiona. Diese Briefe gehören Ihnen. Tun Sie damit, was Sie wollen. Aber darf ich vorschlagen, dass Sie sie benutzen, um sich Ihr Erbe zu sichern? Das ist es, was Anton wollte. Er wusste, wie sehr Ihre Mutter die Toskana und das Weingut geliebt hat. Er hat immer geglaubt, dass auch Ihnen die Liebe dazu im Blut liegen würde.«

Ich schloss den Deckel und drückte den Schuhkarton an meine Brust. »Danke, Francesco.« Ich stand vom Tisch auf, küsste Francesco auf beide Wangen und ging.

Kapitel 25

Fiona

Die Fahrt zurück nach Montepulciano verlief in Schweigen, während ich die Briefe meiner Mutter an Anton las. Jeder einzelne beschrieb meine Entwicklung und das, was ich seit dem Vorjahr erreicht hatte. Es lagen auch vier oder fünf Fotos in dem Karton. Alles in allem war es eine detaillierte Chronik meiner ersten achtzehn Lebensjahre, voller Stolz, Liebe und Optimismus verfasst.

Aber jeder Brief begann voller Freude und glitt dann in tiefen Kummer ab, wenn meine Mutter der Versuchung nachgab, sich offen und ehrlich von der Seele zu schreiben, mit welchen Belastungen und Härten es verbunden war, meinen Vater zu pflegen. Sie schilderte nervenzehrende Krankenhausbesuche, Frust über inkompetente oder achtlose Pflegekräfte und den ständigen Druck, meinen Vater aufzumuntern, wenn er anfing zu jammern. Das war öfter der Fall gewesen, als mir klar gewesen war. Meine Mutter schrieb Seite um Seite persönlicher Bekenntnisse und scheute nicht davor zurück, ihre Einsamkeit, ihren Groll und ihren Kummer zu schildern:

Manchmal glaube ich, dass er es genießt, mich leiden zu sehen, aber er hat vermutlich ein Recht darauf, sich daran zu ergötzen … Ich würde mich ihm gegenüber nie beschweren. Ich gestehe diese Gefühle nur dir, Anton. Du bist der Einzige, dem ich es erzählen kann … Gestern bin ich nicht zur Arbeit gegangen, weil die Pflegerin auf die letzte Minute abgesagt hatte. Er hat mir nicht gedankt. Er dankt mir nie für irgendetwas … Er weiß, dass ich ihn nie verlassen werde …

Mehrfach entschuldigte sie sich dafür, dass sie sich beklagte, und versicherte Anton, dass sie ihren Frieden mit ihrer Entscheidung gemacht hatte, auf ihrem Posten zu bleiben.

Ich könnte mich selbst nicht ertragen, wenn ich ihn verließe. Ich könnte nie wirklich glücklich sein, nicht einmal mit dir, mein Schatz, in unserer schönen toskanischen Landschaft. Aber die Erinnerung daran macht mich in meinen Träumen glücklich … Sie lässt mich durchhalten …

Sie flehte ihn in jedem Brief an, sie nicht aus ihrer Lage zu retten, und dankte ihm für das Geld, das er ihr schickte.

Es ist gerade so viel, dass keine Fragen aufkommen.

Sie beendete jeden Brief mit *Auf ewig die Deine*.
Ich las den letzten zu Ende, den meine Mutter kurz vor ihrem Tod geschrieben haben musste. Mit Tränen in den Augen

legte ich ihn zurück in den Karton und wandte mich an Marco, der am Steuer saß. »Sie haben einander wirklich geliebt«, sagte ich. »Ich kann nicht fassen, dass ich das Schlimmste von Anton angenommen habe. Ich wünschte, ich hätte Bescheid gewusst.«

»Es ist nicht deine Schuld«, antwortete Marco und griff über die Mittelkonsole hinweg nach meiner Hand. »Deine Mutter hat dir nicht alles erzählt.«

»Aber warum nicht?«, fragte ich und wischte mir die Tränen von den Wangen. »Es hätte so viel geändert, wenn ich es gewusst hätte. Ich hätte nicht die letzten zwölf Jahre damit verbracht, einen Mann zu hassen, der es nicht verdient hatte, gehasst zu werden.« Ich fühlte mich hin- und hergerissen, weil ich zugleich immer noch tiefe Loyalität zu meinem Dad empfand. »Oder vielleicht hatte er es verdient, weil er der Grund dafür war, dass meine Mom überhaupt erst untreu geworden ist. Wenn er, sein gutes Aussehen und sein köstlicher Wein nicht gewesen wären, hätte mein Vater wahrscheinlich nicht einen Großteil seines Lebens im Rollstuhl verbracht.«

Marco drückte mir noch einmal die Hand. »Ich glaube, du kannst nur akzeptieren, dass es ist, wie es ist, und dankbar dafür sein, wo du heute stehst. Denk doch nur, Fiona – wenn deine Mutter sich nicht in Anton verliebt hätte, wärst du jetzt gar nicht hier.«

Ich sah aus dem Autofenster. »Das ist wahr.«

Zwei Briefe lagen noch im Karton. Sie waren nicht in der Handschrift meiner Mutter adressiert. Ich zog einen aus dem Umschlag hervor und machte mich auf die Worte gefasst, die er wahrscheinlich enthielt: die Nachricht vom Tod meiner Mutter. Es war ein Standardbriefumschlag mit einer getippten Adresse.

Ich faltete das Briefpapier auseinander. Bevor ich zu lesen begann, warf ich einen Blick auf die Abschiedsfloskel. Ein Schauer lief mir über den Rücken, als ich die getippte Unterschrift meines Vaters sah.

Sehr geehrter Mr Clark,

ich schreibe Ihnen, um Sie darüber zu informieren, dass meine Frau Lillian gestern an einem Gehirnaneurysma verstorben ist. Es ist unerwartet geschehen, als sie zu Hause in der Küche stand, und sie ist ein paar Stunden nach ihrer Ankunft im Krankenhaus gestorben.

Ich schreibe Ihnen jetzt, um Sie zu bitten, weiterhin das Versprechen zu halten, das Sie ihr gegeben haben, und Fiona unter keinen Umständen zu kontaktieren. Wir sind beide in tiefer Trauer, und da Fiona nicht weiß, dass ich nicht ihr leiblicher Vater bin, würde es ihr meiner Überzeugung nach unnötigen Schmerz bereiten und die Erinnerung an ihre Mutter beflecken, wenn sie es je herausfinden sollte. Das hätte Lillian nicht gewollt. Vor allem aber brauche ich Fiona hier bei mir. Sie ist alles, was ich jetzt noch habe, und sie muntert mich an schlechten Tagen auf. Ich könnte ohne sie nicht weiterleben. Wenn Sie noch irgendetwas für meine Frau empfinden und mir auch nur das geringste Mitgefühl entgegenbringen (schließlich sind Sie ja für das verantwortlich, was mir zugestoßen ist), werden Sie also Lillians Wünsche weiter respektieren, bis ich nicht mehr da bin.

Hochachtungsvoll

Fred Bell

Mir wurde eiskalt. »Oh mein Gott.«

»Was ist?«, fragte Marco.

»Dieser Brief … Er ist von meinem Dad. Er berichtet Anton vom Tod meiner Mutter, aber er wusste …«

»Er wusste was?«

Ich bekam keine Luft mehr. Ich konnte kaum klar denken. »Dass ich nicht seine Tochter bin, sondern Antons.« Ich schaute auf und runzelte schockiert und verwirrt die Stirn. »Wenn er das wusste, hat er es sich aber meiner Mom gegenüber nie anmerken lassen. Sie dachte, es sei ihr Geheimnis. Ihr Leben lang hat sie versucht, ihn vor der Wahrheit zu beschützen, aber er wusste Bescheid … Er wusste schon immer Bescheid … und hat so getan, als glaubte er, ich wäre von ihm.«

»Aber wie hätte er es denn wissen können«, fragte Marco, »wenn deine Mutter es ihm nicht erzählt hat?«

»Vielleicht, weil alle sagen, dass ich Anton so ähnlich sehe«, erwiderte ich. »Man müsste kein Genie sein, um dahinterzukommen, vor allem, da er ja wusste, dass sie eine Affäre mit Anton gehabt hatte, während er in Paris war. Aber warum hätte er so tun sollen, als wüsste er nicht Bescheid? Warum hätte er meine Mom nie zur Rede stellen sollen?«

Ich las den Brief ein zweites Mal. Neuer Ärger breitete sich in meinen Körper aus. »Und dann hat er mir die Wahrheit vorenthalten, weil er wollte, dass ich zu Hause bleibe und mich um ihn kümmere. Hier schreibt er es schwarz auf weiß.« Ich ließ den Brief sinken und wandte mich Marco zu. »Ich hatte immer so ein schlechtes Gewissen, weil ich das Geheimnis vor ihm bewahrt habe. Ich habe es getan, weil ich ihn beschützen wollte, genau wie Mom, und weil ich ihn nicht verletzen wollte, aber er kannte die Wahrheit die ganze Zeit. Und es war ihm egal, dass ich vielleicht gern gewusst hätte, dass ich noch einen Vater hatte. Dass ich Anton vielleicht hätte kennenlernen wollen.«

Marco schaltete einen Gang zurück und bremste vor einer scharfen Kurve. »Bis Montepulciano sind es nur noch fünf Minuten. Was willst du jetzt tun?«

Ich schob den Brief zurück in den Schuhkarton. »Was meinen Dad betrifft, bin ich mir nicht sicher, aber was das Testament angeht …« Ich sah Marco unverwandt in die Augen. »Ich werde diese Briefe den Anwälten übergeben und ihnen alles erzählen, was Francesco mir heute gesagt hat. Das sollte den Verdacht der unzulässigen Beeinflussung ausräumen. Sie sind der Beweis für das, was Anton wirklich wollte, und er hat es verdient, dieses eine Mal zu bekommen, was er sich gewünscht hat, denn zu Lebzeiten hatte er dieses Glück ja eindeutig nicht. Und dann werde ich an Connors Tür klopfen und ihm sagen, dass er aufhören soll, mein Haus auseinanderzunehmen.«

Ich legte den Deckel wieder auf den Schuhkarton, obwohl ich wusste, dass ganz unten noch ein letzter Brief lag. Aber ich war noch nicht bereit, ihn zu lesen, weil der Umschlag noch zugeklebt und an meine Mutter adressiert war. Als Absender stand dort *Anton Clark, Weingut Maurizio.* Laut Poststempel war er kurz vor dem Tod meiner Mutter abgeschickt worden. Jetzt trug er den Vermerk: *Zurück an den Absender.*

KAPITEL 26

ANTON

12. Juni 2005

Liebe Lillian,

gerade bin ich damit fertig geworden, deinen
Brief zu lesen, und ich schreibe dir dasselbe,
was ich jedes Jahr schreibe: Bitte lass mich zu
dir kommen und dir helfen. Lass mich unsere
Tochter kennenlernen. Ich weiß nicht, wie es
möglich sein könnte, ihr alles zu erklären, aber
vielleicht gibt es einen Weg? Bitte lass mich
deine Bürde mittragen. Ich würde sie allein
schultern, wenn du es nur zuließest.

Schon während ich dir diese Zeilen
aus weiter Ferne schreibe, kann ich deine
Reaktion spüren. Du befürchtest, dass ich
mein Versprechen brechen werde fortzublei-
ben. Bitte mach dir keine Sorgen. Das ist das
Letzte, was ich je wollen würde: dir Angst oder
Sorge zu bereiten. Ich habe dir mein Wort gegeben. Ich werde nie verraten, dass ich Fionas

echter Vater bin, und mein Wort gilt. Aber ich muss etwas sagen, das ich noch nie zu dir gesagt habe, weil ich deine Last nicht vergrößern wollte. Vielleicht liegt es heute Abend am Wein. Wahrscheinlich habe ich zu viel getrunken, und es ist Vollmond, was mich immer an dich denken lässt. Aber es ist so: Mit jedem Tag, der vergeht, verstärkt sich mein Eindruck, langsam zu sterben. Deine Briefe brechen mir das Herz, weil ich deinen Kummer teile – die Schuldgefühle wegen Freddies Unfall und die Qual, von dir getrennt zu sein. Ich wünschte, wir könnten zusammen sein und einander trösten, aber vielleicht haben wir das nicht verdient. Vielleicht sind die Parzen zu dem Schluss gekommen, dass wir in dem einen Sommer genug Glück für ein ganzes Leben gestohlen haben. Wir haben alles aufgebraucht, und nun ist nichts mehr für uns übrig.

Seit du die Toskana verlassen hast, ist nichts mehr wie zuvor. Ich kann meine Einsamkeit nicht in Worte fassen, die mit jedem Jahr unerträglicher wird. Dich zu verlieren, war niederschmetternd. Hinzu kommt der Verlust meiner Kinder. Welcher Mann könnte das überleben? Wie du weißt, war Kate bei der Scheidung gnadenlos. Connor und Sloane haben kein Interesse daran, mich zu besuchen, und ich verstehe immer noch nicht, was ich als Vater falsch gemacht habe. Kate hat mich verlassen, nicht umgekehrt. Mittlerweile habe ich nicht mehr den geringsten Zweifel daran, dass sie mich nur wegen meines Geldes geheiratet hat. Alles, was ich je wollte, war, eine normale Familie zu haben und unsere Kinder hier auf dem Weingut großzuziehen. Ich glaube, Kate spricht vor den Kindern schlecht von mir … Ich weiß es nicht. Vielleicht mögen Connor und Sloane auch einfach die Stadt und ihren neuen Stiefvater lieber, der reicher ist, als ich es je war. Ich weiß nicht weiter. Ich liebe und vermisse sie. Ich wünschte, sie würden herkommen. Ich werde sie weiter darum bitten. Nächste Woche lade ich sie wieder ein.

Du hast nach meiner Kunst gefragt. Die Antwort lautet Nein. Ich habe nicht mehr zum Pinsel gegriffen, seit du gegangen bist, denn wann immer ich Schönheit in der Welt sehe, will ich sie nicht einfangen, weil sie mich an dich erinnert, an meine Kinder und an alles, was nicht mehr da ist. Ich habe niemanden, mit dem ich sie teilen könnte.

Vielleicht ist das meine Strafe dafür, dass ich mich in eine verheiratete Frau verliebt habe. Ich wollte zu viel, und was Freddie zugestoßen ist, ist das Kreuz, das wir beide tragen müssen. Du bist erschöpft und ausgelaugt, und ich muss ohne dich und ohne meine Kinder zurechtkommen … ohne Connor, Sloane und Fiona.

All das tut mir leid. Ich will deine Last nicht noch vergrößern. Wie dem auch sei, ich bewundere deine Stärke, deine Opferbereitschaft und deine Ergebenheit deinem Mann gegenüber. Also werde ich tapfer durchhalten und auf den Tag warten, an dem wir uns wiedersehen werden.

Aber eines muss ich dich fragen … Vielleicht ist es doch an der Zeit für eine kurze Atempause? Ich vermisse dich, Lillian, und das Warten zerreißt mich. Bitte zieh es in Erwägung. Wenn du mein Versprechen an dich in eine Schublade legen und wegschließen könntest, und sei es nur für einen Tag, würde ich zu dir kommen. Niemand müsste es erfahren. Niemand außer uns.

Dein Anton

Kapitel 27

Sloane

Toskana, 2017

Sloane wurde als Erste damit fertig, eine Kopie des letzten Briefes ihres Vaters an Lillian Bell zu lesen. Alle saßen mit den Anwälten am großen Esstisch der Villa. Im Zimmer herrschte Grabesstille, während Connor, Fiona und Maria noch weiterlasen. Als Fiona ihre Kopie ablegte, wandte sich Sloane ihr zu. Ihre Stimme zitterte, als sie sagte: »Ich schätze, das ist der Beweis, nach dem du gesucht hast.«

Connor las immer noch. Sein Gesicht war wutverzerrt.

Mr Wainwright legte die gefalteten Hände auf einen Aktenordner, der die Originale der Briefe enthielt, die über einen Zeitraum von achtzehn Jahren geschrieben worden waren. »Der Brief zeigt ohne jeden Zweifel«, verkündete er, »dass Mr Clark Fionas Mutter echte Gefühle der Liebe entgegengebracht hat. Das wird es sehr schwierig machen, das Testament anzufechten.«

Connor beendete endlich die Lektüre des letzten Briefes und warf ihn auf den Tisch. »Woher sollen wir wissen, ob die überhaupt echt sind?«

»Es ist Dads Handschrift«, gab Sloane zu bedenken.

Connor zeigte auf Fiona. »Hier geht es um viel Geld. Sie könnte den Brief gefälscht haben.«

Mr Wainwright hob eine Hand. »Ich habe mit Francesco Bergamaschi gesprochen, der bestätigt hat, dass die Briefe echt sind. Er hat auch Mr Clarks letzten Willen bezeugt.«

»Wer zum Teufel ist Francesco Berg-Sowieso?«, fragte Connor.

»Er war viele Jahre lang der Chauffeur und persönliche Assistent Ihres Vaters«, erklärte Mr Wainwright.

Tränen hingen an Sloanes Wimpern. »Ich erinnere mich an ihn. Er hat uns immer in die Stadt gefahren, damit wir Eis essen gehen konnten, als wir noch klein waren. Weißt du noch?«

»Der Typ?«, erwiderte Connor. »Der muss doch mittlerweile senil sein. Da vertrauen Sie auf das, was er sagt?«

»Wir glauben, dass die Briefe für sich selbst sprechen«, ließ Mr Wainwright Connor mit einem Hauch von Ungeduld wissen. »Das Testament ist gültig.«

Eine Träne lief Sloane über die Wange. Sie wischte sie schnell ab, aber Connor bemerkte es und wandte sich an Fiona. »Siehst du? So ein Vater war er. Bis zuletzt ein rachsüchtiger Bastard, der seine eigenen Kinder enterbt hat, nur um sie zu ärgern. Sieh doch nur, was das Sloane antut.«

Sloane konnte nicht zulassen, dass Connor für sie sprach, denn er verstand nicht, was sie empfand, und legte auch nicht den geringsten Wert auf die Dinge, die ihr am Herzen lagen – ihre Kinder, dieses Weingut, das Haus in London. Er war ihr Bruder, und sie würde ihn immer lieben, aber in ihrem tiefsten Innern hatten sie nichts miteinander gemein. Sie musste ehrlich sein.

»Ich weine nicht deswegen«, sagte sie mit zitternder Stimme.

»Was ist dann das Problem?«, fragte Connor gereizt.

Sie deutete auf den letzten Brief ihres Vaters an Lillian Bell. »Ich hätte nie gedacht, dass diese Art von Liebe möglich ist. Mich hat ganz bestimmt noch nie jemand so geliebt.«

Connor lehnte sich auf seinem Stuhl zurück und sah sie kopfschüttelnd an. »Na toll, Schwesterherz. Gut gemacht.«

»Und er war nicht rachsüchtig«, setzte sie hinzu. »Selbst wenn er es war, ist es unsere eigene Schuld, weil wir ihn dazu gemacht haben. Hast du nicht gelesen, was er in dem Brief geschrieben hat? Wir waren schreckliche Kinder. Wir haben all die Lügen geglaubt, die Mom uns über ihn erzählt hat. Wir haben sie geglaubt, weil wir egoistisch waren und die Partys unserer Freunde in LA nicht verpassen wollten. Wir haben in seinem Fall nie im Zweifel für den Angeklagten entschieden. Wenn wir ihn dann und wann besucht hätten, dann hätten wir vielleicht gesehen, dass er nicht der untreue Weiberheld war, als den Mom ihn hingestellt hat. Vielleicht hätte er uns all das hier anvertraut. Womöglich wäre er dann auch glücklicher gewesen.« Sie stützte den Kopf in die Hand. »Ich kann nicht fassen, dass er nicht mehr da ist und ich ihn nie wirklich gekannt habe. Es überrascht mich nicht, dass er getan hat, was er getan hat. Soweit es mich betrifft, ist das, was wir in diesem Testament bekommen haben, mehr, als wir verdient haben.«

Connor schob seinen Stuhl zurück und sprang auf. »Mir ist egal, was in diesen Briefen steht. Ich glaube immer noch, dass sie ihn irgendwie dazu gebracht hat, sein Testament zu ändern, weil sie auch nicht besser war als wir. Warum hat sie mehr verdient als wir?«

»Weil sie eine gute Tochter war!«, gab Sloane hitzig zurück. »Sie war ihr Leben lang an der Seite ihres Vaters. Sie hat sich aufopferungsvoll um ihn gekümmert, und das wusste Dad! Welche Opfer haben wir je gebracht?«

Connor stand einen Moment lang da und starrte sie böse an. »Was das Haus in London betrifft, wirst du mich auszahlen müssen, Sloane, denn ich will nie mehr einen Fuß hineinsetzen.« Er ging zur Tür.

Sloane sah ihm nach und stellte fest, dass sie am ganzen Körper zitterte. Mit bebenden Händen wischte sie sich die Tränen von den Wangen. Erst jetzt fiel ihr auf, dass alle am Tisch sie stumm ansahen.

»Danke«, sagte Fiona.

Mr Wainwright räusperte sich und zog unter dem Ordner, der die Briefe enthielt, noch eine weitere Akte hervor. »Jetzt, da das geklärt ist, würden wir gern beginnen, das Weingut und alle firmeneigenen Ländereien auf Sie zu übertragen, Ms Bell. Maria, wir haben auch die Besitzurkunde für Ihre Villa hier. Es steht uns einiges an Papierkram bevor. Haben Sie beide Zeit, heute alles durchzusehen?«

Fiona und Maria tauschten einen Blick.

»Ich schon«, antwortete Fiona.

»Ich auch«, setzte Maria hinzu.

»Hervorragend. Dann lassen Sie uns anfangen.« Mr Wainwright schlug den Ordner auf.

* * *

Nachdem die Anwälte gegangen waren, lag Sloane oben in ihrem Schlafzimmer zusammengerollt wie ein Fötus auf ihrem Bett. Evan und Chloe saßen auf dem Sofa. Sie trugen Kopfhörer und swipten über ihre Tablets.

Es klopfte an der Tür, und Fiona kam herein. Sloane setzte sich auf, tupfte sich die Augen mit einem Taschentuch ab und rang um Fassung. Evan und Chloe schauten kurz auf und widmeten sich dann wieder ihren Bildschirmen.

»Hi«, sagte Fiona. »Wie geht es dir?«

»Entsetzlich«, antwortete Sloane. »Aber bitte glaub nicht, dass ich weine, weil du das Weingut bekommen hast und ich nicht. Das mache ich dir nicht zum Vorwurf, und darüber denke ich im Augenblick auch gar nicht nach.« Sie sah zu, wie Fiona vollends ins Zimmer kam.

»Worüber denkst du denn dann nach?«, fragte Fiona.

»Darüber, dass ich nicht weiß, wie ich über die Tatsache hinwegkommen soll, dass ich meinen Vater mein Leben lang ignoriert habe. Ich habe ihn schrecklich enttäuscht.« Sie warf einen Blick auf Evan und Chloe, die nichts von dem Gespräch mitbekamen. »Ich weiß nicht, was ich tun würde, wenn die beiden mich so enttäuschen würden. Wenn sie mich nicht sehen wollten. Das werde ich Alan nicht antun, egal wie wütend ich auf ihn bin. Ich werde dafür sorgen, dass sie weiter Kontakt zu ihm haben und ihn selbst beurteilen können, wenn sie älter sind.«

Fiona setzte sich auf die Bettkante. »Ich kenne deinen Mann zwar nicht, aber eines kann ich über ihn sagen: Er hat Glück, mit dir verheiratet zu sein. Du bist ein anständiger Mensch, Sloane.« Sie sah zu Evan und Chloe auf dem Sofa hinüber. »Weißt du, mein Dad hat mir immer gesagt, dass man nach vorn schauen soll und nicht zurück. Das musste er tun, weil er gezwungen war, das Leben aufzugeben, das er vor dem Unfall geführt hatte, als er noch gehen und andere Dinge tun konnte, wie etwa sich anziehen oder selbstständig essen. Aber jetzt ist mir klar, dass das auch die Affäre meiner Mutter umfasste, dass ihre Untreue ihm das Herz gebrochen hatte und dass er sich seiner Verantwortung für seinen Anteil daran stellen musste: den Dingen, die in ihrer Ehe überhaupt erst schiefgelaufen waren. Wenigstens hoffe ich, dass er sich seiner Verantwortung in gewissem Maße bewusst war. Jedenfalls musste er sich darauf konzentrieren, sich mit seinem Schicksal zu arrangieren und das Beste aus den Jahren zu machen, die ihm noch blieben.« Fiona senkte den Blick. »Die Ärzte rechneten damals nicht damit, dass er noch sehr lange leben würde.«

»Er muss ein erstaunlicher Mann sein«, sagte Sloane. »Er hat Bücher geschrieben?«

Fiona schaute auf. »Ja. Er hat seinen ersten Roman hier in Europa fertiggeschrieben. Aber er hat immer geglaubt, dass er nur veröffentlicht worden ist, weil ihm so etwas Tragisches zugestoßen war. Sie haben seine Situation genutzt, um Werbung für das Buch zu machen, und deshalb hat es sich so gut verkauft. Er hat noch zwei Romane geschrieben – er konnte diktieren –, aber die waren nicht einmal annähernd so erfolgreich wie der erste. Ich glaube, das war ein herber Schlag für sein Selbstbewusstsein, denn er wollte immer unbedingt Schriftsteller sein.«

»Was für ein Pech«, meinte Sloane.

»Wenigstens hat er einen neuen Lebenszweck in einer anderen Art des Schreibens gefunden: Artikel für eine Wohltätigkeitsstiftung, die er und Mom für die Rückenmarksforschung gegründet haben. Das war seine Art, nach vorn zu schauen und nicht zurück. Er konnte seinem Leben eine neue Richtung geben und Veränderungen zulassen. Eine andere Zukunft für sich sehen und sich darauf einlassen. Darauf ist er mittlerweile so stolz wie auf nichts anderes.«

Sloane setzte sich aufrechter hin und lehnte sich an die Kissen auf ihrem Bett. »Du hast Glück, dass du so ein enges Verhältnis zu ihm hast. Du wirst in dieser Hinsicht nie etwas bereuen. Du wirst immer wissen, dass du eine gute Tochter warst. Ich habe das Gefühl, dass ich mir das ruiniert habe. Mein Dad muss mich gehasst haben.«

»Nein. Er hatte dich lieb. Das weiß ich.« Fiona sah Sloane ein paar Sekunden lang unverwandt an. »Deshalb bin ich auch hier. Würdest du ein Stück mit mir spazieren gehen?«

»Jetzt?«

»Ja, und lass uns die Kinder mitnehmen.« Fiona stand auf, ging zum Sofa und wedelte mit den Händen von den Gesichtern der beiden herum. »Alle Kinder mal herhören! Tablets runter! Es wird Zeit, nach draußen zu gehen.«

»Wozu denn?«, fragte Evan und zog sich die weißen Kopfhörer aus den Ohren.

»Wart ihr schon in den Weinkellern?«

Unsicher wandte er sich an Sloane: »Waren wir da, Mom?«

»Nein, dort wart ihr noch nicht«, erwiderte sie.

»Dann lasst uns gehen«, sagte Fiona. »Vertraut mir, es wird euch dort sehr gut gefallen. Da sieht es so aus wie bei Harry Potter.«

»Ich liebe Harry Potter«, verkündete Chloe. »Ich habe alle Filme gesehen. Hermine mag ich am liebsten.«

»Ich mag Hermine auch«, antwortete Fiona.

Evan und Chloe legten ihre Tablets weg und folgten Fiona und Sloane aus dem Zimmer. Gemeinsam verließen sie die Villa und gingen die Zypressenallee hinab zu dem kleinen mittelalterlichen Gebäudeensemble und der Kapelle am Fuß des Hügels. Fiona schloss Sloane und den Kindern das Steingebäude auf, in dem die Weinkeller lagen, und führte sie die Wendeltreppe hinab in das schwach beleuchtete Labyrinth. Gewaltige Eichenfässer lagerten in den größten Kellerräumen. Dahinter gingen sie durch enge Gänge, in denen beiderseits des Korridors staubige Weinflaschen gestapelt waren.

»Euer Onkel Connor und ich haben hier unten Verstecken gespielt, als wir in eurem Alter waren«, erzählte Sloane den Kindern.

»Dürfen wir das auch?«, fragte Evan.

»Ich weiß es nicht«, antwortete sie. »Fragt eure Tante Fiona. Es ist ihr Weingut.«

Fiona drehte sich um, ging rückwärts und breitete lächelnd die Arme aus. »Natürlich dürft ihr! Was meint ihr, warum ich euch hierher mitgenommen habe? Ihr könnt gern jederzeit herkommen, solange ihr keinen Zapfen aus einem der großen

Fässer zieht, an denen wir vorhin vorbeigekommen sind. Sonst überflutet ihr den ganzen Keller.«

»Das machen wir nicht«, versprach Chloe.

Fiona führte sie zu einer uralten Eichentür am Ende des letzten Ganges und durchwühlte ihre Handtasche nach einem Schlüssel. »Das hier ist ein sehr altes Versteck«, erklärte sie und schob den Schlüssel in das schmiedeeiserne Schloss. Die Tür öffnete sich mit knarrenden Angeln.

Fasziniert folgten Sloane, Evan und Chloe ihr in den Raum.

»Was ist das denn alles?«, fragte Sloane und ging an den Stapeln von Weinflaschen entlang, die auf hölzernen Paletten an den Wänden aufgeschichtet waren.

»Das ist ein ganz besonderer Keller«, erklärte Fiona. »Hier wurden Weine aus den Geburtsjahrgängen jedes Kindes gesammelt. Das war eine Tradition, die von der Familie Maurizio eingeführt worden ist, der dieses Weingut vor deinem Vater gehört hat. Einige der Flaschen sind sehr alt, wie ihr seht. Schaut euch die Jahreszahlen auf den Schildern an. Aber komm hierher.« Sie winkte Sloane zu. »Diese Sammlung ist für dich.« Fiona nahm die Plakette von einem Haken an der Wand. »Dein Vater wollte, dass du sie bekommst. Es sind auch Flaschen für Connor hier. Ich werde dafür sorgen, dass er sie erhält.«

Sloane starrte das staubige Schild an, auf dem ihr Name und ihr Geburtsdatum verzeichnet waren, und konnte die Tragweite dessen, was sie vor sich sah, gar nicht ermessen. Sie hob eine Flasche an und wischte den Schmutz vom Etikett. »Du meine Güte. Das Bild … Das ist eines seiner Gemälde. Ich weiß, dass er früher gemalt hat, als wir noch klein waren. Ich habe auch gemalt, in seinem Atelier. Er hat mich seine Pinsel und Ölfarben benutzen lassen. Ich habe immer eine fürchterliche Schweinerei angerichtet, aber er war mir nie böse. Er hat mir erzählt, wie begabt ich sei.«

Bei diesen schönen Erinnerungen spürte Sloane einen schmerzhaften Stich im Herzen.

Fiona wagte sich noch tiefer in den Kellerraum. »Komm hier herüber. Es gibt noch zwei neuere Sammlungen, die du sehen solltest.«

Sloane las die Namen und Daten auf den Plaketten. Wie hypnotisiert wandte sie sich Fiona zu. »Die sind ja für Evan und Chloe.«

»Ja.«

Sloane hob eine Flasche hoch, erkannte ein weiteres Gemälde ihres Vaters und ließ traurig den Kopf hängen. »Ich hätte mit ihnen herfahren sollen. Sie hätten ihren Großvater kennenlernen und sehen sollen, was er geschaffen hat.«

»Sie sind ja jetzt hier«, antwortete Fiona.

»Aber es ist zu spät.« Von neuerlicher Trauer übermannt, legte Sloane die Flasche wieder hin.

»Es ist nicht zu spät. Du kannst ihnen von ihm berichten, ihnen Bilder zeigen und ihnen Geschichten erzählen, an die du dich erinnerst.«

Sie sahen sich noch ein paar Minuten länger um und nahmen einige der älteren Flaschen in Augenschein.

»Ich weiß, dass es schwierig ist«, sagte Fiona leise in verständnisvollem Ton. »Mir ist aufgefallen, dass du immer wieder sagst, was für eine gute Tochter ich bin, aber ich bin auch nicht perfekt. Ich habe das gleiche Gefühl wie du: Ich wünschte, ich wäre hergekommen und hätte Anton kennengelernt, als er noch am Leben war. Ich werde immer bereuen, dass ich mir die Mühe nie gemacht habe, sondern zu beschäftigt damit war, wütend auf ihn zu sein, weil das einfacher und unkomplizierter war.«

»So habe ich es auch empfunden«, gestand Sloane. »Es war leichter, sich alldem nicht zu stellen.«

»Und obwohl es wichtig ist, nach vorn zu schauen und nicht zurück«, fuhr Fiona fort, »glaube ich auch, dass es wichtig ist, über frühere Fehler nachzudenken und aus ihnen zu lernen. Das hilft einem, in die richtige Richtung vorwärtszugehen.«

Evan kam zu ihnen und zupfte Sloane am Ärmel. »Mom, dürfen Chloe und ich uns ein bisschen umschauen?«

»Klar, solange ihr das Gebäude nicht verlasst, ohne mir Bescheid zu sagen.«

»Das machen wir nicht.«

Sobald die Kinder weg waren, musterte Fiona Sloane neugierig. »Hast du eine Entscheidung gefällt, was deine Ehe angeht?«

Sloane seufzte. »Das ist schwierig. Connor denkt, dass ich verrückt wäre, mich von Alan scheiden zu lassen, und ist überzeugt, dass ich es nicht durchziehen werde. Bisher bin ich ja auch weiß Gott nie hart geblieben, aber diesmal fühlt sich irgendetwas anders an. Vielleicht, weil ich mich hier an die Person erinnert habe, die ich früher war. Oder weil ich dich kennengelernt habe und sehe, wie entspannt du das mit dem Geld siehst. Ganz gleich was der Grund ist, ich glaube, ich darf mich von dem Ehevertrag nicht davon abhalten lassen, das Richtige zu tun. Geld sollte nicht der Grund dafür sein, dass ich bei Alan bleibe, wenn es mich meine Würde und meine Selbstachtung kostet. Ich will eine gute Mutter sein – eine Frau, die nicht alles mit sich machen lässt und nicht käuflich ist. Ich will, dass meine Kinder wissen, was es heißt, wenn eine Frau stark und unabhängig ist. Ich hoffe nur, ich finde heraus, wie ich die Art Frau sein kann. Ich habe das Gefühl, dass ich die letzten zehn Jahre in Alans Elfenbeinturm eingesperrt war, und ich habe Angst vor dem, was passieren wird, wenn ich ihn verlasse. Ich weiß nicht, womit ich rechnen muss, und auch nicht, wie ich das alles allein schaffen soll. Ich hatte ja bisher noch nicht einmal einen Job.«

»Du bist aber schon eine Weile Mutter. Das ist ein wichtiger Job.«

Sloane zuckte die Schultern. Sie hatte nicht den Eindruck, dass das draußen in der echten Welt viel zählen würde.

»Jedenfalls ist es nie zu spät, einen Neuanfang zu wagen«, setzte Fiona hinzu. »Was das betrifft, muss ich dir etwas sagen.«

»Was denn?«

Fiona spazierte zu der Weinsammlung, über der Sloanes Name stand. »Dieser Ort ist Teil deiner Familiengeschichte und der deiner Kinder. Ich bin deine Halbschwester. Evan und Chloe sind mein Neffe und meine Nichte. Deshalb habe ich Mr Wainwright gebeten, ein Testament für mich aufzusetzen. Ich lege alles so fest, dass du, Evan und Chloe meine Erben seid und eines Tages dieses Weingut vermacht bekommt.«

Sloane war sich nicht sicher, ob sie Fiona richtig verstanden hatte. »Was hast du gerade gesagt?«

Fiona sah sie an. »Ich habe keine eigenen Kinder und bin mir auch nicht sicher, ob ich je welche bekomme. Wenn doch, dann teilen wir das Erbe entsprechend auf, aber noch sind das ungelegte Eier, und ich will dafür sorgen, dass das Weingut in der Familie bleibt.«

Aus heiterem Himmel erwachte eine Kindheitserinnerung tief in Sloanes Bewusstsein. Sie spürte die starken Arme ihres Vaters, der sie hochhob und auf seinen Schultern durch einen Olivenhain trug. Damals hatte sie sich sicher und geliebt gefühlt, geborgen und zu Hause. Ihr wurde klar, dass sie schon seit vielen Jahren nicht mehr so empfunden hatte.

Fiona fuhr fort: »Ich will, dass ihr so oft herkommt, wie ihr wollt, glaub mir das. Eure Zimmer in der Villa werden immer eure bleiben. Ich mein es ernst, Sloane. Ich war mein Leben lang ein Einzelkind, und das hier war ein unglaubliches Erlebnis für mich ... Herzukommen und einen Teil meines Lebens kennenzulernen, von dem ich nicht mal wusste, dass er existiert. Die

Villa kann auch dein Zuhause sein, oder ein zweites Zuhause, wenn du lieber in London oder LA oder sonst irgendwo wohnen willst.«

Sloane neigte den Kopf. »Du willst das Gut also nicht verkaufen? Connor meinte, das würdest du wohl tun. Er hätte es getan, wenn Dad es uns hinterlassen hätte.«

Fiona ließ den Blick über all die Flaschen schweifen, die an den Wänden aufgeschichtet waren. »Ich gebe zu, dass ich mit dem Gedanken gespielt habe. Es hat nicht lange gedauert, bis ein Makler angerufen und mir ein Angebot gemacht hat, aber ich habe ihn nie zurückgerufen. Jetzt weiß ich, was ich will. Ich will dieses Weingut behalten, weil es sich wie mein Zuhause anfühlt. Und wenn dein Mann dir das Geld nicht gibt, um Connors Anteil an eurem Haus in London zu kaufen, dann gebe ich es dir. Du wirst es nicht verlieren.«

»Ernsthaft? Fiona, bist du dir sicher?«

»Ich war mir noch nie bei etwas so sicher.« Sie trat zu der Weinsammlung, die den Namen ihrer Mutter trug. »Unser Vater hat einen außergewöhnlichen Wein hergestellt, und dieser Ort war für meine Mom etwas ganz Besonderes. Sie konnte nie wieder hierher zurückkehren, aber sie hat bis zu ihrem Todestag davon geträumt. Ich glaube, wenn sie hier wäre, würde sie wollen, dass ich alles genieße und mit dir teile.« Fiona hob eine der Flaschen ihrer Mutter auf und wischte das Etikett mit der Handfläche ab. »Wenn nicht jetzt, wann dann? Wie wäre es, wenn wir uns diese Flasche gönnen?«

»Jetzt sofort?«

»Ja. Ich habe Lust zu feiern. Ich will mein Glas erheben und einen Toast darauf ausbringen, dass ich eine Schwester, eine Nichte und einen Neffen habe – und einen Bruder, wenn er je beschließt, die Waffen zu strecken. Was meinst du? Wir können uns an den Pool setzen und die Flasche aufmachen.«

Sloane lächelte. »Das klingt wunderbar. Lass uns die Kinder suchen.«

Gemeinsam gingen sie hinaus, und Sloane hielt die Weinflasche fest, während Fiona die große Eichentür zuzog und sicher hinter ihnen abschloss.

Kapitel 28

Fiona

Der Flug nach Hause über den Atlantik war nicht so eine Tortur wie der Nachtflug, den ich auf meiner Reise nach Italien durchgestanden hatte. Ich hatte das Glück, einen Direktflug von Rom nach New York zu ergattern, der tagsüber ging, und hatte am Flughafen JFK nur eine Stunde Aufenthalt. Keiner der Flüge war verspätet, und ich flog die ganze Zeit erster Klasse. Wann immer mir die Flugbegleiterin etwas Leckeres zu essen anbot oder mein Weinglas neu füllte, musste ich mich kneifen. Ich wartete eigentlich die ganze Zeit darauf, dass doch noch alles schiefgehen würde.

Die Zeit in der Luft verschaffte mir auch die kostbare Gelegenheit, über das nachzudenken, was ich seit meiner Ankunft in der Toskana über mich selbst herausgefunden hatte. Ich war erleichtert, jetzt die ganze, ungeschminkte Wahrheit darüber zu kennen, wie ich auf die Welt gekommen war. Meine Mutter war nicht vergewaltigt worden, auch nicht verführt oder auf andere Art gezwungen. Ich war einem Akt der Liebe entsprungen, und sogar das Bewahren der Geheimnisse war auf eine ganz eigene, komplizierte Art ein Ausdruck von Liebe gewesen, vermischt mit Schuldgefühlen. Eine Ehefrau hatte etwas vor ihrem Mann verborgen, um ihm nach einem schrecklichen Unfall nicht noch einmal das Herz zu brechen. Sie hatte die Wahrheit begraben, um ihm einen Grund zu geben, am Leben zu bleiben. Im Zuge dessen hatte sie ihre eigenen Sehnsüchte geopfert.

Jetzt verstand ich, dass mein Schweigen eine Fortsetzung dieses Liebesbeweises gewesen war – um den Vater zu beschützen, den ich immer heiß und innig geliebt, ja vergöttert hatte, weil er trotz seiner belastenden Lebenssituation so mutig und stark war. Meine Mutter und ich hatten sein Glück und sein Wohlbefinden ständig über unser eigenes gestellt. Wir hatten alles getan, was in unserer Macht stand, um ihn vor weiteren Verletzungen zu bewahren – vor körperlichen wie vor seelischen.

Hatte das je auf Gegenseitigkeit beruht? Hatte er das Gleiche für uns getan?

Nein, das hatte ich mittlerweile erkannt. Er hatte uns diese Opfer bewusst bringen lassen. Das hatte er meiner Mutter von dem Tag an abverlangt, an dem sie sich kennengelernt hatten – lange vor ihrer Untreue und dem tragischen Unfall, der sein Leben verändert hatte. Am Anfang hatte er ihre Unterstützung gebraucht, während er sein Buch geschrieben hatte – nicht nur finanziell, sondern auch emotional. Er hatte sie gebraucht, damit sie für ihn sorgte und ihm den Rücken stärkte, aber auf ihre eigenen Träume hatte sie verzichten müssen. Als sie ein Kind hatte haben wollen, hatte er gezögert, weil das seiner Schriftstellerei im Weg gestanden hätte. Es hatte für ihn keine Rolle gespielt, dass sie eine tiefe, aufrichtige Sehnsucht nach der Mutterschaft empfunden hatte.

Nach dem Unfall hatten seine Bedürfnisse sich gewandelt. Er brauchte sie und mich an seiner Seite. Wir durften ihn auf keinen Fall verlassen. Wir dienten seinem körperlichen und geistigen Überleben.

Während ich die atemberaubende Aussicht auf die weißen, flaumigen Wolken unter dem Flugzeug auf mich wirken ließ, wusste ich nicht, wie ich mit meinen Gedanken und Gefühlen umgehen sollte. Es war eine komplizierte Situation, und ich hatte keine Ahnung, wie Dad reagieren würde, wenn ich ihm erzählte, wo ich die letzte Woche über gewesen war. Was würde er sagen, wenn er herausfand, dass ich in der Toskana gewesen war und all seine Geheimnisse aufgedeckt hatte – und dass ich über mein Reiseziel gelogen hatte?

Wahrscheinlich stand es mir nicht zu, ihn dafür zu verurteilen, dass er Geheimnisse gehabt hatte. Ich hatte selbst welche gehabt.

* * *

Nachdem ich auf dem Flughafen mein Gepäck abgeholt hatte, nahm ich für den Heimweg ein Taxi und betrat mein Elternhaus. Sofort erkannte ich das vertraute Geräusch von leichten Textilien, die sich im Trockner in der Waschküche drehten. Das war in unserem Haus eine Konstante: Alles wurde ständig gewaschen und desinfiziert, um Infektionen zu verhindern. Nachdem ich eine Woche weg gewesen war, wurde mir klar, wie sehr dieses Haus nach Krankenhaus roch.

Ich ließ meine Schlüssel auf die Küchentheke fallen und ging dann den Flur entlang ins Zimmer meines Vaters. Dort saß er im Bett. Dottie rasierte ihn gerade.

»Hallo«, sagte ich von der Tür aus.

Dottie zuckte vor Überraschung zusammen und legte den Rasierer auf einem Edelstahltablett ab. »Du bist wieder da!« Sie lief zu mir und umarmte mich. »Wie war deine Reise?«

»Unglaublich«, antwortete ich. »Anstrengend. Erhellend.«

»Ich will alles darüber hören«, sagte Dottie, »aber ich sollte euch beiden erst einmal Zeit lassen, euch zu begrüßen. Er ist erst halb rasiert, wie du siehst.«

»Ich kümmere mich um den Rest«, erwiderte ich, denn ich hatte Dad schon oft rasiert. Ich wusste, wie es ging.

»Wunderbar. Dann gehe ich mir eine Tasse Tee holen.«

Dottie ließ uns allein. Ich ging zu Dad und küsste ihn von oben auf den Kopf. »Hi, Dad.«

»Hallo, Süße«, antwortete er. »Ich bin froh, dass du wieder zu Hause bist. Wie war dein Flug?«

»Wunderbar«, sagte ich. »Keine Verspätungen. Und der Himmel über dem Atlantik war blau. Ich konnte kilometerweit sehen.«

Ich stellte mich neben sein Bett und griff nach dem Rasierer. Der Duft der Rasiercreme war mir so vertraut wie die schwüle Luft von Florida.

»Wie bist du zurechtgekommen, während ich weg war?«, fragte ich.

»Ohne dich ist es nie dasselbe«, antwortete er.

Ich tunkte den Rasierer in die Wasserschale und rasierte ihn sorgfältig am Kiefer entlang und unter dem Kinn. »Es ist schön, wieder hier zu sein. Aber es war eine interessante Reise. Ich habe viel erfahren.« Ich schwieg ein paar Sekunden lang und konzentrierte mich auf meine Aufgabe. Dann spülte ich den Rasierer ab und schlug damit ein paar Mal gegen den Rand des Beckens, bevor ich fortfuhr: »Wir müssen miteinander reden, Dad.«

Sein Adamsapfel hüpfte, und ich sah ihm in die Augen. Er kniff sie besorgt zusammen.

Oder war das, was ich sah, etwa Furcht?

Bevor ich weitersprach, beendete ich die Rasur und tupfte sein Gesicht mit einem weichen Handtuch trocken. Er war die ganze Zeit über still.

Nachdem ich das Rasierzeug weggeräumt hatte, setzte ich mich hin. »Das, worüber ich reden will, ist ziemlich wichtig«, sagte ich dann. »Aber erst gibt es etwas, das du wissen musst. Ich war letzte Woche nicht ehrlich zu dir. Ich habe dir erzählt, ich würde zu einer Konferenz nach London fliegen, aber das war eine Lüge.«

»Eine Lüge?«

»Ja. Ich bin nicht nach London geflogen, sondern nach Italien.«

Er kniff den Mund zu und zog die Brauen zu einem Stirnrunzeln zusammen. »Warum?«

»Weil Anton Clark nicht mehr am Leben ist«, erklärte ich. »Er hatte einen Herzinfarkt und ist daran gestorben.«

Das Gesicht meines Vaters lief rot an, und er blinzelte ein paar Mal. »Anton Clark …?«

Ich holte tief Luft und atmete langsam wieder aus. »Dad … bitte. Du weißt, wer er ist. Tu nicht so, als wüsstest du es nicht.«

Ihm schienen die Worte zu fehlen. Ich wartete eine Weile ab und versuchte es dann erneut. »Ich kenne die Wahrheit über Anton, seit Mom gestorben ist«, erklärte ich. »Eine Stunde vor ihrem Tod hat sie mir gesagt, dass er mein leiblicher Vater war, aber sie hat mich angefleht, es vor dir geheim zu halten, weil sie Angst hatte, es würde dich verletzen zu erfahren, dass ich in Wirklichkeit nicht dein Kind bin.« Ich senkte den Kopf. »Sie wusste, wie sehr du mich geliebt hast, und ich wusste es auch. Du warst mir ein wunderbarer Vater.« Ich holte tief Luft und schaute wieder auf. »Aber du kanntest die Wahrheit die ganze Zeit, nicht wahr? Dennoch hast du so getan, als wüsstest du von nichts. Warum?«

Ein Muskel zuckte an seinem Kiefer. Er wandte das Gesicht ab und schmiegte die Wange ins Kopfkissen. »Ich will nicht über die Toskana reden.«

Ich beugte mich auf meinem Stuhl vor und nahm seine Hand. »Es tut mir leid. Ich weiß, dass das keine angenehmen Erinnerungen für dich sind, aber wir müssen darüber sprechen.«

»Ich weiß nicht, warum du mir das antust«, murmelte er, »warum du es überhaupt ansprichst.«

Ich konnte nicht mehr tun, als ihm die Situation so gut wie möglich zu erklären, weil wir dieses eine Mal ehrlich zueinander sein mussten. Ich war es so leid, ihn anzulügen. »Ich weiß, dass es schwer ist, Dad, aber ich muss wissen, was du wusstest und was du all die Jahre über gedacht und empfunden hast.«

»Warum sollte das eine Rolle spielen?«

»Es spielt eine Rolle, weil ich dich lieb habe«, sagte ich. »Und weil ich wütend auf dich bin, weil du Anton aus meinem Leben ferngehalten hast. Wenn wir darüber hinwegkommen sollen, muss ich nachvollziehen können, was dir durch den Kopf gegangen ist ... und durchs Herz.«

Er schüttelte den Kopf und kniff die Augen zu.

Ich versuchte es noch einmal. »Ich weiß, dass es sehr schwer für dich gewesen sein muss, weil Mom dich betrogen hat und du eine Tochter großgezogen hast, die nicht dein leibliches Kind war – eine Tochter, über die deine Frau dich belogen hatte. Findest du nicht, dass es Zeit wird, darüber zu reden?«

Er blieb stur.

»Bitte sprich mit mir, Dad, denn ich bin noch aus einem anderen Grund nach Italien gereist, und es ist wichtig, dass von jetzt an alles offen auf den Tisch kommt. Ich kann nicht weiter eine Lüge leben. Nicht dir gegenüber. Du bist der einzige Vater, den ich noch habe.« Als er weiter in die andere Richtung starrte, sagte ich ihm die Wahrheit: »Anton hat mich in seinem Testament als Erbin eingesetzt.«

Endlich drehte Dad den Kopf und sah mich an, aber er sagte immer noch nichts.

»Deshalb bin ich dorthin gefahren«, redete ich weiter. »Ich habe auf dem Weingut gewohnt und seine Familie kennengelernt – seine beiden Kinder, die meine Halbgeschwister sind. Dad, er hat mir alles hinterlassen. Das ganze Weingut. All sein Geld. Alles.«

Die Stirn meines Vaters legte sich in tiefe Furchen. »Er hat *was* getan?«

»Ich weiß. Ich war auch schockiert, weil ich ihn nie auch nur kennengelernt habe und er keine Anstrengungen unternommen hatte, Kontakt zu mir aufzunehmen. Die ganze Zeit dachte ich, er wäre ein schrecklicher Mensch. Aus Loyalität zu dir wollte ich ihn gar nicht kennenlernen, und ich dachte, er hätte Mom vielleicht vergewaltigt oder so. Aber das war nicht der Fall, und wie sich herausgestellt hat, wusstest du das auch.« Ich musterte Dad aufmerksam. »Du wusstest, dass Anton Mom geliebt hat, dass er sie den Rest seines Lebens über vermisst hat und dass er sein Versprechen an sie gehalten hat, dir oder mir niemals zu offenbaren, dass er mein echter Vater war. Nicht solange du am Leben wärst.«

Die Falten in Dads Gesicht vertieften sich zu einem noch düstereren Ausdruck.

»Aber du wusstest immer Bescheid«, redete ich weiter. »Moms großes Geheimnis war in Wirklichkeit gar keines.«

Er schüttelte den Kopf. »Ich wusste es nicht.«

Unvorstellbar enttäuscht schloss ich die Augen. »Oh, bitte lüg mich nicht an, Dad! Ich *weiß*, dass du es wusstest, weil ich den Brief gelesen habe, den du Anton geschrieben hast, nachdem Mom gestorben war. Du hast ihn gebeten, weiter wegzubleiben.«

Dad blinzelte zu mir hoch und lief rot an.

»Warum hast du Mom nicht gesagt, dass du es wusstest?«, fragte ich. »Mom und ich haben beide unser ganzes Leben lang versucht, dich vor der Wahrheit zu beschützen, und deshalb hatte ich nie Gelegenheit, meinen echten Vater kennenzulernen. Ich habe das Schlimmste von ihm angenommen, und das hat er nicht verdient. Jetzt, da er tot ist, ist es für mich zu spät, ihn kennenzulernen, und das wird mir ewig zu schaffen machen.«

Dads Augen füllten sich mit Tränen. »Ich habe nichts gesagt, weil ich Angst hatte, dich zu verlieren.«

»So, wie du Angst hattest, Mom zu verlieren?«

»Ja.«

»Weil du sie brauchtest? Um für dich zu sorgen? Um deine Krankenpflegerin zu sein?«

Es war grausam, das wusste ich, aber ich war froh, dass ich es ausgesprochen hatte. Ich musste die Wahrheit kennen.

»Nein«, antwortete er. »Ich habe deine Mutter geliebt, und ich liebe auch dich. Ich konnte mir ein Leben ohne euch nicht vorstellen. Ich wollte nicht allein zurückbleiben. Ich wollte nicht, dass ihr mich verlasst.«

Ich stützte einen Ellbogen auf die Stuhllehne und musterte Dad ein paar Sekunden lang. Eine Flut von Erinnerungen brach über mich herein: wie ich als sehr kleines Kind auf seinen Schoß geklettert war und die Seiten eines Buches umgeblättert hatte, damit er mir vorlesen konnte. Wie wir lachend in seinem motorisierten Rollstuhl durchs Haus gesaust waren. Später, als ich älter gewesen war, hatte ich ihm von meinen Schwimmkursen erzählt, auch von den Partys, auf die ich gegangen war. Ich hatte alles mit ihm geteilt, und er hatte mir fasziniert zugehört.

Sogar damals schon war mir klar gewesen, dass ich sein Fenster zu einer Welt war, die er nicht länger erleben konnte. Das gab meinem Leben einen Sinn und verschaffte mir das Gefühl, etwas wert zu sein. Nichts, was ich sonst tat, konnte damit mithalten. Niemand liebte mich so sehr wie er. Ich wusste, wie viel ich ihm bedeutete … Wie wichtig ich ihm war. Ich hatte das Leben, das er selbst nicht leben konnte. Ich war seine ganze Welt.

»Ich weiß, dass du mich lieb hattest, Dad«, sagte ich leise. »Und ich habe es geliebt, dass du mich gebraucht hast. Du hast dafür gesorgt, dass ich mir sehr wichtig vorkam. Aber hast du dir auch nur ein einziges Mal gewünscht, mir etwas zurückzugeben? Mein Glück über dein eigenes zu stellen? Ich war erst achtzehn, als Mom gestorben ist, und ich musste ihren Platz einnehmen, dich aufmuntern, dein einziger Grund werden weiterzuleben. Es war damals eine enorme Verantwortung für mich, und, um ehrlich zu sein, ist es das immer noch. Ich bin dreißig Jahre alt, und es ist mir nie gelungen, eine dauerhafte Beziehung mit jemandem zu führen, weil mein ganzes Dasein sich darum dreht, dass es dir gut geht, dass du nicht aufgibst und einfach stirbst. Mom hat so hart dafür gearbeitet und versucht, dich jeden Tag glücklich zu machen. Jetzt verstehe ich auch, warum sie diese Ängste hatte.« Es widerstrebte mir, ihm diese Dinge zu sagen, und mir zitterte die Stimme, als ich weitersprach: »Weil du ihr gesagt hast, dass du sterben würdest, wenn sie dich verließe.«

Seine Stimme wurde leise und resigniert. »Wo hast du das gehört?«

Alles sprudelte aus mir hervor: »Ich habe in Italien einen Mann namens Francesco kennengelernt. Er war Antons Chauffeur und engster Freund. Er war auch Moms Freund, und er hat sie zum Krankenhaus in Montepulciano gefahren, nachdem du im Krankenwagen weggebracht worden warst.« Ich hielt inne. »Bitte sag mir die Wahrheit, Dad. Hättest du wirklich aufgegeben? Oder wolltest du Mom nur ein schlechtes Gewissen machen, damit sie bei dir bleibt?«

Er schluckte schwer und gab keine Antwort.

»Mom dachte, du wolltest keine Kinder haben, und dann hattest du plötzlich ein Kind, das nicht einmal deines war. Rede mit mir, Dad. Sag mir, dass du nicht nur wolltest, dass wir uns um dich kümmern. Und dass du nicht nur versucht hast, Mom und Anton zu bestrafen, indem du mich von ihm ferngehalten hast.«

»Ich habe sie wirklich geliebt«, wiederholte Dad. »Aber sie hat mich nicht geliebt, nicht auf dieselbe Art wie ihn. Und es gab Tage, an denen ich sie dafür gehasst und ihr die Schuld an dem gegeben habe, was mir zugestoßen ist. Es war ihre Idee gewesen, überhaupt erst in die Toskana zu fahren, und wenn sie die Affäre nicht gehabt hätte … Wenn sie sich in der Nacht nicht hinausgeschlichen hätte und in die Villa gegangen wäre …« Er brach ab und kniff die Augen zu. »Was mir passiert ist, war ihre Schuld. Es gab Tage, an denen ich mir gewünscht habe, ich hätte sie nie kennengelernt.«

Ich spürte den Zorn, der immer noch in ihm brodelte, lehnte mich zurück und wartete, bis er sich wieder gefangen hatte.

Schließlich fuhr er fort. »Ich habe Anton mehr gehasst als sonst irgendjemanden. Niemand hat mir geglaubt, als ich gesagt habe, dass er mich absichtlich angefahren hat. Noch nicht einmal deine Mutter. Vor allem sie nicht, und das hat nur das Messer in der Wunde herumgedreht. Alle haben behauptet, es sei ein Unfall gewesen … Vielleicht war es das auch … Auf alle Fälle gebe ich immer noch ihm die Schuld. Und, ja, ich wollte dich von ihm fernhalten, um mich an ihm zu rächen. Ein Teil von mir ist froh, dass er tot ist. So. Du wolltest, dass ich ehrlich bin. Jetzt habe ich es ausgesprochen. Ich bin nicht stolz darauf, aber so ist es.«

»Dad …«

»Das ändert nichts an der Tatsache, dass ich dich mehr liebe als alles andere und ohne dich nicht leben könnte. Denn als du zur Welt gekommen bist, hast du Freude mitgebracht, und ich hatte nicht erwartet, jemals wieder Freude zu empfinden. Es spielte keine Rolle, dass du nicht mein leibliches Kind warst. Ich wusste, dass deine Mutter dich mitgenommen hätte, wenn sie nach Italien gegangen wäre, um mit Anton zusammenzusein, und das konnte ich nicht zulassen. Und an dem Tag im Krankenhaus wollte ich *wirklich* sterben. Ich habe nicht versucht, sie zu manipulieren, das schwöre ich dir. Später, als ich ihr nicht verzeihen konnte, habe ich mir eingeredet, sie hätte es verdient, einen Preis für das zu bezahlen, was sie getan hatte. Sie war mir untreu, hatte eine Affäre und deshalb bin ich hier gelandet.« Er wandte den Blick ab und verstummte. »Ich habe alles verloren. Ich war für jeden nur noch eine Last.«

»Du warst keine Last.«

»Oh doch. Und ich habe versucht, ihr zu vergeben. Wirklich. Jahr für Jahr. Aber ich konnte es einfach nicht, und so habe ich getan, was auch immer ich musste, um dich nicht zu verlieren. Vor allem nicht an Anton.«

»Aber ich hätte dich nicht verlassen«, versicherte ich ihm und spürte, wie meine Wut wieder an die Oberfläche drängte. Sie bahnte sich einen Weg durch den dichten Dschungel meiner Liebe und meines Mitgefühls. »Selbst wenn ich Anton kennengelernt hätte, wärst du immer mein Dad geblieben. Ich wünschte nur, du wärst ehrlich zu mir gewesen und hättest mir geholfen, ihn kennenzulernen. Er war mein leiblicher Vater und wollte sich mit mir treffen, aber du wolltest es nicht zulassen, und jetzt werde ich die Gelegenheit nie mehr bekommen. Und ich habe auch meinen Halbbruder und meine Halbschwester bis vor Kurzem nicht gekannt. Wenn Anton nicht gestorben wäre, wüsste ich immer noch nichts von ihnen. Wie kann ich dir das je verzeihen, Dad?«

Ich begann zu weinen, weil mir die Erkenntnis so wehtat, dass der Mann, von dem ich geglaubt hatte, er würde alles für mich tun, mir das größte Geschenk überhaupt versagt hatte – das Geschenk seines Vertrauens in meine Liebe zu ihm. Und das Geschenk der Liebe meines leiblichen Vaters. Zum ersten Mal erkannte ich das volle Ausmaß der Verletzungen meines

Vaters, die viel tiefer reichten als die körperlichen. Es hatte seine Seele in seiner frühen Kindheit sehr getroffen, als seine eigene Mutter ihn verlassen hatte. Dann hatte seine Frau das Gleiche vorgehabt. Ich sah die Welt mit seinen Augen, als einen Ort, an dem Liebe eine zerstörerische Kraft war und das verkrüppelte, zerstörte Wrack hinterließ, als das er sich selbst und sein Leben betrachtete.

Dad musterte mich besorgt. »Bitte nicht weinen, Süße. Ich kann es nicht ertragen, dich weinen zu sehen.«

Ich schaute auf und wischte mir die Tränen ab. »Warum hast du dann getan, was du getan hast?«

Ein Teil von mir hasste ihn für das, was er mir vorenthalten hatte. Ich wollte auf ihn einschlagen.

Ein anderer Teil von mir bemitleidete ihn dafür, dass er keine Liebe in sein Leben gelassen hatte, weil er ihre Zerstörungskraft fürchtete. Er war besitzergreifend, misstrauisch und eifersüchtig gewesen.

»Es tut mir leid«, sagte er. »Ich wusste, dass es falsch war, aber ich hatte Angst vor dem, was geschehen würde, wenn du es wüsstest. Und jetzt habe ich Angst, dass ich dich doch noch verliere.«

Als ich die grenzenlose Verzweiflung in seinen Augen sah, zwang ich mich, den Arm auszustrecken und seine Hand zu ergreifen, weil ich nicht wie er werden wollte – ein Mensch, der nicht verzeihen konnte. Ein Mensch, der nicht auf die Liebe vertrauen oder sich auf die Loyalität eines geliebten Menschen verlassen konnte. Ich wollte das Beste in ihm sehen. Ich musste glauben, dass ich ihm am Herzen lag und dass er dieses eine Mal mein Glück über sein eigenes stellen konnte.

»Ich habe nie damit gerechnet, so lange zu leben«, erklärte er weiter. Seine Stimme brach, und er schluchzte. »Es war mir zuwider, dir eine Last zu sein, aber ich dachte, du und deine Mutter würdet mich früher oder später los sein. Ich habe immer erwartet, dass du Anton eines Tages kennenlernen würdest, wenn ich nicht mehr da war. Damit habe ich von Anfang an gerechnet, und so war jeder neue Tag mit dir ein Segen. Ich habe so viel Glück gestohlen, wie ich nur konnte, weil ich dachte, dass es nur kurz dauern würde. Das war mein Fehler. Ich habe zu lange gewartet. Wenn ich gewusst hätte, wie lange es dauern würde, bis ich sterbe, hätte ich mich vielleicht anders verhalten.«

»Bitte sag das nicht, Dad. Ich wollte nie, dass du stirbst.« Ich betrachtete unsere ineinander verschlungenen Hände hinunter und versuchte, durch meine Wut hindurch zu dem vorzudringen, was er mir gerade gestanden hatte. Ich dachte über seine Ängste und Unsicherheiten nach und empfand allmählich erste Ansätze von Vergebung, wie ein oder zwei einzelne Regentropfen, die einen vor einem Wolkenbruch dazu bringen, den Blick zum Himmel zu heben.

»Ich war egoistisch«, gestand er. »Das weiß ich, und jetzt wünsche ich mir, dass ich es ungeschehen machen könnte. Wenn ich könnte, würde ich dir sagen, dass du nach Italien reisen sollst, um herauszufinden, woher du stammst. Ich würde dir raten, deinem Herzen zu folgen. Ich schwöre, das ist alles, was ich für dich will. Ich will, dass du glücklich bist, sogar getrennt von mir, weil ich es nicht ertragen könnte, wenn du aufhören würdest, mich zu lieben.«

Ich beugte mich vor und küsste ihn auf den Handrücken. »Ich werde nie aufhören, dich zu lieben, Dad. Du warst mir ein guter Vater.«

»Mit einer Ausnahme.«

Ich nickte. »Mit einer Ausnahme.«

Ihm vollständig zu vergeben, würde mir nicht leichtfallen, das wusste ich. Es würde mir einiges abverlangen, war aber immer noch besser als die Alternative, meinen Vater zu hassen und ihm zu grollen. So konnte ich nicht leben. Ich wollte nicht den Rest meines Lebens zornig sein. Lieber wollte ich morgens aufwachen und beim Anblick des Sonnenaufgangs glücklich sein. Ich wollte dankbar für den freundlichen Vater sein, der mich großgezogen hatte, der mir das Gefühl vermittelt hatte, geliebt zu werden.

Einen Moment lang saßen wir schweigend da. Nach einer Weile lehnte ich mich zurück und dachte über alles nach, was ich nun über meine beiden Väter wusste.

»Ich habe eine Frage«, sagte ich und wischte mir die letzten Tränen ab. »Woher wusstest du von dem Versprechen, das Anton Mom gegeben hatte? Wie konntest du dir sicher sein, dass er das Geheimnis bewahren würde, sogar vor mir? Hat sie dir das erzählt?«

»Nein«, erwiderte er. »Nach dem Unfall haben wir nie mehr über Anton gesprochen. Es war, als sei es nie geschehen. Sie hat nie über ihn oder auch nur die Toskana geredet.«

»Dann verstehe ich das nicht. Woher wusstest du es?«

Er zögerte, als müsste er erst darüber nachdenken, ob er die Frage beantworten sollte. »Als du noch ein Baby warst, habe ich eine der Nachtpflegerinnen gebeten, den Schreibtisch deiner Mutter zu durchsuchen und festzustellen, ob irgendwelche Briefe aus der Toskana da seien. Sie hat einen halb geschriebenen Brief an Anton gefunden und ihn mir gezeigt.«

Ich wollte es unbedingt verstehen. »Du hast nicht versucht, Mom darauf anzusprechen?«

»Nein«, antwortete er. »Ich hatte Angst, dass ein Damm brechen würde, wenn sie sich mir anvertraute. Sie hätte mir die Wahrheit gesagt – dass sie ihn liebte und bei ihm sein wollte –, und ich hätte keine Wahl gehabt, als sie gehen zu lassen.«

Mit einem Schlag wurden mir die Konsequenzen der Geheimnisse bewusst, die wir voreinander gehabt hatten. Seit dem Unfall meines Vaters waren meine Eltern einander fremd geworden, was ihre Seelen anging. Sie hatten in einem Zustand ständiger Verleugnung gelebt und alles voreinander versteckt.

Was bedeutete das jetzt, nachdem alles ans Tageslicht gekommen war, für mich?

Ich stand auf und ging im Zimmer auf und ab.

»Was wirst du jetzt tun?«, fragte Dad und beobachtete mich ebenso aufmerksam wie nervös. Er drückte den Knopf seines Bettes, um sich in eine aufrechtere Sitzhaltung zu befördern.

»Ich bin mir nicht sicher«, antwortete ich. »Ich habe gerade erst herausgefunden, dass ich ein Vermögen geerbt habe und dass ich einen Halbbruder, eine Halbschwester und darüber hinaus noch andere Verwandte habe, die in London wohnen. Mir schwirrt immer noch der Kopf.«

Genau in dem Moment erschien Dottie in der Tür. Sie hatte einen Mickey-Mouse-Becher in der Hand und ließ einen Teebeutel am Ende seines Fadens auf- und abtanzen. »Schieß los, Fiona. Ich will alles hören. Hast du die Queen am Piccadilly Circus gesehen? Oder William und Kate bei Harrods?«

Ich warf Dad einen Blick zu und beantwortete dann Dotties Frage: »Nein, weil ich gar nicht in London war. Ich bin nach Italien geflogen.«

»Italien?« Sie wirkte verwirrt. »Aber ich dachte, die Konferenz war in London?«

Ich ging auf sie zu. »Das ist eine lange Geschichte. Warum kommst du nicht herein und setzt dich zu uns? Dann erzählen wir dir alles. Nicht wahr, Dad?«

Er nickte, während sie ins Zimmer kam.

* * *

Ich war am nächsten Morgen früh wach und fand Dad vor dem Computer im Wohnzimmer. Er surfte im Internet. Dottie hatte frei, und Jerry war in der Küche.

»Guten Morgen«, sagte ich, noch immer in Schlafanzug und Pantoffeln. Ich setzte mich aufs Sofa unter dem Fenster.

»Guten Morgen«, antwortete Dad und drehte seinen elektrischen Rollstuhl, sodass er mich ansehen konnte. »Ich habe gerade etwas recherchiert.«

»Was denn?«

»Weingüter in der Toskana. Vor allem Maurizio.«

Mir war die Tragweite dessen bewusst, was er mir erzählte, denn ich wusste, dass er bisher um Bilder von Italien immer einen großen Bogen gemacht hatte. Sie weckten keine angenehmen Erinnerungen in ihm.

»Und?«

»Und ich glaube, du bist gerade eine sehr reiche Frau geworden.«

Ich legte den Kopf in den Nacken und sah zur Decke hoch. »Ja, das bin ich, und ich kann es immer noch nicht fassen. Jetzt, da ich wieder hier bin, kommt es mir nicht einmal mehr real vor. Es fühlt sich wie ein Traum an.«

Dad rollte näher zu mir. »Aber es ist kein Traum. Du bist die Tochter eines höchst erfolgreichen Geschäftsmanns.«

»Das mag ja sein«, antwortete ich und begegnete seinem Blick. »Aber ich bin auch die Tochter eines starken, tapferen Überlebenden, der sich nicht hat unterkriegen lassen, obwohl er schlechte Karten hatte.«

»Ich habe überlebt, weil ich egoistisch war«, antwortete Dad.

»In mancherlei Hinsicht, aber nicht in jeder. Du hast dich nicht egoistisch verhalten, wenn du mich so angesehen hast, als wäre ich das Beste, was dir je passiert ist. Du hast mir das Gefühl gegeben, etwas Besonderes zu sein und geliebt zu werden. Daran möchte ich mich erinnern, Dad. Darauf muss ich mich konzentrieren.«

»Ich auch«, erwiderte er. »Und du warst etwas Besonderes. Das bist du immer noch. Denn wenn du hier in diesem Haus sitzen und mir alles verzeihen kannst, was ich …«

»Hör auf, Dad«, sagte ich sanft. »Natürlich werde ich dir verzeihen. Wie könnte ich auch nicht? Das Leben ist für alle hart und kompliziert. Es ist voller Haarnadelkurven, die wir nicht vorausahnen. Das weißt du besser als jeder andere. Du hast ein schreckliches Trauma erlitten. Und wir alle machen Fehler. Mom war ganz sicher nicht perfekt. Sie hat eine ziemliche Spur der Verwüstung hinterlassen.«

»Ja, aber sie hat mir dich geschenkt.«

»Und sie hat mir dich geschenkt.«

In dem Moment wurde mir klar, dass ich einen Weg finden musste, mich damit abzufinden, wie mein Leben verlaufen war. Ich durfte mich nicht an meine Enttäuschung und mein Bedauern darüber klammern, Anton nie kennengelernt zu haben. Das war meine zukünftige Realität. Was konnte es schon Gutes bewirken, ständig mit dem zu hadern, was hätte sein können?

Jedes Leben ist voll von Dingen, die hätten sein können. Das Beste, was wir tun können, ist, so viel wie möglich aus dem zu machen, was war und was gewesen war.

Wenigstens kannte ich endlich die Wahrheit über das Leben meiner Mutter und log meinen Vater nicht länger an. Das erleichterte mich gewaltig – das Aufdecken der Geheimnisse und das Loswerden der Schuldgefühle, die mit ihnen einhergingen. Ich fühlte mich irgendwie leichter, als hätte ich einen Spaten genommen und meine Seele ausgegraben.

Dad und ich betrachteten einander im Licht der frühmorgendlichen Sonne, das durchs Fenster fiel, und ich glaubte, dass auch er sich leichter fühlte – dass er froh war, die Wahrheit endlich aus ihrem Gefängnis entlassen zu haben.

»Was willst du mit dem Erbe anfangen?«, fragte er.

Ich dachte einen Moment darüber nach. »Tja ... Das ist eine interessante Frage. Ich sollte dir wohl sagen, dass ich ein Angebot für das Weingut bekommen und tatsächlich an einen Verkauf gedacht habe. Es war viel Geld. Neunzig Millionen Euro.« Ich schüttelte ungläubig den Kopf.

»Fiona ...«

»Ich weiß. Ich kann mir so viel Geld kaum vorstellen. Das Weingut zu verkaufen wäre wahrscheinlich das Einfachste gewesen. Dann hätte ich nach Hause kommen und hier bei dir bleiben können. Wir hätten so viel Geld, dass wir gar nicht wüssten, was wir damit anfangen sollten. Wir könnten ein größeres Haus kaufen und den Van abzahlen ...« Ich rieb mir den Nacken. »Aber, Dad, ich habe mich dort wohlgefühlt. Ich kann es nicht erklären, und ich hoffe, dass es dir nicht wehtut, wenn ich das sage, aber ich habe das Gefühl, dass mir die Toskana im Blut liegt. Die Menschen und der Lebensstil haben mir gefallen. Ich habe es genossen, etwas über die Weinberge und die Weinherstellung zu lernen – und natürlich auch, den Wein zu trinken.« Ich schenkte ihm ein verlegenes Lächeln. »Und ich habe eine Halbschwester namens Sloane. Sie hat zwei Kinder, und ich will sie besser kennenlernen. Wenn ich das Weingut behalte, könnte ich lernen, es zu führen, und ...« Ich sah ihn an und sagte offen: »Ich könnte nach Italien ziehen und mir dort ein wunderbares Leben aufbauen.«

Dad starrte mich unverwandt an, und ich begriff, dass dies immer seine größte Angst und sein schlimmster Albtraum gewesen war – dass er zurückgelassen werden würde. Allein. Dass Mom ihn für Anton verlassen und dass auch ich verschwinden würde.

Ich drehte mich auf dem Sofa um, sah aus dem Fenster und beobachtete die jungen Palmen in unserem Garten, wie sie sich im Wind hin und her wiegten. Meine Zukunft lag vor mir, unberechenbar wie die Kraft und Richtung des Windes, die sich jederzeit ändern konnten. Ich wollte nicht, dass der Wind zerstörerisch war. Ich wollte, dass er mich hochhob und trug, mir den Auftrieb gab, den ich brauchte, um herauszufinden, was ich aus meinem Leben machen sollte. Ich wollte, dass er uns beide hochhob.

Dann wandte ich mich wieder Dad zu, und meine Unentschlossenheit schien zwischen uns in der Luft zu hängen.

Voller Überzeugung betätigte Dad den Knopf auf seinem Joystick und fuhr seinen Rollstuhl näher zu mir. »Dann solltest du es tun. Geh nach Italien und stell großartigen Wein her. Und mach dir keine Sorgen um mich. Ich komme hier schon zurecht, solange ich weiß, dass du glücklich bist. Du rufst mich doch an?«

Ich sah ihn an und fühlte mich seltsam beschwingt, als wäre ich gerade aus großer Höhe abgestürzt, aber wieder hochgesprungen wie ein Ball.

»Natürlich«, antwortete ich und ließ mich sofort auf meine verheißungsvolle neue Zukunft ein. »Und ich komme oft nach Hause, um dich zu besuchen. Ich sorge dafür, dass du die beste Pflege hast, wann immer ich nicht da bin. Dottie … Sie kümmert sich rührend um dich, und sie liebt dich.«

»Ich liebe sie auch.«

Mein Herz wurde weich, wie es mir meinem Dad gegenüber immer passierte. »Oder du könntest mitkommen«, schlug ich vor. »Es ist ein großes Haus und …«

»Nein«, sagte er rundheraus. »Ich will nicht dorthin zurück.«

Dafür hatte ich Verständnis.

Ich stand vom Sofa auf, seufzte und nahm seine Hand. »Bitte hab nicht das Gefühl, dass ich dich verlasse, Dad. Ich bin immer noch deine Tochter und werde dich immer lieben. Aber ich muss es tun. Ich muss nach da draußen, in die weite Welt hinaus, und herausfinden, wozu ich in der Lage bin.«

»Das wünsche ich mir auch für dich«, antwortete er mit zitternder Stimme und Tränen in den Augen. »Ich werde dich vermissen, aber ich werde auch sehr stolz sein.«

Ich küsste ihn auf die Stirn und umarmte ihn. Dann wischte ich mir die Tränen ab und bereitete mich auf meinen Neuanfang vor.

EPILOG

FIONA

Toskana, ein Jahr später

Maria traf mich im Atelier an, den Pinsel in der Hand. Ich stand vor einer Staffelei, die einmal Anton gehört hatte. Er hatte sie über weite Strecken mit sich herumgetragen, um bunte Felder voller Sonnen- und Mohnblumen oder Sonnenuntergänge über toskanischen Weinbergen zu malen. Unter freiem Himmel hatte ich noch nicht gemalt, aber ich hatte gelernt, niemals nie zu sagen. Vielleicht würde auch ich mich eines Tages nach draußen wagen, um die Toskana zu malen.

Bis dahin war ich überglücklich, ein eigenes Atelier zu haben, umgeben von Kisten, die mit den Leinwänden meines Vaters gefüllt waren. Ich hatte große Pläne mit ihnen. So langsam stellte ich fest, dass ich, wie meine Mutter, ziemlich geschäftstüchtig war. Eines meiner aktuellen Projekte war eine Kunstauktion, die die Gemälde meines Vaters in Szene setzen und zugleich das Ansehen von Maurizio steigern sollte. Ich plante, den Erlös der Auktion dem örtlichen Krankenhaus in Montepulciano zu spenden.

Heute war ich allerdings auf etwas anderes konzentriert – auf die Leinwand vor mir, die in dem gedämpften Licht stand, das vom bedeckten Himmel durch die Fenster drang.

»Wie geht es voran?«, fragte Maria, als sie hereinkam.

»Komm her und sieh es dir an.« Ich hatte nie Hemmungen, Maria meine Arbeiten schon im Entstehen zu zeigen, weil ihr alles zu gefallen schien, was ich malte. Das steigerte mein Selbstbewusstsein und meine Kreativität. »Allerdings gibt es noch nicht viel zu sehen«, fügte ich hinzu.

Sie stellte sich neben mich und betrachtete die Leinwand, die noch größtenteils weiß war. »Du fängst gerade erst an.«

»*Sì*. Ich skizziere. Aber kannst du es schon vor dir sehen? Versuch, dir hier …« Ich wedelte mit der Hand vor der Mitte der Leinwand herum. »… die Farben eines Sonnenuntergangs vorzustellen.«

»Du wirst es bestimmt sehr schön machen«, meinte sie. »Ich weiß nicht, wie du das schaffst. Ich bin immer überrascht, was dir alles einfällt.«

»Ich auch«, sagte ich lachend. »Die meiste Zeit über ist es ein reines Ausprobieren.«

Maria sah aus dem Fenster zu den hohen Zypressen, die sich im Wind wiegten.

»Na, was hast du auf dem Herzen?«, fragte ich und prüfte die Winkel einiger Kohlestriche auf der Leinwand.

Maria setzte sich auf die Fensterbank. »Ich bin heraufgekommen, um dir zu sagen, dass Sloane gerade angerufen hat.«

Mein Herz machte einen kleinen Sprung. Sloane und ich hatten im Laufe des letzten Jahres ein enges Verhältnis entwickelt. Sie rief oft an, um über ihre Scheidung von Alan zu sprechen, und manchmal redete sie sich auch von der Seele, vor welchen Herausforderungen sie als Alleinerziehende stand. Ich war selbst keine Mutter. Deshalb machte es mir Freude, ihre Erfahrungen mit meiner Nichte und meinem Neffen mitzuerleben. Ich fühlte mit Sloane und bewunderte die Stärke und die Geduld, mit der sie alles in Angriff nahm.

»Was wollte sie?«, fragte ich und überlegte, warum sie in der Villa angerufen hatte. Sonst kontaktierte sie mich direkt auf meinem Handy. Ich ahnte, dass es etwas damit zu tun hatte, dass Anton genau heute vor einem Jahr gestorben war.

»Sie wollte dich überraschen«, antwortete Maria, »aber ich habe ihr gesagt, dass ich sehr schlecht darin bin, Geheimnisse für mich zu behalten.«

Ich lachte. Mein Handy klingelte in meiner Tasche, und ich zuckte zusammen. Ich zog es schnell heraus und nahm ab. »Hallo?«

»Hi«, sagte Sloane. »Ich bin's. Lass mich raten. Maria steht neben dir. Sie konnte nicht widerstehen, oder?«

Ich lachte. »Du kennst sie zu gut.« Ich ging um die Staffelei herum und zwinkerte Maria zu.

»Hat sie schon alles verdorben?«, fragte Sloane. »Die Überraschung, meine ich?«

»Na ja ... In gewisser Weise ... Ja.«

Im Hintergrund hörte ich Evans Stimme. Er fragte Chloe, ob sie noch etwas Kaugummi hätte.

Sloane zögerte, bevor sie wieder etwas sagte. »Okay. Es ist so: Ich stehe mit den Kindern an einem Gate auf dem Flughafen LAX, und wir warten darauf, an Bord eines Übernachtflugs zu gehen. Morgen kommen wir in Florenz an.«

Ich presste mir die Hand aufs Herz. »Das ist wunderbar. Ich kann es gar nicht abwarten, dich zu sehen.«

»So geht es mir auch.«

Sie unterbrach unser Gespräch, um Evan und Chloe zu bitten, ein paar Minuten lang auf die Koffer aufzupassen. Dann fuhr sie fort: »Wir werden am späten Vormittag landen. Wir wollen den Friedhof besuchen und uns ein paar alte Bilder ansehen. Ich habe Maria gebeten, sie herauszusuchen. Vielleicht können wir das alles zusammen machen.«

»Liebend gern.«

»Und es wird ein schöner Kurzurlaub für die Kinder, bevor sie in London mit der Schule anfangen«, setzte Sloane hinzu.

»Sind sie schon aufgeregt?«

»Ich glaube, ja. Auch nervös, aber ich bin mir sicher, dass sie es lieben werden. Sie haben schon Freunde im Viertel. Ich bin nur froh, endlich in das Haus zu ziehen. Unsere Sachen kommen nächsten Dienstag an.«

»Was ist mit Alan?«, fragte ich. »Wie nimmt er es auf, dass ihr jetzt endgültig wegzieht?«

Sloane schwieg einen Moment lang. »Er versucht immer noch, mich zu überreden, in LA zu bleiben. Er hat sogar angeboten, mir das Haus zu überlassen – als wäre das ein großes Zugeständnis, für das ich mich voller Dankbarkeit verneigen sollte. Gleichzeitig ist er auf Tinder. Stell dir das vor. Oh, Fiona, ich bin so etwas von fertig mit ihm, und sein Haus oder irgendetwas anderes, das er schon in seinen dreckigen Händen hatte, will ich gar nicht haben. Ich freue mich darauf, dir morgen Abend alles bei einer Flasche Wein und einem Riesenteller Pasta zu erzählen. Können wir das machen?«

»Natürlich.« Ich hielt inne. »Was ist mit Connor? Hast du in letzter Zeit etwas von ihm gehört?«

»Nein, aber Mom sagt, dass er die Produzentin einer Kochshow datet. Ich wünsche ihr viel Glück.«

Ich lachte leise.

»Ich höre bestimmt etwas von ihm, wenn sie sich trennen. So läuft es normalerweise.«

Ich nickte. »Wie wäre es, wenn wir euch morgen am Flughafen abholen? Soll ich Marco hinschicken?«

»Mach dir darum keine Gedanken. Maria hat ihn schon gebeten, uns zu holen. Warte mal kurz …« Sie machte eine Pause.

»Es klingt, als ob sie uns zum Boarding aufrufen würden. Ich muss jetzt auflegen. Wir sehen uns bald.«

»In Ordnung. Gute Reise.«

* * *

Später am Abend nach dem Essen kehrte ich ins Atelier zurück, schaltete den Kronleuchter ein und ging entspannt zu einer der großen Holzkisten, in denen Antons Leinwände lagerten. Vorsichtig zog ich eine heraus, entrollte sie und betrachtete zufrieden das exquisite Kunstwerk, das ich vor mir hatte. Einfach ausgedrückt war es ein Landschaftsgemälde, aber was ich mit dem Herzen sah, war Antons Wertschätzung für die Schönheit unserer Welt und für die außergewöhnliche Liebe, die er erfahren hatte.

Während ich seine eleganten Pinselstriche und seine brillanten Farbmischungen bewunderte, fühlte ich mich ihm so verbunden wie nie zuvor. Mein Vater. Winzer und Künstler. Ich verstand auch die Liebe meiner Mutter zu ihm und zu diesem Ort, ihre Leidenschaft für die Weinberge und die Menschen der Toskana. In dem Gemälde sah ich meine Zukunft, in vielen Jahren, wenn ich mit den Arbeitern die Reben zurückschneiden, die Bodenzusammensetzung prüfen und die Lese planen würde. In dem Moment wusste ich, dass ich mein Leben damit verbringen würde, etwas Geliebtes und Wertvolles zu bewahren.

Gleichzeitig würde ich etwas Neues aufbauen und nach vorn schauen, nicht zurück. Ich arbeitete schon an einer speziellen Cuvée, die an Antons Liebe zu meiner Mutter erinnern sollte, die nie zuvor gefeiert worden war. Ich würde das Bild für das Etikett selbst malen.

Und obwohl ich versuchte, manche Dinge loszulassen und ohne Bedauern zu leben, akzeptierte ich allmählich, dass Bedauern immer ein Teil meines Lebens bleiben würde. Ich war schließlich nur ein Mensch, und so gern ich auch wollte, konnte ich ihm nicht entkommen. Was ich beschloss, war, mich davon nicht verzehren oder bestimmen zu lassen. Alles in allem hatte ich meinen Frieden damit gemacht, wie mein Leben sich entwickelt hatte, und ich würde mein Bedauern – und meine Fähigkeit, auf Vergebung hinzuarbeiten – annehmen, weil sie von meiner Menschlichkeit zeugten. Ich würde jeden Morgen aufwachen und dankbar für alles sein, was ich hatte.

Ich rollte die Leinwand lächelnd wieder zusammen und schob sie zurück zu den anderen in die Holzkiste. Dann kehrte ich zu meinem eigenen begonnenen Werk auf der Staffelei zurück. Ich legte den Kopf schief, kniff die Augen zusammen und ließ die Umrisse und Proportionen meiner Skizze auf mich wirken. Ich versuchte, mir die Farbpalette vorzustellen, und sah Blau, Gelb und Orange für die untergehende Sonne und verschiedene Weißschattierungen für die Wolken. Silber für den Flügel des Flugzeugs. Es war ein himmlischer Anblick.

Ja, es war vielversprechend. Ich hatte allen Grund zu der Annahme, dass es ein schönes Gemälde werden würde.

DANKSAGUNG

Ganz besonders danke ich unseren lieben Freunden Natalie und Darrell Munro für den Vorschlag, gemeinsam eine Reise in die Toskana zu unternehmen und einige Weingüter zu besichtigen. Es war ein richtiges Abenteuer, uns einen Weg durch die italienische Landschaft zu suchen.

Das Weingut in diesem Buch – Maurizio – ist eine fiktive Mischung aus einer ganzen Reihe von Weingütern, die wir besucht haben, also muss ich mich auch bei unseren vielen Fremdenführern bedanken, die unschätzbar wertvolle Informationen und Geschichten geliefert haben, die als Inspiration für die Szenen in diesem Buch gedient haben.

Vielen Dank auch an meine Freundin Benedetta Holmes für ihre großzügige und sorgfältige Lektüre des ersten Entwurfs des Romans und für ihre unverzichtbare Hilfe bei den Übersetzungen ins Italienische und bestimmten Elementen des Handlungsorts. Benedetta, ich werde immer für deine Freundschaft dankbar sein!

Meiner Cousine Michelle Killen (alias Michelle McMaster): Danke für deine liebevolle Freundschaft und dafür, dass du seit einem Vierteljahrhundert meine begabte und unersetzliche Kritikerin bist. Und meiner Cousine Julia Phillips Smith: Du bedeutest mir so viel, und ich weiß nicht, was ich ohne deine tagtägliche Hilfe tun würde!

Vielen Dank auch meiner Agentin, Paige Wheeler, für ihre nach wie vor herausragenden beruflichen Leistungen und dafür, dass sie die Person ist, die immer auf meiner Seite steht und sich hinter den Kulissen abrackert. An Alicia Clancy, meine Lektorin bei Lake Union, dafür, dass sie so gut in dem ist, was sie tut, und dass sie sich das Konzept für dieses Buch hat einfallen lassen, dem sie den Arbeitstitel »Das Testament« gegeben hat. Das war der Funke, der in mir ein Feuer entzündet und mich auf eine unglaubliche Reise geschickt hat, sowohl wortwörtlich als auch im übertragenen Sinne. Außerdem haben ihre Lektoratsanmerkungen und Vorschläge dieses Buch in vielerlei Hinsicht so viel besser gemacht. Auch dem Lake-Union-Marketing-Team vielen Dank: Ihr seid ein wahrgewordener Traum dieser Autorin!

Danke, Kimberley Dossett, für deine scharfsichtige und gründliche Aufmerksamkeit bei all den kleinen Details, die meine schriftstellerische Karriere umgeben.

Zu guter Letzt danke ich meinem Mann Stephen dafür, in jeder Hinsicht großartig zu sein, unserer Tochter Laura dafür, dass sie uns stolz macht und unser Leben um so viel Liebe und Lachen bereichert, und meiner Mutter Noel für ihre Liebe und ihre Unterstützung an jedem Tag. Was für ein wunderbares Leben du mir geschenkt hast.

Zeitfracht Medien GmbH
Ferdinand-Jühlke-Straße 7
99095 Erfurt, Deutschland
produktsicherheit@kolibri360.de

Druck:
CPI Druckdienstleistungen GmbH
im Auftrag der
Zeitfracht Medien GmbH
Ein Unternehmen der Zeitfracht - Gruppe
Ferdinand-Jühlke-Str. 7
99095 Erfurt